狭衣物語が拓く言語文化の世界

狭衣物語研究会編

翰林書房

序論にかえて

I　物語の時空間と言語そして文化

II　歌ことばと物語のことばの地平から

序論にかえて

狭衣物語の位相・「時世に従ふにや……」
――狭衣物語の語り手あるいは影響の不安とイロニーの方法――

三谷邦明

一　狭衣物語の語り手

物語文学や小説などの散文文芸には、その作品の内容や形式を象徴する言説が、短い文章や場面で、作品全体を映す鏡として挿入されている場合が多い。「源氏物語の二声性――作家・作者・語り手・登場人物あるいは言説区分と紋中紋の技法――」(1)という論文で述べたように、源氏物語浮舟巻では、浮舟物語の鏡像のごとく、右近の姉の生田川譚的体験や浮舟の内話文が紋中紋=鏡像として語られ、その生田川譚の話型が、浮舟の入水ではなく、さらに浮舟蘇生として裏切られて行くところに、浮舟物語の独自な特性があるのである。

狭衣物語にそうした鏡像的で象徴的な言説を求めると、その一つとして次のような文章に遭遇し、検討の材料として挙げることが出来るのではないだろうか。

光り輝きたまふ御容貌をばさるものにて、心ばへ、まことしき御才などは、高麗、唐にも類なきまでにぞ、人思ひきこえためる、いにしへの名高かりける人々の跡は、千歳経れど変らぬに、合せたまふ人々、公を始めたてまつりて、「時世に従ふにや、なつかしう、いまめかしう、見所ある筋は、ことの外に優りたまへり」と定められたまふめり。(二六)(2)

この狭衣の超越した美質を称賛した言説に記入されている、狭衣の筆跡を賛美する修辞としての、傍線を付した「時世に従ふにや、なつかしう、いまめかしう、見所ある筋は、ことの外に優《まさ》りたまへり」という文章は、筆跡を狭衣の突出した美質の象徴として取り上げていると解釈できると同時に、狭衣物語自体の特性を示唆・暗示・鏡像化しているものとして、受容・分析・解読すべきではないだろうか。

ところで、この物語の主人公の称賛・賛美の個所を、素直で単純に表層的に享受することは出来ない。というのは、この物語では、「時世」は、すでに、引用場面以前に、「『これやこの末のために現れさせたまへる第十六我釈迦牟尼仏』とて、押し擦り、涙をこぼすも多かり」(二三)とか「悪世《あくせ》」(二五)と書かれており、末法(末世・末代)＝悪世と認識されていたからである。『扶桑略記』永承七年一月二十六日に「今年始めて末法に入る」と書かれているように、唐の『破邪論』に従って、永承七年(一〇五二)より末世になったという末法意識は、広く貴族社会の「日本」でも流布していたらしく、この作品もそうした時代状況の認識・把握なしに読解することはできないからである。

とするならば、主人公狭衣は、「これやこの末のために……」という引用が示唆しているように、末世に誕生した釈迦なのであって、狭衣の筆跡礼賛もその点を配慮する必要があるのである。と言うより、末法の時代における主人公狭衣の〈色好み〉物語が、狭衣物語なのであって、そうした視座でこの作品は考察しなければならないのである(なお、「イロ」が同母・同腹の意であることも、源氏宮問題等を考慮する際に、配慮しておくべきであろう)。それは、「この世はかりそめに」（二四）「我は〈この世のこと〉もおぼえず」（四四）「〈この世の思ひ出でにしはべるべき〉と」（六二）などの「この世」認識にも現象・通底しており、逆にその「この世」の滅亡・衰亡・反省意識が、反転して「天稚御子」（四三）「兜率天」（五四）「弥勒菩薩」（五四）などの、荘厳で理念的観念的な理想世界＝「あの世」を措定させているのである。つまり、源氏物語のリアリズムと比べて狭衣物語を特色付ける所謂伝奇性とは、初期物語的世界への回帰などではなく、この物語の終末論的認識に関連していたのである。

そうであるならば、この作品の背後には、（正法（教＝教説・行＝実践・証＝結果）・）像法（教・行）／末法（教）、源氏物語／狭衣物語、道長／頼通…忠実（狭衣物語の成立時期が確定できないので、このように記した）、摂関政治全盛期／摂関時代爛熟・衰退期などという、二項対立の類型的な深層的な構造的歴史意識が作品の背後に隠されていると言えるはずである。この潜在する構造を認定した上で、狭衣物語の文学的位相を分析しなくてはならないのである。つまり、末法の時期において、像法の時代の産物を抹殺し、末法の時代に相応しい出来事＝物語文学を産出することが、この作品の文学的賭けなのである。源氏物語というテクストの影響に不安で怯えかつ憧れながら、源氏物語という親を殺し、末法の時代に相応しい、狭衣物語独自の世界を樹立することこそ、この物語の位相なのである。

この作品の背後に二項対立の構造があると記したが、しかし、この構造を固定したものとして考えてはならない。二項対立の構造は、常に、制度的・現在的には優位（例えば、男）／劣位（例えば、女）の関係を形成し、通常、後者が前者を補完する役割を果しているのだが、狭衣物語では、後者は前者の優位さに不安を感じ、怯えながら、にもかかわらず、その構造に異議申し立て、つまり脱構築化をして、不可能性を認識しながら、親殺しを敢行しようと試みているからである。つまり、源氏物語の優位さを認識しながら、しかもその優位／劣位という構造・枠組みを極限まで追求し、脱構築化・解体化しようとする意欲・意志・精神・表象が、狭衣物語の価値・位相なのである。

それは、狭衣物語の冒頭文である、

少年の春惜しめども留らぬものなりければ、三月も半ば過ぎぬ。（一七）

という言説にも現象している。すでに指摘されているように、また「『狭衣物語』の方法――〈引用〉と〈アイロニー〉あるいは冒頭場面の分析――(3)」という論文でも指摘したことなのだが、この文章は、源氏物語の巻頭を開始する技法の影響を受けているが、同時に、一つの文章でありながら、白氏文集巻十三・古今集巻二春下・源氏物語胡蝶巻を引用するという、華麗な引用の饗宴ともなっているのであって、その過剰性・過激性は、源氏物語に対する批判・批評ともなっているのである。過剰とは異議申し立ての異名なのである。

それは言説の面ばかりでなく、内容的にも現象している。「この頃」で語りだされる所謂第二冒頭文のある段落には、狭衣の父堀川大臣の紹介として、

二条堀川のわたりを四町こめつつ、心々に隔て、造り磨かせたまふ玉の台に、北の方三所をぞ住ませたてまつらせたまへる。（二一）

という設定が記されている。この設定は明らかに源氏物語における光源氏の造営した六条院そのものだと言ってよいだろう（秋好中宮を無視しているという批判・非難があるかもしれないが）。つまり、狭衣物語は、源氏物語の主人公である光源氏（堀川大臣）の子息を、狭衣として設定しているのであって、夕霧という登場人物に欠落していたものを過剰に華麗に追及していたのである。その過剰さが、狭衣（二世の源氏）を、帝位に即位させるという無謀で奇想な構想として、巻末に展開されていることは、言うまでもないことだろう。

なお、この段落で、

何の罪にか、ただ人になりたまひにければ、故院の御遺言のままに、帝、ただこの御心に世を任せきこえさせ

たまひて、公私の御ありさまめでたし。（二一）

と書いているのも、堀川大臣が光源氏であることを示唆していると言えるだろう。「罪」に、源氏物語の「一部の大事」＝藤壺事件を暗示していたのである。狭衣物語は、〈どのように語るか〉という面ばかりでなく、〈何を語るか〉という点でも、源氏物語を過剰にすることで、その影響に怯えながら、憧憬の背後で、親殺しを試みているのである。

そうした視座で、本稿の標的の一つであり、物語文学研究の核となる課題の一つでもある、狭衣物語の〈語り手〉の問題を考察するならば、従来の批評や研究がこの問題で結論的な追求が出来なかったのは、狭衣物語の、源氏物語の影響に不安を感じながら、同時に親殺しを試みている動的な両義的位相を、確定できていなかったせいではないだろうか。その「影響の不安」は、意外に狭衣物語が、源氏物語を根底から解読していたことに表出されているのである。

すでに、引用や設定において狭衣物語が源氏物語を精読していることは叙述したが、語り手に対しても、狭衣物語は、源氏物語が実体的な女房視点で書かれていることを理解・解読していた。源氏物語の言説視点については、他の論考で何度も言及し、特に、近頃では「源氏物語の二声性――作家・作者・語り手・登場人物あるいは言説区分と紋中紋の技法――」(4)で集中的に論じているので、反復することは避けるが、源氏物語は、〈紫のゆかり〉＝（高次の語り手）を核として、主人公や中心人物たちの経験を見聞した、実体的な女房・従者＝（一次の語り手）の視点を基盤として書かれていることは言うまでもない。狭衣物語は、それを充分に解読・理解した上で、過剰に語り手・視点の課題を言説化していったのである。その源氏物語の実体化されている女房視点を、どのように過剰に過激化したかという様相を、冒頭場面の幾つかから探ってみることにしよう。

まず、狭衣物語もまた、源氏物語と同様に女房視点で叙述されていることを確認する必要がある。狭衣物語の冒頭文近くに、次のような場面が掲載されている。

〈立つ苧環の〉とうち嘆かれて、母屋の柱に寄り居たまへる御容貌、〈この世には例あらじかし〉と見えたまへるに、よしなしごとに、さしもめでたき御身を、〈室の八島の煙ならでは〉と、立ち居思し焦がるるさまぞ、いと心苦しきや。（一八）[5]

「見えたまへるに」の対象は狭衣であることは言うまでもないことだが、〈この世には例あらじかし〉という内話文を述べて、彼を見ているのは、その場にいた女房たち語り手である。つまり、源氏物語と同様、この狭衣物語も（一次的な語り手であるらしい）女房視点で書かれているのである。それは、「いと心苦しきや」という自由間接言説を述べているのが、彼女（語り手の女房）であることからも判明されるだろう。

源氏物語の方法を真似て、狭衣物語も傍らで見聞していた女房の視点から言説化していると判断してよいのだが、それにしては、〈立つ苧環の〉とか〈室の八島の煙ならでは〉という引歌表現で、狭衣の内話文が書き込まれているのが、少し気になる。源氏物語では「〈内話文〉と思ふ（べし）」などと書かれているように、主人公や中心人物たちの心中思惟を、語り手が推察・推量して叙述している様子が、こうした場面表出などでは状況説明から判明できるのだが、この作品では引歌で内話文が記述されているため、どうして語り手が直接的に狭衣の心内が推察できるのかが、疑問となってくるのである。あるいは、狭衣の内話を推察して、それを勝手に語り手が引歌表現に作品執筆の際に変更したと、理解することも可能であるかもしれないが、和歌には一人称的な同化性・一体性が強く（なお、この作品では、引歌で内話文を叙述する傾向がある）、狭衣自身が引歌表現で自己の内話を表出したと解釈すべきで、そうだとすれば、なぜ語り手が推量表現なしで他者狭衣の内話文を叙述できたのかと言う、大きな疑問が提起され

ることになるのである。続く場面は、

　さるは、その煙たたずまひ、知らせたてまつらん及びなく、〈いかならむ便りもがな〉と思しわづらふにはあらず。ただ双葉よりつゆの隔てもなく生ひ立ちたまへるに、親たちを始めたてまつり、よそ人も、帝、東宮なども〈一つ妹背〉と思しおきてたまへるに、かかる心の付き初《そ》めて、思ひわび、ほのめかしたまふもかひなきゆゑ、《あはれに思ひかはしたまへるに、〈思はずなる心ありける〉と、思し疎まれこそせめ、世の人の聞き思はんことも、むげに思ひやりなく、うたてあるべし。大殿、母宮なども、「並びなき御心ざし」と言ひながら、〈この御事はいかがせん、さらばさてあれかし〉とは、よに思さじ、いづ方につけても、〈いかばかり思し嘆かん〉》など、方々あるまじきことと、深く思ひ知りたまふにしも、あやにくにぞ御心の中は砕けまさりつつ、〈いづくにいかに身をもなし果ててん〉と、心細く思さるべし。（一九～二〇）

と書かれている。研究者によっては内話文の記号の付け方に異議がある者もいるかもしれないが、そうした論議は別として、引用文末に記してある「べし」という推量の助動詞が気になるはずである。狭衣の〈いづくにいかに身をもなし果ててん〉という内話文を推察・推量しながら、なぜそれ以前に記されている内話文を推量表現なしに叙述しているのであろうか。不可思議な言説と言わざるを得ないだろう。当然そのように推量するだろうと、確信して、源氏宮への禁断の思慕がこの物語の主題であることを、読者に印象付ける技法であることは、それなりに解るのだが、それならば、何故「など」以前の狭衣の長文の内話文も語り手の推察だとなぜ示唆しないのだろうか。

　この疑惑を解決するためには、所謂「跋文」といわれている、巻末に記されている長文の草子地を解読する必要がある。残念なことに、新全集本にはこの跋文が掲載されていないので、大系本から引用しなければならないが、この草子地についてはなお後にも言及するし、拘ることになるので、注意・記憶しておいてほしい。その巻末の跋

文には、

あはれにもをかしくも、若き身の上にて思《おもひ》しみにける事どもをぞ、片端も書き置きためる。これは、はかばかしく故ある事を、見ぬ「蔭の朽木」に（なりに）ければ、露ばかりみどころあるべきやうもなきに。〈ただ、男の心は薫大将、かばね尋ぬる三宮ばかりこそ、あはれにめやすき御心なめれ〉と、からうじて、思ふ給へつれど、「男も女も、心深きことは、この物語に侍る」とぞ、本に。（大系本四六七）(6)

と述べられている。

語り手論として注目されるのは、「書き置きためる」という言説である。つまり、この狭衣物語は、「若き身」によってエクリチュールされた虚構の作品であることを、この跋文では宣言しているのである。「書く」という行為を意識的に対象化した作品は、既に以前から指摘しているように、現存する物語文学では、落窪物語から始まっている。この作品では、「書く」という言説が何度も草子地で用いられているのである。そうした先駆的な作品があるにもかかわらず、源氏物語は、帚木巻の巻頭の長文の草子地に「語り伝へけむ人のもの言ひさがなさよ」とあるように、「語り」を基盤にして、それを聞き書きしたという体裁で、作品が産出され、作家紫式部によって書かれている。第一次の、光源氏をはじめとする主人公・中心人物の体験を傍らで見聞した主として女房の語りを、聞き、書き、批評している草子地（高次の語り手＝紫のゆかり）の場が設定されているのである。

そうした、語りを基盤に源氏物語が女房視点で叙述されていることを十分に理解していながら、若い女房が、自己体験や特に源氏物語を核とした読書体験など（身の上）を通じて、「思ひしみ」た（深く執心した）出来事の、そのほんの片端を、虚構として「書き置き」したのが狭衣物語であったと跋文は述べているのである。つまり、この作品が、それ以前にあった源氏物語を中心とした物語文学の、観念的な理念に拮抗・模倣・典型化・過激化して書かれた、間テクスト性によって生成されていることを、明断に表明しているわけで、このエクリチュールという営為が、あまりにも親としての源氏物語の女房視点を意識していたために、言説上の矛盾を喚起し、引歌による内話文という奇妙な現象を起していたのである。

それ故、「さるは……」という引用文末にあった「べし」も、推量・予想の意ではなく、当然・適当と解釈すべきで、〈書く〉という営為が作品の基底にあったからこそ、一見すると矛盾と思われる表出も、必然的に喚起された現象だったのである。つまり、狭衣物語は、平安朝後期の王朝国家制度の爛熟期の現実と真摯に対決しながら作品化されたものではなく、それ以前の源氏物語を核とした物語文学の主観的に判断した理念から、虚構を〈書く〉という意識を基盤に産出されたものなのである。

こうした、観念性は、先に引用した跋文に見事に表出されていると言えるだろう。この草子地によれば、「若き身」が、狭衣物語以前の文学作品を読み、「思ひしみける事ども」(心に沁みて深く思った事など、深く執心した事など)は、「あはれにもをかしくも」という感動であったらしい。それは、「ただ、男の心は薫大将、かばね尋ぬる三宮ばかりこそ、あはれにめやすき御心なめれ」というこの草子地を書き加えた老女房らしき人物の感想にも表出されており、屍尋ぬる三宮という散逸物語は、不詳と言うしか表現しようがないのだが、ここでも源氏物語後半部を「あはれ」と理解していたことが判明するのである。

既に、常識化していることであるが、「あはれ」という語は、「あ・はれ」という感動・賛嘆の意から生成して、古語では促音を表記しない規範があり、「あっぱれ」という強い賛嘆・歓喜の意と共に、悲しみからしみじみとした情感を表出する「哀れ」まで振幅のある言葉として使用されている。しかし、多義的で幅のある語彙ではあるが、感動・賛嘆から発生した言葉であるが故に、常に対象を必要としていた。

しかし、「思ひしみにける事」や、「若き身」の書いた「本に」あったという、「男も女も、心深きことは、この物語に侍る」という言説の「心深き」は、理念的で観念的で、現実的対象を持っていない。「深し」は、水準や水面などからの垂直な距離を表出する概念なのだろうが、その距離を測定することなどは不可能で、対象的なものなどありえない語彙なのである。この物語を自己目的化してしまったあり方こそが、狭衣物語の位相だといってよいだろう。

だからこそ、「はかばかしく故ある事を、見ぬ「蔭の朽木」に（なりに）ければ、露ばかりみどころあるべきやうもなきに」と老女房は認識し、少しも見所のないテクストでありながら、以前の物語の「はかばかしく故ある事」を過激に集成しているが故に、「蔭の朽木」とするのが惜しいと思い、書写したと述べているのである。つまり、狭衣物語という作品は、源氏物語とその周辺の物語文学を核とする平安朝における文学の印象主義＝美的仮象主義なのであって、文学自身の美的経験を求道しているのだが、その志向しているものは、物語の内在的論理や美意識なのであって、対象的現実ではないのである。なお、「若き身」と老女房は同一人物で、作者宣旨という概念で括ることができるかもしれないことを、断っておく。

二　イロニーの方法

さらに、語り手の課題を追求しておかなくてはならないだろう。すでに、引用した狭衣物語の分析から判断されるように、この作品は女房視点で叙述されているのだが、さらに検討すべき機能がある。例えば、五月五日の夜、帝の前で笛を演奏する場面は、次のように書かれている。

笛に申して、「いかに、仕ふまつるまじきか」とたびたび御けしきまめやかなれば、〈かくと知らましかば、参らざらまし〉と、わびしけれども、逃《のが》るまじき夜なれば、うひうひしげに取りなして、ことに人知らず耳慣れぬ調子一つばかりを、吹きたてて止みぬるを、上をはじめたてまつりて、音に聞きつれど、いとかばかりの音《ね》とは思しめさざりつるに、今まで聞かせたまはぬことの恨めしさをさへ仰せられて、〈めでたういみじ〉と思しめされたるさま、こちたし。（四一）

まず確認しておくべきは、この場面が清涼殿の広廂で、実体的な女房の視点からは決して観察できないことなのである。つまり、源氏物語の一次的な主人公や中心人物の傍らで見聞者・体験者＝語り手の位相とは異なって、場面は叙述されているのである。と同時に、〈 〉で示したが、狭衣や帝の内話文が書き込まれていることである。この点では、意外に、全知的視点に近似しているのである。だが、書かれた作品でありながら、前章で分析したように、女房視点は守られていると理解すべきで、語り手（女房）は背後霊のように狭衣の背後に張り付いて、女房の視点では観察できない場所にまで移動しているのである。だからこそ、語り手と主人公の二つの声が読者に聞こえる「こちたし」という自由間接言説が文末で使用されているのである。

さらに、狭衣が登場しない場面を取り上げても、飛鳥井の女君が筑紫に下向する最中の、扇を見て彼女が狭衣を思慕する際には、

移り香のなつかしさは、ただ袖うちかはしたまひたりし匂ひ変らず、仮名など書きまぜられたるを、泣く泣く見れば、「渡る船人楫を絶え」と返す返す書かれたるは、我を思して書きたまふらんにもあらじを、只今見るには、ことしもこそあれ、いかでかはいみじうおぼえざらん。顔を当てて、とばかり泣かるるさま、外《と》までも流れ出でぬべし。（一四〇）

と書かれているのであって、傍線のごとく「ん（む）」「べし」という推量表現が使用されているのである。書かれた作品ではあるものの、背後霊的に狭衣に焦点を当てた女房視点で、語り手を一貫させているために、狭衣が不在な場面では、あえて推量の助動詞を付加していたのである。

この〈狭衣に焦点を当てた背後霊的女房視点〉という語り手の設定は、狭衣物語の主題・方法・言説などのさまざまな独自的特性と密接に関係している。その一つを例示すれば、この物語が、全知的視点や、源氏物語のように語り手を実体化した源氏宮付の女房視点などで叙述されていないために、源氏宮の内面描写を回避することができたと言うことができる。内話文はあるものの、源氏宮の狭衣の邪まな恋慕に対する苦悩・反撥などの内面描写をせずに、物語展開が可能となったのである。仮に、狭衣物語が、源氏宮の心的内部を詳細に叙述していたとすると、この作品は異なったものになっただろうし、狭衣は主人公の位置を喪失していたはずである。つまり、この狭衣に焦点を当てた背後霊的女房視点は、この物語の独自的特性をさまざまに生成していたのである。奇想といえる奇跡的な物語展開も、この語り手の設定と無関係ではないだろう。

なお、この女房視点が、源氏物語のように人格をもった実体（抽象性を与えられていることもあるが）として描かれてはいないことも確認しておくべきだろう。人格性が与えられると、彼女の立場・性格・イデオロギーなど、無意識的なものも含んだものを、語り手の背後にある深層を露呈してしまうのだが、この場合の背後霊とは無人格的で、女房であるという立場だけが、語り手からの草子地のような言説には覗けるに過ぎないのである。

ところで、既に『源氏物語の方法――〈もののまぎれ〉の極北――』に掲載した諸論文で、何度か分析しているので、ここでは論考することを回避するが、物語において、〈なにを語っているか〉という物語の内容や出来事などとは違って、〈どのように語るか〉という裁量は、語り手に委ねられている。この機能が、狭衣物語の文芸的特

質の核となっているイローという方法を確立させることになるだろう。なぜ、狭衣物語は、冒頭場面で、

……宮少し起き上がりたまひて、見おこせたまへるまみ、つらつきなどのうつくしさは、花の色々にもこよなく優りたまへり。例の胸うち騒ぎて、つくづくとうちまもられたまふ。「花こそ花の」と、とりわきて山吹を取らせたまへる御手つきなどの、世に知らずうつくしきを、人目も知らず、我が身に引き添へまほしく思さるるさまぞ、いみじきや。「くちなしにしも咲きそめけん契りぞ口惜しき。心の中、いかが苦しからむ」とのたまへば、中納言の君、「さるは言の葉も繁く侍るものを」と言ふ。

いかにせん言はぬ色なる花なれば心の中を知る人はなし

と思ひ続けられたまへど、げにぞ知る人なかりける。（一八）

と、近親相姦的な狭衣の源氏宮に対する禁断の欲望を描出しているのであろうか。物語展開に従って徐々にこの禁忌違犯の恋慕が形象化されて行くのではなく、なぜ、物語の核となる主題が、冒頭で露呈するのであろうか。これはこの作品がイロニーの文学であることを宣言し、狭衣の一方的なかつ擬制的な兄妹の近親相姦的恋慕を前提に、この物語を解読することを求めているからである。

イロニーについては、これも『源氏物語の方法』で何度も言及したことだが、単純化してその方法的特質を述べれば、登場人物や語り手・読者が既知であることを、他の登場人物は無知であるがごとく装って叙述する方法だといってよいだろう。この方法は、現存する物語文学から推定する限り、源氏物語が、藤壺事件と〈形代／ゆかり〉の技法・方法から産出していった表現であった。源氏物語において、光源氏が恋慕する紫の上・女三宮などの女性は、藤壺の〈形代／ゆかり〉であって、光源氏の色好み行為の背後には、常に藤壺の翳が宿っているのであって、源氏物語の主要な女性の登場人物には、アイデンティティは欠落しているのである。しかし、このイロニーは、若

紫巻までの四帖を費やして紡ぎだされた方法・表象であって、狭衣物語のように冒頭から方法的に規定されていたものではないのである。

しかも、この方法は、玉鬘六帖の、頭中将と夕顔の子玉鬘を、異母兄の柏木が恋慕するのを愉楽している光源氏という構図などを描き、さらには、読者には既知なのだが、自己の出生の秘密に苦悶・葛藤する薫を第三部で表出することで、方法的に確立されるのだが、狭衣物語は、そうした源氏物語のエクリチュールの苦闘の過程を、あたかも自得したように全篇で一貫させているのである。ここにも源氏物語の本質を理解しながら、それを過剰に過激化させる親殺しの態度が現象していると言えるだろう。狭衣物語は、源氏物語を方法的に制覇しているのである。

つまり、狭衣の、蓬が門・飛鳥井の女君・女二の宮・女一の宮・宮の姫君といった女性遍歴の色好み行為の背後には、常に源氏宮の翳を読解することが、狭衣物語では求められているのであって、宙吊りにされた狭衣と源氏宮との関係という結末も、擬制的な近親相姦的な設定も、イロニーの文学の必然だったのである。

注

（1）『源氏物語の方法――〈もののまぎれ〉の極北――』（翰林書房　二〇〇七年）所収。表現主体を論じたもので、論旨とは関係ないが、附載論文として掲載した。

（2）本書を検討したことがなかったので、本論文では、敢えて新編日本古典文学全集を使用した。数字はその頁数。記号などは訂正している。

（3）『物語文学の方法　II』（有精堂　一九八九年）所収。

（4）注（1）参照。

（5）引用は新全集本だが、記号等は訂正している。

（6）新全集本にはこの跋文が掲載されていないので、大系本を使用した。「蔭の朽木」は、後撰和歌集雑二・閑院の「春やこし秋や行きけんおぼつかな蔭の朽木と世を過す身は」の引歌。

付記

本稿は、二〇〇七年二月一八日に東京家政学院短期大学にて開催された狭衣物語研究会・公開研究発表会において、三谷邦明氏が研究発表をされた折の発表資料がもとになっている。発表資料は原稿の形をとっていたので、本書の編集委員による若干の校訂作業を経て、ほぼそのまま掲載するに至った。校訂作業・入力は萩野敦子と宮谷聡美が担当し、三田村雅子氏に校閲していただいた。

Ⅰ

物語の時空間と言語そして文化

『狭衣物語』の転地《ディスプレイスメント》――飛鳥井女君／今姫君／狭衣――

井上眞弓

一　転地と女君の孤絶

『狭衣物語』に登場する女君のうち、何らかの力によって居場所を押し出され、渡り歩いた軌跡を持つ者としてまずあげられるのは、飛鳥井女君であろう。父母早世のこの女君は、乳母の奸計により結婚することを秘されたまま乳母の家から連れ出される。瀬戸内海を舟で移送されるに及んで結婚相手の男君が狭衣の乳母子道成と判明。狭衣の筆跡の残る扇を道成から見せられて入水を決意し、海に身を投げようとしたところ、兄僧に助けられて京に戻り、山里常磐で出産・出家という軌跡を辿る。飛鳥井女君に通って子までなした狭衣がいながら、名のらずに通っていたことが女君を窮地に陥れ、結果として女君を「転地《ディスプレイスメント》」させてしまった要因のひとつとなっている。

ここで用いた転地ということばは、何らかの強制的な力が介在したところに発生した移動のことをさす。移動や移居という一般的に用いられることばよりは、故郷《ふるさと》と呼ばれる場所を失うという意味が含み込まれる。(1)転地を「何らかの力によって」と定義したが、この力に関してはさまざまなものがあるので、その質を問うことなく用いることとする。また、転地によりある定まった場所―定地―を得て、そこが行き着くべき場所となることもあるが、転地がさらなる転地を招く場合もあって、転地には位相差があることを前提としておきたい。さらに付け加えれば、転地がどのような力によるか、転地によって女君はどのような体験をするかなど、移居に伴って新たに現出する登場人物間の関係は、女性がどのような文化の枠を持ち、移居でその文化の枠をどう解体させるか、もしくは維持するのかを考究できる視座を持つものと思われる。そして、その女君はどこから来てどこへ行こうとしているか、またどこへ行かされようとするのかが、『狭衣物語』にとって人間関係を描くと言うより、むしろ文化の流通／対峙の問題として表れている側面を考察していこうと思う。

このような視点でみた時、飛鳥井女君の転地は、物語前史とも言うべき平中納言という父と母を亡くして自分の家にいられなくなったところから始まり、乳母の家に寄寓する第一段階を経て、仁和寺の阿闍梨による拐かし未遂事件、乳母の企みによる西国行きという第二段階へ至る。その後兄僧に助けられて常磐の山里へ落ち着く第三段階があり、さらに続けて彼地での出家逝去後、魂の彷徨という第四段階もあって、自らの意思とは関係ないところで次から次へと行き先をまろばされ続けた。しかしながら飛鳥井女君は、思慮浅く他者に弄ばれる女君ではなく、作歌の教養を持つ聡明な女君である。なぜ物語は生活のたずきを失った聡明でうつくしい女君の流離いを語るのだろうか。女君が遣わされた牛車に乗り込む折に見える「転地」へと追い込まれる女君の状況を明らかにしたい。

①〈『飛鳥川』を心もとなげにのたまへれば、夜さりなどは、例のものしたまはんに、いかやうに言ひて帰りたまはん〉など、なほもの憂きも、「げにうたてある心かな」（とナシ）乳母のもの言ひ恥ずかしながら、おぼつかなくてものしたまはんは口惜しくて、心より外なる身のあやしさ、まづ思し続けられて、動かれぬを妻戸

押しあけて、「さらば、疾く渡せたまへ。人のいそがせたまふに、久しくならむもいとほし」など言ひて、あざやかなる衣ども持て来て、櫛の筐など車に取り入れなどして、ただいそぎにいそぎて、「遅し、遅し」と押し乗するやうにすれば、我にもあらず、いざり出づるに、何と思ひ分くことはなけれど、心騒ぎて、胸ふたがりたる心地す。鶏も今ぞ鳴くなる。（〈　〉は心中思惟）　（参考　大系　巻一　一〇二頁）

早いテンポで進む夜明け前の劇を見るような場面である。女君は狭衣が今晩ここへ来ると知っており、なかなかここを動くことが出来ない。そうした状況のなか乳母が「遅い」「早く」などと声をたてて、あざやかな色の衣裳を持ってきたり櫛の筐を車に積んだり大急ぎで出立の準備をし、女君を押して、牛車に乗せようとしたので、「我にもあらず」部屋を出ることになった。女君の返歌の通り「渡らなむ水増さりなば飛鳥川あすは淵瀬になりもこそすれ[2]」と、二人の間の飛鳥川は水が増して淵となり、逢瀬を遂げることは出来なくなったのである。しかしその場に及んでも飛鳥井女君は、狭衣の贈歌である「飛鳥川あす渡らんと思ふにも今日のひるまはなほぞ恋しき[3]」を思い起こしていた。女君は狭衣と歌の世界で繋がっている。移動の最中に狭衣からの餞の扇を道成から受け取り、それが狭衣の所持していた扇であり、書かれている文字が狭衣の筆跡であることに気づいた場面における彼女の反応もそのことを物語っているだろう。その扇に書かれた歌「渡る舟人楫をたえ[4]」を反芻しつつ自身の心に歌ことばで思いをためていくというように、飛鳥井女君は自分のことばと狭衣のことばを連れて移動していくのである。その折、心のうちで詠んだ飛鳥井女君の歌は「楫を（緒）絶え命も絶ゆと知らせばや涙の海に沈む舟人[5]」と扇に書かれた歌への返歌であり、また「添へてける扇の風をしるべにて帰る波にや身をたぐへまし」と、帰京を意識した歌を詠んで転地に含み込まれた、土地からもぎとられるように連れてこられた喪失感を表現するのである。この歌を詠んだ後に女君の『まだわたしにはものを弁えることができるのかしら』という意味の心中思惟〈もののおぼゆるにや〉

が見える。乳母の家であっても、そこに居ることだけが狭衣と逢える方途であった女君にとって、そこから移ることが引用文例①の「我にもあらず」(6)であったのは、女君を追い立てていったものが彼女にものを思うことさえ禁止するような荒々しい力であることを示しているだろう。

その後、移居した常磐の山里で女君は絵日記を残した。そこには狭衣への思いが歌となって数々綴られていたように、転地先でも変わらぬ思いを抱いて、歌を詠み続けていたことが判明する。つまり、飛鳥井女君は自分の歌ことばを持ち続けることができ、かつ狭衣との歌の応酬という世界を持ち続けたが、狭衣への社会的な帰属はせずにこの世を去っていったという文化枠で捉えられることが出来ると思われる。女君の周りには乳母も女房もいるのに、誰にも相談もできず心も通わせることもできない孤絶が、ここにはある。(7)引用文例①の場面は、女君が乳母とも、不在の男君狭衣とも語り合えない孤絶のなかに佇んでいたことを証し立てているのである。

また、狭衣が女君を仁和寺の威儀師から救い出して送り届けた乳母の家は、蚊遣火が煙たいほどに焚かれていた。これは飛鳥井女君と乳母の文化枠の相違が象徴的に語られていた証しではないだろうか。当然狭衣の文化枠では、その煙たさを下燃えの恋の煙として「我が心かねて空にやみちぬらん行く方知らぬ宿の蚊遣火」(8)と詠んでいく。狭衣の歌ことばの欺瞞性はそれとしても、(9)和歌で意思の疎通をはかる方法は、恋の身ぶりに通じる男君と女君間の共通した言語行為である。こうしてみると、飛鳥井女君にとって蚊遣火の煙たい乳母の家こそが、転地をまさに彩る場所であったのだ。この女君に「ふるさと」という表現は見えないが、そういう見えない、あるいは失われた場所を抱え、転地先の乳母の家さえ失い、さらなる転地へと押し出されるのである。

ところで、物語は、転地をさまざまな形で表していることに気づかれる。一般的に、女君は家とともにある存在である。だからこそ『源氏物語』において光源氏に某院へ連れ出された夕顔は、不安を隠しきれずにおびえていた。

夕顔を連れ出した光源氏の方も梟の声（実は家鳩かもしれないが）に不気味で不吉なものを感じてはいたものの、そのまま滞留したことにより、結果として夕顔を喪ってしまう。物語が女君の移動にさまざまな意味を生成していることは自明であるが、そうした転地は女君の弱さを強調するだけでなく、対極にある強靭な感性、あるいは存在事由獲得のしたたかさを一方では明らかにしている。飛鳥井女君の場合、歌日記を残す彼女を、ただの弱い女性と括り取ることはできまい。『狭衣物語』で居場所を移していくもうひとりの女君、今姫君に焦点をあてて、飛鳥井女君とは異なる転地の様相を、同じく文化枠の観点から確認してみたい。

二　今姫君と文化の枠組

『狭衣物語』には、今姫君という女性[(10)]が巻一で登場する。母と乳母が続いて亡くなった後、堀川大殿の妻のひとりである洞院上に引き取られ、洞院上の西の対の屋に移居した姫である。

②かの太政大臣の方には、姫君迎へとりたまひて、西の対、しつらひなどよき様にせさせたまひて、えも言はずはなやかにもてかしづきたまふ。御歳二十にて、かたちはおほらかにこめかしき様したまへれば、まことに年ごろの本意かなひて、もてなしたまへる様どもあまりなれば、いとど見つかず見ゆ。殿のうちにもめでたがり、世の人も「いみじかりける幸い人かな」とぞ言ひめでける。この君は年は二十になりたまひけれど、あまりおほどかにて、心幼くものはかなげにぞおはしける。限りなう思ひかしづきたまふ御目にだに後ろめたう心苦しきことを、明け暮れ嘆きけるに、母にも乳母にも、うち続き後れたまひて、いとど思ひやる方なくほれぼれしきに、にはかに、あらぬところに渡りて、ありつかず、はなばなともてかしづかれたまふ有様に、〈我は

我〉とも思し知らず、ただ知らぬ国に生まれたまへる心地のみして、いとど現し心もなきやうなるあたりに
（参考　大系　巻一　八二頁）

二〇歳を過ぎたどちらかといえばおっとりしすぎの姫に、立派な飾り付けをして迎え取った洞院上は、思慮分別が足りなさそうなところに何となく不安で気がかりな気持ちを抱く。一方、引き取られた姫は、その「心幼さ」のゆえかぼんやりしている。「にわかに、あらぬところ」とあるので、彼女の意思での渡りではない。母や乳母とは異なる管理者の手によって、洞院上へ来たことになる。内閣文庫本と西本願寺旧蔵本（深川本）では母名の表記が異なっているが、その一致している点をまとめると、今姫君の母が一条の后に仕えた女房であった関係から、后の妹にあたる洞院上に引き取られたということになる。(11)後に今姫君の母である伯の君の姉が飛鳥井女君の叔母であることが判明するので、常磐の尼も今姫君の移居に関しての介在者である可能性がある。

引用文例②は、場所との違和を表出する波線部「ありつかず」ということばや茫然としている「現つし心もなきやう」など、今姫君の移居に対する違和感が語り取られる箇所でもある。なかでも注目したいのが傍線部「あらぬところ」と「知らぬ国に生まれたまへる心地のみして」という表現である。特に「知らぬ国〜」は一度死んで異郷に生まれ変わったような心地という意味であるが、(12)『源氏物語』で「あらぬところ」と「知らぬ国」のふたつの表現で語られているのが浮舟である。(13)ここに見出された今姫君の表現に、浮舟の心幼さと記憶喪失の状況や母の非在が踏まえられていると読むとき、浮舟を透過させて見えてくる今姫君の転地の状況がありありと現出する。今姫君は、母や乳母との生活や文化の枠では推し量ることができない程の違和感を、ここ洞院上の御殿で感じていたのであろう。そして、この場面と近似する表現が巻三に繰り返し出てくる。

③母、乳母にもてかしづかれたまひしにを、母におくれて程もなく、知らぬ国に生まれたまへる心地して我か

の心もしたまはぬに、いとどこの御後見の、心にまかせていと荒々しくせめき（こナシ）えおどしきこゆれば、ものもおぼえずほれまどひて、現し心もなき。月日に添へてなりたまふに、琵琶にも師とてあやしき者よびもてきて、習はせば、ただこの（れカ）が言ふままにおづおづ弾きたまへば、いとど現し心もをさをさなきやうにおはする、はかなかりけり。（参考　大系　巻三　二三七〜二三八頁）

傍線をほどこしたことばは引用文例②との類似箇所である。二つの引用文例より、今姫君への母代の執拗な介入、暴力的な発言があったであろうことが推察される。以下、狭衣の来訪時の表現もそれを証すであろう。

④いらふべきとも覚えず恥ずかしきに、汗のみ流れて侘びしきに、はじめおはしたりしに「人々答へ遅くきこえたり」とて、母代が腹立ち罵りて、人々をはしたなく言ひしを思ひ出でたまひて、〈またいかに言はれんと思すに、身もわななかれて、いとさらにも言ひ出づべくもなければ、〈かの、ははと、詠みかけし歌をこそ母上聞きたまひて「よし」とのたまひしか〉と、まれまれ思ひ出でて、おぼれしどけなき声にて「吉野川何かは渡る」と一文字も違はず言ひ出たまへるを（参考　大系　巻三　二三三〜二三四頁）

しかし、狭衣の来訪に当惑する今姫君は、母代に叱られたくないという一心で、記憶を辿り、かつて母代が狭衣に詠み掛けた「吉野川何かは渡る妹背山人だのめなる名のみ流れて[14]」の歌を洞院上が褒めていたことを思い出す。上の句を一文字も変えずに詠みだしたというのも、彼女のいた洞院上西の対の文化実態ではなかったか。直接的には母代の文化、間接的には洞院上の歌に対する感性と姫君の教育を巡る文化状況を映し出していることとなる。少なくとも今姫君は洞院上西の対で、母代の責めにわななきながらも琵琶を弾いて「イタチ笛吹く　猿奏づ」などと歌えるようになり、母代の詠んだ和歌を一文字も違えずに暗記していたことから、転地した先である洞院上西の対で不本意ながらもその文化を身につけつつあることが推測される。しかし、その文化というのが、狭衣への応接時に不躾で喧噪をもたらした女房たちで構成されたものであったというのは、今姫君にとって皮相な現実といわねばならない。

⑤几帳ども今ぞ奥より取り出でつつ、がはがは、そよそよと、裾ども取り広げ、紐どものまとはれたりける、と引きかう引き、二十人ばかり立ちさまよい、つくろひ騒ぐ。几帳の音も衣、袴鳴り合ひて、ものも聞こえぬまでかしがまし。（略）几帳のほころびを手ごとにはらはらと解き騒ぐ音どもして、一つほころびより五六人が顔ども並べて〈まづ我見ん〉と争ふけはひども、忍ぶるものから、いとかしがまし。（略）「そそや」「そそや」とばかり言ふ。「それは不用ぞ、まろは不用ぞ」「君こそ、声よしと言はれたまへ」とつきしろひ、ささめき、立ちて逃ぐるもあるべし。「あなわりな。ものに狂ふか。まろはましていとこせたる声してや」（略）笑ひ、ひこじろひつつ、そぞろ走るなめり。（参考　大系　巻一　八五～八六頁）

洞院上の西の対に集められた女房たちは、母代とセットで今姫君の文化枠を構築した者たちである。傍線部にある喧噪と貴族の邸では見ることがないような立ち居振る舞いに今姫君はさらされながら、和歌の詠み方や楽器奏法、手習いなどを、ほとんどここ洞院上西の対という転地先で習得したことになろう。嵐のような喧噪のなか、居場所のなさを刻みつける今姫君はさらなる転地へと向かうことになる。

三　成人儀礼から見た転地

ところで、引用文例②に「〈我は我〉とも思し知らず」ということばが、今姫君の移居した時の精神状態を表すものとしておかれていたことを想起したい。この物語には、〈我は我〉という表現が他にもう一カ所ある。それは、冒頭部で狭衣が源氏宮への恋心を「〈我は我〉とかかる心のつき初めて、思ひわびほのめかしてもかひなきものゆゑ」と表現している箇所である。狭衣の〈我は我〉という表現について三谷邦明氏は、「〈我はわれ〉は狭衣のテーマを背負ったことば(15)」であるという。この物語は、青年としての自覚こそが我は我、君は君という自覚＝煩悶を与え、成年戒＝初冠を示唆したのであるが、同時に源氏宮と一体化できた少年期を取り戻したいと願う狭衣をも表出しており、我は我故の悲劇を主題化するとする。さらに鈴木泰恵氏は、『源氏物語』澪標巻、松風巻、真木柱巻、手習巻にみえる〈我は我〉表現を参照して、登場人物の孤立した有様について着目し、「君」と隔てられた狭衣の「我」の孤立性や狭衣の思いが周囲には通じないことを強調すると指摘する(16)。以上の二論文から、〈我は我〉表現が狭衣を表象することばとして、物語の初発に置かざるを得ない重要なことばであると取り押さえられよう。狭衣の〈我は我〉表現の後、物語は狭衣の成人儀礼ともいうべき天稚御子降下事件を語り出していくという展開を見せる。この物語において〈我は我〉という表現が狭衣のみではなく、今姫君にも用いられていることを重く見ておきたいと思う。

さて、この物語は「少年の春」と始まり、それが白楽天の「春中ニ盧四ト周諒トトモニ華陽観ニ同居シテ」題の詩句の引用であることは、周知の事実と言ってよいだろう。その詩句によれば「燭ヲ背ケテハ、共ニ憐ム、深夜ノ月。花ヲ踏ンデハ、同ジク惜シム、少年ノ春」となっており、一緒にいる友の存在が濃厚である。しかし、『狭衣物語』では、それを望みつつ狭衣はひとり孤独をかみしめることとなる(17)。そして、狭衣と「一緒に愛で、一緒に思いを同じくする」人を望む狭衣の発言が、今姫君の出現の箇所に存する。

⑥「…かの后の宮にありける伯の君の娘は、かこつべき故やありけん、母亡せて後、あはれになんありけるに、『かの上の〈つれづれの慰めにせん〉とて、迎へたまふべき』とこそあんめりしか。さやうの料にやあらん。

男子の、あやしきもあんなれど、『〈宮の少将似たり〉とて、かの中務宮の子にしたまふ』と聞きしかど、さもあるべきやうはありけん」など、のたまはすれば、「男子も、殿の御子にてこそあれ。なにがしには似ぬにやあらん。はらからあまた持たる人こそうらやましけれ。しのぶべき人だに無きに」

（参考　大系　巻一　七七～七八頁）

堀川上と狭衣が、今姫君の出自と洞院上に引き取られるべき理由について語り合っている場面である。傍線部の狭衣の発言からは、君は君、我は我と頭で理解しながらも他とは違う自分という孤立感に煩悶し、同じ心で語り合う存在を希求している発言と受け止められる。〈我は我〉表現の底流には源氏宮の存在がたゆたうものの、ここでは今姫君が狭衣ときょうだいであるかもしれないという新たな展開が示唆されたのであり、狭衣に「ともに語り合う存在」願望の成就を夢想させるが、物語の進展はそれを打ち消してゆく。こうして、後にわかるのだが、父の子ではないだろう今姫君が、事実はともかくとして父の子として堀川大殿邸へ入ってきたことが、狭衣の「ともに語り合う存在」願望の成就には繋がらず、ひとりでいることを自覚（＝〈我は我〉）させていくのである。後に今姫君は入内沙汰やみ事件をおこし、今姫君を核として狭衣は堀川大殿と自分の社会的立場を自覚していかざるを得ないとすれば、暗に今姫君は狭衣の成人儀礼と関連する面を担う存在ともいえるのではないか。以後、今姫君をかいま見た狭衣の情報が父の政治的立場を補完してゆくのである。

今姫君の場合、洞院上西の対へ移居した時点で既に二〇歳であり、裳着が済んでいるであろう年齢であるにも関わらず、「おほどかにて心幼」いところと「〈我は我〉とも思し知らず」表現が相通する。今姫君の「〈我は我〉とも思し知らず」とは、成人戒＝裳着を受けて結婚できる年齢なのだが、そのような精神状況にはなりきっていない未熟さを表わすことばであると取り押さえることができよう。翻って狭衣の場合も、青年としての自覚はあるのにまだ源氏宮との「少年の春」が醸した甘い時間が忘れられず、その永続を心に秘めて宙づりの時間を生きることが〈我は我〉表現によって担われていたとおぼしい。[18]

さて、『狭衣物語』において今姫君の裳着は済んでいるのか、いないのか。同じく今参りの姫である『源氏物語』の玉鬘は、西国へ赴いていたことや実父内大臣との対面の機会を画策するうちに裳着が遅れ、物語に語られる彼女の裳着の儀式は、二三歳の折であった。この裳着が、光源氏の養女が玉鬘であることを公にするもの[19]であったことを勘案すると、「〈我は我〉とも思し知らず」は、今姫君の幾度も語られる幼さと結びついて、狭衣が元服して二位中将に叙されているにもかかわらず大人になりきれないことと同様に、今姫君の成人儀礼も物語内の現実はともかくとして、意味的に引き延ばされているということではなかろうか。ここに「心幼」い今姫君がさらなる転地によってしか「成人儀礼」を迎えることが出来ないという、命題が見え隠れする。たとえば、「心幼し」という表現に注目したときに見出される『源氏物語』の女三宮や浮舟と今姫君にある共通項[20]に目を向けてみよう。それは、出家を決心することである。今姫君の場合は出家し損ないではあるが、実際に自分の髪を削いだという点から、他の女君にも共通して見える「心幼し」と出家の連関は考え得るだろう。その出家騒動の引き金はまずは太政大臣家の宰相中将によってなされた。

⑦母上の兄弟の宰相中将、いかでか見聞こえさせけん、いとなつかしげなる御かたちを見けるより思ひつきて、仄めかしたまひけり。うへの、聞きながらかく思し立ちぬるもねたければ、帝も大殿も、かく受け引きたまはぬ気色を見れば、〈後の罪もあへなん〉とや思ふらん、明後日ばかりになりて、寝たまへるところに入り臥しにけり。　（参考　大系　巻三　二五一頁）

宰相中将はいよいよ明後日が入内となったという切迫した日程で、自分の行為が許されるであろうことをも予想して今姫君を訪れている。[21] その入り臥しへの母代の対応が、ドタバタの騒動へと進展する。

⑧君の臥したまへるかたはらに来て、床より引き下ろしつつ「ここらの宝を尽くしてうへの思しいそぐ幸ひを、心として焼き失ひ滅ぼしたまへるにこそあめるに、今いくばくの日数のこころもとなさに受領男をいそぎしたまふぞや。下臈なる身の、ものの用多かるだに名の惜しければ、若うよりものしたたかなる男は設け侍らぬものを。いづちにもいづちにも早く行き失せたまひね」と、「恥知りたまはぬか」と、爪弾きをしかくる様の、いとおどろおどろしう恐ろしげなる（略）いとど腹立ちまさりて、「はやう（は）やう尼法師なりたまひね。その受領の北の方、かく居たまひたらん後見、さらにさらにし侍るまじ。同じさまにて、また殿のうちにもえおはせじ。さてもさても、などか入り来つらん折に声高にうち泣きたまはざらん。心安くひれ臥したまへんも、あな心憂。あな恥ずかし」と、額髪を引き上げて、「いでやいでや」とにがみかくる気色、ややもせば喰ひつきぬべし。（参考　大系　巻三　二五三～二五四頁）

傍線部の表現に母代の暴力性を確認することが出来よう。また「尼になれ」や「この御殿にはいままでのようにはいられない」「どこかに早くお行きなさい」という母代の発言（傍点部）が見え、今姫君にはっきりとした転地を促す発話行為がなされていることも確認しておきたい。かくして今姫君は、自らの髪を削ぐのである。

⑨〈心より外のことにてあり、「尼になれ」と言ふをさへ聞かずは、遂にいかがしなされん〉と恐ろしければ、人の思ふらんことの恥ずかしさ、なにはあらで、〈尼になりなん〉と思ひたまひて、櫛の筐なる鋏を取り出でて（参考　大系　巻三　二五四頁）

今姫君の場合、浮舟とは異なり、髪を削ぐもののそれが出家とならないで、入り臥しの相手である宰相中将との結婚へと進む契機となった。浮舟が髪を削ぐことが主体性獲得の証左であった[22]のに対し、大きく逸れてはいるが、母代からの責めという受苦の身体を持つ今姫君にとって、髪を削ぐことは不躾な女房が右往左往している洞院上西の対という世界への抗いとなったことは否めないだろう。傍線部に「心より外のことにて」とある。飛鳥井女君の転地の時にも引用文例①に「心より外なる身のあやしさ」と共通のことばが見えている。図らずも今姫君が飛鳥井女君と同様、自分をそのような存在として自覚したことが分かる。こうして髪を削いで居場所を失った女君は、再び転地を繰り返すのである。

四　荒き風の吹く場所からの転地＝定地

今姫君の入り臥し事件の後日譚が巻四に語られている。今姫君は果たして幸せになったのだろうか。

⑩かの「吉野川」、あまたたびいさめたまひし今姫君の御よすがとなりたまへり（るカ）宰相中将は、このころ、大納言にて東宮の大夫かけてぞものしたまふ。「西国の受領ぞ」とて、母代にいり揉まれたまひしかど、やがて、そのあたりをもとり放ちて、またなうあはれなる心ざしに思ひかしづき聞こえさせたまひしかば、かたくなかりし御心もおのづからもて隠されて、あまた年も過ぎにければ、いとをかしげなる御子ども多かるなかに、大君すぐれたまへるを、大納言は「いかにまれ、まづ東宮に奉りて、必ず后に据へてん」と思しのたまふを、母君は「昔、本意違ひて帝をもえ見奉らず、うとうとしうなりにし代はりに、この宮をだにけぢかうこそあらせたてまつらめ」とか（ら）うじて御心強うのたまへば「まれまれ、はかばかしう思したらんことを違へ聞こえじ」と、大納言も思ひなりたまひぬるにや、一品の宮の御方よりも伝え奏せさせたまひけり。

（参考　大系　巻四　四五三頁）

今姫君の寝所に入り臥した太政大臣家の宰相中将は、今姫君と結婚してかわいらしい子どもをたくさん授かり、大納言となっている。大納言は長女を東宮へ入内させる考えを持っていたが、今姫君が狭衣の実子である若宮（現兵部卿宮）へという考えを述べたのを受けて、大納言もその気になって狭衣へ打診してきた。今姫君の欠点が隠されて幸せな生活をしているということは、転地によってその場に居場所を構築出来た―定地―ということになる。今姫君の文化枠は、太政大臣家宰相中将の采配によって守られたとおぼしい。洞院上西の対への移居を「あらぬところ」「知らぬ国に生まれたまへる心地」と記憶の喪失を想わせた今姫君は、子福者として居場所を得て自らの願いを口にするほどの帰属性をみせている。ところが、この願いは簡単には成就しないのである。

以下で展開される三つの狭衣の心中思惟をみてみたい。

⑪〈かの几帳のほころび争ひしけはひどももただ昨日今日のことにのみ、思ひ出づるを。我も人もかやうのこと言ひ交はすばかりの末末、あまた立ち出でたまふてなりにけるよ〉と、あはれにもをかしうも思し出でらる。〈心の限りもてかしづくらん姫君の有様なども、いかならん。大納言は、大方の掟ばかりこそあらめ。こまやかなる故々しさなど、母君の教へのままにこそはあらめ。それを「見苦し」と思はんには、大納言もさてはありなんや。何事もあらあらしう心やりて、うちはやりたる人がらなればぞかし〉と、思ひや（ら）るるだに、いとうしろめたうわりなきに、〈琵琶の音を弾き伝えてやあらん〉、思ひやらせたまはば、ひとり笑みせられさせたまひて、えかひがひしうぞ答へさせたまはざりける。（参考　大系　巻四　四五三～四五四頁）

太政大臣家の大納言（洞院上のきょうだい）は、子女の教育におおまかな方針をたてるかもしれないが、大方は母親である今姫君が行っているであろうと狭衣は想像する。滅多に意思を表明しない今姫君の発言を叶えたいとする夫は奔走するが、狭衣からの許可は下りなかった。今姫君は太政大臣家大納言の妻としてのことばを獲得しているという事実に注目するとともに、王権との関わりをここでも見せている今姫君の存在を確認しておきたい。『狭衣物語』は堀川大殿の王権への復帰を裏テーマとして持ち、[23]狭衣と父堀川大殿が一体となって構築していく王権物語でもあった。今姫君の入内沙汰やみ事件となった入り臥しの相手である太政大臣家宰相中将との結婚、さらにその子女の皇室との縁談へと至る今姫君の転地と定地の物語は、「をこ」話に見えて実は政治的な話へと転変しているのである。

一方、今姫君方からの縁談に対する狭衣の躊躇はどこにあったであろうか。その理由のひとつは、大君の母が今姫君であったことである。「イタチ笛吹く、猿奏づ」と今姫君が琵琶を奏した情景は忘れることの出来ないものであったようで、あの今姫君が子女に琵琶を教えているのではないかという狭衣のおそれ[24]があった。今姫君の子女たちは、狭衣へ稚拙な応接しか出来なかった洞院上西の対に居た今姫君の子どもであるというルーツ故に、王権を手にした狭衣から遠ざけられる。しかし、それは決して彼女の文化枠ではなく、洞院上サロンにおける母代を軸とした文化であった。

それに対して狭衣は、実娘飛鳥井姫君の養母が一品宮であったことにより、姫を一品宮とした。姫の実母である飛鳥井女君の絵日記は姫君から取り上げられ、母の辿った経路は消されたとおぼしい。また、実子にして嵯峨院の若宮においては、狭衣帝即位後、彼を兵部卿宮にし、のちの東宮・帝への径をつけた。これはひとり狭衣の力によってなされたわけではなく嵯峨院の意向が反映しているが、問題は狭衣の過去や狭衣の子どものルーツが不問とされて、実子たちが皇統譜に書き加えられることに対し、今姫君は堀川大殿の実子ではなく、「ものもおぼえずほれまどひて」という過去が炙り出されている点に相違を認めることが出来る。

つまり、今姫君の結婚は両義的であると言わねばならない。洞院上に引き取られた世間の噂でいうところの幸い人今姫君は、太政大臣家の宰相中将と結婚の後、たくさんの子どもに恵まれたと世人が見る側面と物語読者によって見露わされている世俗の幸いにもかかわらず届き得ぬ王権との距離感を刻んでいる側面とである。今姫君の他者によりまろばされ移された経路は、まさしく彼女のもつ記憶の有り様とリンクしていた。今姫君の転地とは、失われたのは場所ばかりでなく、喜びや悲しみの感情を麻痺させ、記憶を一時停止させるという文化枠の解体ではなかったろうか。今姫君のことばがそれを悲しく物語っている。母代に責め立てられていた洞院上西の対で詠んだ歌がある。狭衣が西の対で扇に書かれていた今姫君の歌を見つけた。

母もなく乳母もなくてうちかへし春のあらたにものをこそおもへ

荒くのみ母代風に乱れつつ梅も桜もわれうせぬべし　（参考　大系　巻三　二三八頁）

「あらた」が歌に詠まれる契機は、たとえば大嘗祭和歌など、特殊な場合が多い。一般的な貴族の女性は用いない歌ことばである。「うちかへし」と「田」が縁語であり、「うちかへしものをこそ思へ」というところにもの思いをする今姫君像が結ばれるが、決して上手な歌であるとは言い難い。また、次の歌は梅と桜が並列におかれて、風で散るところに不吉な陰りをみることができる。ここに詠出された「荒き風」の表象は、たとえば母親を喪った子どもの身の上を案じる祖母の歌として『源氏物語』桐壺巻にある桐壺更衣母北の方の歌「荒き風ふせぎし蔭の枯れしより小萩が上ぞ静心なき」に見えるように、庇護されるべき存在があるのにそれを庇護する存在がいない場合に用いられるものである。(25)また六条院に引き取られた玉鬘が、「吹き乱る風のけしきに女郎花しをれぬべきここちこそすれ」とつぶやくと、光源氏が「した露になびかましかば女郎花あらき風にはしをれざらまし」と詠んでいる例も散見される。ここに出てくる「風」には、母や乳母という庇護すべき人がいない女君の生き難さが表出されているとまずはおさえておこう。

さて、ここで言及した玉鬘は、「流離する姫」である。自身の思惑ではなく、何らかの力により定住できずに移動し、一時は九州へ赴いていた。玉鬘の場合は、母が居なくなってしまった後、乳母を頼りに西国へ赴き、彼地での求婚から逃れるために上京したが、実父内大臣のところへ直接に辿り着けずに光源氏を経由したことが、さらなる流離いを招いてしまった。そして、玉鬘の願いのことごとくは妨げられ裏切られ(26)、身体的な流離いだけではなく、心の流離いを強いられた女君である。今姫君とは比較の対象とならない程の美的感覚と才覚を持っている女君であるが、それゆえに『狭衣物語』の今姫君が玉鬘を照らし返しつつ、かたくなことばを発している様が立体的に語られているともいえまいか(27)。つまり、今姫君の前に近江君が呼び出され、その「をこ」ぶりが笑いを醸していることを前提としても、そこには移居により記憶を喪失したかに読み替えられた浮舟像が引き出され、母代の責めには母亡し子としての無防備さを露呈させ、荒々しい風を防ぎようもないと歌い、それが六条院という本来の居場所ではないところで養父から懸想を仕掛けられ、理不尽な目にあっている玉鬘まで呼び覚まされる、今姫君とはそういう造型なのではないか。玉鬘は和琴を弾き、それが内大臣家の者であるというルーツを顕示することに通じていたが、今姫君の琵琶弾琴は、自分のルーツを消すことになりこそすれ、アイデンティティの確保にはならない。母代の擬似貴族文化をなぞらえ、そこに同化することしか許されていなかったのであり、それ以上の才覚を伴っていなかったということでもある。したがって、今姫君という存在が『狭衣物語』において、人はどこから来てどこへ行こうとしているかを明確に問題化する。他者の暴力や介入で苦しむことが姫のことばや記憶を奪い、それが「をこ」を増長させるという関係を描くことで、飛鳥井女君や狭衣の存在とことばを照らしてもいくのである。

五　狭衣と今姫君の捻れた関係——〈経路《ルーツ》〉という生き方——

狭衣は超俗的属性を天稚御子降下事件により世間に顕し、現世との違和に寂寥を感じている存在であった。こう理解すると、この世に対する身の処し方において今姫君と類似しているという側面が透け見えてくるのではないだろうか。そうは言うものの狭衣と今姫君は捻れの関係にあって、今姫君の文化枠が固定されたものではなかったように、狭衣もまたその経路は顕現されつつ隠されていると言わねばならない。貴種流離譚と申し子譚に彩られた狭衣の人生は、どこから来てどこへ行こうとしているかを初めから指針としていたとおぼしい。それをさし示しているのが狭衣の〈我は我〉表現であり、今姫君の場合は「〈我は我〉とも思し知らず」表現であった。奇妙な捻れの関係にある二人は、現実への違和を抱え込む狭衣と現実への違和を鋏で切る—髪を削ぐ—行動に出た今姫君との差異となって表われている。このように考えるとき、今姫君のことば、それは「寡黙」であったり、「吉野川」歌の鸚鵡がえしであったりという言語伝達の不如意な状況もしくは伝達困難な状況を示すのみであるが、これもまた狭衣のことばと切り結んでいたのではあるまいか。

かつて狭衣は今姫君の居所で奇抜な女房の応接に呆れ、「うるまの人とも覚え侍るかな」[28]と発話し、一般的な男君の様式美として、女君方をうらんで見せた場面[29]があった。言語伝達困難な状況が「うるま」という異国の地を呼び込んでしまったのだが、こうして狭衣が自分のことを「うるまの人」と呼び、発話することで、彼もまた天界から現世に帝となるべく転地した異郷性をもつ者というルーツをさし示していたのではないか。狭衣のことばが飛鳥井女君の転地と不可分ではなかった[30]ことと同様、今姫君の転地とも向き合い、その捻れた関係を物語に刻んでいるように思われる。

注

（1）この用語の使用に関して、ジェームス・クリフォード『ルーツ』の訳者解説「人類学的歴史批評の冒険」（有元健・毛利嘉孝訳者代表　月曜社　二〇〇二年）を参照した。転地は転位でもあり、本稿は今姫君と狭衣がともに文化の交差を生きていることに着目している。今福龍太「水でできたガラス―旅と離散の詩学―」『岩波講座文化人類学』七　一九九六年参照。
（2）参考　大系　巻一　九七頁。本文として内閣文庫本を使用、古典大系本の該当頁を掲出する。
（3）参考　大系　巻一　九六頁。
（4）本歌は「由良のとを渡る舟人梶をたえ行方も知らぬ恋の道かも」『好忠集』（国歌大観による）。
（5）参考　大系　巻一　一〇七頁。
（6）『狭衣物語』における「我にもあらず」ということばは三例で、あとの二例は狭衣に用いられている。近接のことばである「〈我は我〉とも思し知らず」が、後で述べるように、今姫君に用いられている。
（7）参考　大系　巻一　九九頁に「山梨を思ひ続くる」とある。「世の中を憂しといひてもいづくにか身をば隠さむ山梨の花」（『古今和歌六帖』六「木」詠み人知らず）歌の引用で、『源氏物語』大君にも同様の歌ことばが引用され、薫との結婚を迫る女房たちから身を守らなければならない上、誰とも分かり合えない大君の孤絶を表出していた。『狭衣物語』は宇治十帖の大君像も引用しているだろう。飛鳥井女君は歌を通して狭衣と繋がっていたが、その狭衣のことばが女君を動かし、語らない女君にしていたこと等を巡って、井上眞弓『狭衣物語の語りと引用』（笠間書院　二〇〇五年）を参照されたい。
（8）参考　大系　巻一　六九頁。

（9）出会ったばかりの女性に「かねて」思いを抱き続けていたという歌は相応しくないのだが、過去を引き合いに出して眼前の女君への好意を詠んだ歌と解釈すれば、歌を詠むうえで重大な欠陥ではない。ただし、本心とのずれは存在する。

（10）今姫君の造型に関する論として、『狭衣物語』を中世への移行期文学として見るスタンスから今姫君の物語を論じた横尾三雄「『狭衣物語』の一試論―今姫君物語考―」（『平安朝文学研究』二―二　一九六六年五月）、『源氏物語』の近江君の引用を指摘した土岐武治『狭衣物語の研究』（風間書房　一九八二年）、近江君・末摘花との類似を論じた伊藤博「『狭衣物語』今姫君攷」（『大妻国文』二六　一九九五年三月）、女三宮・玉鬘の影響を論じた土井達子「『狭衣物語』今姫君の造型についての一考察―『源氏物語』女三宮と玉鬘の影響―」（『岡山大学国文論稿』二三　一九九五年三月）、養女性について論じた倉田実『王朝摂関期の養女たち』（翰林書房　二〇〇四年）等があり、参照した。

（11）流布本では、今姫君の母が先代の后に仕えていた女房ということになり、意味が異なる。

（12）前掲の横尾論文では、転生を示唆的に読む。

（13）井上眞弓「『狭衣物語』における場所の記憶―今姫君と大宮の移居を中心に―」「平成16～18年度　科学研究費補助金（基盤研究（C））課題番号16520109『狭衣物語』を中心とした平安後期言語文化圏の研究・研究成果報告書」二〇〇七年。当該論文は、今姫君は『源氏物語』浮舟を引用して、移居に伴う精神的打撃を「思い出」や「記憶」として語らないと提起する。結果として、今姫君には母や乳母とともに過ごした懐かしい「ふるさと」ということばはいっさい見られない。皇太后大宮の場合は、かつての居住地を「ふるさと」と呼ぶものの一般的な、たとえば男君狭衣が用いるような「懐かしいふるさと」という感慨では表現されず、漢詩句に由来を持つ「古りにし里」で、誰も来ないという「寂寞たるふるさと」を自身の移居に関わる心情として表現していたと取り押さえた。浮舟の「あらぬところ」表現は母中将君との和歌贈答「ひたぶるにうれしからまし世の中にあらぬところと思はましかば（新編全集　東屋巻　八四頁）」にまず見え、小野移転後、「世の中にあらぬところはこれにやあらん」「あらぬ世に生まれたらん人はかかる心地やすらん」と反芻する。「知らぬ国」表現は小野の里で自分を取り巻く人を見回した時の感慨「正身のことはさはやかに、いささかものおぼえて見まはしたれば、一人見し人の顔はなくて、みな、老い法師、ゆがみおとろへたる者のみ多かれば、知らぬ国に来にけるここちしていと悲し」（新編全集　手習巻　二九五頁）がある。足立繭子「小野の浮舟物語と継子物語—出家譚への変節をめぐって—」（『中古文学論攷』一四一九九九年）に成田本『住吉物語』との類同の指摘がある。なお『狭衣物語』の流布本では「あらぬところ」が「知らぬところ」、「知らぬ国に生まれ…」が「赤子の襁褓に包まれたる心地」と異文を持つ。

(14)　参考　大系　巻一　八七頁。

(15)　「『狭衣物語』の方法—〈引用〉と〈アイロニー〉あるいは冒頭場面の分析—」（『物語と小説—平安朝から近代まで—』一九八四年、後『物語文学の方法II』有精堂　一九八九年）。

(16)　「狭衣物語の時間と天稚御子事件—時間の二重化と源氏物語の異化をめぐって—」（『源氏物語と平安文学』三一九九三年五月）、後加筆して『狭衣物語／批評』翰林書房　二〇〇七年所収。

(17)　萩野敦子「『狭衣物語』における「孤独」とディスコミュニケーション」題で、二〇〇三年三月九日狭衣物語研究会研究発表会にて発表。

(18)　私見では、天稚御子降下事件に嵯峨院が狭衣の後見人であることを世間に周知する第一段階の成人儀礼、その後、弘徽殿の細殿からの女二宮と女三宮のかいま見と寝所への侵入による『伊勢物語』初冠章段を引用した第二の成人儀礼があると考えている。井上眞弓「『狭衣物語』『夜の寝覚』の通過儀礼—成人儀礼と出家の意味生成に向けて—」（『王朝文学と通過儀礼』竹林舎　二〇〇七年一一月）。

(19)　倉田実「玉鬘の裳着」（『王朝摂関期の養女たち』翰林書房　二〇〇四年）。

(20)　浮舟の「幼し」については三村友希「浮舟の幼さ若さ—他者との関係構造から—」（『文学・語学』一八八　二〇〇七年七月）の外、前掲の土井論文に、女三宮の今姫君造型への影響が論じられている。

(21)　『住吉物語』では継母と乳母が合議して、法師が姫君に通っているとの嘘を言いつくろって、入内中止にもちこむ（礒部貞子『尾洲徳川家本住吉物語とその研究』二三〜二四頁。笠間書院　一九七五年）。『花桜折る中将』にも入内間近の女君への入り臥しという同様の設定がみえるが、女君と間違えて尼君を盗み出す。『狭衣物語』ではこの忍び込みが母代に見つかり、大騒動が展開する。このように「入り臥し」が語りの型となっていると見たい。

（22）早乙女利光氏の項目執筆による（『源氏物語の鑑賞と基礎知識』至文堂　二〇〇五年）。私見で着目しているのは、浮舟・今姫君両者に「鋏」のことばが共通して見える点である。『源氏物語』の他の女君には見えない。また、鋏で髪を削ぐ今姫君は、乳母の言動に世を儚んで「巌の中」「世を憂きときの隠れ家にせん」の心中思惟を持つ飛鳥井女君と対比的存在でもある。

（23）平井仁子「『狭衣物語』試論」（『物語研究』一九八〇年五月）。

（24）石田百合子「姫君たちの音楽教育―『源氏物語』の場合―」（『むらさき』四四輯　二〇〇七年一二月）に、『源氏物語』では教養豊かな身内の者に囲まれて、姫君が音楽教育を受けるという分析がある。

（25）その他、野分巻では夕霧の六条院風見舞いの話が出てくる。「あらき風をもふせがせたまふべくや、と若々しく心細くおぼえはべるを、今なむ慰みはべりぬる」（新編全集　二七五頁）。また『狭衣物語』内の呼応表現として、引用文例①に見える飛鳥井女君を西海上で揺るがす風の存在を挙げることが出来る。

（26）日向一雅「流離する姫君・玉鬘」（『源氏物語作中人物論集』勉誠社　一九九三年）、後『源氏物語の準拠と話型』第一四章　一九九九年三月所収。

（27）注（10）の土井論文は、『狭衣物語』巻四における今姫君造型に玉鬘の影響を論じている。

（28）参考　大系　巻一　八六頁。

（29）「うるまの人」を今姫君の女房集団ととる解釈が新編全集に見えるが、私見では狭衣ととる。なおこのことに関して論述した「『狭衣物語』における奪われた女房の声をめぐって―「うるま」という狭衣の発話言説より―」（『立教大学日本文学』九三号　二〇〇四年）を参照されたい。

（30）注（7）の井上前掲書参照。

『狭衣物語』における〈ことば〉としての地名――「唐泊」を中心として――

桜井宏徳

一　〈作中歌枕〉という方法

『狭衣物語』の特色は、いちはやく『無名草子』が「言葉遣ひ、何となく艶《えん》にいみじく、上衆《じやうず》めかしく」(二二〇頁)と評し、藤原定家もまた「於歌者抜群、他事雖不可然」(『明月記』貞永二年〈一二三三〉三月二〇日条・五-四四一頁)と記していたように、まずは何よりも、作中和歌はもとより、歌ことばや引歌など、さまざまな和歌的言語を自在に駆使することによって達成された、精緻にして流麗な文章表現のあり方に求められよう。

夙に鈴木一雄氏(1)は、『狭衣物語』の「情趣的な美文体」を支えるこれらの和歌的表現が、「すでに担う伝統的な意味を集合して、物語の文章表現に深い情趣を添えるとともに、物語内部で新しい独自な意義を帯びて、作中人物の心情や行動、場面の象徴として生かされて」いることを論じ、「物語内の和歌(作中和歌)による引歌、物語内の歌語(作中歌語)の重用」がとりわけ際立っていることを指摘していた。

近時、小町谷照彦氏(2)は、この鈴木氏の論を承けて、『狭衣物語』においては「緊密な歌ことばの連係」によって、「一度用いられた地名が物語独特の意味づけをされて、長い時間の中で継続されて用いられていることが、顕著な特徴となっている」と指摘し、それらの地名表現が、狭衣をめぐる女君たちの物語の展開にも深く関わっていることを論じている。ある固有の情緒的なイメージを有する詩的言語へと昇華された特定の地名である、という点において、それらはまさに「歌枕」と呼ぶにふさわしいものであるけれども、(3)さらに物語の内部で「伝統的な意味」を離れた「新しい独自な意義」「独特の意味」を付与されていることを重く見るならば、『狭衣物語』に頻出するこのような地名表現を、鈴木氏に倣って〈作中歌枕〉と称することも許されよう。

本稿では、こうした〈作中歌枕〉のうち、飛鳥井の女君の物語に散見される「唐泊」という地名を取り上げ、それが何を表象し、当該の物語の中でどのような機能を果たしているのかについて、若干の考察を加えてゆく。『狭衣物語』の「唐泊」については、早くは伊藤田豊氏(4)に物語の地理的背景という観点からの研究があり、最近では高野瀬恵子氏(5)が、後代の和歌における『狭衣物語』享受の一事例として、歌枕としての「唐泊」について論じているが、ここでは、それらの先行研究の成果を踏まえつつ、(6)地名表現をあくまでも言語作品としての物語を織り成す〈ことば〉として扱う立場から、「唐泊」という語の表現性を分析してゆくことにしたい。

二　「虫明の瀬戸」から「唐泊」へ、〈場所〉から〈ことば〉へ

『狭衣物語』巻一は、乳母に欺かれて、狭衣の子を身籠ったまま筑紫に下向する船に乗せられ、道成との結婚を強引に迫られた飛鳥井の女君が、道成が手にしていた狭衣下賜の扇の筆跡から、彼が狭衣の従者であることを知るに及んで入水を決意し、今まさに海に身を投げんとしているところで閉じられているが、(7)物語はそれを、以下のようにに、まずは「虫明の瀬戸」での出来事として語っている。

【1】まして、我や忘るる、人や訪《と》はぬ、と思ひしは、をこなりけり、と思ひ続け、立ちぬれば、涙の海に身はやがて動かれで、つくづくと沖の方《かた》を見やれば、空はつゆの浮雲もなく、月さやかに澄みわたりたるに、海の面《おもて》も、来《き》し方《かた》行く末見えず、はるばると見わたされて、寄せ返る波ばかり見えわたりつつ、船のはるかに漕《こ》ぎ行くが、いと心細き声にて、「虫明《むしあけ》の瀬戸《せと》へ来《こ》よ」と歌ふが、いとあはれなれば。

飛鳥井　流れても逢《あ》ふ瀬ありやと身を投げて虫明の瀬戸に待ちこころみむ

また、ある本に、

飛鳥井　寄せ返す沖の白波便りあらば逢ふ瀬をそこと告げもしてまし

（巻一①一五一〜二頁）

備前国邑久郡、現在の岡山県瀬戸内市邑久町の虫明湾付近に位置し、沖に浮かぶ長島と本土との間の海峡とも、長島とその北の鴻島との間との水道ともいわれる「虫明の瀬戸」は、じつは上記の用例が文献上の初見であり、近藤美智子氏(8)が指摘するように、『狭衣物語』の時代にあっては、「それ以前の古典には現れない新奇な」地名であったと思しい。また、高野瀬恵子氏(9)によれば、和歌史においては、『狭衣物語』よりもわずかに後れて、

つくしへゆくみちに、むさけのせとといふところに、かねのあるをうちならしなどするをききて

おとたかきむさけのせとのいしがねはなみのよるよるうつにやあるらん

（肥後集・一七四）

むさけのせとといふ所にてよめる

たのもしやむさけのせとをいる程はたつしら波もよらじとぞ思ふ

（散木奇歌集・七六八）

などの「虫明の瀬戸」詠があらわれはじめ、のち、一二世紀半ばの、

備前守にてくだりける時、むしあけといふ所のふるき寺のはしらにかきつけ侍りける　平忠盛朝臣

むしあけのせとのあけぼのみるをりぞ都のこともわすられにける

（玉葉集・旅・一二一七）

が人口に膾炙したことによって、歌枕として意識され、以後、題詠においても詠まれるようになったという。

なお、肥後・俊頼・忠盛らの歌は、詞書からも知られるように、いずれも現地で詠まれたものであり、『狭衣物語』との関わりは見出しがたいが、新古今時代には、定家・良経・雅経らによって、たとえば、

しるべせよむしあけのせとの松の風ほか行く浪のしらぬ別に

（拾遺愚草・一一六九）

波たかきむしあけのせとにゆく舟のよるべしらせよおきつしほ風

（新勅撰集・雑・一三二四　良経）

ふねとむるむしあけのせとの浪まくらむすびもあへずおきつしほかぜ

（明日香井集・七〇五）

などのように、入水直前の飛鳥井の女君のイメージを揺曳しているとみられる「虫明の瀬戸」詠が数多く詠まれるようになり、『八雲御抄』の「渡」の項にも、「狭衣」の注記とともに収められるまでに至っている。

以上、『狭衣物語』を初出とする「虫明の瀬戸」が、歌枕として広く知られるようになるまでの過程を粗々たど

り見てきたが、ここで問われるべきは、なぜ『狭衣物語』が飛鳥井の女君の入水の地として「虫明の瀬戸」を選んだのか、という問題であろう。

これについては、すでに高野瀬恵子氏(10)が、『源氏物語』の強い影響下にありつつ、それとの差異化を企図していた『狭衣物語』が、肥後や俊頼の歌の存在からも推察されるように、瀬戸内海の交通の要所として、受領層を中心として貴族社会においても一定の知名度を得ていた「虫明の瀬戸」を作中に取り入れることによって、「新鮮味を出そうとした」のではないか、とする見解を提示している。氏の所説はほぼ首肯されうるものと思われるが、ここではさらに、かつて鈴木一雄氏(11)が、

この頃《ころ》、堀川《ほりかは》の大臣《おとど》と聞こえさせて関白したまふは、　（巻一①二一頁）

という「本来の起筆部」をめぐって、「「昔」「今は昔」の物語ではない。「このころ」は現代の物語という意識をうかがわせる。新しい現代の物語を作ろうとしているのである」と示唆的に述べていたことを、併せて想起しておきたい。『狭衣物語』が、飛鳥井の女君の入水という一大クライマックスの場として、和歌史の伝統に裏打ちされた既存の歌枕ではなく、折しも同時代の和歌において歌枕化の兆しを見せつつあった「虫明の瀬戸」を採用したことは、この物語が、「昔」ならざる「現代の物語」たらんとしていたことの、有力な証左ともなりうるであろう。言い換えれば、それは、『狭衣物語』が、みずからを「新しい現代の物語」として規定するための一つの方法として、歌枕としてはいまだ耳慣れない「虫明の瀬戸」という地名を、周到な用意のもとに選び取っていたということにほかならない。そこには、『源氏物語』以後の物語文学の新たな表現様式をめぐっての、『狭衣物語』の並々ならぬ思

索の跡が、確かに看取されるのである。

にもかかわらず、『狭衣物語』における「虫明の瀬戸」の用例は、わずかに前掲の【1】における二例のみにとどまっており、「緊密な歌ことばの連係」には関わってゆかない。巻二において、筑紫から帰京した道成が、狭衣に飛鳥井の女君の入水の顚末を事細かに語るとき、そこでは、巻一では「虫明の瀬戸」とされていた女君入水の地が、以下のように、何ゆえにか「唐泊」へと改められているのである。

【2】道成「……湯をだにも見入れず、日を経て泣き沈みまさりて、さらに生くべうも見えはべらざりしかば、えまかりもやらで、霜月の晦日《つごもり》まで備前にまかりとまりて、夜昼まぼりはべりしに、唐泊と申す所にて、大弐《だいに》の船にあからさまにまかりてさぶらひし間《ま》に消えうせにし。あさましう海に落ち入《い》りぬるとなん見たまへし。……」

（巻二①二五〇頁）

この道成の証言を契機として、以後、『狭衣物語』においては、

【3】この扇は見知りたりけるなめり、あはれ、いかばかり思ひけんと思しやらるる涙の水脈《みを》になりぬべし。

狭衣 唐泊底の藻屑《もくづ》も流れしを瀬々《せぜ》の岩間《いはま》もたづねてしがな

かひなくとも、なほかの跡の白波を見るわざもがなと思《おぼ》せども、心にまかせぬありさまなれば、いかがは。光《ひかる》源氏《げんじ》の須磨《すま》の浦《うら》にしほたれわびたまひけんさへぞ、うらやましう思されける。

狭衣 あさりする海人《あま》ともがなやわたつ海の底の玉藻《たまも》もかづき見るべく

（巻二①二五三～四頁）

【4】年はいと若うて、大弐《だいに》にもなりにければ、やんごとなき妻《め》どもあまた引き具して、思ふさまにて下れど、昔のことども思ひ出《い》でられて、ものあはれなるに、唐泊にて、はた、いと言忌《ことい み》もえしあへず、うち泣きつつ、

道成　帰りこしかひこそなけれ唐泊いづらながれし人の行方《ゆくへ》は　（巻四②三九二〜三頁）

のように、もっぱら「唐泊」のみが、飛鳥井の女君を追慕する狭衣や道成の歌に詠み込まれ、「物語内の歌語」（作中歌語）」と称するにふさわしい地名、すなわち〈作中歌枕〉として錬成されてゆくことになる。

この「唐泊」は、『狭衣物語』以前はもとより、同時代の和歌においてもほとんど詠まれた形跡がなく、その意味では、「虫明の瀬戸」以上に「新しい現代の物語」にふさわしい地名ではあった。とはいえ、巻一の「虫明の瀬戸」から巻二の「唐泊」へのいかにも唐突な変更は、やはり不可解であるには違いない。この問題は、さらに、道成のいう「備前」の「唐泊」の実在が定かには確かめられないこととも相俟って、研究史においてもさまざまな議論を喚起してきたが、現時点では、それらの諸説は、以下の二つに大別できるかと思われる。

一つは、あくまでも物語本文に即して、道成の証言どおり、「唐泊」は備前国にあるものと想定し、さらに巻一との整合性をも考慮して、「虫明の瀬戸」の付近に、「唐」ないし「韓」と関わりの深い地名を求めようとするものである。具体的には、「虫明の瀬戸」のやや南西に位置する牛窓（現在の岡山県瀬戸内市牛窓町）に存し、現地の神功皇后伝説にちなんで名づけられたとも伝えられる「唐琴の瀬戸」が訛伝されて「唐泊」となったとする説[12]、あるいは、同じく牛窓に残る「師楽《しらく》」という地名を手がかりとして、『続日本紀』天平一五年（七四三）五月二八日条に見える備前国の「邑久《おほく》郡新羅《しらき》邑久浦《おほくのうら》」（二-四二七頁）を「唐泊」に比定する説[13]などがあるが、結局のところ、備前国に

「唐泊」という地名が実在したことを裏づける確証は、今もって得られていない。

いま一つは、「唐泊」は備前国にありとする『狭衣物語』の記述そのものを不審として、三善清行の『意見十二箇条』にも記されるように、行基によって建設されたいわゆる摂播五泊の一つに数えられ、後述のように『源氏物語』「玉鬘」巻にも「唐泊」として見える、播磨国印南郡の「韓泊」[14]（現在の兵庫県姫路市的形町）を、『狭衣物語』の「唐泊」に比定するものである。大取一馬氏[15]がいうように、確かに「所在地の記載のゆれは歌枕の場合まま見られる」ものであるから、『狭衣物語』が正しくは「播磨」とあるべきところを、隣国の「備前」と取り違えた可能性も、あながちに否定はできない。

しかし、「霜月の晦日まで備前にまかりとまりて、夜昼まぼりはべりしに、唐泊と申す所にて、大弐の船にあからさまにまかりてさぶらひし間に消えうせにし」という前掲の道成の詳細かつ具体的な証言は、けっして「虫明の瀬戸は播磨と備前の境の海駅であり、ここはより京都に近い唐泊を道成は口にしたものであろう[16]」などとして事済ますことのできない迫真性に満ちている。歴史地理的な事実はどうであれ、少なくとも『狭衣物語』のテクスト内に仮構された物語世界においては、やはり「唐泊」は備前国にあると考えなければならないのではあるまいか。

なお、『狭衣物語』の「唐泊」を播磨国の「韓泊」と同一視する立場からは、飛鳥井の女君が入水したのは、女君が耳にした船歌の「虫明の瀬戸へ来よ」（深川本）あるいは「虫明の瀬戸へ今宵」（流布本）という歌詞から推して、じつは「虫明の瀬戸」ではなく、それよりも手前の地点であったと考えられ、そこが「唐泊」であったのではないかとする説も提出されているが[17]、これは、巻一の「唐泊」から巻二の「虫明の瀬戸」への移行を合理的に説明しようと努めるあまりの、やや強引に過ぎる解釈であるように思われる。

むしろ、もとより複数ではありえようはずもない飛鳥井の女君の入水の地をめぐって、巻一では「虫明の瀬戸」、巻二・巻四では「唐泊」と、あえて異なった地名が使い分けられているのは、各々の場面と、それを形成する文脈の要請に応じた結果であると見る方がより妥当である。その点、巻一の「虫明の瀬戸」についての、

飛鳥井君が身を投げた時、「流れても逢ふ瀬ありやと身を投げて蟲明の瀬戸に待ち試みむ」と詠むが、作者はこの姫の歌に、「逢瀬」の「瀬」を入れる必要上、「蟲明の瀬戸」を出したかつたので、別の船の船乗に「蟲明の瀬戸へ今宵」と謡はせてゐる。[18]

との日本古典全書の解説は、きわめて説得的であるといえよう。

『大鏡』に現れる幾多の歴史上の実在人物をめぐって、稲垣智花氏[19]が「『大鏡』という作品内において、実在の人物は現実を離れ、その名を持った《キャラクター》と化している」と述べていることに倣っていえば、フィクションの言語作品としてある物語文学のテクスト内世界においては、地名もまた、直ちに実在のそれと等号で結びうるものではなく、その名を負いながらも、もはや現実を離れた虚構のトポスへと変じているのである。すでに見たように、『狭衣物語』の「唐泊」の所在地を実証的に突き止めようとする試みには、おのずと限界があり、それを超克するためには、地名を〈場所〉としてではなく、何よりも〈ことば〉として捉える視座が求められよう。[20]

結果として「虫明の瀬戸」は、巻一における一回的な場面形成に寄与したのみで、〈作中歌枕〉に発展しないまま姿を消してゆくが、以下では、叙上のような考え方に基づき、「唐泊」が飛鳥井の女君の物語において担う「射程の長い語の連関という方法[21]」について、具体的に解析してゆくことにしたい。

三　飛鳥井の女君の物語における「唐泊」――〈ことば〉としての地名が担うもの――

すでに高野瀬恵子氏によって詳細に検証されているように、[22]「唐泊」が歌枕としての確たる認知を得たのは、「虫明の瀬戸」よりもはるかに遅く、南北朝時代から室町時代にかけてのことであった。「唐泊」は、「旅泊」など船旅にまつわる題詠の素材として好まれ、以下の用例が示すように、南朝の歌人たちを先駆けとして、[23]正徹や三条西家の周辺でとりわけよく詠まれたようである。

①おぼつかな舟路いづこぞからとまりこのあし原の名ともおぼえず（宗良親王千首・八四五　名所泊）
②むすばれぬ夢も我が身のからとまりうきねかさなる波枕かな（耕雲千首・八六八　羈中泊）
③はま千鳥やまとにもあらぬから泊から声になく塩や満つらん（草根集・五五四七　旅泊千鳥）
④思出づる今夜ぞなきかから泊とほき扇の風も身にしむ（心敬集・九二　海路）
⑤空蟬のわが世むなしきから泊さてぞはかなき夢通ふらん（松下集・三二一二　旅泊夢）
⑥故郷を出ていくよのからとまりやまとにはあらぬ波ぢをやこし（雪玉集・二四一九　旅泊重夜）
⑦越えてこしやまとにはあらぬからとまり心とめぬは草枕かな（称名院集・一三四二　名所旅泊）

これらの中には、飛鳥井の女君の物語のキーワードと目される「夢」（①⑤）や「扇」（④）を詠み込むなど、『狭衣物語』の投影が看取されるものも少なくない。その一方、実際の「唐泊」の所在や風土、あるいは土地柄などについての関心はきわめて乏しく、むしろ、「から」をめぐって掛詞や縁語が多用されていることからもうかがわれるように、「からとまり」という〈ことば〉の持つ修辞性こそが注視されているという感が強い。もとよりそれは、これらの歌々がいずれも題詠であることに起因しているのであろうが、むしろそれゆえにこそ、『狭衣物語』における「唐泊」の〈ことば〉としての機能を考える上でも、貴重な示唆を与えてくれているように思われる。

とりわけ注目されるのは、宗良親王が「このあし原の名ともおぼえず」(①)と詠い、正徹・実隆・公条がそろって「やまとには(も)あらぬ」(③⑥⑦)と詠んでいることからも知られるように、「唐泊」という歌枕が、海の彼方の異国としての「唐」のイメージを色濃く湛えた歌ことばとして用いられていることである。極言すれば、歌枕としての「唐泊」の勘所は、何よりもこの異国情緒にこそ存していたのであり、その所在などは、さほど関心の対象にはならなかったのではあるまいか。

そもそも、「唐泊」とは、多分に普通名詞的な性格を有する地名としてあったものと思しい。「からとまり」の名で呼ばれる港としては、前出の播磨国印南郡の「韓泊」のほかにも、『万葉集』に「可良等麻里」(巻一五・三六七〇)として見える、筑前国志麻郡(現在の福岡県福岡市西区宮浦)の「韓亭」が知られている。このことは、「唐」あるいは「韓」と何らかの縁を持つ港であれば、そこが日本の何処であれ、「からとまり」と名づけられる可能性があったことを示唆している。

たとえば、時代は下るが、文政八年(一八二五)に頼山陽の叔父・杏坪《きようへい》によって編まれた広島藩領の地誌『芸藩通志』が、広島県呉市倉橋町に現存する「鹿老渡《かろうと》」という地名をめぐって、

或は云、からうとは、韓泊《からとまり》の義を訛り稱せるなるべしと、此地周防洋の口なれば、古韓船繋泊せることもあ

りぬべし、 （巻三八・二–五一七頁）

と述べていることなどは、その好個の一傍証となりうるであろう。

思えば、『狭衣物語』が飛鳥井の女君の入水の地として、当初の「虫明の瀬戸」ではなく、「唐泊」を最終的に選び取った理由も、前述のようにその名が担う、海彼の異国としての「唐」のイメージにこそあったのではなかったか。物語は「唐泊」という〈作中歌枕〉に、飛鳥井の女君と狭衣とが、「葦原」「大和」と「唐」ほどにも遠く隔てられ、引き裂かれてしまったことを表象する機能を、ひそかに託していたように思われるのである。あるいは、その絶望的な隔たりのゆえにこそ、正広が前掲の⑤においていみじくも言い当てているように、女君と狭衣は、「夢」という「はかなき」回路を通じて交感しつづけるのだといえようか。

さらに、叙上のような「唐泊」という語の持つイメージは、備前国にあるという『狭衣物語』の「唐泊」と、

「川尻《かはじり》といふ所近づきぬ」と言ふにぞ、すこし生きいづる心地する。例の、舟子《ふなこ》ども、「唐泊より川尻おすほどは」とうたふ声の情《なさけ》なきもあはれに聞こゆ。豊後介《ぶんごのすけ》、あはれになつかしううたひすさびて、豊後介「いとかなしき妻子《めこ》も忘れぬ」とて、思へば、げにぞ、みなうち棄ててける、いかがなりぬらん、はかばかしく身のたすけと思ふ郎等《らうどう》どもは、みな率《ゐ》て来にけり、我をあしと思ひて追ひまどはして、いかがしなすらん、と思ふに、心幼《をさな》くもかへりみせで出でにけるかなと、すこし心のどまりてぞ、あさましきことを思ひつづくるに、心弱くうち泣かれぬ。 （『源氏物語』「玉鬘」③一〇一頁）

と語られているように、「川尻」に近いとされていることからも、前掲の『意見十二箇条』に見えていた、播磨国の「韓泊」であることがほぼ確実な『源氏物語』の「唐泊」とを、歴史地理上の差異を超えて、〈ことば〉のレヴェルにおいて深く繋ぎ合わせ、ひいては、それぞれの場面の女主人公である飛鳥井の女君と玉鬘とを交錯させることにもなろう。

玉鬘も飛鳥井の女君も、ともに流離の旅の途中で「唐泊」に差しかかっているけれども、この「からとまり」という、まさに「あし原の名ともおぼえ」ぬ〈ことば〉の響きこそが、二人に通有の異郷をさすらう流離の女君としての生のありようを、[24] はしなくも浮かび上がらせることになるのである。

もっとも、玉鬘の一行が、大夫の監の魔手をかろうじて逃れ、筑紫から京へと急ぐ船旅も終盤を迎えたところで、ようやく「すこし生きいづる心地」を覚えながら、「唐泊」を通過してゆくのに対して、飛鳥井の女君は、乳母の偽計によって連れ出され、筑紫へと下る道成の船に乗せられた挙句に、「唐泊」において入水を図るのであるから、二人の女君にとっての「唐泊」は、およそ正反対の意味合いを帯びているのだといえよう。この点、飛鳥井の女君の物語を、「唐泊」という語を引用の軸として、玉鬘の物語を際やかに反転させた、一つの陰画として見ることも可能であろう。

さらに、以下に改めて掲げる、前出の【3】においては、より見やすい形で、『狭衣物語』の「唐泊」と『源氏物語』との浅からぬ関わりが示唆されている。

この扇は見知りたりけるなめり、あはれ、いかばかり思ひけんと思しやらるる涙の水脈《みを》になりぬべし。

狭衣　唐泊底の藻屑《もくづ》も流れしを瀬々《せぜ》の岩間《いはも》もたづねてしがな

かひなくとも、なほかの跡の白波を見るわざもがなと思《おぼ》せども、心にまかせぬありさまなれば、いかがは。光《ひかる》源氏《げんじ》の須磨《すま》の浦《うら》にしほたれわびたまひけんさへぞ、うらやましう思されける。

狭衣あさりする海人《あま》ともがなやわたつ海の底の玉藻《たまも》もかづき見るべく

（巻二①二五三〜四頁）

狭衣は、「唐泊」に身を投げたという飛鳥井の女君を悼んで、せめてその亡骸なりとも捜し求めたいと願うものの、それすらままならぬ窮屈な身の上を嘆き、「須磨の浦」に流離した光源氏を羨む。ここでは、「唐泊」から「須磨の浦」へ、という狭衣の連想の糸を導くものとして、『源氏物語』における「須磨」が、光源氏の寓居を訪ねた宰相中将（頭中将）の目には、以下に見るように、「唐」を思わせる異国情緒にあふれる地として映じていたことを想起しておきたい。

住まひたまへるさま、言はむ方《かた》なく唐《から》めいたり。所のさま絵に描《か》きたらむやうなるに、竹編《あ》める垣《かき》しわたして、石の階《はし》、松の柱、おろそかなるものからめづらかにをかし。

（「須磨」②二一三頁）

この場面を論じた高橋亨氏は、「「唐めいたり」とは、日ごろ見慣れた都の風情とは異なるものへの、心的な距離を示す修飾の語である」と述べているが[25]、狭衣は、まだ見ぬ「唐泊」を、まさにそのような、異国にも等しい、はてしなく遠い辺境の地として幻視していたに違いない。ここでもまた、「唐」という〈ことば〉を媒介として、『狭衣物語』と『源氏物語』とが連関してゆくさまを見て取ることができるのである。

四　潜在する「唐土」――「吉野の山」をめぐって――

ここでは、本稿の閉じ目に代えて、「唐泊」と同じく「唐」にまつわる〈作中歌枕〉として、「吉野の山」についていささか触れ、飛鳥井の女君の物語における「唐」の表象の意味するところを、改めて確認しておくことにしたい。

【5】狭衣「あないとほし。いかなることありとも、一人をうち捨てて逃げぬるはつらく思さるるや。吉野の山も、とは思はざりけるにこそ。見捨ててまかりなば、今宵はいま少し恐ろしきこともありなん。また、ありつる人も、まろ去《い》ぬと見ば、帰りもこそ来《く》れ。まことに御心ならでかかることものしたまはば、おはし所教へたまへ。送りきこえん。なほ本意《ほい》あり、あの人とあらん、と思さばまかりなん」　（巻一①七八～九頁）

【6】一人つくづくと空を眺めたまひて、泣く泣く越ゆらん死出の山路まで思《おぼ》しやらるるに、ただ、かの吉野の山をも後《おく》らかさんことを、恨めしげに思ひたりしけしきなど、なつかしかりしも、ただ今向ひたるやうに思ひ出《い》でられたまひて、

狭衣後れじと契りしものを死出の山三瀬川《みつせがは》にや待ちわたるらん

と思しやるも、枕《まくら》浮きたまひぬべき心地したまひて、経を読みたまふ。　（巻三②一四二頁）

上記のように、飛鳥井の女君の物語においては、狭衣が仁和寺の威儀師から救い出した女君に語りかける【5】と、のち、狭衣が夢枕に立った今は亡き女君を改めて哀惜する【6】とにおいて、

もろこしのよしのの山にこもるともおくれむと思ふ我ならなくに　（古今集・雑躰・一〇四九　藤原時平）

が引歌とされている。【6】には「かの吉野の山をも」とあるが、この「かの」が【5】の「吉野の山も」を指示していることは、論を俟たないであろう。「吉野の山」は、確かに「狭衣と姫君との出会いを表象する歌ことば」[26]、すなわち〈作中歌枕〉として機能しているのである。

ここではとりわけ、【5】の「吉野の山も」が、「吉野山は遠隔の地だが、さらに唐土を加えて、はるか彼方と誇張した表現」[27]と説明されているように、第二句の「吉野の山」を引くことによって、初句の「唐土」までもが導き出されてくることに注目したい。「引歌は断片的な歌句によって歌全体を想起させる」との鈴木日出男氏[28]の指摘に鑑みれば、この引歌表現によって、『狭衣物語』における「吉野の山」は、「唐泊」もまたそうであったように、いわば「大和」の内なる「唐土」とも称すべき、異国に異ならない「はるか彼方」の地として位置づけられてゆくことになろう。そうであるとすれば、飛鳥井の女君は、狭衣とはじめて出会った時から、すでにして「唐」（から／もろこし）のイメージに彩られていたことになるのではあるまいか。

狭衣が何げなく口にしたのであろう「吉野の山」の引歌が、はからずも飛鳥井の女君に「唐」のイメージを付与し、それがあたかも縁語のように機能して、やがて「唐泊」という異国めいた響きを持つ地へと女君を導き、ついには狭衣から遠く引き離してゆく——狭衣その人の発話行為が起点にあることを思えば、何とも皮肉な成り行きと

いうよりほかない展開ではあるけれども、飛鳥井の女君の物語には、そのような〈ことば〉の連環が、ひそやかに、しかし確かに、潜められているように思われるのである。

注

（1）鈴木一雄「『狭衣物語』について」（『物語文学を歩く』有精堂出版　一九八九年）。
（2）小町谷照彦「狭衣物語の地名表現」（平安文学論究会編『講座 平安文学論究』一三　風間書房　一九九八年）。
（3）奥村恒哉『歌枕』〈平凡社選書〉（平凡社　一九七七年）参照。
（4）伊藤田豊「源氏物語の地理的背景・「玉鬘巻」について——附　狭衣物語の唐泊——」（『平安朝文学研究』一一　早稲田大学国文学会平安朝文学研究会　一九六五年五月）。
（5）高野瀬恵子「和歌に見る『狭衣物語』享受の一例——「虫明の瀬戸」と「唐泊」」（『瞿麦』一七　瞿麦会　二〇〇四年六月）。
（6）本稿では、深川本（巻一〜三）・平出本（巻四）を底本とする新編日本古典文学全集の校訂本文に依拠して立論したため、言及することができなかったが、本文研究の立場から「虫明の瀬戸」及び「唐泊」について論じた先行研究として、片岡利博「飛鳥井女君入水のヴァリアント」（『物語文学の本文と構造』和泉書院　一九九七年）がある。
（7）内閣文庫本・平出本では、たまたま来合わせた兄僧が女君を救助し、上京して常磐の尼君に預けたことを伝える、加筆と思しき記事がこの後に続いている。
（8）近藤美智子「定家の歌における「虫明の瀬戸」」（『古典研究』二五　ノートルダム清心女子大学国語国文学科　一九九八年五月）。
（9）高野瀬恵子「和歌に見る『狭衣物語』享受の一例——「虫明の瀬戸」と「唐泊」」（注5）。

(10) 高野瀬恵子「和歌に見る『狭衣物語』享受の一例――「虫明の瀬戸」と「唐泊」」(注5)。
(11) 鈴木一雄「『狭衣物語』について」(注1)。
(12) 伊藤田豊「源氏物語の地理的背景・「玉鬘巻」について――附　狭衣物語の唐泊――」(注4)。「唐琴の瀬戸」については、西尾牧夫「牛窓」(『海の伝説――瀬戸内海を中心として――』　成山堂書店　一九六三年)、境田四郎「邑久・牛窓・虫明」(『帝塚山学院大学日本文学研究』六　一九七五年三月)も参看されたい。なお、境田論文などには混同も見られるが、同じ備前国の「唐琴の浦」は、現在の岡山県倉敷市児島唐琴町及び児島唐琴に比定される、牛窓の「唐琴の瀬戸」とは別個の歌枕である。
(13) 三谷栄一・関根慶子校注『狭衣物語』〈日本古典文学大系〉(岩波書店　一九六五年)、四八六頁。
(14) 「韓泊」については、千田稔「古代瀬戸内の海駅韓泊」(藤岡謙二郎編『地形図に歴史を読む――続日本歴史地理ハンドブック――』三　大明堂　一九七一年)、同「五泊の位置」(『埋れた港』　学生社　一九七四年)、松原弘宣「八・九世紀における船瀬」(『日本古代水上交通史の研究』　吉川弘文館　一九八五年)、同「播磨灘交通圏の成立と展開」「古代瀬戸内海の津・泊・船瀬」(『古代国家と瀬戸内海交通』　吉川弘文館　二〇〇四年)など参照。
(15) 大取一馬「中国・四国の歌枕」(片桐洋一編『歌枕を学ぶ人のために』　世界思想社　一九九四年)。
(16) 鈴木一雄校注『狭衣物語』上〈新潮日本古典集成〉(新潮社　一九八五年)、二〇九頁。
(17) 松村博司・石川徹校註『狭衣物語』上〈日本古典全書〉(朝日新聞社　一九六五年)、四四〇～一頁。高野瀬恵子「和歌に見る『狭衣物語』享受の一例――「虫明の瀬戸」と「唐泊」」(注5)もこれに近い。
(18) 松村博司・石川徹校註『狭衣物語』上〈日本古典全書〉(朝日新聞社　一九六五年)、四四〇～一頁。
(19) 稲垣智花「『大鏡』「肝試し」教材論」(前田雅之・小嶋菜温子・田中実・須貝千里編著『〈新しい作品論〉へ、〈新しい教材論〉へ――文学研究と国語教育研究の交差』[古典編]一　右文書院　二〇〇三年)。
(20) 本稿のこうした考え方は、高橋文二「場所としての地名から象徴としての地名へ――「歌物語」の視座から――」(『王朝まどろみ論』　笠間書院　一九九五年)に負うところが大きい。

（21）小町谷照彦「狭衣物語の地名表現」（注2）。
（22）高野瀬恵子「和歌に見る『狭衣物語』享受の一例――「虫明の瀬戸」と「唐泊」」（注5）。
（23）瀬戸内海の水軍を傘下に収めていた南朝の歌人たちによって、「唐泊」の歌枕化に先鞭がつけられていることは、きわめて暗示的である。詳述の暇はないが、このことは、たとえば『新葉和歌集』『仙源抄』『類字源語抄』などに見られるように、南朝の天皇や皇胤たちが、〈ことば〉を所有すること、あるいは〈ことば〉によって仮構の王権空間を創出することによって、みずからの正統性を宣揚せんとしていたことども、おそらくは通い合うものと思われる。この問題については、三田村雅子「〈記憶〉の中の源氏物語（18）南朝皇胤の源氏物語」（『新潮』一〇二―一二　二〇〇五年一二月）が示唆に富む。
（24）流離の女君としての玉鬘については、日向一雅「玉鬘物語の流離譚の構造」（『源氏物語の準拠と話型』至文堂一九九九年）など、飛鳥井の女君については、野村倫子「「飛鳥井君をめぐる「底」表現――流離と入水の多重性――」（王朝物語研究会編『論叢狭衣物語』三〈引用と想像力〉新典社　二〇〇二年）など参照。
（25）高橋亨「唐めいたる須磨」（『物語と絵の遠近法』ぺりかん社　一九九一年）。
（26）小町谷照彦「狭衣物語の地名表現」（注2）。
（27）小町谷照彦・後藤祥子校注・訳『狭衣物語』①〈新編日本古典文学全集〉（小学館　一九九九年）、七八頁。
（28）鈴木日出男「引歌の成立」（『古代和歌史論』東京大学出版会　一九九〇年）。

テキスト

引用は、『狭衣物語』『源氏物語』『無名草子』は新編日本古典文学全集（小学館）に、『続日本紀』は新日本古典文学大系（岩波書店）に、『明月記』は冷泉家時雨亭叢書（朝日新聞社）に、『芸藩通志』は芸備叢書（広島図書館）に、和歌は新編国歌大観〈CD-ROM版〉（角川書店）にそれぞれ拠った。

付記　本稿は、「平成16～18年度　科学研究費補助金（基盤研究（C））課題番号16520109『狭衣物語』を中心とした平安後期言語文化圏の研究・研究成果報告書」に掲載したものである。

『狭衣物語』の七絃琴

正道寺康子

はじめに

『狭衣物語』には、一条朝にはすでに廃れたとされる七絃琴が登場する。『うつほ物語』や『源氏物語』で七絃琴は重要な楽器として描かれているので、後期物語もそれに倣ったのであろうが、それぞれの作品の中で七絃琴が果たした役割は異なる。

『狭衣物語』で弾琴するのは、主人公狭衣と源氏の宮に限られると言ってよい。これは、「王家統流《わかんどおり》」を示すものであると諸氏によって指摘されている。しかしながら、他の皇統につながる者たちは、なぜ七絃琴を弾かないのであろうか。

また、物語中、七絃琴が関わる最も重要な場面は、狭衣の弾琴が賀茂神を感応させて、奇瑞を引きおこす場面である。例えば、神楽における使用楽器は通例和琴である。清暑堂の御神楽においても、七絃琴が使用された痕跡はない。(1) それであるにもかかわらず、なぜ賀茂神は七絃琴の音色に感じ入り、堀川の大臣の夢に登場したのであろうか。

本稿では、斎院となった源氏の宮と七絃琴がなぜ結びついたのか、また、狭衣の七絃琴弾琴がなぜ賀茂神を感応させたのかを考察し、さらには『狭衣物語』の七絃琴が物語の主題とどのようにかかわるのかを論じたい。

一 源氏の宮と七絃琴――斎宮女御徽子の影響

『狭衣物語』では、狭衣の扱う楽器が笛・七絃琴・琵琶であるのに対し、狭衣を取り巻く女性たちは、源氏の宮が七絃琴、女二の宮・宰相の姫君が箏と、扱う楽器が固定されている。(2) 勿論源氏の宮も箏を弾くことができたであろうが、物語中、七絃琴以外の楽器を手にすることはない。

それではなぜ、源氏の宮は七絃琴を弾く女性として登場するのであろうか。『狭衣物語』の七絃琴の初出が、実は源氏の宮の弾琴であることに注目したい。源氏の宮が斎院になる直前のことである。

九月の晦日にもなりぬれば、ただ今日明日ばかりにこそはと思すに、大将いとどふかくしも身にしみまさりてながめ臥したまへるに、宮の琴《きん》の音《ね》のほのかに聞こゆれば、いとしづめがたうて、笛をおなじ声に吹きあはせつつ参りたまへれば、おほかたはいともの騒がしけれど、この御方はのどのどとして、なべてならぬ人々五、六人ばかり、御前近くて廂の御座にぞおはしましける。若き人々、童などは、池の船に乗りて漕ぎかへりて遊ぶを御覧ずるなりけり。(3)(巻二・①二六九頁)

九月晦日に狭衣が源氏の宮を訪れると、源氏の宮は七絃琴を弾いていた。狭衣は、その七絃琴の音に合わせて笛を吹く。源氏の宮はどうせなら狭衣の七絃琴を聞きたいと思い、大納言の君（源氏の宮の乳母）を介して七絃琴を差し出すが、狭衣は源氏の宮への思いを断ちがたく、七絃琴を手まさぐりにしながら、

しのぶるを音にたてよとや今宵さは秋の調べの空のかぎりに

と言はるるを、人もこそ咎むれ。むげにうつし心もなくなりぬるにやとあさましければ、言ひ紛らはして、琴《こと》を手まさぐりにしたまひつつ、空をつくづくとながめたまへるに、霧ふたがりて月もさやかならぬに、いとどものあはれにて、天降りたまへりし御子の御ありさま思ひ出でられたまふ。

狭衣は、空を眺めて天稚御子を思い出している。かつて五月五日の夜、宮中で狭衣の横笛の妙音に天稚御子が降臨した時のように、また奇瑞が生じるかもしれないと読者を期待させるが、この場面で奇瑞が生じることはない。狭衣は源氏の宮に七絃琴を返して、自身は琵琶を弾き、催馬楽「更衣」を謡う。源氏の宮は七絃琴を合わせた。

御簾をひきあげて長押におしかかりて、「この御琴《おんこと》は弾かせたまふより、ひとしくだにえはべらぬを、なほ参らせたまはん」とて、せちにそそのかしたまひて、我は琵琶を取り寄せて更衣をひとわたり落して、「萩が花摺り」とうたひつつ、少し心に入れて弾きたまへるゆの音おもしろうあはれげなるに、搔きかへさるる撥の音、愛敬づきてめでたうて、雲の上に響きのぼる心地するを、例の殿の中の上下耳立てて、ここかしこにしほたるるけはひども聞こえて、宮もいみじうめでたう思さるれど、あまりならはぬ心地するを、隠れ蓑の中納言のまねにや、撥さしたまひつ。

田村良平氏は、この場面について「それ自体としては取り立てて工夫を凝らされた描写ではなく」、源氏の宮の「性格や精神のあり方といった、人間の深層を抉るような事柄は読み取れないだろう」とし、源氏の宮の七絃琴演奏は、「物語の常套に則ったステロタイプな『尊貴性』だけが炙り出されてくるかのようである」と指摘する。(4)

しかしながら、この場面は、七絃琴弾琴によって源氏の宮の運命が入内から斎院へと大きく変わる重要な場面である。七絃琴が、単に「皇統に連なる尊貴な女性」を言うために存在したのではないことを、以下に検証したい。源氏の宮が七絃琴を弾いたのは、「九月の晦日」という晩秋である。秋と七絃琴で思い起こされるのが、斎宮女御徽子であろう。(5)

徽子（延長七〜寛和元〈九二九—九八五〉）は醍醐天皇の第四皇子重明親王の娘で、母は太政大臣藤原忠平の娘寛子である。承平六年（九三六）、八歳で斎宮に卜定され、母の喪により退下するまで九年間、御杖代として神に仕えた。「斎宮女御」と後に称されるのは、これ故である。天暦二年（九四八）十二月、二十歳の時、叔父にあたる村上天皇に入内し、翌年、規子内親王を産む。円融天皇即位後の天延三年（九七五）、娘の規子内親王が斎宮に卜定され、貞元二年（九七七）九月十六日、徽子は娘に同行して伊勢に下ったとされる。三十六歌仙の一人で、『拾遺和歌集』に四首など勅撰集に計四十五首入集し、私家集として『斎宮女御集』を遺している。父同様、七絃琴の名手であり、村上天皇も七絃琴を好んだことから、七絃琴に関するエピソードが残っている。

うへ、ひさしうわたらせ給はぬ秋のゆふぐれに、きむをいとをかしうひき給ふに、上、しろき御ぞのなえたるをたてまつりて、いそぎわたらせ給ひて、御かたはらにゐさせ給へど、人のおはするともみいれさせたまはぬけしきにてひき給ふを、きこしめせば

秋の日のあやしきほどのゆふぐれにをぎふくかぜのおとぞきこゆる（一五）(6)

（『斎宮女御集』）

村上天皇の訪れが久しくなかった秋の夕暮れ、徽子が七絃琴を弾いていたら、村上天皇がその音に惹かれて駆けつけたという。また、次に示す和歌は、徽子の代表的な和歌とされており、『拾遺集』雑上（四五一番歌・四五二番歌）にもあることから、当時、人口に膾炙していたと言えよう。

のの宮にてきんに風のおとかよふといふだいを
ことのねにみねのまつかぜかよふなりいづれのをよりしらべそめけむ（五七）
松風のおとにみだるることのねをひけばねの日のここちこそすれ（五八）
（『斎宮女御集』）

「ことのねに…」の和歌が詠まれたのは、『拾遺集』の詞書などを勘案すると、貞元元年（九七六）十月二十七日の庚申の歌会の折と考えられるが、秋のイメージを伴った和歌である。この和歌の題が、『李嶠百詠』の「風」の詩の一句「松声入夜琴」から採ったものであり、李嶠の「風」が秋の漢詩であること（「落日正に沈沈たり　微風北林に生ず　花を帯びては鳳の舞と疑ひ　竹に向ひては龍吟に似たるかと　月影を秋扇に臨み　松の声を夜の琴に入れむ」）、さらには、「ことのねに…」の和歌が影響を及ぼしたとされる『源氏物語』松風巻や、後述する賢木巻の野宮での光源氏と六条御息所の別れが秋であることから、当時の人々にとっては、秋・七絃琴・斎宮女御徽子が強く結びついて認識されていたと考えられる。

源氏の宮が七絃琴を弾くこと、および斎院となったことについては、徽子の存在が大きかったのではないか。七絃琴弾琴後、程なくして、源氏の宮は、賀茂神の託宣によって斎院に卜定されている。

殿の御夢にも、賀茂よりとて、禰宜と思しき人参りて、榊に挿したる文を源氏の宮の御方へ参らするを、我も開けて御覧ずれば、

「神代より標ひき結ひし榊葉は我よりほかに誰か折るべき

よし試みたまへ。さては、いと便なかりなん」とたしかに書かれたりと見たまひて、驚きたまへる心地、いと恐ろしう思されて、母宮大将殿などに語りきこえさせたまへば、聞きたまふ心地、なかなか心やすくうれしうぞなりたまひぬる。（巻二・①二七四頁）

七絃琴弾琴が賀茂神を引き寄せたと考えられる。源氏の宮は、賀茂神に魅入られた女性であり、後述するが、物語中、賀茂神と天照神が同一で捉えられていることを考えると、(7)天照神のような存在でもあったのだろう。

狭衣の周辺には、元斎宮の堀川の上、前斎院の一品の宮(一条院皇女)、前々斎院の女一の宮(嵯峨院皇女)、現斎宮の女三の宮(嵯峨院皇女)など神と関わる女性が多く存在したが、源氏の宮のみが七絃琴を弾く女性として登場する。源氏の宮は明らかに他の女性たちとは差別化されており、読者は、「七絃琴」「神に仕える女性(斎院)」から、斎宮女御徽子を思い起こしたに違いない。

『源氏物語』の六条御息所とその娘(秋好中宮)も、この徽子母子がモデルであるとされる。どちらも、母が娘の伊勢行に同行しており、当時としては珍しい例であったという。(8)伊勢下向の直前、六条御息所は野宮で光源氏と訣別するが、季節は晩秋の頃という設定になっている(賢木巻)。

はるけき野辺を分け入りたまふよりいとものあはれなり。秋の花みなおとろへつつ、浅茅が原もかれがれなる虫の音に、松風すごく吹きあはせて、そのこととも聞きわかれぬほどに、物の音ども絶え絶え聞こえたる、いと艶なり。(9)

野宮のある嵯峨野は「はるけき野辺」「浅茅が原」「かれがれ」「虫」「松風」「絶え絶え」と表現され、別れに相応しい凄絶な風景を形成している。この場面の背景として、先に挙げた徽子の歌「ことのねにみねのまつかぜかよふなりいづれのをよりしらべそめけむ」など数多くの和歌の存在が指摘されている。

六条御息所とその娘は、徽子の影響を受けていたとはいえ、七絃琴と結びつけて描かれることはなかった。しかし、『狭衣物語』では、斎院である源氏の宮が七絃琴を奏でる巫女として描かれているのである。

暁に出でたまはんとての暮つ方、斎院に参りたまへれば、上もこの御方にて、琴《きん》の御琴《こと》弾かせたてまつりて、聞かせたまふなりけり。御覧じつけて、弾き止ませたまふを、「久しう承らぬに、なほ」と申したまへど、他事よりも挑ませたまふ事なれば、聞きたまふには、例も弾かせたまはねば、口惜しう思さる。

（巻三・②一九三頁）

大将殿は、すぐれたる枝を折らせて、斎院に持てまゐりたまへり。御前には琴《きん》の琴《こと》を弾きすさびておはします。

（巻四・②二三一頁）

賀茂神は、狭衣と源氏の宮の結婚を許さなかった。狭衣にとっては、七絃琴が招いた悲劇であっただろう。源氏の宮は、徽子のように入内することもなく、六条御息所のように嫉妬の感情に苦しむこともない。これは、斎宮女御徽子を強く意識したものであり、斎院文化圏の物語が、斎宮にまつわる物語とは明らかに異なることを示している。(10)

改めて述べるまでもないが、斎院とは、賀茂社に奉仕する未婚の内親王または女王を言う。神野藤昭夫氏は、「そこ（斎院─筆者注）では本来貴族紳晉との世俗的な交流が断ち切られた古代的な女の祭祀の伝統が生きつづけていたはず」と述べ、(11)さらに続けて、斎院文化圏の物語について次のように指摘する。

もとより史実の斎院は、大斎院選子サロンの場合にみられるように、世俗との交流が隔絶された閉鎖的な世界としてばかりあったわけではない。しかし、そこは平安京の鎮護のための神聖にして権威的な時空であって、本来的に恋愛などは禁忌に属していたわけであった。（中略）物語史における主人公像は、光源氏型から薫型へと、その好尚が変化していったといわれる。この斎院文化圏にあっては、光源氏的な好き者ではなく、誠実で理想的な貴公子がかなわぬ恋に嘆く薫的存在へと、主人公像の好みを大きく転換させていったということができよう。そうすることによって、はじめて斎院が受け容れるにふさわしい物語となったのである。そこには色好みの変容という問題が深く関わっている。かつて色好みは英雄の基本的要件として物語の主人公たちに付与されていたものであった。しかし、ここ斎院文化圏では、主人公の色好み性もまた、不如意の恋ゆえのさすらいへと変質させられていったのである。

源氏の宮が物語のヒロインであるならば、最初から狭衣との結婚はあり得なかった。そして、源氏の宮が七絃琴を弾いたその時こそ、狭衣とは永遠に結ばれないことが決定的になった瞬間であったと言えるのかもしれない。恋愛や結婚を禁忌とする斎院文化圏の物語は、斎宮女御徽子・規子内親王や『源氏物語』の六条御息所・秋好中宮の影響を受けつつも、独自の七絃琴を操る聖なる女性、斎院源氏の宮を創り出したのである。

二　賀茂神と七絃琴——神話と史実から

次に、狭衣の七絃琴弾琴と賀茂神との関連について考えてみたい。『狭衣物語』の七絃琴で最も重要かつ印象的な場面は、狭衣の弾琴による賀茂神の感応であろう。当該場面を見てみよう。源氏の宮や女二の宮から拒絶され絶望した狭衣は出家を決意し、斎院源氏の宮を訪れ、訣別の七絃琴を弾く。

月は出でにけれど、嘆きの蔭も他所よりは事繁ければにや、心もとなげに、所々より洩りたる影、心尽しなるに、はらはらと吹き払ふ木の下風の音も、例の所には似ず、神さび、心細げにて、心あらん人に見せまほしきを、いとど眺め入りたまへる人柄は、言ひ知らず異なり。御前なる琴《きん》を引き寄せたまひて、黄鐘調に調べて、「仙遊霞」弾きたまへる、空に澄みのぼりて、世に知らず、あはれにおもしろし。（巻三・②一九七頁）

「仙遊霞」は、左方唐楽の太食調の小曲で、舞を伴わず、「仙人河」「仙神歌」とも言う。隋の煬帝（在位六〇四

〜六一八）が白明達に命じて作らせたとも。『教訓抄』[12]六に、「此楽斎宮拝行之時、勢多橋上にて、楽人参向之時奏二此曲一」とあり、斎宮が伊勢神宮に参拝する際、勢多（瀬田）橋の上で楽人が参進するときに奏したという。この場面で「仙遊霞」が弾かれたのは、斎宮と結びついて伝承された曲だからであろうか。「仙遊霞」（「仙人河」「仙神歌」）という曲名に相応しく、狭衣が弾琴すると、果たして奇瑞は生じた。賀茂神が感応したのである。

げに俄に、風荒々しう吹きて、村雨おどろおどろしう降りたる空のけしき、いかなるぞと見えたるに、神殿の内、二度、三度ばかり、いと高う鳴りて、言ひ知らず香ばしき匂ひ、世の常の薫りにあらず、さと燻り出でたるに、まことに髪逆様になる心地して、もの恐ろしきこと限りなし。めでたかりつる物の音も皆覚めて、人々、目を交しつつ、物も言はず呆れたり。若き人々は、動きだにせず、死に入りたるやうなり。

殿上にも、さるべき上達部など、あまたさぶらひたまひければ、かかる神殿の音を聞きて、あさみて、御前に、恐ろしう思しめすらんと、立ち騒ぎたり。「まことに、天照神も、驚かせたまはぬやうはあらじとおぼえつる琴《きん》の音《ね》を、賀茂の御社も、いかが聞き賞でさせたまはざらん」と、言ひ騒ぐ。（巻三・②一九八頁）

この弾琴によって感応した賀茂神は、堀川の大臣の夢に現われ、狭衣の出家を阻止する。

「光失する心地こそせめ照る月の雲かくれ行くほどを知らずは

さるは珍しき宿世もありて思ふことなくもありなんものを。とくこそ尋ねめ。昨日の琴《きん》の音《ね》あはれなりしかば、かくも告げ知らするなり」とて、日の装束うるはしうして、いとやんごとなきけしきしたる人の言ふと見たまひて、うち驚きたまへる殿の御心地、夢現とも思し分かれず。（巻四・②二〇七頁）

七絃琴の奇瑞は、「まことに、天照神も、驚かせたまはぬやうはあらじとおぼえつる琴《きん》の音《ね》を、賀茂の御社も、いかが聞き賞でさせたまはざらん」と、賀茂神と天照神が同一で捉えられている。その後、天照神の託宣によって[13]、狭衣が帝位に就くことを考慮すると見事な展開と言えよう。『狭衣物語』の七絃琴は、賀茂神を感応させるために用意された重要な楽器であったと言える。

ところで、『狭衣物語』の音楽で奇瑞が生じるのは、先に挙げた狭衣の七絃琴弾琴と天稚御子降下事件である。天稚御子は『うつほ物語』にも登場し、俊蔭が波斯国西方で得た七絃琴の製作に深く関わることから、[14]平安時代は音楽の神として認識されていた。加えて、天稚御子は日本神話のアメノワカヒコに由来するとされるが、[15]このアメノワカヒコは当然七絃琴とは関わらないものの、当該神話に夷振歌「天なるや　弟棚機の…」のあることから、音楽性を孕んだ神話に登場する。アメノワカヒコの葬儀で「日八日夜八夜を遊びき」（『古事記』）とあったことと併せて、後世、アメノワカヒコが音楽と関わる神であると認識されるようになっていったのかもしれない。

一方、賀茂社の由来譚である賀茂説話は、『山城国風土記』逸文（『釈日本紀』所引）によると、丹塗り矢型と呼ばれる神婚説話が話の中心である。賀茂建角身命の娘タマヨリビメは、石川の瀬見の小川から流れてきた丹塗り矢によって日光感精して男子を産む。賀茂建角身命は、その子の父を知るために、神々を集めて「七日七夜楽遊」し、「お前の父と思う人に神酒を飲ませなさい」と言うと、その子は酒杯を持ったまま昇天してしまう。それによって、タマヨリビメの産んだ子が雷神の子であることが判明し、カモワケイカツチと名づけられたというのが賀茂説話である。因みに、上賀茂神社はワケイカツチを、下賀茂神社は賀茂建角身命とタマヨリビメを祭神としている。

アメノワカヒコの返し矢も賀茂説話の丹塗り矢も矢という点が共通する。弓矢は古来よりシャーマンの道具とされることや弓が絃楽器の代替物とされることからも、[16][17]アメノワカヒコが音楽と結びつく神として、次第に認識されるようになったのであろう。[18]また、『狭衣物語』で、賀茂神の夢告げに狭衣の七絃琴弾琴が介在したのも、矢の伝承から絃楽器と結びついた結果と言えるのかもしれない。神話レベルで、天稚御子も賀茂神も音楽性を含んでいたのである。賀茂説話に七絃琴は登場しないが、神話そのものが音楽的要素を含んでいたことは注目してよい。

それならば、なぜ七絃琴と神が結びついたのかを考察しなくてはならない。平安から室町期にかけての演奏記録をのせる『御遊抄』[19]によると、内宴で、七絃琴に合わせて催馬楽を歌ったことが記されており、七絃琴の和様化が史実で確認できる。

天暦《ママ》元年正月廿三日

重明親王弾琴［春鶯囀　席田　酒清司］

天暦五年正月廿三日

笙［朝忠朝臣　右近中将藤原朝臣］

比巴［延光朝臣］

箏［左大臣実頼］

琴［式部卿重明親王］

和琴［中務大輔博雅朝臣］

安名尊　春鶯囀　席田　葛城

『狭衣物語』巻二でも、催馬楽「更衣」を七絃琴で奏でたり、和歌を唱和させたりしていることは、七絃琴の和様化の貴重な証言の一つと言える。[20]

御簾をひきあげて長押におしかかりて、「この御琴《おんこと》（七絃琴―筆者注）は弾かせたまふより、ひとしくだにえはべらぬを、なほ参らせたまはん」とて、せちにそのかしたまひて、我は琵琶を取り寄せて更衣をひとわたり落して、「萩が花摺り」とうたひつつ、少し心に入れて弾きたまへるゆの音おもしろうあはれげなるに、掻き

かへさるる撥の音、愛敬づきてめでたうて、雲の上に響きのぼる心地するを、（巻二・①二七〇頁）

『狭衣物語』の音楽の奇瑞の背景として、神話レベルで音楽的要素を孕んでいたこと、また、七絃琴が和様化していたことから、当時の人々にとって、七絃琴と神の取り合わせはさほど違和感がなかったと言える。

三　賀茂神と七絃琴——物語世界から

史実において、賀茂神と七絃琴がストレートに結びつくことはなかった。それならば、物語世界はどうであろうか。

長谷川政春氏は、『うつほ物語』において、賀茂神と七絃琴と俊蔭の娘・仲忠母子とに、緩やかではあるが関連性が認められるのではないかとする。[21] 俊蔭の娘と若小君との出会いが若小君の父の賀茂詣の折であり、[22] 俊蔭の娘は七絃琴を「みそかに」弾いていた。この一夜の契りによって誕生したのが仲忠である。仲忠の誕生には、賀茂説話が影響を与えているとされる。長谷川氏は、「賀茂神」「琴《きん》」「女性（または巫女）」というキーワードに注目し、『狭衣物語』は〈宇津保取り〉をしていると捉え、『狭衣物語』の方がより直接的であり、集中化していると指摘する。[23] 賀茂神と七絃琴の結びつきを『うつほ物語』に認めることは可能であろう。

さらに『うつほ物語』春日詣巻では、賀茂社ではないが、春日詣の折に、あて宮と仲忠は七絃琴を弾いている。「辰の時ばかりより楽（＝神楽や東遊の楽舞—筆者注）始まりて、申の時ばかりに果てぬ」とあり、神楽を奉納した後の夕方、まず、あて宮が俊蔭将来の「都風といふ琴《こと》」を弾く。

興ある夕暮れに、女方の御前に、君たち、物の音掻き合はせて遊ばす中に、あて宮、かの一条殿のを買はれたる、都風といふ琴《こと》を、胡笳の声に調べて、こくのめてたといふ手、折り返し遊ばす。[24]
続いて、忠こその歌に感じ入った仲忠が七絃琴を弾く。
近く立ち寄りて聞くに、御随身・舎人どもは、「何ぞの行ひ人ぞ。神事の所には出で来べきものか」など、咎めののしれば、ただ、かく言ひて立てり。
めづらしく風の調ぶる琴《こと》の音《ね》を聞く山人は神も咎めじ
と言ふを、仲忠聞きて、「いと興あるものかな」とて、衵を脱ぎて、かく言ひて被く。
皆人も衣脱ぎ懸け松風の響き知りたる人やあるとぞ
うち被けて、御前より、かの都風を賜はりて、同じき胡笳の声を、手尽くして弾く。さらに、手惜しまず。御前にて、興ある節会などに、御手づから調べて賜ふをだに、辞し申して仕うまつらぬを、かくすれば、聞こし召す人の限り、「いとめづらしう、興あり」と思す。
『うつほ物語』では、時代を七絃琴の最盛期に設定しているので、神社でも当然のように七絃琴が奏でられる。「賀茂神・俊蔭の娘・七絃琴」や「春日神社・あて宮・七絃琴」というキーワードから考えると、源氏の宮は、俊蔭の娘やあて宮のような女性であると言えるが、前述したように結婚しないで斎院となったことが特徴である。以上、物語世界における賀茂神と七絃琴との結びつきについて考察した。

四　七絃琴の奇瑞――物語の主題との関連

最後に、『狭衣物語』の七絃琴は、物語の中で、どのような役割を果たしているかを考察したい。[25]中川正美氏[26]は、後期物語にとっての奇瑞の持つ意味として、第一は「琴笛に堪能な理想的な主人公であることを意味[27]」し、第二に「物語の最初に起こる奇瑞は以後の主人公の運命を象徴し、方向づけてしまう」ことだと指摘する。さらに、中川氏は、『うつほ物語』『源氏物語』の音楽が『狭衣物語』に与えた影響について、次のように述べる。

宇津保物語では秘琴秘曲を演奏しうるという技術そのもの、音楽そのものが栄達と関わっていた。いうなれば古事記の流れを汲んで楽器に力が籠もっているのである。それに対して源氏物語は音楽を人間の手に取り戻したが[28]、後期物語では天人をも降下させるほどの技術を持つ者がこの世に生きる不幸を語っており、それを楽の音の奇瑞が予徴している。楽器の威力ではなく超常性を持つが故の苦しみを描いた点に源氏物語の影響が認められる。

田村良平氏も同様のことを述べる[29]。引用が長くなるが紹介したい。

琴によって賀茂明神の感応を招き、これが契機となって秘密の出家は神意によって阻止され、ついには現実世界の最高の栄光たる天皇位が与えられる。狭衣にとっては何の意味も持たない現実の栄華が、楽器によって招来されてしまうという矛盾。反面、狭衣の登極は、現実の人間からは諸手を挙げて歓迎すべき事態であったことを考え合わせると、音楽の惹き起こす「奇瑞」が、『狭衣物語』ではすっかり骨抜きのものにされていることに気付かざるを得ないだろう。『宇津保物語』的状況から、より一層深みに踏み込んだ『狭衣物語』の物語状況は苦渋に満ちており、ここには音楽によって必ずしも「奇瑞」が起こったとはいえない、「音楽奇瑞譚」の極北の姿が現出しているのだ。

確かに、『うつほ物語』では、俊蔭の七絃琴弾琴によって、「天の掟ありて、天の下に、琴弾きて族立つべき人」「また、この山の族、七人にあたる人を、三代の孫に得べし。…その果報豊かなるべし」という予言を獲得している（俊蔭巻）。天稚御子が七絃琴製作に関わったことや音楽の奇瑞による予言の獲得が、『狭衣物語』に大きな影響を及ぼしたのであろう。

しかしながら、『狭衣物語』が排除したのが音楽による幸福感であった。『うつほ物語』では、七絃琴がもたらす至福の境地が言葉を尽くして語られる。特に、俊蔭の娘の弾く七絃琴が人々に幸福感をもたらしていることが注目される。

尚侍のおとど、御床より下り給ひて、琴《こと》を取り給ひて、曲一つ弾き給ふ。その音、さらに言ふ限りなし。中納言の御手は、面白く、凝しきまで、雲風の気色、色殊なるを、この御手は、病ある者、思ひ怖ぢ、うらぶれたる人も、これを聞けば、皆忘れて、面白く、頼もしく、齢栄ゆる心地す。

（いぬ宮誕生の場面での俊蔭の娘の弾琴　蔵開・上巻）

廂に居給へる人々、狭くて、人気に暑かはしくおぼえ給へる、たちまちに涼しく、心地頼もしく、命延び、世の中にめでたからむ栄えを集めて見聞かむやうなり。

（俊蔭娘の細緒風の弾琴　楼の上・下巻）

「この音を聞くに、愚かなる者は、たちまちに、心聡く明らかになり、怒り、腹立ちたらむ者は、心やはらかに静まり、荒く激しからむ風も、静かになり、病に沈み、いたく苦しからむ者も、たちまちに病怠り、動きがたからむ者も、これを聞きて驚かざらむやは」とおぼゆ。

（俊蔭の娘の波斯風の弾琴　楼の上・下巻）

『狭衣物語』では、狭衣の楽器演奏は、天稚御子を降下させた折も賀茂神を感応させた折も、そのゆゆしさのみが強調されるのである。[30] 狭衣の音楽は、人々を驚嘆させはするものの、魂を救済するものではなかった。

なお、七絃琴が不吉なイメージを伴うことについては、『源氏物語』若菜・下巻で、光源氏が、七絃琴が衰退した理由を「中途半端な稽古をした人が不幸になって以来、七絃琴を弾く人には災いがあるとされたからだ」と言っていることに由来しようか。

なほ、かの鬼神の耳とどめ、かたぶきそめにけるものなればにや、なまなまにまねびて、思ひかなはぬたぐひありける後、これを弾く人よからずとかいふ難をつけて、うるさきままに、今は、をさをさ伝ふる人なしとか。

中国伝来の七絃琴が実際に衰退した理由は、奏法が難しいわりには合奏の際の音楽的効果が少ないからとされているが、実際のところ衰退理由は不明であり、一条朝の頃にはすでにその音色をほとんど耳にすることはできなかったという。『源氏物語』では、なぜ七絃琴衰退の理由を「これを弾く人よからず」に求めたのであろうか。山口博氏は、日本でも広く知られた王昭君や蔡琰など七絃琴と深く関わる人物が悲劇的な人生を送ったことに注目し、七絃琴そのものが「これを弾く人よからず」という状況と深い関わりで認識されていたと指摘する。(31)平安朝には伝来していたとされる楽曲の由来書、後漢・蔡邕の『琴操』の「操」は、失意・憂愁・窮迫・閉塞などの逆境にあってもなおかつ操を失わないことの意であり、七絃琴は逆境、怨の楽であったという。七絃琴から『うつほ物語』に見られるような幸福感を排除したのは『源氏物語』であった。光源氏の「七絃琴を弾く人よからず」という発言によって、当時の読者もまた同様の認識をしたものと考えられる。

『狭衣物語』の七絃琴誕生の背景として、『うつほ物語』の七絃琴弾琴による奇瑞と予言の獲得、『源氏物語』の「七絃琴を弾く人よからず」や光源氏を七絃琴の上手としたことが挙げられよう。『源氏物語』では「今めかし」とされた和琴と賀茂神が結びつくことはなかった。『うつほ物語』『源氏物語』の七絃琴を無視することはできなかったのである。

さて、狭衣の弾琴による奇瑞の後、七絃琴は役割を終えたかのように、物語の中心から脇へと追いやられてゆく。狭衣は八重桜を土産に斎院を訪れるが、源氏の宮はすでに神の前で七絃琴を弾く巫女に変貌していた。

大将殿は、すぐれたる枝を折らせて、斎院に持てまゐりたまへり。御前には琴《きん》の琴《こと》を弾きすさびておはします。（巻四・②二三一頁）

源氏の宮は、狭衣が苦衷を訴えても応答しない。その後、参院した別当大納言に弾琴をすすめられるが、狭衣は七絃琴を手にすることはない。

日暮るれば、皆のぼりぬるに、いつしかと夕月夜さし出でて、梢どもいとどおもしろく見渡されたり。さまざまの御琴《こと》ども、御簾の中より出ださせたまへれば、とりどりに譲りたまひつつ、大将は手も触れたまはぬを、大納言、「あるまじきこと」とて、琴《きん》をせめてたてまつりたまへど、「この御前にては、更に珍しげなくなかなかに侍り」とのたまひて、ただ扇うち鳴らして、「桜人」を謡ひたまふ御声のおもしろさに、まさることなかりける。（巻四・②二三九頁）

また、狭衣は飛鳥井の姫君に琴を教えているが、琴の種類は明確でない。

弘徽殿には、日々に渡らせたまひつつ、琴など教へたてまつらせたまふに、いと聡くうつくしう弾き取りたまひつつ、（巻四・②三五四頁）

「いとつれづれなりつれば、御琴どもも弾かせたてまつらんとて、参りつるなり。いかで同じうは、聞き所あるばかり教へないたてまつらん」などのたまはすれど、（巻四・②三九五頁）

狭衣は、娘にどのような音楽を教えたのであろうか。少なくとも奇瑞を招くような音楽ではなかったのではないか。

琴《こと》が託宣の道具であり、神との交信の楽器であったことの影響を受けて、『うつほ物語』では弾琴によって奇瑞を生じさせ、俊蔭一族は現世的栄達を果たしてゆく。楼の上・下巻では、七絃琴は俊蔭の霊を慰め、人々に幸福感をもたらしているので、現世的栄達のみが描かれたのではない。しかしながら、『狭衣物語』においては、音楽による奇瑞が現世的栄達をもたらすものとしてのみ大々的に描かれるようになった。この世における音楽の奇瑞の効果として、絶対的幸福感など描きようがなく、その内実はともあれ、作者にとっても読者にとっても「現世的栄達」こそが想像し得る世俗の幸福の限界であったように思われる。

おわりに

『狭衣物語』の七絃琴は、『うつほ物語』『源氏物語』の影響を受けつつも、七絃琴が廃れた時代にあって、賀茂神や斎院と結びつき、物語独自の世界を構築した。七絃琴が登場人物の「王家統流《わかんどおり》」を示すだけでなく、源氏の宮の七絃琴弾琴は斎院にさせるためのもの、狭衣のそれは出家を断念させ帝位に就かせるためのものであった。物語冒頭で、天稚御子の昇天への誘いに応じられなかった狭衣は、地上の生活で、賀茂神によって源氏の宮との結婚も出家も阻止されたが、賀茂神を招き寄せたのが七絃琴弾琴であったことは面白い。神と七絃琴は結びつかないようでいて、降神の道具として違和感なく物語に登場する。王権の問題とも関わってくるであろうが、それは今後の課題としたい。

七絃琴および音楽による奇瑞が、仏教ではなく、神や天と関わる神話と結びついて描かれたことが『狭衣物語』の特徴である。(32)『狭衣物語』の音楽の奇瑞が「音楽伝承譚の極北の姿」であろうとも、人に幸福感をもたらすことがなかったにせよ、『狭衣物語』の七絃琴は、神を招き寄せる聖なる楽器として物語の中で光を放っているのである。

注

（1）『御遊抄』（『続群書類従』一九輯上所収）に拠る。『狭衣物語』の神楽については、清田正喜「狭衣物語の御神楽」（『西南学院大学　文理論集』一三—一　一九七二年一〇月）の論があるが、神楽と七絃琴についての記述はない。

（2）田村良平「『狭衣物語』の音楽描写」（『源氏物語と平安文学　第三集』一九九三年五月）

（3）本文引用は、『新編日本古典文学全集　狭衣物語』（小学館）に拠る。

（4）田村良平「狭衣物語の音楽」（『中古文学』五三　一九九四年五月）

（5）山中智恵子『斎宮女御徽子女王　歌と生涯』（大和書房　一九七六年七月）に詳しい。

（6）引用は、『新編国歌大観』第三巻に拠る。

（7）井上眞弓氏は、皇居守護神ということで、賀茂神と天照神が結びついたのではないかとする。また、堀川大殿一家とりわけ狭衣の守護神が賀茂神であるとも指摘する。「Ⅰ語りと引用　第二章　天照神信仰—社会的文脈を引用することとは—」（『狭衣物語の語りと引用』笠間書院　二〇〇五年三月　四一頁・四七頁　初出『物語研究—特集・語りそして引用』新時代社　一九八六年四月）

（8）伊勢下向の際に母が同行したという例は、『源氏物語』以前は徽子の例しかない。『日本紀略』貞元二年九月十七日条には、「宣旨。伊勢斎王母女御《徽子》相従下向。是无二先例一。早可レ令レ留者」とある。

（9）本文引用は、『新編日本古典文学全集　源氏物語』（小学館）に拠る。

（10）斎宮の文学としては『伊勢物語』六十九段が有名であり、男と斎宮の禁忌を描いている。斎院文化圏の物語は、禁忌を避けたと言える。また、斎院で結婚しなかった女性に『源氏物語』の朝顔の姫君がいる。しかしながら、物語中、朝顔の姫君が七絃琴を弾くことはない。

（11）神野藤昭夫「Ⅲ　斎院文化圏と物語」（『散逸した物語世界と物語史』若草書房　一九九八年二月　二〇〇頁）

（12）『続群書類従』一九輯上所収

(13) 斎宮もあやしう諭しがちにて、宮も、悩ましげにしたまふよし聞こゆれば、嵯峨院など、思し嘆くに、天照神の御けはひ、いちじるく顕れ出でたまひて、常の御けはひにも変りて、さださだとのたまはする事どもありけり。「大将は、顔かたち、身の才よりはじめ、この世には過ぎて、ただ人にてある、かたじけなき宿世・ありさまなめるを、おほやけの知りたまはであれば、世は悪しきなり。若宮は、その御次々にて、行く末をこそ。親をただ人にて、帝に居たまはんことはあるまじきことなり。さては、おほやけの御ために、いと悪しかりなん。やがて、一度に位を譲りたまひては、御命も長くなりたまひなん。このよしを、夢の中にも、たびたび知らせたてまつれど、御心得たまはぬにや」(巻四・②三四二頁)

(14) 阿修羅、木を取り出でて、割り木作る響きに、天稚御子下りましまして、琴三十作りて上り給ひぬ。かくて、すなはち、音声楽して、天女下りまして漆塗り、織女、緒縒り、すげさせて、上りぬ。(俊蔭巻)

(15) 井上英明「第三部　海外からの視点　第二章　長編写実「小説」の出現―『うつほ物語』と音楽―」(『列島の古代文学―比較神話から比較文学へ―』(風間書房　二〇〇五年四月　三四三頁〜　初出「『宇津保物語』と音楽との関連」『岡一男先生頌寿記念論集　平安朝文学研究』有精堂　一九七一年三月)。井上氏は、『うつほ物語』の天稚御子は、記紀のオトタナバタが織女に、アメノワカヒコが歌の神様や彦星に変転したものではないか、あるいは後代の読者が天詔琴の所有者をオホクニヌシの娘婿たるアメノワカヒコであると信じたことから誕生したのではないかと指摘する。

(16) 山口博「万葉歌の北の思想Ⅲ(シャーマニズム篇)」(新潟大学大学院『環日本海研究年報』三　一九九六年)

(17) 『無名抄』(鴨長明　一三世紀)の「和琴のおこりの事」には、次のような記述がある。

或る人いはく、「和琴の起りは、弓六張を引き鳴らして、是を神楽に用ゐけるを、『煩はし』とて、後の人の琴に作り移せると申し伝へたるを、上総国の済物の古き注し文の中に、『弓六張』と書きて、注に『御神楽の料』と書けり」とぞ。いみじき事なり。(引用は、高橋和彦『無名抄全解』〈双文社出版　一九八七年二月〉に拠る。)

下賀茂社の禰宜であった鴨長継の次男である鴨長明は、神楽に使用する和琴の起源が弓であると記している。賀茂社でも、弓が琴と結びついて認識されていたものと考えられる。

(18)　アメノワカヒコと音楽の関連、および世界神話との関連については、山口博「時空を超えてシルクロードを駆け抜けた　死して蘇る若き御子の物語―タンムズ・シャウーシュからアメワカヒコ・ヤマトタケルへ―」(『聖徳大学言語文化研究所　論叢』一三　二〇〇六年二月)に詳しい。

(19)『続群書類従』一九輯上に拠る。割り注を［　］で括って示した。

(20)　上原作和氏のご教示による。(上原作和・正道寺康子『うつほ物語引用漢籍注疏　洞中最秘鈔』新典社　二〇〇五年二月　四一三頁)

(21)　長谷川政春「Ⅲ　賀茂神と琴と恋と―〈宇津保取り〉としての狭衣物語―」(『物語史の風景―伊勢物語・源氏物語とその展開』若草書房　一九九七年七月　三三八頁～　初出『新物語研究二　物語―その転生と再生』有精堂一九九四年一〇月)

(22)　かくて、八月中の十日ばかりに、時の太政大臣、御願ありて、賀茂に詣で給ひけるを、舞人・陪従、例の作法なれば、いと厳しうて、この俊蔭の家の前より詣で給ふ。(俊蔭巻)

(23)　長谷川氏は、『うつほ物語』において、仲忠と賀茂神との縁を他にも三点指摘する。

①仲忠は、賀茂の臨時祭の使者になった時、あて宮に、「夕暮れの頼まるるかな会ふことを賀茂の社も許さざらめや」と贈歌する。(菊の宴巻)

②仲忠は三条京極の俊蔭旧邸を改築して楼を造り、八月十三日に移るが、その楼移りの折のお供の様子は、「『我も、我も』と、『賀茂の祭は、さるべき限りこそあれ』」というほどであったとする。(楼の上・上巻)

③仲忠と母俊蔭の娘は、賀茂祭の日に、互いに「葵」の語を用いて往時を想う歌を贈答し合う。(楼の上・下巻)

また、狭衣の七絃琴弾琴による奇瑞について、内裏にまでその音の作用が及んだという点において、『うつほ物語』楼の上・下巻の七絃琴の奇瑞と類似すると指摘する。注(21)長谷川前掲書。

(24) 本文引用は、室城秀之校注『うつほ物語　全』(おうふう)に拠る。
(25)『狭衣物語』の奇瑞については、大槻修「楽の音による奇瑞について―『夜の寝覚』『狭衣』『有明けの別れ』の場合―」(『日本文芸学』三〇　一九九三年一一月)、矢矧弓子「狭衣物語研究―超自然非現実的現象を中心に―」(『東洋大学短期大学論集　日本文学編』二六　一九九〇年三月)の論がある。
(26) 中川正美『源氏物語と音楽』(和泉書院　一九九一年一二月　二二六頁・二三八頁)
(27) 音楽描写が主人公の楽才を示すものであることは、『うつほ物語』『源氏物語』も同様である。『源氏物語』で、光源氏は、楽器の中でも七絃琴を一の才としていた。

文才をばさるものにていはず、さらぬことの中には、琴《きん》弾かせたまふことなん一の才にて、次には横笛、琵琶、筝の琴をなむ次々に習ひたまへると、上も思しのたまはせき。(絵合巻)

奏法の難しい七絃琴を一の才としていることは、光源氏の聡明さを物語るものだと言える。しかも、「琴《きん》、はた、まして、さらにまねぶ人なくなりにたりとか」「今は、をさをさ伝ふる人なしとか」「伝はるべき末もなき、いとあはれになむ」(若菜・下巻)と、日本においても光源氏をこの世で最後の七絃琴の名手として設定している。『うつほ物語』では弾けば奇跡を起こす七絃琴を、光源氏に一の才として付与し、この世で最後の七絃琴の名手にしたことで、光源氏に絶大な超越性を与えている。
(28)『源氏物語』の七絃琴の最大の特徴は、奇瑞を排除して、あくまでも日常生活の遊びの一つとなっていることである。
(29) 注(4)田村前掲論文。
(30) 例えば、狭衣の七絃琴は「もの恐ろしきこと限りなし」と表現される。
(31) 山口博『王朝歌壇の研究　文武聖武光仁朝篇』(桜楓社　一九九三年　三一五頁)
(32)『狭衣物語』が成った時代はすでに神仏習合が認められるので、七絃琴が純粋に神や天とのみと関わるかどうかについては、今後の課題としたい。

付記　本稿は、「平成16〜18年度　科学研究費補助金（基盤研究（C））課題番号16520109　『狭衣物語』を中心とした平安後期言語文化圏の研究」、および「平成19年度　科学研究費補助金（若手研究（B））課題番号18720059　日本文学における琴学史の基礎的研究」の研究成果の一部である。

狭衣の父――世俗的な堀川大殿が新たな論理を獲得するとき――

スエナガ　エウニセ

一　子を管理できない父

天稚御子降下事件は、すでに指摘されているように、狭衣の境界性、変化の者としての聖性が明示された出来事である。それは両親の危惧がまちがっていなかったことを証明すると同時に、堀川大殿と堀川上の実子でありながら両親に属さない子であることが確認された事件であった。

天稚御子降下の場面において、かぐや姫の昇天場面を想起させる言説が多くたぐり寄せられていることから、狭衣はこの時点でかぐや姫として設定されたのだと論じられている。深沢徹氏は早くから、『狭衣物語』は「翼をもがれたかぐや姫の物語」であると指摘する。(1)また鈴木泰恵氏は、天稚御子降下場面で狭衣はかぐや姫として生成されると指摘する。(2)

本論では、実の子でありながら両親に属さない子であることが証明されたにもかかわらず、息子をこの世に位置づけようと努力を続ける父としての堀川大殿像を確認する。そして子をこの世に位置づけようと努力を続ける姿は『竹取物語』の翁に通じることを指摘し、巻四において決定的な変化が訪れることにより、父は救われるのだと論じる。

堀川大殿と堀川上は、物語のはじめに、優れた息子に対する扱いや心配事が語られる場面で、「親たち」「大殿、母宮」などと一括に語られることが多い。

①親たちを始めたてまつり、よそ人も、帝、東宮なども、一つ妹背と思しおきてたまへるに、(…)（巻一①一九ページ）[3]

②大殿、母宮なども、並びなき御心ざしと言ひながら、(…)（巻一①二〇ページ）

③親たちも、いかでかは優れて思さざらん、(…)（巻一①二二ページ）

④まいてことわりなる親たちの御心ざしどもには、言ひ知らずあるまじきことをし出でたまふとも、(…)（巻一①二四ページ）

⑤いとあまりゆゆしう、親たち、思したちて、(…)（巻一①二六ページ）

⑥大殿、母宮、いとあまりゆゆしう、危ふきものに思ひきこえさせたまへり。（巻一①二七ページ）

①親たちを始め、他人、帝や東宮が狭衣と源氏宮を実の兄妹と思う様子。②狭衣は、親たちのたぐいない愛情があるといっても、源氏宮との結婚は許してもらえないだろうと思う。③親たちが一人息子の狭衣を大変優れていると思う様子。④親たちは狭衣の望みに反することはするはずがないと思われている様子。⑤⑥優れた狭衣の様子を案

じる両親の様子である。このように、物語のはじめに、優れた子の扱いや子を心配する様子が語られるとき、堀川大殿と堀川上は「親たち」「大殿、母宮」と一括りにされるのである。

狭衣が天稚御子に連れられて昇天したと人に聞かされ、ただ呆然とするしかないときも、両親は「二所」とやはり一つに括られる。

明け暮れ長らへて見るべきものともおぼえたまはず、この世の人と思されざりつれば、「さればこそ、さ思ひつることぞかし。我いかにせん、いかにせん」と、二所して臥し沈みたまふを、(…)

(巻一①四七ページ)

堀川大殿と堀川上は狭衣の実の親であるが、子が消え去ってしまうことを恐れていたことはこれまで何度も語られていた。そのような危惧は杞憂ではなく、実際に子が昇天したと聞くとただ無力に嘆き悲しむしかないという意味で、二人は『竹取物語』の翁と嫗に通じると言える。しかし、その後の父と母の態度は対照的である。

(a)殿は、されど内裏に参らせたまひて、ありつらんさまをも聞き、居たまひつらん跡をもいま一度見てこそは、身をもいかにもなさめと、さかしう思して、御装束などしたまふも、はかばかしうも立たれたまはず、倒れつつ出で立ちたまふさま、いといみじ。(b)母宮も、ただ御衣ひき被きて臥したまひぬるままに、息をだにしたまはず。

(巻一①四七～四八ページ)

父は一人で立つことすらままならないが、それでも息子の最後の様子を聞きたい、最後に居た場所を見たいと「さかしう思して」、無理に理性を保ち、力をふりしぼって装束をまとい、宮中へと向かう(a)。母は、衣類にくるまり、息すらしない(b)。当時女は自由に外出できなかったので、男女の当然の行動パターンであったかも知れないが、同じように悲しみに打ちのめされながら、父は行動を起こし外部に向かうのに対し、母は内にこもり、一人で悲しみに打ちひしがれる。

父は理性をもって行動しようとし、外部に向かうと言っても、その様子は滑稽に描かれる。大殿の様子は「はかばかしうも立たれたまはず、倒れつつ出で立ちたまふ」とあったが、後に続く箇所で「陣のほどは寄るべき人々に手引かれて、我にもあらで入りたまふ」「うつし心もなく、え歩みたまはず」(巻一①四八ページ)と、自分一人では立つことも歩くこともできないということが語られる。悲しみのあまり立つこともままならない堀川大殿は、自分の身体をも管理できないということを露呈していると言えよう。子が昇天したのであれば何もできないはずなのに、それでも子の最後の様子を聞きたい、子が最後に居た場所を見たいと「さかしう思」う。狭衣が昇天したというのは事実に反し、実は嵯峨帝により地上に引きとどめられたのであるが、父が関与しないところで子の昇天は阻止されたのである。

その翌朝、堀川大殿の様子が語られるとき、『竹取物語』の翁を想起させる表現が使われる。天稚御子を懐かしく思いながら経文を読み、歌を独詠する狭衣の声を聞き、涙を流す堀川大殿の様子は「老いの涙留めがたくて」(巻一①五五ページ)と語られる。「老いの涙」は、『源氏物語』で旅立つ妻や娘、孫娘に対し、一人残される明石入道が詠んだ歌にも現れる。

ゆくさきをはるかに祈るわかれ路にたえぬは老いの涙なりけり　(松風巻二―一九五ページ)(4)

明石を去る明石君は「昇天するかぐや姫」だと指摘されている。(5)明石入道は、「老いの涙」という表現で、自らを地上に取り残される『竹取物語』の翁に準え、都へ向かう娘や孫娘をかぐや姫と設定し、その栄華を願ったのであった。天稚御子降下事件は、地上に取り残される『竹取物語』の翁に準えられる堀川大殿、そして昇天してしまう可能性のある狭衣との対照性が浮き彫りにされた事件であった。(6)

狭衣の超俗性が確認された天稚御子降下事件であるが、狭衣は天稚御子と昇天する代わりに、月の都の代償として女二宮の降嫁が約束され、結局は、地上にとどまらざるをえない。天界に通じる狭衣、そして地上に属し、無力でありながら、子を地上にひきとどめるために行動をおこさずにはいられない堀川大殿という対極的な関係が明らかになったと言えるだろう。天稚御子降下事件では、『竹取物語』の翁のように無力であることが証明された父はその後も、狭衣をこの世に位置づけようと努力を続けるのである。

二　子の優位性を認めつつこの世の論理に従わせようとする父

前節では、両親が常に危惧していたように狭衣が天界に通じ、子でありながら親にその管理はできないということが天稚御子降下事件で明らかになったことを確認した。しかし、それでも父は息子を管理しようとすることを本節と次節で確認する。この世の論理やヒエラルキーに従って生きている堀川大殿は、『竹取物語』の翁のように、子の優位性を認め遠慮がちに扱いながらも、この世の秩序や論理を教え、それらに従わせようとするのである。

狭衣が両親から遠慮がちに扱われていることは、前節で引用した主人公の紹介場面で語られる。

まいてことわりなる親たちの御心ざしどもには、言ひ知らずあるまじきことをし出でたまふとも、この御心に少しも苦しう思されむことは、つゆばかりも違へきこえさせたまふべくもなけれど（…）（巻一①二四ページ）

このように、親は子の意に反すること、子が不本意に思うことは何もしないだろうと語られる。しかし後に明らかになるように、父は結婚問題に関しては、帝の申し入れ、女院や帝の思惑を理由に、子に結婚を強制するのである。

狭衣の父に対する優位性は様々な場面で確認できる。狭衣は、父が知らない情報を多く入手している。例えば、父が知らない右大臣が入内のためにかしづく娘を見知っていた。堀川大殿は姫君の母を知っていたからだろう、その娘の様子を推し量る。狭衣はその推測の「鼻高は言ひあてたまへり」と思い、少しほほ笑む（巻一①六五ページ）。それを見て父は狭衣の色好みを、そして自分にとっては未知な情報を知っていることを悟り、自身の色好みを強調する。「若かりし時、至らぬ所なく垣間見をせしかば、さもさまざまなる人をあまた見しかな」（巻一①六五ページ）と。まるで子に負けない色好みであったということを証明しようとしているかのようである。また狭衣は堀川大殿の妻の一人洞院上の養女今姫君を父より先に見て、入内にはふさわしくない実態を知る。子が今姫君方の様子を思い出し笑いを堪えているのを見て、父は「見たまひけん、子と言ひながら、さしも恥づかしげなる御さまなれば」（巻一①一一二ページ）と、子に対してこちらが恥ずかしくなるようだと思っている。結局入内は取りやめになるのだが、井上眞弓氏は、入内沙汰止み事件は「今姫君のはしたなさを露顕した狭衣側の勝利であり、（…）またしても子の狭衣によって救われているのである」と指摘する。[7] また、父は時には子に相談を持ちかけたりする。堀川大殿はライバルの右大臣が八月に娘を入内させる予定だが、競い合って源氏宮を入内させることもないので、「冬つ方、さらずは年返りてもなど思ふを、いかがあるべき」（巻一①六三ページ）と、意見を求める。

このように、堀川大殿は狭衣の意に反することは何もさせないと親だと世間に思われているほど子を遠慮がちに扱い、子に意見を求めたり、助けられたりする。そして子の優位性を認め、自分より多くの情報を得ている子に対して恥ずかしいとさえ思っている。しかしかぐや姫のおかげでますます豊かになる『竹取物語』の翁が、結局はかぐや姫に子として行動することを求めたように、堀川大殿も狭衣に子としての従順な態度を求める。

『竹取物語』の翁は、結婚問題に関し、実の子でない優れた美貌のもち主のかぐや姫に対して、最初は遠慮的な態度をとる。

この人々、ある時は、竹取をよび出《いで》て、

「娘を吾に賜べ」

とふし拝み、手をすりのたまへど、

「をのが《お》生さぬ子なれば、心にも従はずなんある」

と言ひて、月日過ぐす。（七ページ）(8)

娘の結婚の決定権は父にあった時代なので、貴公子たちは翁を呼び出しかぐや姫との結婚を申し出る。しかし翁は、実の子でないかぐや姫は親に従わないと言うのである。ところがしばらく経つと、翁はかぐや姫に対して態度を一変させ、結婚を強いる。「我子《わがこ》の仏、変化の人と申《まうし》ながら、ここら大きさまでやしなひたてまつる心ざし、を《お》ろかならず。翁の申さん事は聞き給ひてむや」（七ページ）。貴公子たちにはかぐや姫は実の娘でないという理由で、結婚を断った。しかしその後かぐや姫本人には、変化の人であり、実子ではないが、成人するまで養った恩、つまり養い親としての権利、そして子としての親に従う義務を述べ、「一人一人に婚ひたてまつり給《たまひ》ね」（八〜九ページ）と強い命令形で結婚を勧める。このような親と子の論理を養父に述べられ、かぐや姫は結婚を断ることができなくなってしまう。

堀川大殿は、嵯峨帝から申し出のあった女二宮との結婚を狭衣が不本意に思うのを見て、無理に強いることはしない。しかし、様々な方便で狭衣を説得しようとする。

「（…）男といへど、思ふさまならん人に逢ふ世、いと難きことなり（…）」（巻一①六五ページ）

「我よりやんごとなき方にとて、定まりぬれば、重りかにてよきことなり（…）」（巻一①六六ページ）

男であっても、理想的な女性にめぐり合うことは難しい、身分の高い女性と結婚することは安定性があっていい、と父は息子に言う。まるで、「この世の人は、お《を》とこは女に婚ふことをす、女は男に婚ふ事をす」（八ページ）と、この世の論理をかぐや姫に教える翁のように、堀川大殿は息子を男女関係について諭す。

堀川大殿はまた、自分自身の体験を狭衣に語る。

「（…）故院の異事はいみじう思しながら、（a）この方をばいとあやにくに制しいさめて、九重の内よりをさをさ歩かせたまはざりしかど、（b）かしこうこそぬすまはれつつ、至らぬ限なかりしか。（c）今思へば、よくのたまはせけり。絆もいかばかり多からまし。かくさまざまにえさらぬ人ものしたまふ。（…）」

（巻一①六五ページ）

堀川大殿はここで、父の故院には忍び歩きを制限された（a）、しかし自分は父に隠れて、至らぬ隈がないほど女性を垣間見して歩いた（b）。故院は正しかった（c）と述べる。自分は父の命令に背いてまで女を求め歩いたと述べることで、色好みの方面での優位性を示しつつも、忍び歩きを禁じた父の判断は正しかったと言うのである。このような屈折した理屈で父の正当性を強調しながら、子に父の取り決めに従うよう諭していると言えるだろう。大殿は「よからん日して侍従内侍のもとにほのめかしたまへ」と狭衣に女二宮のもとへ文を送るよう言いつける。この時点では結婚に不本意な狭衣を見て不機嫌になりはするが、これ以上何も言わない。やはり、狭衣に遠慮をしているのだと言えるだろう。

しばらく経って、堀川大殿は嵯峨帝から女二宮と狭衣との結婚を直接催促される。堀川大殿は、狭衣の意に反して結婚を承諾することを心苦しく思うが、二人の結婚を強く勧める帝の申し入れを断ることができない。

（a）うちうちの御けしきもの憂げなるを見たまへば、いかなるべきことにかと（b）苦しく思さるれど、かくのたまはするを、（c）奏すべきやうのなければ、（…）

（巻二①一六二ページ）

「さらば四月ばかりに」などのたまはするを、喜びたまひながら、（a）この御心のかひがひしからぬを、いかが思ひたまはんと、（b）心苦しく思ひたまひけり。

（巻二①一六二〜一六三ページ）

堀川大殿にとって、狭衣が不本意に思っている結婚を強引に推し進めるのは心苦しいということが二度語られる。父は子が乗り気でないことを案じ（a）、心苦しく思う（b）。しかし、帝の申し入れであるので、異を唱えることができない（c）。結局堀川大殿は帝に逆らってまで子の願いを叶える父ではないことが明らかになる。父は帝の申し出を断ることができず、結婚は四月にと定められる。

三　臣下としての立場を教える忠臣的な父

結婚を承諾してしまったからには、父は息子を説得しなければならない。堀川大殿は自邸へ戻り、狭衣に結婚が定まったことを告げる。

「しかじか上ののたまはせつるを、（a）さきざきの受けられぬ気色とは見ながらも、（b）いかでかはさは奏せんずるなれば、さるべきさまに申しつるを、いかがはせん。（c）少々心にいらぬことなりとも、なみなみのつらにもあらばこそは、聞きいれでも過さめ。いかにも、（d）かく召しよせらるる面目のかたもおろかならず、ほども近くなりぬめり。（e）はや、さやうにも思ひたちたまへ」と、聞こえたまふものから、（f）もの憂からん事を、限りなき面目なりとも、さしも思はざらんをかく勧むるも心苦しうて、うち嘆かれたまひぬる御気色の、（g）例の、人の親のやうにもえ申したまはぬを、（h）あはれに見たてまつりたまへば、（…）

（巻二①一六三ページ）

堀川大殿は、「なみなみのつら」「面目」を理由に、つまり、帝の仰せごとであること、相手は皇女の血筋であり、皇女との結婚は名誉であること等を理由に、狭衣を説得しようとする。狭衣の気持ちに理解を示しながら（a）、皇女であるのでいい加減に扱えない（c）、皇女との結婚は名誉であること（d）を述べて、結婚を勧める。しかし子に不本意な結婚を勧めるのは心苦しい（f）。そして、いつものように、他の親のように強く命令することはない（g）。子と帝とのあいだの板ばさみになって苦しむ父を、狭衣は「あはれに見」つめる（h）。

帝の仰せごとなので拒否できないが、子を苦しめるのは心苦しい。狭衣もまた、「あるまじからんことにてだに、この御事を違ふべき心地もせねど」（巻二①一六五ページ）と思っているので、父の意に反するのは辛い。父は子の意に反することは何もしたくないと思い、子は父の意に反することはしたくないと思っている。しかし、子は一方で父が望まないだろう女性（源氏宮）との結婚を願う気持ちを抑えることができない。父は狭衣の望みを叶えたいという気持ちと、帝の仰せごととのあいだに板ばさみになり、苦しむ。狭衣は父の望みを叶えたいという気持ちと自分の抑えることのできない恋情とのあいだに板ばさみになり、苦しむのである。

女宮の父帝の仰せごとであるからと説得する父に、狭衣はわずかながら反論を試みる。女宮の母大宮が反対しているという理由を挙げて、それで自分は積極的でないのだと弁解する。「かの大宮のあるまじきことにのたまふなるさまぞ、むつかしうはべりぬべき」（巻二①一六四ページ）と。しかし、その理屈は父により、却下される。

「そは、高きも卑しきも、女はさこそ、心も口もたてるやうなれど、上の御心にこそあらめ。（…）」

（巻二①一六四ページ）

「上はかしこくて、あながちにかくはのたまはするぞ。（…）」

（巻二①一六五ページ）

女宮の母が反対していることを理由に結婚を逃れようとする狭衣に、父は帝の意向こそが重要なのだと力説し、母の反対は問題視しない。女は口が達者であるが、最終決断は帝にある、帝は賢明であるので、この結婚を勧めるのであると言うのである。

女二宮との結婚話は、宮が出家することで自然消滅するが、巻三で新たに一品宮が結婚相手候補として物語に登場する。一品宮は一条院の皇女で後一条帝の姉妹である。狭衣とのあらぬ噂がたてられ、堀川大殿は女宮の母女院や後一条帝の思惑をはばかり、狭衣に結婚を強制する。以前、女宮の母の反対を理由に結婚を拒否していた狭衣は、今回は女宮の亡き父の意思や母の思惑を推測する。「故院、すべて、さやうには思ひきこえさせたまはざりければ、女院も、今更に、よものたまはせじ」（巻三②八五～八六ページ）。しかし父は、狭衣側から音沙汰がないので一品宮の母女院が嘆いていると聞き、それは「いとあさましきことなり」と思い、狭衣に結婚を強制するのである。

「我が進み申さざらんに、あれより、いかでか、かかりけり、さはとものたまはせん。（a）無きことにても、かばかりの人に名を立てたてまつりて、音なくて止まんは、いといと不便なることなり。承け引きたまはぬまでも、我このこと女院に申さん。（b）さのみ心にまかせてみるべきことならず」と、まれまれむつかりたまひて、（…）

（巻三②八七ページ）

ここでも再び「かばかりの人に名を立てたてまつりて」（a）と述べられるように、女宮の身分、血筋が問題になっている。堀川大殿は子の意に反することは何もしないと思われていた父だが、今回は「さのみ心にまかせてみるべきことならず」（b）とめずらしく立腹して狭衣の意に反する結婚を強引に進める。それは、女宮の母女院や兄弟の後一条帝の思惑をはばかってのことであった。結局堀川大殿は子の願いを叶える父としてではなく、忠臣としての立場を重んずるのである。それ故に、女院や後一条帝、一品宮をいい加減に扱うことはできず、子に対しては暴君的な父としての態度をとってしまう。

　このようにいやがる狭衣を無理やりに結婚させるのだが、結婚後も父は子に、夫として身分の高い妻に対する態度を教える。一品宮に後朝の文を送らないので、「いかなれば、今日の御使、今まで」と繰り返し手紙を送るように催促する（巻三②一〇九ページ）。その後も狭衣は自室にばかりこもっているので、「いとあさましきことなり。たとひ心に合はずとも、いはけなく心のままなるべき位のほどにもおはせず」（巻三②一一三ページ）などと不機嫌に言う。ここでも再び「位」が問題になり、妻のもとへ通わない狭衣の態度は「いはけなく」と言われる。『竹取物語』では、帝の使いとの対面を拒むかぐや姫の態度は、嫗に「このお《を》さなき者」（五二ページ）と評されている。また、宮仕えを拒むかぐや姫の様子を帝に語るとき、翁は「此女《この》の童」（五三ページ）「かの童」（五五ページ）と呼ぶ。この世の秩序に適合しないものは「をさない」「童」と呼ばれることが確認される。かぐや姫はこの世に属さないので、結婚や宮仕えといった、美しい女の身をもつ者ならからみとられる、この世の秩序に従おうとしなかった。それは「童—成人」といった二項対立的な図式におさまらないのに、この世の論理から見れば、かぐや姫の態度は幼稚である、童であると断言されるのである。かぐや姫は実際小柄だったのかも知れないし、わずか三ヶ月で成長したので翁夫婦には子供に見えたのかも知れないが、翁や嫗は、体型の問題ではなく、この世の秩序に従おうとしない態度を、「をさない」「童」と評しているのである。ここでは人間が天女を「をさない」と呼んでいるが、この人間と天人との関係は、後にかぐや姫を迎えにきた天人が翁を「汝、お《を》さなき人」と呼ぶこと（七〇ページ）で、逆転する。

つまり依拠する秩序が変われば、優れていると思っていたものが劣位に位置づけられるのである。『狭衣物語』では、堀川大殿の忠臣ぶりは再度強調されている。物語の冒頭で、嵯峨帝は故院の遺言に従い、堀川大殿を後見者として厚遇したことが語られるが、堀川大殿も父の遺言に従い、帝を補佐した忠実な臣下であったのだろう。すでに見たように、堀川大殿は嵯峨帝について「上はかしこくて」とその優越性を認めていた。また嵯峨帝が退位し出家を決意したとき、堀川大殿の様子は次のように語られる。「大臣などはなほ口惜しう惜しみきこえさせたまひけり。さてさるべき御仲と言ひながら、いとありがたき御心ばへなれば、千年も変らぬさまにて見てまつらまほしくぞ思しける」（巻二①二六一ページ）。このように、父の遺言を遵守した孝行息子、そして帝や女院に対しては忠実な臣下として行動する父は、息子にも同じように忠臣であることを要求するのである。

四　相対化される堀川大殿のこの世の論理

堀川大殿がこの世の論理、特に血筋や位の論理で子を世に位置づけようと努力してもそれは空しく、狭衣は結局出家を決断する。一時期父は狭衣が落ち着いてきたことを喜んでいた。嵯峨院の女一宮の後見をして後一条帝へ入内させる提案を聞いて、父は子の「かかる御大人心をうつくしう思」っていた（巻三②一六〇ページ）。しかし子が成長してこの世の秩序に適合してきたというのは誤りで、狭衣は相変わらず出家願望を持ち続けていた。父の厳しい態度が狭衣に出家を決断させる一つの要素であったとも言える。結婚後、一品宮に対する狭衣の態度を厳しく諫める父に対して、狭衣は次のように思っている。

いつまでかく諫められんとすらん、悔しと思す折もありなんかしと、（…）　（巻三②一一三ページ）

このように望まないことを強制すると、いずれ父は悔しい思いをするだろうと思う。このとき狭衣の念頭にあったのは、自分が出家もしくはこの世を離脱した後の父の嘆く姿であっただろう。子の望まないことを強制する父に対する憎悪が芽生えたとしても、狭衣は父に直接この気持ちを述べることはない。かぐや姫は、望まない宮仕えを勧める翁に次のように反論していた。「もはら、さやうの宮仕へ、仕うまつらじと思ふを、しゐ《ひ》て仕うまつらせ給はば、消えうせなんず。御官爵仕うまつりて、死ぬばかり也《なり》」（五四ページ）。自分が望まないことを強制すると、自分は消え失せる、一時的には養父に従い官位を与えるが、その直後に死ぬとかぐや姫は述べる。狭衣は望まないことを父に強制され、やはりこの世から出家によって消え失せることを願うが、それを父に述べることはせず、密かに出家を企てる。

しかし狭衣のその決意は、賀茂神が堀川大殿の夢にあらわれることによって断念される。狭衣の出家の決意を夢によって示唆された両親は「二所して思し惑ふさま、片時だにいみじげなり」（巻四②二〇八ページ）と語られる。第一節で確認したように、天稚御子降下事件を知り、子が昇天したと無力に嘆き悲しむ場面で堀川大殿と母宮は一括りにされ「二所して臥し沈みたまふ」と語られていた。ここでも再びただ嘆き悲しむしかない無力な竹取の翁が想起されるのだが、父が関与しないところで昇天が阻止された天稚御子降下事件とは異なり、今回父は狭衣の出家を阻止することができる。狭衣の出家の決意が発覚したのは賀茂神が堀川大殿の夢にあらわれたからであるが、父が行動をおこすことで出家は阻止されるのである。

堀川大殿は堀川院へ向かい、狭衣がまだ出発していないのを確認し、涙を流しながら出家を思いとどまるように訴える。主に血筋や位を理由に狭衣に結婚を説得しようとしていた父は、ここでは親の愛情の深さや仏教の孝の教えをもって狭衣の出家を阻止しようとする。長くなるが、堀川大殿の訴えを全文引用する。

「いでや、いと心憂かりける御心かな。（a）あまたあらんにてだに、少しも取り分きたらん心ざしのほどは見んに、いとかかる心のほどはつかはじを。まいて、かばかり思ひ紛らはすべき類だになく、一日片時、見きこえぬほどは、恋しう愛しきものに思ひきこえたるを見る見る、いかなる方に思し立ちて、世を背き捨てんとは出で立ちたまひけるぞ。（b）いとよし。おのれをこそ思し捨てめ。（c）女にて、またなく思し紛るる方なくならひたまへる御心に、見たまはずなりなん、片時ながらへたまふべしとや見えたまふ。限りある御命のほどをだに、かの見たまはんほどは、かけとどめんとは思すまじうやはあるべきと。（d）仏も孝養をこそ重きことにはのたまふめれ。かく不孝の御心にては、思し捨つらん道の妨げにもなりたまひなん。何事もさるべき昔の契りにこそあらめ。かくなん思ふと、心うつくしうのたまはば、あながちに制しきこゆべきにもあらず。（e）ただわが身は残りなき齢になりたるに、ふり捨てられきこえたらんも、心一つの悲しさはさるものにて、人の見聞かんことも恥づかしう、仏の思さんことも罪さり所なく悲しかるべきを、ただもろともに、いかにもないたまへ。（f）仏のすすめたまへるにもあらん。いかなる方ざまにも、みづからはおくれきこゆまじければ、いとよし。（g）今ひと所の御ありさまこそ、後の世にも、いとかかる御心の乱れながらは、同じ所に逢ひ見たてまつらんことは難かるべかんめれ」など、いみじき事どもを泣く泣く言ひ続け給ふ（…）

（巻四②二〇九〜二一〇ページ）

傍線部は堀川大殿自身の子に対する愛情の深さ、子が出家した後の嘆きについて、波線部は堀川上の愛情の深さ、子の出家後の嘆きや心乱れについて、そして傍点部は仏教論理に基づく内容である。堀川大殿は、言説の前半で父母の狭衣に対する愛情の深さ、そしていなくなったときの嘆きの大きさを語りながら、狭衣の親をあわれに思う感情を喚起しようとする。たった一人の息子であり、少しでも姿を見ないと恋しく感じる、このような自分を捨てることができるのか、と（a）。その後、あきらめたように、まあ、自分のことはいい、見捨てて結構である（b）。しかし、母親のことを思え、と「女にて」を強調して言う。子がいなくなると、すぐにでも後を追って死ぬだろう、母親が生きているあいだだけでも、この世にとどまろうとは思わないのか、と（c）。後半部分は仏教的な論理に依拠して、狭衣の行動は不孝にあたり、結果として親の罪を形成するものだと述べる。「かく不孝の御心にては」「仏の思さんことも罪さり所なく」「同じ所に逢ひ見たてまつらんことは難かるべかんめれ」と、狭衣の不孝の罪、子がいなくなった嘆きによってつくられるだろう親の罪やそれ故に極楽往生が困難になることを述べる。まず狭衣自身の不孝の罪を指摘し、「かく不孝の御心にては、思し捨つらん道の妨げにもなりたまひなん」と説く（d）。そして自分は年老いていて齢が残りわずかであること、子を失った嘆きによって世間に恥をさらすこと、仏に罪深い者だと思われる悲しさを述べる（e）。しかし、再びあきらめたように、出家は仏の導きであるだろうし、どうせ自分は後を追って死ぬのだから「いとよし」とあきらめたように言う（f）。（b）でも堀川大殿は「いとよし」、つまり自分のことはいい、しかし母のことを考えろと言っていた。ここでも「いとよし」と言い放ち、母の「御心の乱れ」を強調し、母の子に対する執着のせいで「同じところ」（極楽）での再会は困難になると述べる。（e）「自分のことはいい、しかし女である母宮のことを思いやれ」というのは、狭衣の出家をあきらめさせるための理由のひとつとして挙げられているのだが、女である堀川上の嘆きのほうが大きい、女であるから執着心のせいで極楽へいけないという、女に対する意識が現れている。それと同時に、堀川上の嘆きと罪を強調することで、狭衣は母宮のためになら出家をあきらめてくれるのではないかという、狭衣と母宮との強いきずなに対する期待とコンプレックスが透けて見える。[9]

このように、堀川大殿は狭衣の感情に訴え、特に母親の嘆きを述べて、出家を思いとどまらせようとする。狭衣は親や子を捨てる決意をしていたのだが、さすがに父の嘆きを見て心を動かされる。堀川大殿はこれまで確認したように、血筋やヒエラルキー、また女宮の親の意向を理由に、狭衣に結婚を説得しようとしてきた。この場面においては、狭衣が依拠して出家を決意した仏教の論理を引用しながら、狭衣の両親に対する愛情、そして哀れみの感情に訴えるのである。狭衣は結婚問題では女宮の母や亡き父の反対や意向を理由に反論を試みていたのだが、父大殿が依拠する血筋や位の論理に心を動かされることはなかった。しかしこの場面においては、父の嘆く姿や訴えの内容に心を動かされ、父や母をあわれに思う。かぐや姫の場合、天の羽衣を着た後は養父をあわれに思う気持ちが消失したが、狭衣は最後まで人間的な感情を失うことはない。鈴木氏はかぐや姫として設定された狭衣は仏道や冥界、聖域へと去る女君たちに取り残され、最終的に人間に括られると論じるが、[10]両親をあわれに思う気持ちを失わないという意味でも狭衣は人間的である。父の言う通り、自分が去った後の母の悲しみを思いやり、冷静さを保つことはできない。その様子は「げにまいて、上の御心のうち思しやるは今少し心苦しうて、人やりならず袖も濡らしたまふものから」（巻四②二一一ページ）と語られる。また、泣き止まない父の姿を見て「いと心苦しう、罪得らんかしと、まことにおぼえたまへば」（巻四②二一二ページ）と、父が述べるように親を嘆かせることは罪だという意識をもっている。狭衣は父の涙や訴えに心を動かされ、かぐや姫のように人間的な感情を消失することはないのである。

『狭衣物語』における『法華経』引用を考察した小峯和明氏は、狭衣が独占していた経文引用を巻四で父が奪取し、狭衣の聖性の喪失を招いたと論じる。(11) しかし巻四以前も、堀川大殿は狭衣の昇天や出家に関わる場面で仏教の論理、特に孝の論理を引用していた。巻一では「我を捨てては、いかでか極楽へも参りたまふべきぞ」（巻一①四九ページ）、「親に物思はする、重き罪にてもあんなり」（巻一①五六ページ）と、つまり親を捨てて極楽へ行けるのか、親を嘆かせるのは重い罪にあたると、現世離脱願望をあきらめさせようと説得していた。また、巻三で賀茂神社で狭衣が琴を演奏し、雷がなったとき、父は「かくのみ、心を騒がせたまふ、いみじき不孝の中に入りたまはん」と諫めている（巻三②二〇〇ページ）。父母に孝養をつくすべきだという教えはすでに指摘されているように『観無量寿経』や『大乗本生心地観経』に見られる。父は、結婚問題においては血筋やヒエラルキーの論理をもって狭衣を説得していたのだが、昇天や出家問題に関しては、巻四以前から仏典に説かれる孝の教えを引用して狭衣を説得していたのである。

堀川大殿は自分の父としての権威だけでは狭衣をこの世にとどめることは難しいと察していたからこそ、以前から孝や罪の論理を用いて狭衣を説得していたのだと思われる。しかしまた父としての優位性、そして帝を頂点とするヒエラルキーへの信頼があったので、これまで狭衣に女宮たちとの結婚を強要してきた。しかし賀茂神の夢によって狭衣の出家の決意を知ったときは、今までの説得や努力がすべて無駄だったことを悟り、どんなに努力をしても子を管理できないことを深く自覚したのだろう。だからこそ、母の愛情や悲しみを強調し、孝や親を悲しませる子の罪の論理をさらに力説するのである。

堀川大殿がこれまで依拠していたこの世の論理、つまり血筋や主従、そして親子の論理において、勝敗は決まっている。子が親に勝つということはない。すでに確認したように、以前堀川大殿は子の狭衣に対して恥ずかしいと思うことがあり、子の優位性を認めていたが、この世における主従、そして親子の論理に依拠していたので、父としての座は保証されていた。そしてこの世の論理に従わない子を幼稚であると称し、子に対して強圧的に振る舞うことができた。小峯氏は経文の引用を繰り返すことで、堀川大殿自身が内省させられると指摘するが、内省自体が子を管理できない父ということを深く自覚した結果だと思われる。大殿は狭衣への説得を試みた後、子の出家を妨げる自分の「つたなき心のほど」を狭衣に見破られたのではないかと思い、恥じている（巻四②二二二ページ）。そして、子に仏教的に救われる父の説話を思い出す。それは『法華経』「妙荘厳王本事品」二七に語られる、浄蔵と浄眼の二人の子に救われた妙荘厳王の説話である。

浄蔵浄眼の往反遊行したまひけんを、見たまひてよりこそ、妙荘厳王も、心ぎよき三昧どもを勧めたまひて、花徳菩薩ともなりたまひけれ、まことにかかるついでに、まづ我やなりなまし、かばかり思ひ立ちたまひにければ、つひにはえ妨げきこえじ、などは思しなりぬれど、（…）（巻四②二二二ページ）

妙荘厳王は浄蔵、浄眼の二人の子が見せた大神力により仏道に目覚め出家するのである。仏に帰依している二人の子は「われ等は、これ法王の子なるに、しかもこの邪見の家に生れたり(12)」と外道の教えを信じ婆羅門の法に深く執着している父に対する不満を述べるが、母に説得され、神通力を見せ、父を仏道に導く。堀川大殿は父として、この世で論理で子を管理することが不可能だと思い知ったとき、この世の論理を相対化するもう一つの論理で子との関係を見なおすことができたのである。この場合それは仏教で、仏教論理からいえば出家を決意した子は、子の出家を妨げようと躍起になる父より優れている。それゆえに父は「劫濁乱の時は、諸仏以方便もかひなくもありけるかなと、返す返す、悲しうも恥づかしうも、思し知られけり」（巻四②二一二）と、自分には諸仏以方便も無駄であると、自身の罪の深さを恥じ子に対する自分の劣位を思い知るのである。これまで自分が依拠してきた論理、この世の論理が相対化され、第三節で指摘した『竹取物語』の翁と天人の立場が逆転したように、堀川大殿と狭衣の立場が逆転するまったく異なった論理が獲得される場面であると言えよう。

堀川大殿が新たな論理で子の優位性を認めたとき、血筋や位の論理では心を動かされなかった狭衣が、涙を流して訴える父の説得を聞き、父の説得に納得し、自分がいなくなった後の母の嘆きや、親を悲しませる自身の罪を思う。堀川大殿は子を説得するために経文を引用し、仏教論理によって内省したとき自らの罪深さや子の優位性を自覚する。子はその言説や態度に心を動かされ、自らが出家することによって引き起こされる親の嘆きや不孝の罪を思うのである。ここにおいて、父は息子と共通の論理を獲得したと言えるだろう。血筋や位等、この世の論理に依拠していた限り、堀川大殿は狭衣の心を動かすことはできなかった。しかし堀川大殿がある程度狭衣と共通の仏教の論理を獲得し、子の優位性や自らの至らなさを思い知ることで狭衣の心を動かすことができたのである。

五　堀川大殿のその後

その後、堀川大殿は狭衣を強く責めることはしなくなる。

①一品の宮に参りたまはぬことをば、誰も、いみじう聞こえたまひしかど、この後は、さやうのことを、苦しう思しけるにやとて、かけても聞こえ出でたまはず。（巻四②二一六ページ）

②宮に参り初めたまひては、この殿のおはし所も、わざとなきさまにもてなしきこえたまひて、まれまれ立ちとまりたまふ夜な夜なをも、いさめきこえたまひつれど、今はいにしへのやうに、みがきたてて、明け暮れ、女の身生ほしかしづかんやうにて、(…)

(巻四②二一九ページ)

③宮に、夜もげに泊りたまはぬことも、うちうちには嘆きたまへど、え申したまはぬに、(…)

(巻四②二一九ページ)

①一品宮を訪れない狭衣を誰も咎める人がいない様子。②一品宮との結婚直後、狭衣が自室にいるのを大殿は咎めたが、今は部屋を飾りたて、娘のように大切に扱う両親の様子。③宰相中将妹君との結婚後、一品宮の許に通わない狭衣に大殿は内心では嘆くが、実際に咎めることはしない様子。このように、自邸にばかりこもる狭衣を許し、女のようにかしづく両親がいる。それでも父はいまだに一品宮のことを不憫に思い、それなりに待遇する必要性を教える。

④大殿は、かうもてかしづききこえたまひても、一品の宮に参りたまふことの難きは、いとかたじけなう、あるまじきことに思さるればさるべき折々に、御けしきとりたまひつつ、なほ、人目こよなかるまじきさまに、もてなしきこえたまふべく、教えきこえたまふを、(…)

(巻四②三二二ページ)

大殿は狭衣に、人目をはばかり、皇女である一品宮を大切にしなければならないということを遠慮がちに教える。しかし、子の辛そうな顔を見ると、少しでも意に反することは言うべきでないと思う。「これより、あるまじき心を使ふとも、つゆばかり心に物しう思はんことを、言ふべきならず」と。狭衣が即位した後も、堀川大殿は一品宮を疎略に扱えないこと、そして早急に内裏に参入させることを勧める。

⑤一条院の御心ざしのおろかならず思し知らるれば、一品の宮をなほ、おろかに思ひきこえさせたまふまじく、堀川院には、聞こえさせたまひつつ、とく参らせたまふべく聞こえさせたまへど（…）　（巻四②三五一ページ）

今回は一品宮の拒絶にあい、入内は実現しない。このように、堀川大殿は父として子に、皇女である妻に対する待遇を教え続けるのだが、狭衣を無理に強制したり強く非難することはなくなった。神の夢のお告げを受け、子の出家を阻止した父は、己の未熟さを認識し、狭衣を強制しこの世の論理に従わせる努力をやめたのだと言えるだろう。そのとき、息子は堀川大殿が依拠した仏教の孝の論理に逆に縛られ、不孝の罪を回避するようになった。その後源氏宮によく似た慰めの女君、宰相中将妹君を見出し、しばらくは落ち着くのである。

すでに確認したように、狭衣の心配をする両親の様子は「大殿、母宮」、「二所して臥し沈みたまふ」と一括りに描かれる。しかし狭衣の結婚に関して、堀川大殿と堀川上はあらゆる場面で対照的に描かれている。狭衣の望みをすべて叶え、狭衣を自分の許にとどめておくことを願う母と、ヒエラルキーを重視し、結婚を強制する父。いつまでも若く美しく、結婚を強制させられる狭衣に心を痛める天女的な母と、狭衣をこの世に位置づけようとする世俗的な父。ところが狭衣の出家願望を知った後、子を案じる様子や、子が少し落ち着いたように見えると一喜一憂する様子が語られるとき、堀川大殿と堀川上は「二所」、「殿、上」と再び一括りに語られる。

①「いとかばかり思ひ惑へど、親をば絆にも思はざりけり」と言ひ合せたまひて、二所して尋ね嘆かせたまふさまども、いとあはれに苦しげなり。（巻四②二一九ページ）

②殿、上の、御けしきの少し世の常なるを、ただ、御祈りどもの叶ふなりけりと、うれしくのみ思さるれば、（…）（巻四②三一九ページ）

①狭衣の出家が阻止された後、狭衣のあくがれ心を嘆く両親。②源氏宮によく似た宰相中将妹君を迎えた後、少しは落ち着いた様子の狭衣に両親が安堵する様子。このように、狭衣の身を案じ、優れた子の前で無力な両親の姿が語られるとき、二人は一つに括られるのである。狭衣の即位後は、二人して孫にかしずく様子が描かれる。

③ただ、大宮・院などの御膝の上に、取りかへ取りかへ、扱ひこきえさせたまふさま、（…）（巻四②三六六ページ）

④宮、亡せたまひて後は、堀川院も大宮も、常に渡らせたまひつつ、見たてまつらせたまふに、（…）（巻四②三七八ページ）

③両親が狭衣帝と藤壺（宰相中将妹君）の子を大切に扱う様子と、④両親が孫の飛鳥井姫君を常にかわいがる様子が描かれる。

堀川大殿が狭衣をこの世に位置づけようと努力していた限り、狭衣はこの世からの離脱願望を強めていった。しかし父が子のいやがることを強制するのを止めたとき、子をこの世にとどめることができた。狭衣にとってもう一つの月の都として生成された仏道[13]の論理を父が獲得し、子の優位性を認めたとき、子は仏教の論理によるヒエラルキーではなく、この世のヒエラルキーの最上位に位置づけられたのである。そしてその後堀川大殿は、この世で子によって与えられた院としての地位につき、子に与えられた孫たちにかしずき、行幸など子の孝の実践を享受するのである。

井上眞弓氏は、堀川大殿と狭衣親子の罪の因果律を論じ、狭衣の超俗的属性によって父は救済されるのだと述べる[14]。堀川大殿の救済に決定的だったのは、これまで自身が依拠してきたこの世の論理を相対化する論理を獲得したことではなかっただろうか。この世の論理を相対化することで子の優位性を確認し、同時に子をその論理に従わせることに成功し、結果的に孝を享受するのである。

六　おわりに

物語の冒頭で「何の罪にか、ただ人になりたまひにければ」（巻一①二一ページ）と兄弟二人が帝位につき、ただ一人臣籍に下った堀川大殿の罪が示唆されていた。皇女との結婚を拒む狭衣に、父は「かく口惜しくなりそめにけるみづからの宿世によりて、何の報いに、かくは見聞こゆるぞ、と朝夕は悲しくこそあれ」と、「うちしをれたまひぬ」（巻二①一六四ページ）。父の不遇ゆえに子が卑下し皇女との結婚はふさわしくないと思っていると誤解し、臣籍に下った宿世を悔しく思う。臣籍降下した堀川大殿が見出した唯一の出世の道は、忠臣となり、息子にもそのような行動を要求することであったのだろう。しかし父のこの態度は逆に狭衣を追い詰めることになり、ますます現世離脱願望を深めていく。

かぐや姫をこの世の秩序に組み込もうとしたが失敗し、昇天の場面では無力であった『竹取物語』の翁との共通点が認められた堀川大殿だが、狭衣は天人に連れられ昇天するかぐや姫と異なり、この世にとどまり、結果的に孝の実践者となる。『竹取物語』において、かぐや姫の昇天が翁にとって悲劇であった。『狭衣物語』において、昇天しないことは狭衣にとって悲劇であったが、堀川大殿にとっては幸運であった。

天照神は次のような理由を挙げて狭衣の即位を促す。

「(a)大将は、顔かたち、身の才よりはじめ、この世には過ぎて、ただ人にてある、かたじけなき宿世・ありさまなめるを、おほやけの知りたまはであれば、世は悪しきなり。若宮は、その御次々にて、行く末をこそ。(b)親をただ人にて、帝に居たまはんことはあるまじきことなり。(…)」

（巻四②三四三ページ）

天照神の宣託に挙げられる狭衣の即位の理由は、二つの異なる論理が混合しているといえる。一つは狭衣の「この世には過ぎ」る容姿や才能の優位性(a)、そして親子の論理(b)である。堀川大殿と狭衣との関係で明らかなように、能力における優位性と、親子関係における親の子に対する優位性は必ずしも一致するものではない。天照神の託宣においては、まず容姿や才能の優位性が即位の第一理由として挙げられている。そして狭衣と女二の宮の子である若宮が父を差し置いて即位することは「あるまじきこと」だと、親子の論理、つまり子より先に親が即位する必要性が第一理由を補強するかたちで述べられている。純粋に親子の論理を応用するなら、狭衣ではなくその父の堀川大殿が即位すべきである。しかし天照神は並外れて優れている狭衣の即位の必要性を述べる。それは、天照神にとって、容貌や才能に優れているということは、親の子に対する優位性より重視されるものだからである。

本論で考察したように堀川大殿は、これまで依拠してきた主従や親子の論理、つまり子に対して親が常に上位にある秩序を相対化し、子の優位性を認めたことで、狭衣をこの世にとどめることができた。その結果として、親子の論理より容姿や能力の優位性を重要視する天照神によって、皇室に復帰することができた。堀川大殿が子に対する自分の劣位を自覚したとき、『法華経』「妙荘厳王本事品」の邪見な父が、二人の子によって仏教的に救われる逸話を想起し、子より幾段劣る自分の悟りの不足を恥じている。しかし最終的に大殿の救済は仏教によるものではなく、自分が依拠していたこの世の秩序において最上位にある帝位を息子が回復することであった。

注

（1）深沢徹［往還の構図もしくは『狭衣物語』の論理構造（上下）―陰画としての『無名草子』論―」（『文芸と批評』一九七九年一二月、一九八〇年五月→『狭衣物語の視界』新典社　一九九四年）
（2）鈴木泰恵「狭衣物語と〈かぐや姫〉―貴種流離譚の切断と終焉をめぐって―」（『武蔵野女子大学紀要』一九九七年三月→「天人五衰の〈かぐや姫〉―貴種流離譚の隘路と新生」『狭衣物語／批評』翰林書房　二〇〇七年）、「『狭衣物語』と『法華経』―〈かぐや姫〉の〈月の都〉をめぐって」（『解釈と鑑賞』一九九六年一二月→「『法華経』引用のパラドックス―物語の〈業〉」『狭衣物語／批評』翰林書房　二〇〇七年）。
（3）『狭衣物語』の引用は新日本古典文学全集（小学館）に拠る。以下同じ。
（4）『源氏物語』の引用は新日本古典文学大系（岩波書店）に拠る。以下同じ。
（5）小嶋菜温子「明石とかぐや姫」『源氏物語批評』有精堂　一九九五年
（6）狭衣と堀川大殿の対極性は既に指摘されている。例えば堀口悟氏は『狭衣物語』では「常識的政治家」堀川大殿と「気高い精神性」をもつ狭衣が対照的に描かれるが、二人は親子の情で強く結ばれていると指摘する。（「堀川大

殿と狭衣」『中央大学国文』一九九四年三月）。

（7）井上眞弓「『狭衣物語』の構造私論―親子の物語より―」（『日本文学』一九八二年一〇月↓「父と子の関係」『狭衣物語の語りと引用』笠間書院　二〇〇五年）

（8）『竹取物語』の引用は新日本古典文学大系（岩波書店）に拠る。以下同じ。

（9）狭衣と堀川上との関係は拙稿「狭衣の母―『狭衣物語における堀川上の役割―』（『言語情報科学』二〇〇八年三月）で論じた。

（10）↓注2参照

（11）小峯和明「狭衣物語と法華経」（『国文学研究資料館紀要』一九八七年三月↓『院政期文学論』笠間書院　二〇〇六年）。経文を引用することによって堀川大殿は子と共通の論理を獲得し、結果的に子をこの世に位置づけることに成功したのだと本論では論じる。

（12）『法華経』下二九二ページ。『法華経』の引用は岩波文庫に拠る。

（13）↓注2参照

（14）↓注7参照

II

歌ことばと物語のことばの地平から

『狭衣物語』の表現——歌枕をめぐって——

乾　澄子

一

『狭衣物語』の表現について考えるとき、その特徴として作品内の和歌や引き歌をもとにしたり、あるできごとを集約し、象徴したりする、体言化された歌句の存在があげられよう。これらの語は「歌語」であるがゆえに、和歌のことばがもつ文学的なネットワーク（縁語、掛詞、見立てなどの修辞や景物との連関）とつながり、他の先行作品やすでに表現された場面を呼び込む契機となる。本稿ではその機微の一端を『狭衣物語』の地名表現を通して考えてみたい。

『狭衣物語』には非常に多くの地名表現が見られる。(1) 主人公狭衣の高野山、粉河詣や飛鳥井女君の西国行き、飛鳥井女君の兄僧の修行あるいは源氏宮の斎院、女二宮の嵯峨移居など、登場人物たちが実際に京中から移動することによるものである場合もあるが、多くは修辞的なものである。実際の土地とは関係ない地名が修辞的な表現として有効なのは、和歌の世界で蓄積されてきた技法である歌枕表現によるところが大きい。周知のように歌枕表現は、その地名に関わる景物や伝説、あるいは代表的な歌に籠められた心情の代弁、掛詞による語呂合わせ的なものによる連想表現など幅広い言葉を呼び込む装置として、三十一字と字数の限られた歌一首の中で大きな働きをする。

引用の織物と評される『狭衣物語』では、漢詩、仏典、先行物語、説話、伝承などさまざまな文化遺産を取り込み、その作品世界を構築しているが、やはり和歌による表現がその中心をなすといえよう。ここでは『狭衣物語』に多く出てくる地名のうち、何らかの和歌の歴史を背負った表現である歌枕を中心に取り上げて考察する。(2)前稿では『狭衣物語』における地名表現についてその特色について概括を試みたが、(3)本稿では作品に即して、その表現世界を探ってみたい。(4)

二

さて、『狭衣物語』における作中詠歌あるいは引き歌表現を中心として、単なる土地の名前を指示したものではなく、和歌に詠まれたことのある地名をとりあげる。狭衣物語には全部で約二六〇例ほどの地名表現が見られる。その中には逢坂、井手、難波、姨捨、吉野などといった『万葉集』あるいは『古今集』以来伝統的に和歌に詠み込まれ、歌枕として修辞的に発達し、物語、日記などの散文作品においても引き歌表現として親しまれてきたものも数多くみられるが、以下のように先行作品にはあまり取り上げられたことのないものも登場する。

朝津の橋　飛鳥井　有栖川　板田の橋　稲淵　浮島　うしろの岡　音無の里　音無の滝　神山　おぼろの清水
亀山　唐泊　木の丸殿　衣の関　嵯峨野　信田の森　鈴鹿川　住吉の里　園原　十市の里　常磐の森　なぐさ

の浜　梨原　双の岡　後瀬の山　野中の清水　比叡の山　平野　船岡　古野　益田の池　向ひの岡　虫明の瀬戸　室戸　室の八島　猪名山　緒絶の橋

これらを和歌史の中においてみたとき、以下のような特徴が見られた。(5)

A　平安和歌には用例が見いだせず、『狭衣物語』以後勅撰集において用例が見られるもの

このような例としては前稿で触れた「虫明の瀬戸」の他に、たとえば、斎院となった源氏宮が紫野の本院で詠んだ、

己のみ流れやはせん有栖川岩もる主我と知らずや

によまれた「有栖川」（『千載集』初出）や「おぼろの清水」（『後拾遺集』初出）などがあげられる。

B　私家集、私撰集など古歌に詠まれた地名ながら、勅撰集においては『後拾遺集』以降に詠まれるようになったもの

代表的なものとしては「室の八島（の煙）」があげられる。物語において狭衣の源氏宮への思いの象徴となり、なんどもくり返し用いられる「室の八島」という歌枕は『狭衣物語』以前には、『古今和歌六帖』の

しもつけのむろの八しまに立つ煙おもひ有りとも今こそはしれ

と一首見られる以外、あまり詠まれることはなく、藤原実方の、

いかでかはおもひありともしらすべきむろのやしまのけぶりならでは

が、知られるのみである。そしてこの実方詠が『詞花集』に収載されたのが勅撰集初出となる。(6) 平安後期以降では歌枕としてよく詠まれるようになるが、『狭衣物語』で用いられた時には歌枕としてはそれほど一般的なものではなかったと思われる。同様の例として、「神山」「板田の橋」「信田の森」「常磐の森」などがあげられ

る。

C　同様に私家集、私撰集では詠まれた地名ながら、勅撰集においては『後拾遺集』以降に詠まれるようになったもののうち、『源氏物語』ですでに取り上げられていたもの

たとえば「園原」は『古今和歌六帖』の、

園原や伏屋に生ふる帚木のありとてゆけどあはぬ君かな

を踏まえた『源氏物語』帚木巻の、

帚木の心をしらでその原の道にあやなくまどひぬるかな[7]

で知られるが、懐妊した飛鳥井女君を案じる狭衣の詠でも、

園原と人もこそ聞け帚木のなどか伏屋に生ひ始めけん

と用いられている。しかし、勅撰集にこの語を見出すのは『後拾遺集』の相模の歌、

あづまぢにそのはらからはきたりともあふさかまではこさじとぞ思ふ

が初出である。この他、たとえば「鈴鹿川」「賀茂の瑞垣」「緒絶の橋」「唐泊」などが、古歌にはあまり詠まれなかったものの、『源氏物語』の作中詠歌などで使用されたあと、『狭衣物語』でも用いられ、やがて『後拾遺集』以後の勅撰集に認められるようになる地名である。

以上のように『源氏物語』を経由するものも含めて、『後拾遺集』以降の勅撰集、さらに中世和歌に取り上げられるようになる歌枕が散見される。新しい和歌のあり方を模索していた頼通の時代には新しい名所歌枕、歌語の開拓、あるいは既存の歌枕や歌語における新しい景物との組み合わせなどが追求されたことが和歌の研究から報告されている。[8]『狭衣物語』と和歌史との関係における同時代性についてはすでに小町谷照彦氏に論考があり[9]、稿者も

言及したことがある。(10)『狭衣物語』の歌枕は伝統的なものを用いて表現を豊かにするというだけではなく、同時代に見られた、新しい歌語や名所歌枕への興味、開拓への積極的な参加を知ることが出来るのである。

三

すでに多くの指摘があるとおり、『狭衣物語』は女君たちを同一歌句による繰り返しによって、表象するという傾向がある。そのなかでも特に作中で詠まれた和歌に基づくものが多くあり、女君たちの呼称にまで影響していることが表現の特色として知られている。典型的な例として、源氏宮を「室の八島（の煙）」あるいは「しのぶもぢずり」、飛鳥井女君を「飛鳥井」「道芝の露」「常磐の森」「底の水屑」、女二宮を「寝覚の床」、飛鳥井の姫君を「忍ぶ草」と呼んだりするものであり、中でも作中詠歌に由来するものは作中歌語とか内部引歌とか呼ばれている。

これらの語に関してはすでに先行研究もいくつかあるが、(11)ここであらためて確認しておきたいのは、源氏宮や飛鳥井女君といった主要な女君に関わって、それ以前の作品にはあまり見られない特異な地名表現が使われていることである。たとえば、源氏宮を象徴する「室の八島（の煙）」にしても、二で述べたように、当時一般的で著名な歌枕というわけではない。源氏宮を慕う主人公狭衣の心中を表す表現とはいえ、前後の文脈と言葉の上で特につながりがあるわけではなく、またそれゆえに印象的でもある。源氏宮に関してはそのほかにも「武蔵野」（ゆかり）「神山」（斎院）など特別な印象を伴ってなんどか使われる地名や、「有栖川」「船岡」「帰る山」「向ひの岡」など他の作品ではあまり見られない地名も見られる。

飛鳥井女君については、平安京を離れたさまざまな地名を用いてその人物の形象がなされていることが、小町谷照彦氏によって論じられている。(12) その呼称にしても「飛鳥井」あるいは「飛鳥川」の地と関わりがあるゆえではなく、「宿りはすべし」という意を導き出す引き歌表現（この場合は本歌は催馬楽『飛鳥井』）によるものであり、さらに作中詠歌に使われる「常磐の森」「おぼろの清水」「虫明の瀬戸」「唐泊」、地の文で使われる「梨原」「双の岡」など耳慣れない地名が彼女に関するものとしてあげられる。飛鳥井女君と周縁の地名との関係は都から離れた土地をさすらう彼女のイメージなど、その人物像とも大きく関わると思われる。今、二人の女君について挙げたが、その他にも女二宮関係で「信田の森」、宰相中将妹関係で「緒絶の橋」「野中の清水」など、平安後期においては伝統的な歌枕とはいえないものが見られるのである。

このような女君の呼称にとどまらず、くり返し使われる体言化された歌句によって、先の場面を引用し、変奏して作品世界を展開していく『狭衣物語』の表現構造は、実は歌枕が本来持っている表現機能と通じる働きがあるのではないだろうか。一例を見たい。

歌枕には「逢坂」と「逢ふ」のように、掛詞として、語呂合わせ的に他の言葉を導き出す働きのあるものがある。『狭衣物語』にもいくつかあり、その中には先行作品ではあまり見られなかった目新しい地名が見られる。この例としては「稲淵」の「いな」、「浮島」の「憂き」「浮き」、「音無の里（滝）」の「音なし」、「十市の里」の「遠し」、「後瀬の山」の「後の逢瀬」などがあげられよう。これらの語は実在の地名と関連する場合もあるが、一見前後の文脈には関わりのない、唐突な形で文章に表れたりする。その語の表す意味内容も他の歌枕や引き歌表現と異なって、もとになる歌が表す心や関連する景物、あるいは伝承などより、音の連想によるおもしろさに主眼がある。

代表的な例としては「梨原」があげられる。飛鳥井女君の陸奥下向が決まり、行く先に不安を抱えている女君のもとを訪ねた狭衣は、まだ名のりあっていないお互いの素性をそれとなく確かめ合おうとする。

「我が身をも海人の子とだに名のりたまへ。さらば」など心くらべに言ひなしつつ、我が御心ざしの浅からぬを、遂になど、思し頼みて、行く末遠く契りたまふ。まだ、慣らひたまはぬことなれど、梨原の、とまでぞ思しける。（巻一）

唐突に出てくる耳なれない「梨原」という語は、『俊頼髄脳』や『夫木和歌抄』に、

君ばかりおぼゆる物はなしはらのむまやいでこんたぐひなきかな（読人不知）

として収録されている歌を本歌とし、ここでは「君ばかりおぼゆる物はなし」を導き、女君へ強く引かれていく様子を表している。さらにこの語は、もう一度飛鳥井女君をめぐって出てくる。道成から飛鳥井女君の入水の模様を聞いた狭衣が、彼女の扇に残した歌に涙する場面である。

唐泊底の藻屑も流れしを瀬々の岩間もたづねてしがな

かひなくとも、なほかの跡の白波を見るわざもがなと思せども、心にまかせぬありさまなれば、いかがは。光源氏の須磨の浦にしほたれわびたまひけんさへぞ、うらやましう思されける。

あさりする海人ともがなやわたつ海の底の玉藻もかづきみるべく

なげのあはれをかけん人にてだに、この扇を見たまはんには浅くもあるまじきに、まして、梨原にもやうやうなりぬべかりしを、かぎりなき御嘆きの森の繁さに、何ごとも思ひ消ちたまひつれば、（巻二）

この場合の「梨原」は本歌の歌意をとるというよりは、「生し腹」、飛鳥井女君が妊娠していることを指し、本歌の「うまや」もその縁語、掛詞として響いているが、また先の場面の狭衣の飛鳥井女君への思いを想起させる。これは「梨原」という聞き慣れない歌枕だからこそ、より印象に残り、効果的であるといえる。

このような和歌の世界で開発された修辞的な表現技法に着想を得て、まだ手垢にまみれていない地名に、物語内

で独自の意味を付与し、それをくり返し用いることによって、言葉の堆積を生み、作品内世界のダイナミズムを生み出していく。あるいは語句によって喚起されるイメージ、できごと（事件、伝説）、ものなどまでをも呼び込むインデックス的な働きをしている。そこに『狭衣物語』の表現の特徴がうかがえよう。

四

ところで、この「梨原」は前述の「君ばかり」の歌以外には現存の和歌やその他の作品にはほとんど見られない表現であるが、実は一例、『枕草子』に見られる。

むまやは　梨原。望月の駅。山の駅は、あはれなりし事を聞きおきたりしに、またもあはれなる事のありしかば、なほとりあつめてあはれなり。（二二六段）(13)

短い行文のなかに三回も「あはれ」とでてくる箇所である。

『狭衣物語』において「梨原」の例は連想が次の表現につながる契機となっていたが、ここで思い出されるのは言葉の連鎖、連想によるおもしろさが指摘される『枕草子』のいくつかの地名関連章段である。たとえば、

山は　小倉山。鹿背山。三笠山。このくれ山。いりたちの山。わすれずの山。末の松山。かたさり山こそ、いかならむとをかしけれ。いつはた山。かへる山。のち瀬の山。あさくら山、よそに見るぞをかしき。おほひれ山もをかし。臨時の祭りの舞人などの思ひ出でらるるなるべし。

三輪の山、をかし。手向山。まちかね山。たまさか山。耳なし山。（一一段）

関は　逢坂。須磨の関。鈴鹿の関。くきたの関。白河の関。衣の関。ただこえの関ははばかりの関にたとしへなくこそおぼゆれ。横はしりの関。清見が関。みるめの関。よもよもの関こそ、いかに思ひ返したるなるむと、いと知らまほしけれ、それをなこその関といふにやあらむ。逢坂などを、さて思ひ返したらむは、わびしかりなむかし。

（一〇七段）

など当時、だれもが認めていた伝統的な歌枕だけではなく、名前のおもしろさや掛詞的な連想のおもしろさから集められたと思われる地名が多く見られる。その中には、現在では所在未詳、あるいは証歌未詳の地名も見られ、それらをどのように解釈するかが問われてきた。

これについて、西山秀人氏は清少納言の個性、個人的な興味で選択されたとする先行研究に対して、そのような証歌未詳の地名を、歌学書およびその注記を丹念に調査され、『枕草子』の時代には例歌が見られず、中世以降にその例歌がみられるものについて、現在では散佚してしまった詠歌がその背景には考えられることを指摘、[14]また「彼女は伝統・類型に固執する和歌文学のあり方に飽きたらず、後世では「耳なれぬ所の名」と一蹴されてしまうような流行的な歌枕を含めた上で、もっと自由な立場から地名の持つ記号性を追求してみたかったのであろう。それが彼女流の歌枕に対する一つの挑戦ではなかったかと思われる。[15]」とされ、さらに『後拾遺集』との関連についても論じておられる。[16]

そこで次に注目したいのは、そのような伝統的な歌枕からは外れた地名に関心を示し、人々の共通理解を踏み外して、あらたな連想を紡いでいった『枕草子』と『狭衣物語』に共通する地名の多さである。先の「梨原」などが好例であろう。前稿でも触れたが[17]改めて『枕草子』との共通する歌枕を挙げてみると、

朝津の橋　飛鳥川　飛鳥井　逢坂　逢坂の関　石山　いな淵　妹背山　浮島　太秦　音無の滝　大原野　大堰

川　春日　葛城　帰る山　賀茂　粉河　越　衣の関　嵯峨　嵯峨野　白山　園原　梨原　仁和寺　後瀬の山　平野　船岡　細谷川　陸奥　吉野川　小倉山　小野　姨捨山　十市の里（能因本）　常磐の森（能因本）　信田の森（能因本）

などがあげられる。これらは『枕草子』においては、

「山は」の段（一一段）　小倉山　帰る山　後瀬の山
「原は」の段（一四段・一〇九段）　園原
「淵は」の段（一五段）　稲淵
「滝は」の段（五九段）　音無の滝
「河は」の段（六〇段）　飛鳥川　大堰川　細谷川　吉野川
「橋は」の段（六二段）　朝津の橋
「関は」の段（一〇七段）　逢坂　衣の関
「井は」の段（一六二段）　飛鳥井
「野は」の段（一六三段）　嵯峨野　小野
「島は」の段（一九一段）　浮島
「寺は」の段（一九五段）　石山　粉河
「むまやは」の段（二二六段）　梨原
「岡は」の段（二三二段）　船岡
「神は」の段（二六九段）　大原野　春日　賀茂　平野

能因本　「原は」の段（一三段）　梨原
「里は」の段（六六段）　十市の里
「森は」の段（一一五段）　常磐の森　信田の森

に類聚されているが、なかでも「飛鳥井」「後瀬の山」「稲淵の滝」「朝津の橋」「梨原」「細谷川」「常磐の森」は先行の他作品にはほとんど見られないものである。また、能因本との関係も注目される。

『枕草子』と『狭衣物語』の関係については、早くに土岐武治氏[18]や三谷栄一氏[19]によって指摘され、その享受のありかたや、いくつかの場面での影響関係について論じられてきた。[20]『枕草子』の地名に関して、また三谷邦明氏が、「歌枕が公的に一般的に認められているのに対して、清少納言は私的な個人的な歌枕・枕言を枕草子で述べた」とした上で、

だが、私的な歌枕というのは矛盾であり、逆説ではないか。あくまで歌枕は過去に和歌に詠まれた名所・歌語を基礎として成り立つものであって、私的に、個人的に、戯れに、勝手に創造するものではないのだ。（中略）多分、枕草子の文学の本質は、この〈褻〉の歌枕というパラドックスにあるに違いない。〈おのづから〉という意識が、通念であり、常識であった世界を、その内部から破壊し、全くあたらしい世界を創造するのである。[21]

と指摘されたが、それは『狭衣物語』の表現方法にも通じるのではないだろうか。
両者の近さは『枕草子』に登場した歌枕が『狭衣物語』でも見られるというだけではなく、表現を紡ぎ出す契機としての歌枕の機能に着目し、さらに新しい歌枕を創造していくという文学的な営為に対しても言えよう。

五

それでは次に、『狭衣物語』のおいて、既存の著名な歌枕はどのように用いられているか、「吉野川」の例を見てみたい。

中納言昇進の挨拶に洞院の上を訪れた狭衣は、上が引き取った今姫君のもとにも立ち寄る。貴公子の訪れにとにもかくにもと母代は挨拶の歌を詠みかける。

「めづらしき御けはひこそ。思しめし違へさせたまひたるにや」とて、

吉野川何かは渡る妹背山人だのめなる名のみ流れて

と、げに、ぱぱと詠みかけたる声、舌疾で、のど乾きたるを、若び、やさしだちて言ひなす。これぞ音に聞きつる母代なるべし、と聞きたまふ。

恨むるに浅さぞ見ゆる吉野川深き心を汲みて知らねば

また、ある本に、

知らせばや妹背の山の中に落つる吉野の川の深き心を　（巻一）

「ただ、恨み歌を、ぱぱと詠みかけよ」とささやく女房にこたえて母代が詠むことになった歌は狭衣と今姫君の兄妹であることを「妹背山」の語に託したもので、ありきたりとはいえ、特に問題のある歌ではない。

その後、洞院の上のたっての願いで今姫君の入内の話が進み、後見を依頼された狭衣は久しぶりに今姫君のもとを訪れる。

身もわななかれて、いとさらにいひ続くべくもなければ、かのぱぱと詠みかけし歌をこそ、母上聞きたまひて、よしとのたまひしかと、まれまれ思ひ出でて、おぼれしどけなき声にて、「吉野川何かは渡る」と、一文字も違へず言ひ出でたまへるを、忘れぬ端やありけん、聞きたまふも　（巻三）

と、今姫君はかつて母代が詠んだ歌をそのまま口ずさみ、教養のないところをさらけ出す。それに対する狭衣の詠歌は、

吉野川渡るよりまた渡れとやかへすがへすもなほ渡れとかや

といささかうんざりしたものであった。

その後も「大将殿も、かの「吉野川」の後は、帝の渡らせたまはんたびごとに、詠みかけたてまつりたまはんずらんと」（巻三）「かの吉野川あまたたび諫めたまひし今姫君の、御よすがとなりたまへりし宰相中将は」（巻四）と何度かこの時のできごとが「吉野川」の一語に集約され、パッケージ化されて繰り返される。

ところで今姫君の「吉野川」の歌に関する一件で思い出されるのは、『源氏物語』の近江の君であろう。今姫君の造型と近江の君との関連は『源氏物語』の影響が見られるところであるが、今、問題にしたいのは近江の君の詠んだ次の歌についてである。

草わかみひたちの浦のいかが崎いかであひ見んたごの浦波　（「常夏」）

玉鬘を引き取った光源氏への対抗意識から内大臣（もとの頭中将）が探し出してきた娘、近江の君が、おなじく内大臣の娘弘徽殿女御方に送った挨拶の歌である。このまったく「本末あわぬ歌」に対して、女御方の女房は「かくゆゑゆゑしく書かずは、わろしと思ひおとわれん」と嘲弄しつつ、

ひたちなるするがの海のすまの浦に波立ち出でよ箱崎の松

と返歌する。近江の君が三つの地名を詠み込んだのに対して、四つの地名を詠み込む念のいったからかいの歌である。

洗練されていず、無教養な姫君がなんとか背伸びをして和歌を詠もうとする時によりかかるのが、歌枕なのである。その背景には歌枕さえ詠み込めば、それなりに歌の体をなすという形式主義と、景物や心情、特定の印象を伴ったり、縁語や掛詞による連想などによる複雑な詩境を表現できる歌枕の高度な表現は、いかに教養が必要とされるかを思い知らされる場面である。そういえば、『古今集』の仮名序で「歌の父母」とされたのは、歌枕が詠み込まれた「難波津」の歌と「安積山」の歌であった(22)。

『狭衣物語』の文章において、和歌史が積み上げてきた高度な修辞を縦横無尽に引用、駆使して繰り広げられていった反面、既存の歌枕に安易に寄りかかる姿勢に対して向けられる厳しいまなざしが、この「吉野川」の例をめぐる一件に示されている。それはすでに『源氏物語』で光源氏が、末摘花の「唐衣」歌に対して、

古代の歌詠みは、唐衣、袂濡るるかごとこそはなれねな。まろもその列ぞかし。さらに一筋にまつはれて、今めきたる言の葉にゆるぎたまはぬこそ、妬きことはたあれ。人の中なることを、をりふし、お前などのわざとある歌詠みの中にては、円居離れぬ三文字ぞかし。昔の懸想のをかしきいどみには、あだ人、といふ五文字をやすめ所にうち置きて、言の葉のつづき、たよりある心地すべかめり。(「玉鬘」)

と型にはまった詠みぶりを皮肉めいて述べていたことを思い起こさせる。

烏滸なる姫君の形象に「吉野川」の語が繰り返される様子は、光源氏が末摘花の「唐衣」歌に閉口して「唐衣またからころもからころもかへすがへすもからころもなる」(「行幸」)と詠んだ状況に類似しているが、「吉野川」の場合、安易に既存の歌語によりかかることへの批判以上に、一連のできごとを集約し、引用していくインデックス

の働きをする語として用いられているところにその違いがある。

三で述べたように、『狭衣物語』においては既存の著名な歌枕ばかりではなく、新しい地名が効果的に用いられていた。物語内作中詠歌を引き歌表現として体言化し、別の場面でも何度も用いる、そういう形は源氏宮、飛鳥井女君と共通するあり方であった。いずれも歌枕を基点とする表現ながら、源氏宮、飛鳥井女君の場合は、目新しい歌枕を使用することによって、読者の印象を深め、今姫君の場合は旧来の由緒ある歌枕を用いることによってその滑稽さが増幅される。同じように歌枕がインデックスとして前の場面を引き出していく働きを持ちながら、このような差が生まれるのは、使用された語が主人公側に寄り添うものであるのか、そうでないのかによるところが大きい。滑稽な役割を担わされた人物は、主人公や主人公が属する世界を相対化していく。主人公側に伝統的な歌枕を配するのではなく、相対化していく人物の側にそれを配するところにこの物語の表現の革新性を見ることが出来よう。

ところでこの物語において「吉野川」が使用される例は、今姫君関係だけにとどまらない。

吉野川のわたり、舟いとをかしきさまにてあまたさぶらはせたれば、乗りたまひて流れゆくに、岩波高く寄せかくれど、水際いたく凍りて、浅瀬は舟も行きやらず、棹さしわたるを見たまひて、

吉野川浅瀬白波たどりわび渡らぬ仲となりにしものを

思しよそふる事やあらん。妹背山のわたりは見やらるるに、なほ過ぎがたき御心を汲むにや、舟いでえ漕ぎやらず。

「わきかへり氷の下にむせびつつさもわびさする吉野川かな

上はつれなく」など口ずさみつつ、からうじて漲りわたるに、かの底の水屑も思し出でられて、ただかばかり

の深さだに思ひ入りがたげなるを、（巻二）

高野山、粉河詣に出かけた狭衣は舟で吉野川を渡っていくが、吉野川に隔てられた妹背山を見て、ついに思いを遂げることがないまま隔てられる運命となった源氏宮を思う。しかし、再び川の水面に目を転じた狭衣の思いは、水底に身を投げたという飛鳥井女君へと向かうという場面である。[23] ここでは、「吉野川」を単なる修辞としてではなく、実地詠という形で用いることによって、臨場感を持たせて語の持つ本来の意味内容を回復させているが、それだけではなく、この場面で、和歌史の上ではより多く詠まれてきた「吉野山」が選択されていない意味も問わなければならない。すなわち「山」でなく「川」は「水」を連想させ、狭衣に水底に沈んだという飛鳥井女君を思い出させるよすがとなる一方、「吉野川」の語に物語内で付与されたもの、今姫君にまつわるエピソードを呼び込んでくる働きもしているのである。

はたして、粉河寺の参詣から帰京し、飛鳥井女君の行方の手がかりを知ると思われた兄僧とも行き違い、落胆する狭衣に飛鳥井女君の消息、素性について語ったのは、かつて「吉野川」の歌を詠んだ今姫君の母代であった。「吉野川」の語が直接的に両者を結ぶわけではないが、そこには歌枕の機能を熟知し、読者が抱く印象を操作し、言葉による世界を構築していく『狭衣物語』の表現世界がある。

六

以上、『狭衣物語』に多く見られる地名表現、なかでも歌枕に着目して検討してきた。

『狭衣物語』の表現の最大の特徴は、「少年の春惜しめども留まらぬものなりければ」で始まる冒頭文に代表される過剰なまでに彩られた和歌的な修辞であろう。十分な和歌の教養と知識に支えられたそれらは、しかしながら伝統的なものの上に安住しているわけではなかった。

長元八年（一〇三五）、村上朝の「天徳四年内裏歌合」に匹敵する規模の晴儀歌合が頼通の邸宅高陽院で行われた。それほど大規模な歌合が天皇主催ではなく、摂関家主催であったところに和歌史の転換を見ることができる。政治的な安定にも支えられて頼通の文化への理解と造詣は、歌壇に新しい風と力を呼び込んだ。(24)また、『更級日記』にその一端を見ることができるように、『源氏物語』に刺激されて物語熱は高まり、多くの物語作品も新作された。頼通の後援を受けて、後冷泉皇后寛子（頼通養女）、後朱雀皇女祐子内親王、禖子内親王姉妹（頼通孫）は歌合などを頻繁に催し、それぞれの女房たちがたがいに行き来しながら歌合に参加し、また新作一八篇が提出された「六条斎院禖子内親王家物語歌合」のような催しの作者となった。『狭衣物語』の作者とされている宣旨は禖子内親王家の女房であり、歌人としても歌合になんども出詠している。実力ある歌人でもあった彼女の目に、歌枕にとりわけ興味をもち、著作もある歌僧能因や、おなじく新しい歌枕、歌語の開拓に独特の感性と才能を見せた相模の活躍はどのように映ったであろう。

一方、平安時代にはあまり享受の状況が知られていない『枕草子』も、定子の遺児脩子内親王に献上された本が存在し、その関係から祐子、禖子内親王、後冷泉皇后寛子などのサロンで女房たちに共有されていたと思われることが三谷栄一氏によって明らかにされている。(25)『狭衣物語』はそのような空気の中で、生まれた作品である。

時代の流行、『枕草子』から摂取したもの、それらは確かに『狭衣物語』の地名、歌枕表現に影響を与えていようが、それは単に新奇さを求めたことによるものだけではなかった。『狭衣物語』では歌枕表現の持つ本来の機能

―掛詞による連想、景物との取り合わせ、原歌の歌意、地名にまつわる伝説・伝承、逸話などの〈できごと〉の集約―など、和歌の表現の方法が物語の表現に生かされている。すなわち、『狭衣物語』の地名・歌枕表現は、物語のある場面や状況を集約し、〈歌ことば〉ゆえに持つ和歌史の堆積を加え、それら重層的なものが次の場で用いられた表現に作用し、展開を呼ぶものとなっているのである。さらに考察してきたように、中心となる女君たちに耳慣れない印象的な地名が用いられ、伝統的な歌枕（「吉野川」）は烏滸なる今姫君の表象となっているなど、和歌の伝統をも相対化する力が物語を展開していくエネルギーとなっている。当時の人々が共有していた〈歌ことば〉の記憶をずらすことによって生じる意外性を〈物語のことば〉として、その世界を拓いていったといえよう。『源氏物語』とはまた異なる『狭衣物語』の世界は、古歌の知識、教養を存分に駆使して作品を豊かな文学的香気にあふれたものにするだけではなく、あらたに和歌に学んだ方法で作品世界の構築に挑んだのである。(26)

注

（1）参照　下鳥朝代　萩野敦子　宮谷聡美　乾　澄子「『狭衣物語』の地名表現調査―平安朝文学における分布・一覧―」（「平成16～18年度　科学研究費補助金（基盤研究（C））課題番号16520109『狭衣物語』を中心とした平安後期言語文化圏の研究・研究成果報告書」）

（2）「歌枕」は平安後期にはまだ地名、名所の意に限定していたと限らないと思われるが、ここでは便宜上狭義の意味で地名に限定して用いる。

（3）拙稿「狭衣物語の地名表現をめぐって」（「平成16～18年度　科学研究費補助金（基盤研究（C））課題番号16520109『狭衣物語』を中心とした平安後期言語文化圏の研究・研究成果報告書」）

（4）なお、本稿では新編日本古典文学全集『狭衣物語①②』を用いた。通行のテキストの中で一番地名数が多いということで、（1）における共同研究のもとになっている。底本に深川本を用いているため、いわゆる「或本歌」も含むが、『狭衣物語』の表現の豊かさを示す可能性を示すものとして今回は対象にしている。

（5）（3）拙稿参照。

（6）『金葉集』三奏本にも見られる。

（7）『源氏物語』の引用は『新編日本古典文学全集』本による。

（8）渡辺輝道「名所歌枕から見た後拾遺和歌集」（『高知大国文』一一　一九八〇年一二月）「後拾遺和歌集の歌枕用法―三代集との共通歌枕を通して―」（『高知大国文』一四　一九八三年一二月）、阪口和子「後拾遺和歌集の歌枕」（『平安後期の和歌』　風間書房　一九九四年五月）。なお、歌語に関しては井上新子「『狭衣物語』における歌ことばの形成と中世和歌への影響―「後枕」・「葦のまよひ」・「古き枕」に着目して―」（「平成16〜18年度　科学研究費補助金（基盤研究（C））課題番号16520109　『狭衣物語』を中心とした平安後期言語文化圏の研究・研究成果報告書」）など。

（9）小町谷照彦「狭衣物語の和歌の時代性」（『狭衣物語の新研究』　新典社　二〇〇三年七月）

（10）拙稿「後冷泉朝の物語と和歌―『狭衣物語』『夜の寝覚』の作中詠歌―」（『和歌史論叢』　和泉書院　二〇〇〇年二月）

（11）高野孝子「狭衣物語の和歌」（『言語と文芸』四二　一九六五年九月）　伊藤博「狭衣物語の方法―歌句の引用と女君の呼称―」（『平安時代の和歌と物語』　桜楓社　一九八三年三月）　堀口悟「『狭衣物語』内部引歌論―内部引歌の認定を軸に―」（『論集源氏物語とその前後2』　新典社　一九九一年五月）他。

（12）小町谷照彦「狭衣物語の地名表現」（『講座平安文学論究　一三』　風間書房　一九九八年一〇月）

（13）枕草子の引用は『新編日本古典文学全集　枕草子』（三巻本）による。ただ、『狭衣物語』と能因本の関係は三谷栄一氏「枕草子の影響―狭衣物語その他」（『枕草子講座　四』　有精堂　一九七六年三月）によって指摘されており、今後地名や歌語の点からもあらためて検討していきたい。

(14) 西山秀人「『枕草子』地名類聚章段の背景」(『上田女子短期大学紀要』一七　一九九四年三月)
(15) 西山秀人「歌枕への挑戦―類聚章段の試み―」(『国文学』四一―四　一九九六年一月)
(16) 西山秀人「『枕草子』の新しさ―後拾遺時代和歌との接点―」(『学海』一〇　一九九四年三月)
(17) (3) 拙稿参照。
(18) 土岐武治「狭衣物語に及ぼせる枕草子の影響」(『平安文学研究』三四　一九六五年六月)
(19) 三谷栄一「枕草子の影響―狭衣物語その他」(『枕草子講座　四』有精堂　一九七六年三月)
(20) 中城さと子「『狭衣物語』の『枕草子』受容―「出し衣」をする今姫君の女房達を中心に―」(『中京大学文学部紀要』四一　二〇〇七年三月)
(21) 三谷邦明「枕草子研究のために」(『日本文学研究資料叢書　枕草子』解説　有精堂　一九七〇年七月)
(22) 難波津に咲くやこの花冬ごもり今は春べと咲くやこの花
安積山影さへ見ゆる山の井の浅き心をわが思はなくは
(23) 参考　井上眞弓『狭衣物語の語りと引用』Ⅲ第二章二節(笠間書院　二〇〇五年三月)
(24) 参考　近藤みゆき『古代後期和歌文学の研究』(風間書房　二〇〇五年五月)
(25) 前出　注(19)に同じ。
(26) 『狭衣物語』には歌枕だけではなく、「道芝の露」「底の水屑」を初めとして「岩垣沼」「小夜衣」「道の空」などやはりそれまでの和歌にはあまり用いられることのなかった歌語も見られる。これらは同様に作品内でくり返し使われ、物語を動かしていったり、後世の作品に影響を与えたりする力を持つ。特定の土地の名を指し示す歌枕との作品を動かしていく表現方法の違いについてはあらためて考えたい。

『狭衣物語』における歌ことばの形成と中世和歌への影響
――女二の宮の屹立する孤独とことば――

井上新子

はじめに

『狭衣物語』の歌ことばの中から数例をとりあげ、その形成と中世和歌への影響の具体相について、前稿において記述した(1)。「後枕」・「葦のまよひ」・「古き枕」という歌ことばは、「枕」や「葦」といった個々の語のレベルでは決して珍しいものではないが、一続きの表現としての独自性を持つ歌ことばであることを確認した(2)。これらは、すでにある語彙の新しい組み合わせや、漢詩句の借用によって生み出されたものである。そして、文学の伝統的発想に根差した意味を担うのみならず、『狭衣物語』内部の物語状況をも反映した意味や連想を喚起する表現となっていることを論述した。こうした、ことばの組み合わせの新しさと、物語内の文脈の流入による新たな意味の付加という点に、『狭衣物語』において創出された歌ことばの特色の一端を見出したのである。さらに、これらの歌ことばの中世和歌への影響の諸相を調査し、記述した(3)。

以上の前稿の検討にひき続き、本稿は『狭衣物語』における歌ことばの形成と中世和歌への影響の具体相を追跡するものである。既述したように、前稿では共通の特色が認められた表現を俎上に載せたが、本稿では『狭衣物語』の物語としての形成のあり方の追究により重点をおいた考察をすすめたい。具体的には、女二の宮詠出の一連の歌を考察の対象とする。当該歌中の歌ことばは、先に指摘した性格を備える点の多いことは言うまでもないが、そのことが物語中の女二の宮の生のあり方と密接に関わりながら形象されている側面が少なからず存すると思量している。そうした点において、和歌の伝統との関わり方にある意味での独自性が見出せると考えている。以下、その具体的様相を記述してみたい。

一　「四方の木枯」／「恥に死にせぬ」

女二の宮の詠歌は、全七首である。物語の展開の順に個々の歌の表現を検討する。

まず、狭衣の侵入によって身籠もった宮の、出産を間近に控えた頃の詠歌。母大宮が偽装出産することに心を痛め、心一つに秘密を抱き不安に苛まれる、その孤独な思いを独詠歌に託した。「木の下はらふ風」によって木の葉が散らされ梢があらわになった光景に触発され、詠まれたものである。

ただかくながら、いまの間にも消えいりなばやと思すけにや、常よりもいと苦しくて暮れゆくを、羊のあゆみの心地して、さすがにもの心細く思さるるに、木の下はらふ風の身にしむやうなるを、御髪もたげて見いだしたまへれば、色々散りかかひて木末あらはになりにけり。

末はらふ四方の木枯心あらば憂き名を隠す隈もあらせよ

（『狭衣物語』巻二、①二一〇頁）(4)

初句「末はらふ」を「吹きはらふ」とする本文もあり、[5]「吹きはらふ」を初句に置く歌は平安後期から鎌倉初期になると散見するが、[6]「末はらふ」を初句に置く歌は類例がほとんど見当たらない。いずれにしても、『狭衣物語』成立時点では比較的珍しい表現が選ばれたということは言えよう。当該歌は「木枯」に対して自らの願いを訴えるといった物言いになっているが、このように「木枯」をとりたてて「心あらば」と条件づけたり、「木枯」に「憂き名を隠す」ことを求めたりするような類歌を、現在のところ見出していない。当該歌において使用された表現も発想も、独自性の強いものであると言えよう。

とりわけ注目したいのは、第二句「四方の木枯」である。「四方の木枯」は、管見に入る限り当該例以前にその用例が見出せない。[7]「四方」も「木枯」も個々の歌ことばとしては真新しい語ではないが、「四方の木枯」という一続きの組み合わせで用いたのは『狭衣物語』の新趣向と考えてよいだろう。女二の宮の、誰にも真実が話せず孤立した状況、秘密の漏洩を恐れ不安におののく状態が、外界を「四方の木枯」と認識させている。宮の孤立感を浮き彫りにする歌ことばと言える。『狭衣物語』に先行する「四方の」を冠した類似表現としては、『源氏物語』賢木巻の「四方の嵐」がある。「四方の嵐」の初出は、当該例であると考えられる。

浅茅生の露のやどりに君をおきて四方の嵐ぞ静心なき　（『源氏物語』賢木巻、②一一八頁）[8]

雲林院参籠中の光源氏が二条院の紫の上を案じた歌であり、無常のこの世を吹き抜ける風が「四方の嵐」と表現されている。当該の『狭衣物語』の新しい歌ことばの出現のひとつのきっかけとなった表現として、捉えられよう。源氏が紫の上を思い遣り、ともに身に受けるものとして詠んだこの「四方の嵐」と比較すると、狭衣の身勝手のためにひとり苦悩する孤立無縁の我が身の周辺を表象するものとして女二の宮が詠んだ「四方の木枯」は一際印象深い。なお、このあたり直前の地の文からの一連の表現には、「木の下はらふ」・「木末あらは」・「木枯」と「木

（こ）」を伴ったことばが続く。和歌世界で「こ（木・子）」の掛詞が用いられることを念頭におくと、秘密裡の妊娠と真相漏洩という「子」の問題に苦しむ女二の宮の置かれた物語状況との連想の呼応が仕掛けられているのではないかとも思量される。

ところで、「四方の木枯」は中世の歌人たちの詠歌に少なからず影響を与えたと思われる。(9)

よしさらばよもの木枯ふきはらへ一はくもらぬ月をだに見む

（「正治初度百首」一三六三番・冬、『拾遺愚草』九六〇番）(10)

みやまふくよもの木がらしさえそめてまきの葉しろくはつ雪ぞふる

（「千五百番歌合」一八三〇番・冬、『後鳥羽院御集』四六二番）

くもるとももみぢは残せ山のはに月まつそらの四方の木がらし

（「道助法親王家五十首」六五四番・秋・夕紅葉）

山たかみゆふひがくれの松のはにこゑふきとむるよものこがらし

（『光経集』四八〇番・夕松風）

真木のやにあられふるよの夢よりもうき世をさませ四方の木がらし

（『俊成卿女集』六六番・衛門督のとのへの百首・冬）

こずゑにはうたてのこらぬもみぢばをにはまではらふよものこがらし

（『実材母集』三四六番）

しぐれつる空は雪げにさえなりてはげしくかはるよものこがらし

（『玉葉和歌集』巻第六・冬歌・八七一番・冬歌の中に・永陽門院少将）

とりわけ、定家の「よしさらば」歌の「ふきはらへ」は、女二の宮歌の「末はらふ」あるいは「吹きはらふ」との関係をうかがわせる。また、この定家歌や「くもるとも」歌、「真木のやに」歌における「四方の木枯」に命令形で呼びかけるかたちは女二の宮歌の形式と一致しており、影響関係が想定される。実材母の「こずゑには」歌は、女二の宮歌に先立つ『狭衣物語』の散文部分「木の下はらふ風の身にしむやうなるを、御髪もたげて見いだしたまへれば、色々散りかひて木末あらはになりにけり」をも取り込んだような内容となっている。『狭衣物語』に親しんでいる様子がうかがえようか。全体的に季節感を中心に据えた詠みぶりが多く見られる中で、俊成卿女の「真木のやに」歌は「四方の木がらし」に「うき世をさませ」と訴えており、この世の悲哀と結びつくかたちで一首を構成している点が注目される。もちろん、「憂き名を隠す隈もあらせよ」と隠すことを求めた女二の宮歌と、「うき世をさませ」とする俊成卿女歌とでは内容的に異なるが、両者とも「憂き」の認識を基底に詠歌されている。俊成卿女歌の世界は女二の宮の詠歌における孤独な感情とも繋がるようで、主情的に女二の宮の歌を摂取し自らの詠歌に取り入れたと解される。他の歌人たちとは異なる俊成卿女の摂取態度がうかがえよう。

次に物語中に女二の宮詠が出てくるのは、巻三に入ってからである。女二の宮は若宮を無事出産したものの、偽装出産の役目を果たした母大宮はまもなく死去した。悲しみにくれる宮は、母の四十九日が終わると、出家。狭衣は宮へたびたび文を送るが、宮は全く相手にしない。そうした日々の一齣である。絵日記に独詠を添えた狭衣の消息をきっかけにもよおされた、宮の感慨をすくいとった歌である。

あながちなりし御心構へを、院も聞かせたまふやうもあらんかしと、異人よりも、御心の中いとほしう、この世もかの世も、ただ憂き身一つの故に、破れたまひにしぞかしと、思しやらるる御心の中などは、長らふるもあさましう思し知られながら、げにかく死にせぬ類もありけるに、こよなかりける御心の深さかなとうらやましう、亡き影の見たまふらんを、尽きせず恥づかしう思さる。

憂きことも堪へぬ命もありし世に長らふる身ぞ恥に死にせぬ

など思し続くれば、今はいみじき言を尽したまふとも、つらさをあらぬにはなしがたげなり。

（『狭衣物語』巻三、②三二頁）

この場面の散文部分にも和歌の中にも、「憂き」という認識がかたどられており、注目される。先の和歌においても出てきたことばで、女二の宮の詠歌の中では頻出する語である。当該歌の下の句を、「まだながらふる身をいかにせむ」とする本文もある。(11)「長らふる身ぞ恥に死にせぬ」の方が、より具体的な表現となっている。

さて、「憂きことも堪へぬ命」・「恥に死にせぬ」という言い回しは直接的で強い印象を受けることばであるが、管見に入る限り当該例以外にその用例を見出しえていない。ただし、当該歌の直前に「げにかく死にせぬ類もありけるに」とあるように、「(憂きに) 死にせぬ」は和歌の中に出てくる言葉遣いであった。

河ぎしのをどりおるべき所あらばうきにしにせぬ身はなげてまし

（『拾遺和歌集』巻第七・物名・四〇一番・きじのをどり・すけみ）

いつまでかよにながらへてよとともにうきにしにせぬみをばなげかむ

（『行宗集』七九番・述懐）

たのめおく人の心も見るばかりうきにしにせぬ命ともがな

（『続拾遺和歌集』巻第十二・恋歌二・八六四番・恋の心を・従二位顕氏）

『拾遺集』の「河ぎしの」歌あたりに使用されている「うきにしにせぬ」という表現をもとに、『狭衣物語』では「恥に死にせぬ」という新たな物言いを創出したのではないか。直前の地の文には「亡き影の見たまふらんを、尽きせず恥づかしう思さる」とあった。亡き母の思惑を強く意識し孤独にその「恥」を嚙みしめるほかない女二の宮の苦衷が結晶した表現として、特異語「恥に死にせぬ」は捉えられる。あとに掲げた二首はいずれも『狭衣物語』以後のものである。行宗歌は「よにながらへて」という表現もともなっており、女二の宮歌の「世に長らふる」とも共通していて、意外に『狭衣物語』歌との接点が少なくない。

当該歌はいくつか参考になる歌が存するものの、概ね和歌の表現史の中では孤立性の強いことばによって形成されている。これには、女二の宮の置かれた特殊な物語状況を直截に反映した詠歌であることも一因していよう。

二　「夢かとよ」・「憂きは例もあらじ」／「下荻の露」／「秋は知りにき」

次に、前歌の状況と同じく、狭衣の頻繁な文に対して返事を拒絶する日々にあった女二の宮が、狭衣の文に思わず重ね書きした三首を見る。これらは、宮が細かく破り中納言典侍に捨てるように命じたものの、心ならずも狭衣に届けられ意図に反して返歌のかたちとなってしまった。

宮つくづくと思し出づること多かる中に、この「末越す風」のけしきは、過ぎにしその頃もかやうにやと、少し御目留らぬにしもあらで、筆のついでのすさみに、この御文の片端に、

夢かとよ見しにも似たるつらさかな憂きは例もあらじと思ふに

「起き臥しわぶる」などあるかたはらに、

下荻の露消えわびし夜な夜なも訪ふべきものと待たれやはせし

身にしみて秋は知りにき荻原や末越す風の音ならねども

など、同じ上に書きけがさせたまひて、（略）

（『狭衣物語』巻三、②一〇〇～一〇一頁）

日頃狭衣の文に対して無関心を通す女二の宮が珍しく詠歌するきっかけとなったのは、狭衣の詠歌「末越す風」が目にとまったからである。この狭衣の詠歌に関わる部分は以下の場面であった。

（略）夜もすがら嘆き明かして、やがてこれより嵯峨院へ贈りたまふとて、まだいと暗ければ、御簾少し上げ

たまへるに、前近き透垣のつらなる荻の下葉の、露にいたう乱れて折れ返りたる、吹き越す木枯に、はらはらと落つる露の白玉、げに袖にたまらぬと思されて、押し拭ひつつ、書きもやりたまはず。細やかなる端つ方に、「この頃は、聞きたまふことも侍らんものを、などか。

折れ返り起き臥しわぶる下荻の末越す風を人の問へかし」

「この御返り、つゆも見せたまはずは、苦しと思さずとも、いまは対面せじ。ただこればかりなん、心ざし見るべき」などのたまふを、（略）

（『狭衣物語』巻三、②九七〜九八頁）

一品の宮との結婚が避け得ないものとなった狭衣であるが、女二の宮への未練はいや増すばかりである。陰鬱な気分で庭をながめると、折から「木枯」が荻の下葉に吹きつけていた。これにもよおされた狭衣の詠歌「折れ返り起き臥しわぶる下荻の末越す風を人の問へかし」である。気のすすまぬ縁談に困惑している私を慰めて欲しい、という狭衣の歌に接した女二の宮は、かつて二人の関係を公のものとせず自らに冷淡であった狭衣の態度を思い出し、「過ぎにしその頃もかやうにや」と他に意中の女性の存在があったことを推測した。女二の宮は、現在の一品の宮の立場に、かつての自身の立場を重ねたのである。物語の過去の出来事がたぐり寄せられてくる両場面と言える。

そして、引用した「木枯」をながめ詠歌する狭衣の姿は、かつて妊娠中「木枯」をながめ詠歌した女二の宮の姿（巻二の前掲場面。「（略）木の下はらふ風の身にしむやうなるを、御髪もたげて見いだしたまへれば、色々散りかひて木末あらはになりにけり。／末はらふ四方の木枯心あらば憂き名を隠す隈もあらせよ」①二一〇頁）をも思い起こさせるものとなっている。それはまさに「過ぎにしその頃」の女二の宮の姿であった。「木枯」の吹きつける情景という道具立てが、両者を結び付けていよう。今現在の狭衣は「人の問へかし」と女二の宮へ慰めを求めるが、過去の女二の宮はそのような慰撫を狭衣に求められる状態ではなかった。過去の時間との対比が、より一層女二の宮の口惜しさを増幅させる趣向となっていよう。こうした関連場面との関わりをも念頭に置きながら、三首を検討する。

まず、第一首目「夢かとよ見しにも似たるつらさかな憂きは例もあらじと思ふに」を見る。過去の狭衣の女二の宮自身に対する仕打ちと、現在の狭衣の一品の宮に対する冷淡さとを重ね、その例しのなさを嘆息している。「夢かとよ」・「憂きは例もあらじ」という強い物言いが、狭衣の行為への反発の大きさを物語る。「夢かとよ」という言葉遣いを用いた歌は、恐らく『狭衣物語』当該歌が初出であろう。以後、以下のような用例が見出される。

夢かとよとなりの岡の時鳥忍びもあへぬさよの一声　（『基俊集』二一番・山近聞郭公）

ゆめかとよたれにかたらむはかなさをいさまたえこそおもひあはせね　（『六条院宣旨集』一〇六番・にわじの一品の宮うせさせ給へりしに）

ゆめかとよみし面影もちぎりしもわすれずながらうつつならねば

（『新古今和歌集』巻第十五・恋歌五・一三九一番・和歌所歌合に、遇不逢恋のこころを・皇太后宮大夫俊成女、「仙洞影供歌合」建仁二年五月・遇不逢恋・八番左、他）

夢かとよみしを心になぐさめて又よそになる夕ぐれの空　（『為家集』下・雑・二〇六九番・遇不逢恋）

『狭衣物語』において創出された「夢かとよ」という印象的な句が、平安の終わりから中世の歌人たちに受け継がれていったと見てよいだろう。中でも俊成卿女歌で用いられた点は、前掲の事例とあわせ注目される。ただし、女二の宮歌においての「夢かとよ」は狭衣の世にも稀な冷淡さを指しており、俊成卿女歌においてのそれはかつての逢瀬を指していることから、両者の間には形象した歌の世界の差異も存する。(12)かつて帝公認の相手でありながら結婚に積極的でなかった男性が、現在は自身に愛執の念を抱き現婚約者に冷淡であるという皮肉で錯綜した人間関係を背景に詠じられた女二の宮の歌の印象深い表現を用い、逢えぬ相手を恋う正統な恋の歌に仕立てた点に俊成卿女の工夫が見てとれるのではないか。一方の「憂きは例もあらじ」も類例の少ない表現である。これも『狭衣物語』当該例が管見に入る限り初出であるらしく、『狭衣物語』以後では以下の歌が存する。

あはざりしむかしをいまにくらべてぞうきはためしもありとしらるる
（『続古今和歌集』巻第十四・恋歌四・一二九九番・（遇不逢恋のこころを）・平政村朝臣）

たれにかはもの思ふともなかなかにうきはためしの有る身ならねば
（『風葉和歌集』巻第十一・恋一・七六八番・心に思ふことをしのびかくすと、みかどのうらみさせ給ひけるに・みかきがはらの内大臣）

鎌倉時代の散逸物語と考えられる『みかきが原』に類似表現が見られることは、中世王朝物語への『狭衣物語』の影響という観点からも興味深い。『狭衣物語』の「夢かとよ」歌は独自な表現を用いながら、女二の宮を囲繞する特異な物語状況に由来する苦悩を形象化した歌と言えよう。そのためか、後世への影響と見られる事例は印象的な言葉遣いの継承に多くあったと捉えたい。(13)

次に、二首目「下荻の露消えわびし夜な夜なも訪ふべきものと待たれやはせし」を見る。これは、先に引用した狭衣の詠歌「折れ返り起き臥しわぶる下荻の末越す風を人の問へかし」の第二句「起き臥しわぶる」あたりの傍らに書かれたものである。よって、主にこの句によって触発された女二の宮の思いが象られたと見てよいだろう。狭衣の思い悩む姿を象徴する「起き臥しわぶる」から、自身の苦境に立たされ鬱屈した日々「下荻の露消えわびし夜な夜な」を思い返し、その時は狭衣を「訪ふべきもの」と待つことはできなかったとする。「問へかし」と身勝手な要求をなげかける狭衣に対して、強く反発した歌となっている。狭衣の「起き臥しわぶる」に対し、自身を「露消えわびし」と規定することで、今の狭衣とは比べようもないほど極限に追い詰められていた自身の生を回想している。そこには、先に触れた「末はらふ」歌に代表される日々への追憶が響いていよう。さて、「荻」・「露」は非常によく使用される歌ことばであるが、和歌における「下荻」の初出は以下の『源氏物語』夕顔巻の作中歌であるらしい。

ほのめかす風につけても下荻のなかばは霜に結ぼほれつつ

（『源氏物語』夕顔巻、①一九一頁）

ここでは「風」と「霜」との取り合わせで詠まれている。『狭衣物語』当該歌のように「下荻」と「露」とが取り合わせられ詠まれたものは、『狭衣物語』以前には管見に入る限り見出していない。恐らく『狭衣物語』当該例が初出であろう。女二の宮の命も危うくするほどの苦悩の日々を表象した「下荻の露消えわびし」は、『源氏物語』に出現した歌ことば「下荻」の詠み方をさらに押し広げ、歌ことばの構築する世界を深化させたものとして捉えられよう。この「下荻」と「露」の取り合わせは中世和歌に多く見られる。例えば以下の歌があげられる。

きのふまでよそにしのびし下荻の末ばの露に秋風ぞふく

（『新古今和歌集』巻第四・秋歌上・二九八番・五十首歌たてまつりし時、秋歌・藤原雅経、「老若五十首歌合」百五番右、『明日香井和歌集』八八九番）

きえかへり露ぞみだるる下荻のすゑこす風はとふにつけても

（「水無瀬恋十五首歌合」寄風恋・七十四番右・俊成卿女、他）

したをぎの露きえわぶるむしのねにうたてさびしき風のおとかな

（「千五百番歌合」秋二・六百四十四番右・通具朝臣）

きえわびし露のした荻しをれ葉にいくよなよなの霜むすぶらん

（「宝治百首」二八七三番・恋二十首・寄草恋・俊成女）

俊成卿女詠「きえかへり」歌の下の句「するこす風はとふにつけても」は、前掲の狭衣詠「折れ返り」歌の「末越す風を人の問へかし」を踏まえたものである。[14]狭衣の贈歌から女二の宮の独詠へと続く、『狭衣物語』の当該場面を強く意識した歌と言えよう。通具の「したをぎの」歌の「したをぎの露きえわぶる」は、当該女二の宮詠の初句・第二句「下荻の露消えわびし」をほぼそのまま取ったものであり、両者の関係の深さがうかがえる。また、俊成卿女の「きえわびし」歌は、「きえわびし」・「露」・「した荻」・「よなよな」のことばが女二の宮詠と共通する。歌の世界も通じていて、女二の宮詠を積極的・主情的に自歌の中へ摂取した俊成卿女の営みがここでも確認される。当該女二の宮詠は中世の歌人たちの歌に少なからず影響を与えたと言えよう。

続いて、三首目の「身にしみて秋は知りにき荻原や末越す風の音ならねども」を検討する。なお、当該歌には異同があり、初句・第二句を「憂き身には秋もしらるる」とする本もある。[15]前歌に引き続き書きつけられた歌である。一首目「夢かとよ」歌では一品の宮への狭衣の仕打ちを問題にすることで、自身の辛い過去が呼び起こされ、二首目「下荻の」歌ではその辛さをさらに凝視し、現在の狭衣とは比較にならぬほどの苦境にありながら狭衣の来訪を期待できなかった絶望的な状況を思い返し、当該の三首目では、そうした過去の体験が導いた境地を象っている。「末越す風」に絡め自らのつらさを訴える狭衣に対し、女二の宮は「末越す風の音ならねども―秋は知りにき」と、かつて身にしみてつらさを知ったとするところに、狭衣への抗議の強さがうかがえる。さて、当該歌中の「荻原」・「末越す風の音」は、周知のように和歌世界における秋の伝統的景物である。「荻」や「風」により「秋」を知るという発想は、さまざまなかたちで詠まれてきた。

荻の葉のそよぐおとこそ秋風の人にしらるる始なりけれ

（『拾遺和歌集』巻第三・秋・一三九番・延喜御時御屛風に・つらゆき）

をぎのはのするゑこすかぜのおとよりぞ秋のふけゆくことはしらるる
（「女四宮歌合」一四番・をぎ・みなもとのすけなか）

こうした発想を逆手に取り、「末越す風の音ならねども―秋は知りにき」とした点が当該歌の趣向である。言いかえれば、「荻」や「風」という秋の景物により「秋」を知り、さらには人の心の「飽き」を知ると展開する和歌の常套的発想を転倒させ、人の心の冷淡さ、つまり「飽き」から「秋」を知るという論理を展開しているのである。女二の宮の「身にしみて」歌は和歌の伝統に対峙した歌となっており、そうした大胆なかたちをとって自身の到達した境地を提示することにより、狭衣への反発を強く滲ませていると思う。以後の中世の和歌において、このように秋の景物によらず「秋を知る」と論理を展開する歌を、管見に入る限り現在のところ見出していない。(16) 当該歌はその特異な詠みぶりのために和歌史の中では孤立した存在となっていると言えよう。

三　「うきめかづきし里のあま」／「思ひこがれしあま」

狭衣は、一品の宮との結婚後も女二の宮のことが忘れられない。そんな彼が女二の宮の許に忍び込み、恋情を訴え詠歌した（「高瀬舟なほ濁り江に漕ぎ返りうらみまほしき里のあまかな」巻三、②一八一頁）。これに対し、女二の宮は心の中でのみ返歌する。この歌を次に見る。以下、引用する。

残りなくうきめかづきし里のあまを今繰り返し何かうらみん
（『狭衣物語』巻三、②一八一頁）

「里のあま」は、狭衣歌の物言いを受けたものである。この「里のあま」へ狭衣歌では「うらみまほしき」と繋げ、自身にとっての女二の宮という存在を象徴させている。こうした「里のあま（海人・尼）」と「うらみ（浦見・恨み）」

との結びつきは以下の小町歌を起点とし、和歌の伝統の中で広く用いられている。

あまのすむさとのしるべにあらなくに怨みむとのみ人のいふらむ

（『古今和歌集』巻第十四・恋歌四・七二七番・（題しらず）・小野小町、『小町集』一五番・人のわりなくうらむるに、『伊勢物語』第七十四段補歌）

これを受け、女二の宮歌では「うきめかづきし」（「うきめを刈りし」とする本もある）[17]という形容を自身の比喩「里のあま」について行っているが、こうした歌ことばの連携が見られるのは管見に入る限り『狭衣物語』当該例のみである。ただし、「あま」と「うきめかづく」（一例のみ）、「あま」と「うきめ刈る」とが結びついた用例は以下のように見られる。

あまならでそでにもしほはたるれどもうきめかづくとまたはなるべき

（『多武峰少将物語』、五一八頁）[18]

うきめ刈る伊勢をの海人を思ひやれもしほたるてふ須磨の浦にて

（『源氏物語』須磨巻、②一九四頁）

伝統的な和歌の発想をもって恨み言を述べる狭衣歌に対し、女二の宮歌は新たな歌ことばの繋がりをも形成しながら心の中で詠じられるのみである。また「うきめかづきし里のあま」に「残りなく」と冠することで、自身の身に受けた苦境の格段の深刻さを表象させ、狭衣の「うらみ」に対する強い反発の思いを託している。この女二の宮歌の「うきめかづく」・「里のあま」表現は、以後の和歌に引き継がれることはなかったらしい。

続いて、もう一首。出家の本意を遂げえず、狭衣は女二の宮へ文と詠歌（「いそげども行きもやられぬ浮島をいかでかあまの漕ぎ離れけん」巻四、②二一五頁）を贈った。この狭衣歌への、女二の宮の心中に浮かんだ返歌である。前歌同様、当該歌も実際には狭衣に届けられていない。

いかばかり思ひこがれしあまならでこの浮島を誰か離れん

（『狭衣物語』巻四、②二一五〜二一六頁）

狭衣歌の「浮島」・「あま」・「漕ぎ」・「離れ」の語を同様に用いた女二の宮の歌であるが、狭衣の「漕ぎ（離れ）」が女二の宮の出家敢行を指すのに対し、女二の宮のそれは「思ひこがれし」とすることで「焦がれ」と「漕がれ」を掛け、自身が苦悩したことを表すことばとなっている。これにより、なみなみならぬ苦しみの末出家した女二の宮の姿が印象づけられていよう。自らの苦悩とひきかえに出家が果たせたとするこの女二の宮詠の根底には、結局のところ出家していない狭衣の苦悩は所詮それほどのものではなかったとする女二の宮による冷ややかな認識が横たわっていよう。当該の「思ひこがれ（焦がれ・漕がれ）」と同様の使用例を和歌の中に探すと、『浜松中納言物語』の以下の歌が注目された。

波の上の小舟は泊りありと聞くただよふ水に思ひこがるる　（『浜松中納言物語』巻一、一一〇頁）[19]

この同時代の用例の他に、『狭衣物語』以前の用例は今のところ見出していない。『狭衣物語』当該歌に見える歌ことばの連携や掛詞の有り様は、物語成立当初新奇なものであった可能性が高いだろう。後世では、

あだ人をみつのみなとによるふねのおもひこがれてゆくかたもなし　（「伊勢新名所絵歌合」七十一番右・良誉）

ひとりのみ思ひこがるるかひなくて身はいたづらにあまの捨舟　（「文保三年御百首」恋二十首・一〇七二番・為世）

等がある。『狭衣物語』の影響という点では「浮島」が詠み込まれているわけではないので、おぼつかない。全体として、女二の宮当該歌は類歌が少なく、後世へ影響を及ぼした側面も少なかったと言えよう。

おわりに

『狭衣物語』における歌ことばの形成と中世和歌への影響について、作中の女二の宮の詠歌を中心に記述した。

和歌の表現史の中でおのおのの歌の表現を見つめてみると、ことばの取り合わせや一連の表現に新趣向が用いられていることが少なくないと確認された。その中には、『源氏物語』において出現した歌ことばをめぐって新たな読み方を示したものもあれば、和歌の伝統を基に新趣向を加えることで新たな表現を獲得したものもあった。いずれの場合も、散文部分において構築されたそのときどきの物語状況が密接に関与して形成されたものであった。検討した事例は、『狭衣物語』が新しい歌ことばの世界を開拓していったいくつかの具体相として捉えられよう。物語の中で退っ引きならぬ苦境に生かされ、しかもその苦悩を分かちあう人間のいない孤独な女二の宮には、その内に抱く感情の激しさ複雑さゆえに、和歌の伝統と対峙することで狭衣詠に抗議・反発する歌が少なからず存した。そのような点で、表現の有り様に独自性を見出すことができると思う。

後世への影響としては、個々の歌ことばの摂取から一首への理解を深めたものなど、さまざまなレベルのものが存した。中でも、時に主情的に自歌の中へ女二の宮詠を取り入れる俊成卿女の存在は特徴的であった。

注

（1）拙稿「『狭衣物語』における歌ことばの形成と中世和歌への影響―「後枕」・「葦のまよひ」・「古き枕」に着目して―」（「平成16～18年度　科学研究費補助金（基盤研究（C））課題番号16520109『狭衣物語』を中心とした平安後期言語文化圏の研究・研究成果報告書」）。

（2）『狭衣物語』の和歌の時代性について考察した小町谷照彦氏は、「『古今集』以来用いられてきた歌語の用法に新しい趣向や解釈が加わっているかどうか」を問題にし、「類型的な表現を踏まえている面もあるが、それ以上に『狭衣物語』の展開に即して、それぞれの場面に応じた趣向がこらされていて、やはりここにこそ和歌史の展開に見合う時代性が反映されている」と述べている（「狭衣物語の和歌の時代性」、久下裕利編『狭衣物語の新研究―頼通の時代を考える』新典社　二〇〇三年、所収)。「新しい趣向」という点で、一続きの表現としての新しさも同様の方向性を示すものとして理解できると考える。また、乾澄子氏は『源氏物語』の歌枕を検討し、「(略)伝統を殊の外重んじる和歌においても惰性と陳腐を退け、結果的には和歌史の先取りをしていることが、この作中詠歌における歌枕使用をめぐるささやかな考察からも確認することができる」と指摘している(「源氏物語の歌枕―三代集との比較を通して―」、『後藤重郎先生古希記念　国語国文学論集』和泉書院　一九九一年、所収)。和歌の伝統を踏まえつつも新しさを加味するという大きな傾向は、すでに『源氏物語』の作中詠歌の歌枕の詠法にも見られるが、『狭衣物語』の個々の歌ことばの有り様に即してその趣向の実際を追跡してみたいと考えている。

(3)『狭衣物語』の中世和歌への影響については、すでに後藤康文氏(「『狭衣物語』作中歌と中世和歌」、「文献研究」一六号　一九八五年九月、他)・濱本倫子氏(「俊成卿女の『狭衣物語』摂取について―後鳥羽院歌壇期の詠作を中心に―」、「和歌文学研究」八六号　二〇〇三年六月)他の先行研究がつみかさねられている。

(4)『狭衣物語』の本文は、新編日本古典文学全集(小学館)に拠る。諸本により異同がある場合は適宜指摘する。なお、拙稿中に引用した文献については、必要に応じ傍線を付している。

(5)新潮日本古典集成(新潮社)では「吹きはらふ」(上、一七四頁)。

(6)後藤康文氏は注(3)の前掲論文において、「(略)現在確認しうる限りにおいて「吹きはらふ」ではじまる歌の最も早い例は、『狭衣物語』の作者六条斎院宣旨が天喜三年(一〇五五)物語歌合に提出した『玉藻に遊ぶ権大納言』の作中歌、「吹きはらふ風にみだるるしら露もものおもふ袖にたるけふかな」(『風葉集』秋下)のようであり、『夜の寝覚』欠巻部に、「吹きはらふあらしにつれてあさぢふに露のこらじと君につたへよ」(『拾遺百番歌合』・『無名草子』・『風葉集』雑二)という歌がありはするものの、中世期にはいってこの形式を踏む和歌が少なからず詠まれたことも、あるいは『狭衣物語』作者の功績としてよいのかも知れない。」と述べている。

(7)注(3)の後藤前掲論文にすでに指摘がある。

(8)新編日本古典文学全集(小学館)。以下、『源氏物語』の引用は同書に拠る。

（9）注（3）の後藤前掲論文において、すでに「よしさらば」歌・「真木のやに」歌・「しぐれつる」歌が「四方の木枯」の用例として紹介されている。
（10）新編国歌大観（角川書店）。以下、歌集・歌合・定数歌の引用は同書に拠る。
（11）新潮日本古典集成（新潮社）下、24頁。
（12）濱本倫子氏は注（3）の前掲論文において、『狭衣物語』当該歌を俊成卿女歌が踏まえていることを問題にし、俊成卿女歌が「遇不逢恋」の題で詠作されたことに注目して、「この「遇不逢恋」題と、たった一夜の狭衣との逢瀬に運命を翻弄された女二の宮の物語を関連させている点は、題意の的確なとらえ方、彼女の『狭衣』読解の深さが知られて興味深い。」と述べている。しかし本稿では、『狭衣物語』巻二に「あさましとおぼほれし夜々の匂ひ変らずうちかほりたるに」（①二三五頁。当該箇所の新編全集の頭注は、「狭衣との逢瀬が一度のみならず何度も繰り返されたことを意味する。闇の中の芳香だけが逢瀬の記憶。諸本「夜々」「夜な夜な」。」と記す）とあることから狭衣と女二の宮との逢瀬は数度に及んだと解するので、「遇不逢恋」を両者の接点とは解さず、むしろ歌の世界を変質させた点に俊成卿女の作意を読み取っておきたい。
（13）神野藤昭夫『散逸した物語世界と物語史』（若草書房　一九九八年）に拠る。
（14）注（3）の濱本前掲論文に、狭衣詠からの摂取の方法についての詳しい分析がある。濱本氏は同論において、俊成卿女の『狭衣』摂取の特質をまとめるくだりの中で、「俊成卿女は物語の場面に深く入り込み、作中人物の心情に即して詠出しようとする姿勢が顕著である。」とすでに指摘している。
（15）新潮日本古典集成（新潮社）下、八七頁。
（16）ただし、「ひとえだもかれしときはのこのもとにうきよのほどの秋はしりにき」（『実家集』三九一番）という歌はある。
（17）新潮日本古典集成（新潮社）下、一六四頁。
（18）松原一義『多武峰少将物語　校本と注解』（桜楓社　一九九一年）に拠る。

（19）　新編日本古典文学全集（小学館）に拠る。なお、当該歌についての同書頭注には、「「泊りありと聞く」を、それでもあなたは帰国する日本があると聞いている、の意に解した。生母が日本にいる后は帰るに帰れないので、漂う水につい恋しさがつのる、という解釈である。ただ「思ひこがる」は通常「火・煙」の縁で用いられるが、「水」であるなど意味のわかりづらい一首。ここを「その泊るべき港（中納言を暗に指す）をしたって、ただよう水に（むしろ）思いこがれることです（の意か）」とする説がある。なおこれは返歌ではなく后の独り言。」と記述されており、「こがるる」に「漕がるる」が掛けられているとは解されていない。ただし稿者は、「小舟」と「こがるる」との縁語関係や、『狭衣物語』当該歌の存在をもあわせ考えると、「こがるる」には「漕がるる」が掛けられている可能性が存すると考える。

『狭衣物語』が拓く歌のことば――「苔のさむしろ」「かたしき」「巌の枕」における連鎖と連想から――

佐藤達子

一

『狭衣物語』巻四に、次のような歌がある。

この比は苔のさむしろ片敷きて巌の枕ふしよからまし

（新編全集『狭衣物語』②二一七）

詠み手は狭衣である。狭衣は、すでに亡き飛鳥井女君の法要を行い、源氏宮を斎院として見送り、正妻である一品宮との仲を隔てさせていた。女君たちとの、様々なかたちでの懸隔をつよく意識せざるを得ず、出家を覚悟していたころのことである。

歌の解釈については、見解が分かれる。岩波大系(1)・新潮集成(2)・朝日古典全書(3)は、狭衣がもし望み通り出家を果たしていたら、このごろは苔のさむしろをかたしき、巌の枕も臥しよいだろう、と、狭衣の、自身の出家遁世のあらまほしき姿として解する。一方、新編全集(4)は、狭衣が、飛鳥井女君の兄僧である阿私仙の様子を想像し、すでに出家している者への羨望の気持ちを込めた詠とする。

　この狭衣詠について、いずれの書も、特に先行歌は挙げていない。この歌にある、「苔のさむしろ」と「巌の枕」は、この狭衣詠にて初めて見られる語句であるという。(5) その二つの語に加え、ここで新たに注目したいことばは、「かたしき」である。「かたしき」といえば、一人で寝ることを表す語であり、さらには、恋しい人と離れて一人で夜を越える、という意味合いもある。とすれば、言うまでもなく、ここで、『古今集』の、あの宇治の橋姫の歌が想起されるのではなかろうか。

　さむしろに衣かたしきこよひもや我をまつらむうぢのはしひめ
（『古今集』六八九　よみ人しらず）(6)

「さむしろ」「かたしき」の語は、一人寝を象徴する語としてあると言っても過言ではない。「さむしろ」の掛詞「寒し」に、一人で明かす夜のさびしさが、いっそう身にしみ、増してくる。

　狭衣詠で、「さむしろ」に衣を片敷いて一人寝する者は、女性ではなく男性である。橋姫のごとき待つ女の「さむしろ」「かたしき」は、男性の訪れのないせいであるが、狭衣の場合はどうか。女二宮は出家し、飛鳥井は亡くなり、源氏宮は斎院として神に仕えることとなった。正妻一品宮とは冷たい夫婦仲である。女君たちとの、様々なかたちの懸隔を常に意識せざるを得ない、「ひとりきり」の狭衣の状態が、「さむしろ」「かたしき」の語の組み合わせに、にじみ出ているように見て取れる。やはり、狭衣作者の念頭に橋姫の歌があったにちがいない。

　しかし、もちろん「さむしろ」に「苔の」が付いていることも忘れてはならない。前掲の諸注釈書も示す通り、「苔のさむしろ」と「巌の枕」で、山中に遁世する出家生活のイメージが作り上げられているのである。それでは、その「苔のさむしろ」「巌の枕」とは、どのようにして『狭衣物語』へと登場し、その後どのようなありようを辿るのか。その経緯を辿りたい。

二

狭衣詠の「苔のさむしろ」という語句と同じような表現として「苔むしろ」がある。この「苔むしろ」は、早くに『万葉集』にその例が見られる。

みよしのの　あをねがだけの　こけむしろ　たれかおりけむ　たてぬきなしに(7)

（『万葉集』巻七・一一二四、『古今和歌六帖』第二帖・一三九四）

吉野の青根が岳に群生する苔を、むしろにたとえる。縦横の糸の区別もなく誰が織ったのだろうか、と青々とした苔を人の手による色鮮やかな織物と見立てるのである。

また、「苔のむしろ」という表現も、物語中の歌であるが、『うつほ物語』に見受けられる。

岩のうへの苔のむしろにすむ鶴はよをさへ長く思ふべきかな　橘　千蔭

（『うつほ物語』藤原の君巻　新編全集①一三〇）

左大臣源正頼が嵯峨院女一宮を妻として迎えた折、三日夜の祝宴で臣下たちが次々とことほぎの歌を詠む。正頼自身に続いて、末永い仲と正頼家の繁栄を願い、橘千蔭が詠歌する。ここでの「鶴」は、女一宮のたとえであり、鶴の住む場所こそ、永代の象徴、「岩」の上の「苔のむしろ」であった。ここでの「苔のむしろ」に、もちろん、出家遁世の意味はない。

こうして、「苔むしろ」「苔のむしろ」という表現は、その青々とした色彩や織物とも見える質感の見事さを詠まれる一方、磐石の岩の上に生えるものという、家が栄えていくことの表象として取り上げられていたのである。

狭衣歌では、この「苔」の「むしろ」を「苔のさむしろ」とし、「さむしろ」に連想される「かたしき」の語が自然と組み合わされている。「苔」の「むしろ」という表現は、狭衣詠によって、『万葉集』や『うつほ物語』にそれぞれ見られたような、苔の持つ属性を活かしたたとえから、一人寝する「ひとりきり」の状態をかなり意識したものとなったのである。

ちなみに、『狭衣物語』成立の頃と同時代から後に活躍した歌人、源俊頼は、同じ「こけのさむしろ」を用いつつ、「青根が岳（峰）」という地名とともに、『万葉集』一一二四番歌のあり方を汲んで詠出している。

けさはしもあをねがみねに雪つみてこけのさむしろしきかへつらん　（『散木奇歌集』六六三　源俊頼）

狭衣歌との違いが、はっきりと窺える。また、このように『万葉集』歌に影響を受けての「こけむしろ」の詠歌が、平安時代にも見受けられる。

しらゆきのふりしきぬればこけむしろあをねがみねも見えずなりゆく　（『紀伊集』六五　紀伊）

くもかかるあをねがみねのこけむしろいくよへぬらんしる人ぞなき　（『六条修理大夫集』二六四　藤原顕季）

後者の、顕季の歌は、「いくよへぬらん」の「よ」に「夜」と「世（代）」を掛け、『うつほ物語』の橘千蔭詠のような、苔が永代の象徴であるという意味も思い起こされるものとなっている。『万葉集』歌と『うつほ物語』の歌とが折衷されたような形である。

狭衣の歌では、「苔のさむしろ」に「巌の枕」を取り合わせ、山中に遁世する出家生活のイメージが、新たに作り上げられている。狭衣の想像する出家した者の、あるいは飛鳥井の兄僧・阿私仙の、象徴的・比喩的ではあるが、寝る場所もしくは寝具であることも、含み表されているのである。それは、すなわち、奥深い山に寝起きする者ということであり、「苔のさむしろ」は、やがて出家した者や修行を積む者だけではなく、「山」を「旅」する者としての表現へもつながっていった。「修行」と「山」の「旅」は、重なるものとして把握されていたということであろうか。『狭衣物語』以後を見てみる。

いはがうへの苔のさむしろ露けきにあらぬ衣をしけるしら雲
やどれとやこけのさむしろうちはらひたび行くひとを松の下風
(『秋篠月清集』五六七・『拾玉集』一八四二　良経)
(『千五百番歌合』二七五五　雅経・『明日香井集』二八五)

前者藤原良経の歌は、羈旅十首の中で詠まれており、旅の中に「苔のさむしろ」を位置づけることとなり、後者飛鳥井雅経の歌は、「たび行く人」を「松」すなわち「待つ」という歌であるが、やはり旅の宿りを詠んでいる。良経歌における、「苔のさむしろ」と「岩」との組み合わせは、狭衣詠以来のものである。また、「露」は「苔」にはつきものであったが、「苔のさむしろ」には初めて取り合わされた。これ以降、この良経歌を受けて「苔のさむしろ・露」の歌がしばしば見られようになるのである。そして、その「露」の語とともに、語としてあるいは歌全体の意として、同じく「旅」「さすらい」が詠まれていることも注目される。

旅人の苔のさむしろしきしのびしらぬ別に露ぞこぼるる
(『洞院百首』一五六九　隆祐・『隆祐集』二二二)
あすをだにまたでかりねの露ながらいくよへぬらん苔のさ莚
(『洞院百首』一六七一　俊成女)
(ただし、『俊成卿女集』においては、初句が「あすをだにまちて」となっている)
おく山のみやまがくれのかた岸に露のやどかるこけのさ莚
(『宝治百首』三六三七　下野)
み山ぢやむら雨とめぬかりの屋に露あまりぬる苔のさむしろ
(『紫禁集』一二二五　順徳院)

隆祐歌の「旅人」はいうまでもなく、俊成女歌の「かりね」(仮寝)、順徳院歌の「かりの屋」は、「旅」もしくは寝起き所を定めない「さすらい」の表現として見て取れる。良経の歌の「苔のさむしろ」の語に、「露」のみならず、「旅」のこころをも詠むことを受け継いでいる。良経の「苔のさむしろ」歌は、狭衣詠を受け継ぎ、発展させ、さらには後の歌に影響を与えていったと言えよう。その後の歌に、

露はらふみ山の苔のさ莚をしきしのぶ夜やをしか鳴くらん　（『草根集』四四二八　正徹）

があり、また、散逸物語の中にも、

とほざかるいはやの中のたびねにはこのはの衣こけのさむしろ　（『風葉和歌集』五八三　はな宰相のみこの律師）

という、「旅」を詠んだ歌に「苔のさむしろ」が見えていた。

一方、「かたしき」「かたしく」を「苔のさむしろ」と同時に詠み込み、一人寝を詠じるという歌も現れていた。

霜さゆる山路の苔のさ莚に衣かたしきこよひもやねん　（『洞院百首』一五三九　範宗）

昔たれおりはじめけん住吉の岸にかたしくこけのさむしろ　（『宝治百首』三六一四　師継）

深みどり苔のさむしろ年を経てかたしく露やうぢの橋姫　（『芳雲集』四三六二　武者小路実陰）

洞院百首の歌には、「こよひもや」の語が用いられ、『古今集』歌「さむしろに衣かたしきこよひもや我をまつらむうぢのはしひめ」の「こよひもや」と重なることは明らかである。また、『洞院百首』と『宝治百首』からはかなり下るが、江戸期の『芳雲集』の歌には、まさに「うぢの橋姫」の語が見られ、この歌も『古今集』歌を取っていることは明白である。狭衣詠を初出とし、やがて受け継がれていった「苔のさむしろ」に「かたしく」の歌々は、宇治の橋姫のイメージを伴いながら、「苔のさむしろ」の詠まれ方の一つとしてあったのである。

さて、ここでの二首めの歌、「昔たれおりはじめけん住吉の岸にかたしくこけのさむしろ」（『宝治百首』三六一四　師継）に「住吉の岸」という海岸を表す表現が見えていることも注目される。これまで、苔のさむしろの表現の場所は「山」であると、自然に考えられ、詠まれていたのである。『宝治百首』には、もう一首、海岸の「苔のさむ

しろ」が詠まれる。

住吉とおもはむ人のためなれや岸にしきてふこけのさむしろ　（『宝治百首』三五九八　後嵯峨院）

掛詞という技法のこともあるが、この後嵯峨院の歌でも、「住吉」「岸」すなわち「海」という設定が出てきたのである。確かに、苔は磯辺にも見られるものであり、新しい着眼からの詠まれ方と言える。初めは出家遁世を希求する狭衣の、「山」を前提とした上での、「苔のさむしろ」であったが、それらのことばが詠み続けられていくうちに、歌の舞台を「海」へと広げていったのである。非常に興味深い変化である。二つの歌が同じ『宝治百首』で詠まれたことも、たいへん気になるところである（ちなみに、「苔のさむしろ」は、『洞院百首』で三首、『宝治百首』でも三首詠進されている）。さらにのち、正徹は、「苔のさむしろ」とともに「岩ほ」を詠み込み、場所を「あら磯」としている。

岩ほにもたれかはさねんあら磯の松の手にまく苔のさむしろ　（『草根集』九五九六　正徹・『正徹千首』八八二）

さて、これまでの出典を見てわかるように、歌合や百首歌では詠まれても、「苔のさむしろ」を詠んだ歌はなかなか勅撰集に採られることはなかった。ようやく二条為氏撰の『続拾遺集』で入集となる。

我ばかりすむとおもひしやまざとに月もやどかる苔のさむしろ　（『続拾遺集』一一三四　法印公澄）

さらに、『風雅集』入集歌では、「いはほのまくら」と「苔むしろ」が一つの歌に同時に、

おく山はいはほのまくらこけむしろかくてもへなむあはれ世の中　（『風雅集』一七六二　家雅）

と詠み込まれており、つとに知られる『風雅集』の新しい歌風に寄与していよう。

その一方、「苔のさむしろ」は、「山」を家や宿ととらえたとき、そこでの敷物とされ、当然の流れかもしれないが、自然の景物をさまざまな建具や調度に見立てた歌の中で、その調度品の一つとして詠み込まれるようになって

いく。特に時代が下った歌に顕著にまとまって見受けられる。

まれにあくる澗の岩戸をとひがほに苔のさむしろあらし吹くなり　（『長綱百首』六〇　長綱）

花さけば三苻も七ふも所せき山桜戸の苔のさむしろ　（『心敬集』三三六　心敬）

わけくれて尾上の花に宿かれば松がね枕苔のさむしろ　（『挙白集』三一五　木下長嘯子）

宇婆塞が旅ねの床ぞあはれなる青根が峰の苔のさむしろ　（『藤簍冊子』七一二　上田秋成）

我が庵は竹のまげいほ草のかべこの葉のとばり苔のさむしろ　（『浦しほ貝』一三一八　熊谷直好）

また、そうした仮寝や旅寝の中で、自らが臥す「こけのさむしろ」と組み合わさるものであるかのように、木の葉や雲といった自然を「衣」とする歌も登場していた。

とほざかるいはやの中のたびねにはこのはの衣こけのさむしろ　（『風葉和歌集』五八三　はな宰相のみこの律師）

雲はただ山のかりねの衣にて岩ねの枕苔のさむしろ　（『芳雲集』四三六二　武者小路実陰）

後者の歌では、「岩ねの枕」が「苔のさむしろ」と並べて詠み込まれており、狭衣歌との関わりが注目される。次に、「いはほのまくら（いはねのまくら）」についても合わせて見てみる。

三

いま一度、狭衣の歌をふり返りたい。

この比は苔のさむしろ片敷きて巌の枕ふしよからまし

この歌において、「苔のさむしろ」と対になることばとして詠まれる「巌の枕」も、狭衣歌が初見であるという。(8)

「巌の枕」には、本文に異同がある。新編全集の深川本・岩波大系の内閣文庫本が「いはほのまくら」とするのに対し、新潮集成・古典全書の流布本系は「いはねのまくら」と記す。

このごろは苔の狭筵片敷きて岩ねの枕臥しよからまし（『新潮集成』下　一九七頁）

注で苔の狭筵を「草庵の粗末な敷物」とし、「岩ねに岩寝を掛ける」と説明している。全書も同じく掛詞と解する。『百番歌合』では、深川本・内閣文庫本と同じく、「いはほ」となっている。

おぼしめし続くることやありけむ

このごろはこけのさむしろかたしきていはほのまくらふしよからまし（『百番歌合』七二番右）

「巌の枕」が「苔のさむしろ」と同時に読み込まれる例としては、「いはほのまくら」としては、

夢もみずこけのさむしろしもさえていはほのまくらあらしふくころ（『政範集』四六　政範）

ふるさとのねものがたりにいつかせん岩ほのまくら苔のさむしろ（『大江戸集』一八二七　三田礼本）

などがある。前者『政範集』の歌は、「夢もみず」「しもさえて」「あらしふく」ということばから、心象としても、目の前にある自然としても荒涼とした風景を作り出している。また、後者『大江戸集』の歌は「ふるさとのねものがたりにいつかせん」と、前述の、「旅」の類歌となっている。ほかに、「こけむしろ」の表現ではあるが、

おく山はいはほのまくらこけむしろかくてもへなむあはれ世の中（『風雅集』一七六二　家雅）

といった歌もあり、「苔のさむしろ」「巌の枕」の組み合わせの表現は、奥山・深山での生活を表す表現として、定着していったと思われる。

一方、「いはねのまくら」の歌も存在した。「こけのさむしろ」でなく「こけむしろ」の五字の表現とともに詠まれた。

苔むしろ岩ねの枕なれ行きて心をあらふ山水のこゑ
（『式子内親王集』八六）

苔むしろただひとへなる岩がねのまくらにさむきとこの山かぜ
（『続千載集』八二五　賀茂景久）

山里は岩ねのまくらこけむしろかたしく袖のかわくまもなし
（『新葉集』一二一七　紀淑俊）

二首目『続千載集』賀茂景久の歌は、「岩がねのまくら」と、「いはねのまくら」と全く同じではないが、ほぼ類似の表現として掲げた。また、『新葉集』紀淑俊の歌は、「こけむしろ」ではあるが、先に述べたような、狭衣歌が「かたしき」の語を持ち、「一人寝」を詠ずる点と全く同様である。ただ、「ふしよからまし」とする狭衣と、「かわくまもなし」と詠む『新葉集』歌には、内容に大きく隔たりがある。前者二首は深山を詠じ、三首目は山里を景とするが、「いはほ」「いはね」の間で、大きく見たとき、詠まれ方に異なる性質は見られないと思われる。(9)

さて、他の類似する表現においての、「岩」の「枕」、もしくは寝場所としての「岩」と、「苔のさむしろ」との取り合わせも、しばしば散見される。

とほざかるいはやの中のたびねにはこのはの衣こけのさむしろ
（『風葉和歌集』五八三　はな宰相のみこの律師）

いはがうへの苔のさむしろ露けきにあらぬ衣をしけるしら雲
（『秋篠月清集』五六七・『拾玉集』一八四二　良経）

しきしのぶいはねのこけのさむしろにいくよの夢をむすびきつらむ
（『続現葉集』七六六　爾浄上人）

岩まくら　こけのさむしろうちはらひあだにもすぐすわが月日かな
（『土御門院集』九四　土御門院）

連想され生成されたさまざまな「岩」の枕や寝具・寝場所としての表現が、「苔のさむしろ」と結び付きながら、詠まれていったことが窺える。狭衣詠の拓いたことばによる新しい世界が見えるのである。

四

「苔むしろ」「苔のむしろ」という表現は、『万葉集』では、その青々とした色彩の鮮やかさと織物とも見える質感の見事さを詠み、また一方『うつほ物語』では、磐石の岩の上に生え、代々家が栄えていくことの表象として取り上げられていた。『狭衣物語』巻四での狭衣の歌「この比は苔のさむしろ片敷きて巌の枕ふしよからまし」は、「さむしろ」「かたしき」の語の組み合わせに、「ひとりきり」の狭衣の状態をにじみ出させる。狭衣作者の念頭にやはり『古今集』の宇治の橋姫の歌があったことと思われ、「苔のさむしろ」を片敷いているという、先行歌にはない、初めての発想を見て取ることができる。もちろん、「さむしろ」に「苔の」が付いていることも重要な要素であり、「苔のさむしろ」と「巌の枕」で、山中に遁世する出家生活のイメージが作り上げられている。そして、これもまた、苔の質感や永代の象徴という「たとえ」の枠を超えた、新たな表現の方法であった。狭衣歌のこのことばから、ここから、「苔のさむしろ」「苔のむしろ」の表現が、動き出していくのである。

「苔のさむしろ」は、やがて出家した者や修行を積む者だけではなく、「旅」する者としての表現へもつながっていった。もちろん、「修行」と「旅」には重なる部分も大きいゆえ、当然のことであろう。こうして、詠出される舞台は自然と「山」なのであった。出家遁世を希求する狭衣の、「山」を前提とした上での、「苔のさむしろ」「巌の枕」の歌だったのであり、その後の歌も、その流れを受けていたのである。しかし、それらのことばは、詠まれ続けていくうちに、同じく「苔」や「巌」のある「海」へと、歌の世界が描き出す場所を広げていったのである。『万葉集』の歌が「青根が岳」という地に限定されていたことから始まって、かなり範囲を拡張している。

また、「巌の枕」も、その語自体のみならず、さまざまな「岩」の枕や寝具・寝場所としての表現が、「苔のさむしろ」と取り合わされ、詠まれていったという、発展・展開を見せた。『狭衣物語』の一つの歌の表現が、後の歌々へと拓いた表現の可能性は大きい。物語中にあるほかの表現も、さまざまな様相で以後の歌の中のことばや表現に影響を与えていたことと察されるが(10)、また稿を改めて迫りたい。

注

（1）三谷榮一・関根慶子校注　岩波日本古典文学大系『狭衣物語』三四八頁及び補注一四九。
（2）鈴木一雄校注　新潮日本古典集成『狭衣物語』下　一九七頁。
（3）松村博司・石川透校注　朝日古典全書『狭衣物語』下　一五五頁及び補注五。
（4）小町谷照彦・後藤祥子校注　新編日本古典文学全集『狭衣物語』②二一七頁。
（5）後藤康文「『狭衣物語』作中歌と中世和歌」（『文献探究』一六　一九八五年九月）。
（6）角川書店『新編国歌大観』による。以下、歌の引用は同書による。
（7）『古今和歌六帖』では初句「かすがののあおねがみねの」となっている。
（8）注（5）に同じ。
（9）「いわね」のこの二首が二条派の歌であるのに対し、右に挙げた「いはほ」の歌は『風雅集』に収められており、京極派とされる正徹は、前掲の、「岩ほにもたれかはさねんあら礒の松の手にまく苔のさむしろ」という歌を残す。
（10）その一端は、井上新子「『狭衣物語』における歌ことばの形成と中世和歌への影響―「後枕」・「葦のまよひ」・「古き枕」に着目して―」（「平成16～18年度　科学研究費補助金（基盤研究（C））課題番号16520109『狭衣物語』を中心とした平安後期言語文化圏の研究・研究成果報告書」）にて参照されたい。

付記　本稿は、「平成16～18年度　科学研究費補助金（基盤研究（C））課題番号16520109『狭衣物語』を中心とした平安後期言語文化圏の研究」における研究成果の一部である。

『狭衣物語』とことば――ことばの決定不能性をめぐって――

鈴木泰恵

一　ことばの森へ

『狭衣物語』とは何か。ことばを過剰に繁茂させた物語だと言って、そう多くの異論はないだろう。さまざまなレベルでことばを噴出させた物語であると考えている。たとえば、いわゆる引用の多さである。今、仮にコンテクストということばを用いるが、引用は『狭衣物語』のコンテクストに、先行文学のコンテクストを流入させる。「仮に」と言ったのは、コンテクストがおおむね共通理解の範囲にあり、ほぼ一義的なものだと幻想されるなら、もはやそうではないからだ。『狭衣物語』のコンテクストにしたって一義的な理解には集約されない。先行文学のそれだって同断だ。ただでさえ多義的なコンテクストに、さらなる多義的コンテクストを流入させる『狭衣物語』の引用の多さは、ことばの飽和状態を越えて、ことばを噴出させる物語だと言っていい。

さて、漢詩句の引用に始まる冒頭場面の引用についてはかなり厚い研究史があるけれど、過剰とも言える引用の数々を新たな角度からとらえなおしたものとして、三谷邦明の論考(1)を紹介しておきたい。三谷は冒頭部の引用群を分析し、それまで指摘されていなかった前本文《プレテクスト》をも見出して、「この物語の表現構造＝虚構性は、冒頭場面の引き延ばし・変奏としてしか捉えられないことを主張しているのである」との画期的な見解を提出した。

ただ、三谷はそれを決してネガティブにとらえているのではない。以下に紹介するところではあるが、その前にちょっと道草を食いたい衝動に従う。冒頭付近で主要なテーゼが語られ／書かれてしまっていて、なおひとつの物語・小説としての強度を持ち合わせている文学に、たとえば同じく平安後期物語の『夜の寝覚』はもとより、王朝的物語の掉尾を飾る『風に紅葉』、あるいは三島由紀夫の小説『真夏の死』が思い合わされる。画期的な見解だとするゆえんだ。そもそも、主題提示型と言われる冒頭なり題名なりを持つ物語のしたたかな文学性は、同じく三谷の『堤中納言物語』諸論(2)で考察されているのではあるが、もう少し長い射程でも有効な提言だと言いたかったのである。

本筋に戻る。三谷はそれから「〈語り手〉によって既に語られている出来事を登場人物が知らないというアイロニー」を指摘し、「『引用』における前本文《プレテクスト》が読めない限り、その効果は発揮できない」としたうえで、「引用」の「発見」から「〈読み〉」へと出発し、「本文《テクスト》を混沌《カオス》化すること」が「狭衣物語を〈読む〉こと」だと論じている。過剰なほどの引用がいかに物語の方法(3)たりえているかを、加えてそんな『狭衣物語』を読む方法を見事に浮かび上がらせているのであった。

翻って本稿では、登場人物たちのことばや語り手のことばのあり方に注目し、いわゆる引用すなわち先行文学の引用によるばかりでなく、物語内他者のことば等の引用により、すでに『狭衣物語』のことばは混沌とした状況を呈している様子を読みとり、この物語とことばとの関係を考えていきたいと思う。

二　母子の会話

登場人物たちのことばのやりとりから、『狭衣物語』のことばを考えていくにあたり、まずは狭衣とその母・堀川上との会話に目を向けてみる。話題は狭衣の結婚をめぐってである。

物語が始まって間もない頃、狭衣が宮中で笛を吹くと、雲の上まで澄み昇る笛の音に誘われ、天界から天稚御子が舞い降りた。時の帝・嵯峨帝は、狭衣が天界に魅せられ夭折するのではないかと恐れ、あれこれ思案を巡らす。結果、愛娘・女二宮を禄として与え、この世に狭衣を繋ぎ止めるよすがにしようと思い立ち、ふたりを結婚させたいとの内意を示していた。それを受けて、父・堀川大殿から、女二宮付とおぼしい女房を介して、女二宮に文を贈るよう促された狭衣は、母・堀川上に不満を漏らす。狭衣のことばを引用する。

殿の、「皇太后宮の御わたりに、御文参らせよ」とのたまはせつるこそ。御心の闇、たぐひなきままに、をこがましく、人々のいかに聞き侍らん。たださばかりの御なほざりごとをだに、大宮のめざましきことにむつからせ給けるを、さやうにほのめかし出でて、はしたなめられ奉らんこそ、ただなるよりは心やましかるべけれ。あまり、心あわたたしかりし夜の有様に思し驚きて、御心ざしのけちめばかり、とがめさせ給けるにや。……（参考　六一）[4]

「皇太后宮」は女二宮の母で、通称「大宮」（傍線部）と言われる人物。「皇太后宮の御わたりに、御文参らせよ」つまりは女二宮に文を贈れと促した父・大殿のことばをダイジェストして引用し、狭衣はあきれるやら困却するやらの風情で、母に向かって父への反論を展開する。以下のごとくだ。大殿は親馬鹿もはなはだしく、言うとおりにしたら外聞が悪い。大宮は不承知なのに文など贈って、きまりの悪い思いをさせられるのもおもしろくない。思えば、帝にしても事態に動揺し、心のけじめくらいの、また心配してくれての、発言だったのではなかろうか。以上が狭衣の反論の概要である。狭衣のことばはもう少し続くが省略する。

注目したいのは傍線部だ。「ただきばかりの御なほざりごと」(5)は、帝が女二宮を降嫁させようとの内意を表した歌「身の代も我脱ぎ着せんかへしつと思ひなわびそ天の羽衣」(参考五〇)を指す。狭衣はそれを戯言だとして、そんな戯言にさえ大宮は目くじらを立てたと聞いている、と言うのだった。「ける」は過去の伝聞だろう。つまり、女二宮の母・大宮が女二宮の降嫁に反対したと伝え聞いている、と言うのである。実質、求婚になる歌など贈れないと主張する重要な根拠だ。帝の真意についての回想は、あくまで推量なのだから(「ける」は回想、「にや(あらむ)」で推量と判断される)。

母・堀川上の受け答えはこうだ。

御心にこそあらめ。もの憂からんことを、あながちに何かは。a母宮のさのたまはんには、あるまじきことにこそあんなれ。ひと日、三位の物語に、「上ののたまはせし様を語るを聞きて、かくまで御気色あらんを、聞き過ぐさんは、うたて便なうや」とこそあんなりしか。b母宮の御ことは、さも聞かぬにや(6)。(参考　六二)

狭衣が女二宮との結婚を不満に思っている様子を見てとった母は、まず、狭衣の気持次第だろう、嫌なことを無理強いしたりはしないと言う。また、母宮(大宮)が反対だと言っているなら、降嫁はありえないだろうとも言うのである。ところが、狭衣の推量した帝の真意については、三位なる人物のことばを引用し、やんわり否定する。帝の様子を聞き込んできた三位の話によると、帝がこうまで降嫁の意志を示しているのに、やり過ごすのは具合が悪いのではないか、ということだった。母は狭衣にそう伝えたのである。加えて、流布本系にはないが、大宮の件については、降嫁に反対しているとも三位は聞いていないのだろうかと、疑問を投げかけている。

狭衣が女二宮に求婚できないと主張する重要な根拠は、女二宮の母・大宮の反対であった。傍線部a「母宮のさのたまはんには……」と、狭衣の母・堀川上も同様の見解に立ってはいる。けれども、傍線部aの仮定形のもの言いは、聞き及んでいない状況を示しているし、傍線部b「母宮の御ことは、さも聞かぬにや」は、遠まわしに三位も話さなかったと言っているのだから、狭衣が伝え聞いたと言い、結婚の障害になる、大宮の反対については、聞いていないと伝えているのである。傍線部bのない流布本系にしても、傍線部aに該当する部分が「まいて母宮のさのたまはむには」と同様に仮定形であるのは、やはり聞き知っていない立場の表明であり、大宮の件が入っていない三位の話を持ち出したのは、暗に聞いていない旨を伝えているのだと考えられる。さらに、堀川上は三位を通じて、狭衣の推量とは違う帝の意向を聞いたとも言っている。要するに、狭衣の気持次第で、客観的な障害はないだろうとは言うものの、三位のことばの引用は、むしろ気持次第でやり過ごすわけにもいかない状況を、遠まわしに突きつけたのだと言える。

ただ、ここでもっとも注目したいのは、大宮が反対していると言う狭衣のことばに対して、それは聞き知っていないと、やんわり言ってのける母の応答だ。子煩悩で常に狭衣に同調的な母のこの発言は、狭衣のことばを相対化するものだろう。

では、いかなるレベルで相対化しているのか。ひとつの概念を導入し、またしても仮にではあるが、ことばというものを分節しながら、あるレベルで相対化される狭衣のことばのあり方をとらえてみる。導入したい概念とは、コンスタティブ（事実確認的）なことばと、パフォーマティブ（行為遂行的）なことばという概念である[7]。この概念を援用すると、母のことばは狭衣のことばをいかに相対化しているかが浮かび上がる。

狭衣は母・堀川上の前で、父・大殿の促しに対する不快感を隠さず、帝の贈歌を、流布本系なら狭衣の返歌を、いずれ女二宮の降嫁をめぐって呼応していた贈答歌を戯言だと言い、その場限りのことばだと推量していた。しかし、天稚御子事件を機に、女二宮の父帝が狭衣本人に、狭衣の父・堀川大殿も同席していて、東宮や他の貴公子まで同席しているところで示した内意である。これは、結婚成立過程でのいわゆる「けしきばみ」「ほのめかし」に当たり、とうてい戯言やその場限りのことばではない。『源氏物語』桐壺巻の光源氏元服に際しての左大臣の「けしきばみ」と桐壺帝・左大臣の贈答歌、同宿木巻で女二宮を碁の賭物になずらえた今上帝の「ほのめかし」と薫・今上帝の贈答歌を見ても明らかだ。堀川上は当夜の次第を堀川大殿から聞いているだろうし、三位を通して帝の意向を聞いたとも言っている。帝の意向を推量する狭衣のことばは、皇女降嫁を迫られた状況を変形させるいかにもパフォーマティブなことばに、あるいはコンスタティブなレベルで偽なることばに聞こえるはずだ。あるいは、としたのは、以下の事情による。狭衣の推量は、どれほど恣意的であれ、当夜の雰囲気から狭衣が読みとった帝の内面、すなわち言外のことばの引用だ。内面なるものも、ことばによってようやく形づくられるのであり、引用は発言されたことばに限定されないと考えている。そして、引用の恣意性（不可避の恣意性）はコンスタティブなことばを真／偽の彼方に追いやり、状況を変形させることばにしてしまい、パフォーマティブなことばとの区分を破裂させてしまうからだ。(10)

ともあれ、そんな狭衣の、大宮が反対していると伝え聞いた、と言うことば＝引用もまた、女二宮との結婚を回避すべく（状況を変形させるべく）繰り出されたパフォーマティブなことばではないかと、母のことばは相対化してみせている。聞いていない旨を伝える母のことばは注意される。聞いていないと言うのだから、狭衣のことばを真か偽かで、換言すればコンスタティブなレベルで相対化しているのではない。帝の意向は推量で語り、大宮の反対は事実の伝聞であるかのように語る狭衣のことばを聞きつつ、母は、前者をパフォーマティブなことばだと、あるいはコンスタティブなレベルで偽なることばだと聞いた。後者については、聞いていないという立場で、コンスタティブに真であるかのように語る狭衣のことばを、パフォーマティブなことばであり、コンスタティブなレベルでは真偽不明のことばだと、相対化してみせたのである。

ちなみに、この時点で大宮の意向は語られていない。一方、狭衣が女二宮ではなく源氏宮を望んでいる様子は、しばしば語りとられている。天稚御子事件の翌朝、「いろいろに重ねては着じ人知れず思ひそめてし夜半の狭衣」（参考五二）を挙げれば十分であろう。ここでの狭衣のことばは、パフォーマティブなことばに、もしくはコンスタティブなレベルで偽なることばにさえ見える。後でまた論ずるが、これも『狭衣物語』の語りの仕掛である。

しかし、この時点では語られていないだけに、大宮が反対していると聞いたと言う狭衣のことばが、いかほどパフォーマティブなことばに、いやむしろコンスタティブなレベルで偽なることばに見えても、なおコンスタティブなレベルで真なることばである可能性も捨てきれない点は押さえておくべきだろう。それもまた後回しにして、本節では母子の会話からパフォーマティブ／コンスタティブを分節しえない狭衣のことばのあり方をとらえておく。

三　父子の会話

前節で考察した母子の会話と同様の、しかし似て非なる会話が狭衣と父・堀川大殿との間でも交わされている。本節では、父子の会話から狭衣のことばのあり方をとらえていく。

年が変わり、狭衣が大納言兼近衛大将に昇進したのを機に、帝（嵯峨帝）は堀川大殿に、狭衣と女二宮を結婚させたいと、今度はあからさまに持ちかける。さすがに断るべくもなく、四月くらいにと話をまとめてしまった。退出した大殿は狭衣にこう言い聞かせる。

しかじか上のの給侍つるを、先々も受けられぬ気色とは見ながらも、いかでかはさは奏せんずる、と思ひつれば、さるべきさまに申し侍つるなり。[a]いかがはせん。少々心に入らぬことなりとも、並々の人にもあらばこそ、聞き入れでも過ぐさめ、[b]いかにも、かく召し寄せらるるめいぼくもおろかならず。程近くなりぬるなり。さやうの心し給へ。（参考 一一三）

かくかくしかじか（女二宮降嫁の件を）帝が言うので、前々から狭衣が不承知なのは察していたが、そうも言えず、受ける旨を伝えた。仕方がない。少々気に入らなくとも、並みの人ならやり過ごせもしようが、こうして婿に望まれるのは、いかにも面立たしい。間近に迫っている。結婚の心構えをしておきなさい。引用部分の内容だ。

狭衣の意向は汲んでいるけれど、帝からこうはっきり持ちかけられたら、傍線部a「いかがはせん」すなわち、どうしようもないのだと言って、女二宮との結婚は免れえないと説得し、そして命令している。ただ、傍線部b「いかにも……」と、父・堀川大殿にとっては喜ばしい事態だと思っている様子を隠しきれない点、押さえておく。

大殿の発言に対して、狭衣は以下のように答える。

それより優りて何ごとのさぶらはんにか、物憂く思ひ給へん[11]。ただかく心に任せて慣らひ侍て、苦しきこともや、と思ひ給へれば、今しばしもなどこそ。かの大宮の、あるまじきことにのたまふなるさまぞ、むつかしう侍るべき。（参考 一一三〜一一四）

女二宮との結婚に優る何ものもない。ただ気ままな習慣がついているから、女二宮から見て見苦しいこともあるのではないかと思って[12]、もう少し後でもと考えていた。（それにつけても）聞くところによると、あの大宮が（降嫁など）とんでもないことのように言っているらしい様子が面倒に違いない。これが狭衣の応答だ。

表向き、皇女降嫁に不満があるなどとは言えない。いささか自身を卑下した後に、またもや傍線部に見えるように、大宮が反対しているらしいとの情報を引用し、難色を示すのだった。ところで、傍線部以前の狭衣のことばは、とりわけ「それより優りて何ごとのさぶらはんにか、物憂く思ひ給へん」は、源氏宮恋慕を隠蔽せんとするパフォーマティブなことばであり、狭衣の心情に即せば、コンスタティブなレベルで偽なることばである。とはいえ、ことは后腹皇女の降嫁だ。一般論の開陳と解釈すれば、コンスタティブなレベルでの真なることばでもありうる。そしてこれは、後の傍線部のことばをもパフォーマティブ／コンスタティブ（真／偽）に分節するのを不能にしてしまうことばのあり方だ。

さて、父・堀川大殿もすぐさま以下のごとく反論する。

A　[a]そは高きも賤しきも、女はさぞ心も口もたてるやうなれど、上の御心にてぞあらんかし。[b]中宮の御方さまに、さにてもありぬべく思さるるならん[13]。さらでは、后腹におはすとも、あるまじきことにもあらず。[c]そこひとりの、帝の御むすめは得奉るにもあらず。ありがたくめでたき幸ひ、めいぼくと思ふべきにあらず。[d]いにしへより近きためしにも、そこより見だて少なき人も、みなさる例ども多かり。まいて、かしこしとも。かくなりそめにけるみづからの宿世によりて、何の報いに、かくて見奉るぞと、朝夕に悲しうこそおぼえ侍れ。

（参考　一二四）

大宮の反対については、女というものはそんなもののようで、結局は帝の心次第だろう、あるいは狭衣の腹違いの姉・中宮への対抗意識で、狭衣には降嫁させたくないと思っているのだろうと言う。以下では、后腹皇女との結婚について、前例もあり不都合はないし、その前例に照らしても、狭衣より見劣りする人だって多いのだと言い、なにもありがたがる必要はないと、強気の発言に及ぶ。そして、大殿自身が院や帝と同腹の后腹で、第二皇子だったのに、臣籍に降下したため、狭衣の地位も臣下でしかなく、悲しく思っているのだと言う。一息入れ、加えて次のようにも言っている。[14]

B　上は賢くて、あながちにかくはのたまはするぞ。この宮は、母方に御後見すべき人なくて、行末のたづきなうおはすべきことを思し召すにこそはあらめ。御子たちといふとも、さし並べたらんに、かたはらいたげなるべくは思ひ寄るべからず。……　（参考　一二四）

帝はきちんと判断して、こうまで言うのだ。女二宮には母方の後見がなく、行末の頼りがないことを考えての判断であろう。皇女たちだかといって、妻にしたとして、狭衣がきまり悪く思う必要はない。父のことばはまだ続くが省略する。

帝と話を決めてしまっているのだから、父は実に多弁だ。狭衣が面倒だという大宮の件についても、堀川上とはやや違った対応をしている。口調を変化させ、ことば数を増やし、父は何を語っているのか。

まずAの傍線部aでは「高きも賤しきも……やうなれど」と、女性一般に見られる傾向のようだと言い、とるに足りないといったもの言いだ。したがって、むしろ重要なのは帝の意向だろうとなる。とはいえ、次の傍線部b「中宮の御方さまに……」は、大宮の内面を推量してもいるのだった。「（思さるるなら）む」と推量であるせいか、まだのんびりした口調だ。内容はというと、羽振がよく、ともすると大宮の立場を失わせている中宮への、しかも狭衣の姉である中宮への嫉妬で、個人的な意趣返しだろうから、まあ気にしなくてもいいと言わんばかりだ。父の双方の発言は、大宮の反対を盾にとる狭衣への懐柔であり説得であり、反論でもある。とるに足りない、気にしなくていいと言いつつ、大宮の反対は結婚回避の盾にはならないと、言外に反論していることばでもあるはずだ。

ここでの父・大殿には、堀川上同様、大宮が反対していると聞いたと言う狭衣のことばを、女二宮降嫁を回避するためのパフォーマティブなことばだととらえている様子が窺える。けれども、父は体験と俗言から引用したとおぼしい傍線部aに次いで、bでも大宮の内面にある言外のことばを推量し引用している。つまり、一般論にしたり、大宮個人の思いに帰趨させたり、とにかく本質的な問題ではないとするかのように、恣意的な引用を重ねて、かえって父の方がパフォーマティブなことばを駆使しているように見えもする。裏を返せば、女二宮降嫁に反対する大宮のことばは、堀川上も「母宮のさのたまはんには、あるまじきことにこそあんなれ」と言っていたように、決して侮れず、さらに言えば狭衣のことばがコンスタティブなレベルで真なることばでもあるからこそ、父は帝のことばを頼りに、帝と堀川親子が一致して、大宮のことばの力なり価値なりを無化もしくは低減せんと、パフォーマティブなことばを発したのだと考えられる。

父の恣意的な引用によるパフォーマティブなことばは、狭衣のことばがコンスタティブなレベルで真であるかもしれない側面を照らし出すのである。まだまだ続く父のことばが、右の可能性をより高めているように思う。

Aの傍線部c「そこひとりの……」および傍線部d「いにしへより……」は、皇女降嫁の歴史を引用し、女二宮を狭衣に降嫁させることが、異例の憚られるべき事態ではない旨を強調している。しかし、これはいささか強弁であろう。更衣腹ならともかく、后腹皇女の表立った降嫁例は決して多くない[15]。そこで波線部「かくなりそめにけるみづからの宿世……」の発言になる。自身の宿世により息子が臣下でしかないのを悲しんでいるのだが、しばしば指摘されるように、院や帝と同腹の后腹で第二皇子として生まれた堀川大殿は、臣籍降下さえしなければ、当然、即位の可能性もあったわけで、この発言は逆説的に、狭衣だって東宮になり帝になれたかもしれない高貴な血筋なのだと言って、后腹皇女との結婚を正当化する発言だ。一息入れてBの傍線部e「この宮は、母方に御後見すべき人なくて……」では、女二宮には母方の後見がないと言う。諸々の史実に照らしても、それらをふまえた『源氏物語』の朱雀院女二宮・女三宮を見ても、母方に後見を持たない皇女の降嫁は、容認されていたといえる。(16)狭衣の血筋と女二宮の立場をつがえ、后腹皇女の降嫁を正当化していくことばの数々が繰り出されている。

Aの傍線部c以下、正確にはcの前の一文から、一息入れてことばを継ぐまでは、断定的なもの言いになっている。Bの傍線部eは推量になっているが、帝から「頼もしき人なかむめる有様の心苦しきを、またたれにかはと知らず顔にて、大殿のあたりにただ預けてん」（参考一二二〜一二三）と託されていた。断定的に強いことばを連ねてきた父・大殿であるが、一息入れて、またもの柔らかなことばで、狭衣を懐柔し説得しようと試みているようだ。硬軟を使い分けて饒舌な父のことばこそ、実にパフォーマティブなことばのあり方を見せている。翻って、かくもパフォーマティブなことばを繰り出す父からは、大宮の反対を聞き女二宮との結婚も煩わしいと言う狭衣のことばを、コンスタティブに真なることばだと受け止め、厄介な事態だともとらえている様子が窺われるのである。

繰り返すが、本節で引用した狭衣のことばも、内に源氏宮恋慕を秘めているだけに、決してコンスタティブに真なることばだとは言い切れない。大宮の反対を盾に、なお女二宮との結婚を回避しようとするパフォーマティブな側面がある。しかも、この時点でさえ、大宮は登場していないし、大宮の意向についても語られていないのだから、コンスタティブに偽なることばである可能性も残されている。父・堀川大殿と狭衣との会話は、パフォーマティブ／コンスタティブ（真／偽）の分節が一切不可能で、混沌とした狭衣のことばのあり方を浮かび上がらせているのであった。

これまでのところ、物語は大宮を語らず、大宮自身のことばを不在化して語らない。それは、不在のことばを引用する狭衣のことばの混沌と、後に論じるが、そんな狭衣のことばに応答する両親のことばの混沌を語りとる『狭衣物語』の語りの仕掛であろう。本節では父子の会話から狭衣のことばの混沌をとらえておく。

四　狭衣のことばと語り手のことば

これまで見てきた狭衣のことばが、にわかに色調を変えるときがやってくる。大宮の意向を表す心内語が語られたときだ。そこから、狭衣のことばについて、いちおうの結論を導くとともに、大宮の心内語から改めて照らし返される、語り手のことばのあり方をもとらえなおしてみたい。

帝と堀川大殿との間で、女二宮の降嫁が決まっても、狭衣は源氏宮への未練を断ち切れず嘆きを深めていた。ところが、ある夜、宮中で女二宮を垣間見て、思いもかけない魅力に心を奪われ関係を結んでしまう。翌朝、清涼殿の上の御局から退出してきた大宮は、娘・女二宮の異変に気づく。女二宮は泣き明かし、大宮も嘆きを深める。ここで初めて、大宮の意向が語りとられていく。長い心内語の中から、女二宮の身の振り方について、大宮はどう思っていたのかが明かされている部分を引用する。

いでや、左大将の、この世にあまりてなべてならぬ有様なるを、上の「末の世の後見にも」とのたまはするをだに、[a]宮たちはただなにとなくて過ぐし給ふこそ、世の常のことなれ。行末のためとなほなほしく定まり給ふとも、[b]さばかり思ひよらぬ隈なかんなる心のほどには、至らぬ隈なき心ばへをや見給はんと、あるまじう、心憂かるべければ、見奉らん、とこそ思ひ聞こゆるに、……（参考　一三三）

前後関係を少し説明しながら、大宮の心中のあらましをまとめる。大宮は娘・女二宮の異変に気づくが、相手が誰なのかもわからず、また問いただすわけにもいかず、嘆きを深めるばかりだった。まさか相手を狭衣だとは思わない大宮は、この世のものとも思えない狭衣にだって降嫁させるつもりなどないのに、まして狭衣に及ぶべくもない他の男性とこんなことになってしまったのが辛い、と思い嘆いているのである。

右の引用をもう少し丁寧にたどってみる。帝は晩年を迎え、自身に代わる女二宮の後見役を求めて、あの傑出した狭衣を婿にしたいと言っている。それにしても大宮は賛成できない。理由はふたつある。まず傍線部a「宮たちはただなにとなくて……」から窺えるのは、皇女不婚の原則に忠実であろうとしている様子だ。次には傍線部b「さばかり思ひよらぬ隈なかんなる（伝聞）心のほど」、すなわち伝え聞く狭衣の好色な性向である。大宮は狭衣がかなりの好色だと聞いていて、女二宮の気苦労の種になるのではないかと案じ、狭衣への降嫁を、あってはならない、不愉快だと思い、自分が面倒を見ようと思っていた。心内語からたどられる大宮の意向である。

物語はようやく大宮の意向を、心内語を語って明らかにした。しかし、心内語であるだけに、狭衣が伝え聞いていたのかどうかは、まだわからない。ただ、狭衣が女二宮と関係を結ぶあたりから、中納言典侍（以下典侍と略称）なる人物が登場してくる。この人物は狭衣の乳母の妹であるが、大宮にも親しい縁故があり、幼い頃から仕えていた（参考一二五）。つまり、狭衣とも大宮とも通じていたのである。しかも「宮たち（大宮腹の皇女三人）をも見奉るついでにも、時々聞こえ出でしかば、大将も、（女二宮の）をかしき御有様を耳とどめ給はぬにしもあらねば」（参考一二五）と、典侍は狭衣に女二宮の様子なども語っていた。典侍の話から女二宮に興味を示していた点は興味深いが、今は措くとして、狭衣が典侍を通じて大宮の意向を聞いていた蓋然性は決して低くない。

さらに、狭衣が中宮のところで、女二宮に後朝の文を書こうとしていたとき、中宮はまさかそれとは知らず、別の誰かに贈る恋文だと思って、「皇太后宮の、今よりさばかり後ろめたなかるべき御心、とむつかり給なるものを」[17]（参考一三四）と言う。大宮が狭衣の好色に難色を示していたことは中宮にも伝わり、そして狭衣にも伝えられている。第一系統は、大宮が狭衣の好色を嫌い、女二宮降嫁に反対していて、口にもしていた様子を、明確に語りとっている。注(17)に記したが、流布本系は「皇太后宮」が「上」になり、本文の様態もいささか異なる。ただ逆に、狭衣から後朝の文を託された典侍のことばに、内閣文庫本では「大宮はいみじう後ろめたげに聞こえさせ給ふめり」(参考一三五)とあるところが、流布本系では「大宮は、あだなる御心ありとて、いみじく後ろめたげに聞こえさせ給ふ」(全書上巻二九六)とある。西本願寺旧蔵本も、この部分は流布本系に近い。(18) 内閣文庫本だと大宮が何に不安を感じていると帝に言ったのか、明確ではない。一方、流布本系なら「あだなる御心」、つまりは狭衣の好色な性向に言及し、不安を感じていると帝に言ったのだと、はっきりわかる。ちなみに「聞こえさせ給ふ(めり)」は、大宮の対話者が帝であるのを指示している。

典侍が聞いているのだから、女二宮の乳母なり、大宮側近の女房なりも、当然耳にしているはずで、大宮は、女二宮を狭衣に降嫁させると言う帝の意向に、異を唱えていた様子が掬いとられてくる。加えて、大宮は皇女不婚の原則に立っていた。したがって、大宮の不満・不安は縁談が持ち上がった天稚御子事件当夜以来であろうから、狭衣が言うように、帝の贈歌ないしは狭衣の返歌に、ともあれ女二宮の縁談に、大宮が不快の念を抱き口にもして、それが典侍などの女房たちを介して、狭衣にも伝えられた可能性はかなり高い。

第二節で狭衣が母に言ったことば「ただざばかりの御なほざりごとをだに、大宮のめざましきことにむつからせ給ける」や、第三節で父に言ったことば「かの大宮の、あるまじきことにのたまふなるさま」、要するに〈大宮が反対している〉と言った狭衣のことばは、大宮の心内語が語られた以上、コンスタティブなレベルで真なることばであったと言える。また、それを伝え聞いたと言う狭衣のことばも、同様にコンスタティブなレベルで真なることばであった蓋然性がきわめて高い。

ただし、右の引用を含んだ狭衣のことば全体は、再度繰り返すが、源氏宮恋慕を内に秘めて、女二宮の降嫁を回避しようとするパフォーマティブなことばである側面は拭い去れない。大宮が反対しているのに求婚できない・結婚できないと言うわけだが、では、大宮が賛成すれば喜んで求婚し結婚するのかと問えば、否であろう。源氏宮への一途な恋心はそんなに軽いものではないはずだ。しかし、典侍の話から女二宮に興味を示し、密通にも及んでいるのだから、狭衣のことば全体は、やはりコンスタティブなレベルでは偽だとも言えず、真だともいえない。パフォーマティブだとしか言いようがないのである。ともあれここでは、コンスタティブなレベルで偽なることばにさえ見えた狭衣のことばが、大宮の心内語を鏡にすると、少なくともそうではなかったとわかる点のみ押さえておく。

さて、結婚の大まかな日どりが決まり、狭衣は密かに女二宮と関係を結んでしまって、いよいよ降嫁話も何がしかの決着（嫌々ながらの結婚）に至る予感を漂わせる。それまで、大宮の意向を表す大宮自身のことばを不在化し、狭衣のことばをパフォーマティブに、あるいはコンスタティブなレベルで偽であるとさえ見せてきた、この物語の語りのあり方はどうとらえうるのか。

狭衣のことばは、発せられた時点と、後からたどられたときとで、色合いが違う。すでに述べてきたように、まずもって、狭衣のことばが常にパフォーマティブではあるものの、その都度その都度、パフォーマティブ／コンスタティブ（真／偽）といった分節を一切不可能にする、混沌としたことばであることを語りとっていく方法だったと結論づけておく。しかし、発せられた時点では、コンスタティブなレベルで偽であるとさえ見えたのは、対話者のことばとの関係があったからであり、ここまでくると対話者のことばも問いなおされてくる。その点は次節で論ずるとして、大宮の心内語から照らし返される、語り手のことばのあり方をとらえなおしておきたい。

大宮の心内語にある「さばかり思ひよらぬ隈なかんなる心のほど」ということばが注目される。大宮は狭衣がたいそう好色だと伝え聞いていたようだ。けれども、語り手から与えられてきた情報と食い違っている。その点が注目されるのである。狭衣の好色については、最低限の好色性は持ち合わせていても、概して脱好色的な内面と、ゆえに女性たちからは「すさまじ」（参考三四）と評されるべき風情が語られ、源氏宮一途の恋心が語られてきた。たしかに、飛鳥井女君との恋に落ちてはいた。が、これまでのところ人知れぬ忍び恋として語られてきたし[19]、少なくとも狭衣に好色だとの噂が立っているとは語られていなかったはずだ。ところが、大宮の心内語によると、狭衣は好色だと伝えられていたのである。次いで、「皇太后宮」のことばか「上」のことばかはともかく、狭衣の好色を心配する人物のことばを伝えた中宮の口ぶりも、「狭衣＝好色」のコンセンサスに基づいているかに見える。大宮の心内語は、すぐ後に続く中宮のことばとも響き合って、「すさまじ」と評される狭衣の脱好色性に対して、好色の噂が存在する様子を浮かび上がらせてくる。ここに来て大宮の心内語を語るのは、源氏宮に一途な恋心を抱きつつ、飛鳥井女君や女二宮との恋に落ち、後には式部卿宮の姫君との恋にも落ちる狭衣の、脱好色／好色の分節もできないありようを語りとる方法でもあったろう。

換言すれば以下のごとくだ。『狭衣物語』の語り手は、かなり狭衣の内面に密着しており[20]、内面化傾向を深める物語を統御するのではある。が、ひとたび狭衣の内面を離れ別の人物を語り始めると、狭衣もしくは狭衣に同化した語り手が他者に提供したいと願う自画像・狭衣像、すなわち脱好色で美的な自画像・狭衣像には、結ばれえない狭衣像を裏声で語りとり、ひとりにして多声的な語り手となる。複数の語り手が光源氏や薫を複眼的に相対化する『源氏物語』とも、語り手がたとえば薫を突き放して批評的に語る『源氏物語』とも、おそらくその点で大いに異なっている。そして、狭衣の内面を語り、物語を統御する傍らで、大宮の心内語を語り中宮のことばを語り、彼女たちのことばに含まれた他者のことばをも語る＝引用する語り手のことばは、狭衣と同化して狭衣像を語るときの語り手のことばが、パフォーマティブ／コンスタティブ（真／偽）を分節しえないことばである模様を、というよりむしろ、相当にパフォーマティブなことばである模様を映し出す。ようやく語られた大宮の心内語は、そんな『狭衣物語』の語りの仕掛あるいは方法を照らし返す鏡であったととらえうる。そう言い換えてもいいだろう。

大宮の心内語を鏡に映し出されるのは、狭衣の、そして狭衣に同化した語り手の、ことばのありようだ。狭衣のことばも、また狭衣に同化したときの語り手のことばも、ともにパフォーマティブ／コンスタティブ（真／偽）を分節しえない混沌としたことばである。さらに言ってしまえば、真／偽の確認対象になる物語内事実なるものが仮にあるとして、たとえば発言を必然化する内面のコンテクストや、好色の噂などであるが、それらを確認不能の状況に追い込み、コンスタティブなレベルを溶解してしまう、きわめてパフォーマティブで混沌としたことばだといえる。そんなとらえなおしができるはずだ。

五　登場人物のことば

狭衣以外の登場人物のことばについても考察したいと思う。狭衣のことばから掬いとられたのと同様の事態は、対話者の堀川大殿や堀川上にも及んでいると思われるからである。

大宮の心内語が語られた後に、大宮は女二宮の降嫁に反対である意向を周囲に話していた様子も、中宮あるいは典侍のことばを通して、語りとられていた。前節で確認したとおりだ。しかも、堀川大殿は大宮への配慮を欠かさず、大宮との繋がりを持っている様子まで語られている。

殿の御心、ありがたく広うものし給ひて、さるべき折々などは、細やかに扱ひ聞こえ給けり。（参考　一二二）

心の広い堀川大殿は、中宮に押されがちの大宮にも、行事や儀式の折などであろう、心遣いを欠かさなかったとある。堀川大殿夫妻が養育する源氏宮と大宮とは近しい血縁関係にあり、ふたりには交誼もあったのだが、大殿の娘である中宮の入内で、大宮が立場を失っているのだから、気を配っていたようだ。

となると、堀川大殿や大殿最愛の妻・堀川上は、大宮の意向を全く知らなかったのかと、疑問を抱く余地が生じてくる。直接にではないまでも、大殿と大宮の繋がりに介在する家人・女房といった人々のやりとり、大宮と源氏宮とのやりとり、大宮・源氏宮周辺の女房たちのやりとり、といったさまざまに繋がる人々の間でなされるやりとりから、大宮の意向が伝わっていなかったのかどうか。あるいは大宮→帝→中宮と伝わった話が、直接であれ周辺女房を介してであれ、大殿夫妻の耳に入る可能性はなかったのだろうか。加えて、前出の典侍のような人物から大殿夫妻にも伝わることはなかったのであろうか。

いずれ推測の域を出ないが、あっという間に噂の広がる宮廷社会で、大宮の口にした意向が、さまざまな回路で大宮サイドと繋がる堀川大殿夫妻に伝わっていた可能性は否めないと思われる。むろん、伝わっていなかった可能性も等分にある。なぜこんな推測をするのかと言えば、父にも母にも言った狭衣のことば〈大宮が反対している〉に対する父母のことばが、上述のような推測を喚起するのである。伝わっていた可能性を織り込んだうえで、伝わっていたとは語らない父母や、そんな父母を語りとるこの物語とことばとの関係を考えてみたいのである。

第二節で考察した母のことばは微妙だ。狭衣の気持次第であろうし、大宮が反対なら降嫁はありえないが、大宮の件は聞いていないと伝え、三位なる人物のことばを引用して、帝の強い希望で抜き差しならない状態だと間接的に言っていた。結婚の障害になる大宮の意向は宙吊りにして、気持次第では断れない事態であるのを、やんわり突きつけていたのである。話が持ち上がって間もない時点でもあるせいか、あるいは狭衣への配慮なのか、父ほど押しつけがましくはないが、帝の意志を前面に出している点、父のことばとよく似ている。

降嫁の件を受けてしまった父のことばは第三節で見たとおり、帝のことばやおそらくは自身の体験・俗言、それに歴史まで引用し、女二宮と結婚するよう、命令・説得・懐柔のことばを、狭衣に向けていた。とりわけ命令は帝のことばに基づいていたのである。ただ、父の饒舌の裏には、母同様、大宮の反対を障害だと感じている節が見え隠れしてもいた。女二宮が懐妊し体調を崩して、思うようにことを運べない帝は、大宮に「御急ぎも、（結婚が）近くなりぬるを、思し急がせ給はぬこと」（参考一四三）と、文句を言っている。母宮の協力なしには、準備もはかどらないのであり、母・大宮の意向はあながち侮れるものではない事情が窺える。だからこそ、大宮の意向を盾にとり、当の狭衣が首を縦に振らないとなると、厄介な状況に陥る。父のそんな懸念があの饒舌を生み出していったとおぼしい。

さて、父が躍起になるのは、むろん帝の意向もあるだろうが、父自身の思いもあり、父のことばにくっきりと浮かび上がっていた。院や帝と同腹の后腹で第二皇子として生まれたにもかかわらず、「宿世」により臣籍降下してしまい、息子の狭衣も、こんなに傑出した貴公子だというのに、臣下でしかないのが悲しいのだと言っていた。

狭衣が后腹皇女を迎えれば、狭衣はもとより源氏堀川家の地位は格段に高くなる。すでに娘は中宮であり、後嗣も儲けている。次代の東宮である。狭衣と女二宮の間に女子でも授かれば、間違いなく次代の春宮妃候補だ。物語は、ことばは悪いが、もっと手っとり早く狭衣を帝にして、父を院に押し上げ、臣籍降下さえしなければ、多分ありえたであろう父の地位（帝位と太上天皇位）の半分を回復させてしまうのだが、この時点では、次代の東宮が外孫なら次代の春宮妃は内孫で、皇子が誕生すれば、代替わりとともに、父・堀川大殿の血は確実に皇統譜へと回帰していく筋書を、父が考えていたと見てよいだろう。臣籍降下した父・堀川大殿の不本意な思い[21]は、第三節の「宿世」を口にした父のことばに表れており、女二宮との結婚をなんとか狭衣に飲み込ませようとする父の饒舌に、父のそんな思惑が掬いとられてくる。

ここで、母のことばに立ち戻りたい。母のもの言いは柔らかで遠まわしだが、大宮の意向は宙吊りにして、帝の強い意志を狭衣に突きつけ、狭衣の気持次第だが、気持次第ではやり過ごせない状況を伝えていた。母のことばもまた帝の意志を前面に出し、父と同様に、女二宮との結婚を促していたと言える。

母・堀川上にしても后腹の皇女であり、(22)斎宮でもあった。高い矜持を持ち合わせていたと考えられる。ところが、おそらく嫡妻ではあろうが、源氏堀川大殿の妻であり、要は臣下の妻である。その間の事情は語られていないので不明だ。また、堀川上が身の上を嘆いているような様子も語られていない。嫌々の結婚であったわけでもないのだろう。そして、夫妻はきわめて仲のいい夫婦だと語られている。けれども、あるいはだからこそ、出自を考え合わせ、堀川大殿と同じような願望があっても不思議ではないと思われる。むしろ、中宮は坊門上腹であり、堀川上の娘ではないのだから、狭衣への期待は大殿以上であったかもしれない。次代の東宮と、母は后腹皇女で狭衣の娘である孫娘が結婚してくれれば、臣籍降下しなかった場合の堀川大殿と堀川上の姿にも重なってくる。

どこか見え透いた父・大殿のことばよりも、もの柔らかで遠まわしでありながら、女二宮との結婚を逃れえぬ事態として指示した母のことばの方が、よほどしたたかでありパフォーマティブだ。結局のところ大殿と足並みのそろった、しかも早い時点での、慎重にしてしたたかな母のことばからは、堀川大殿と同様の思惑が仄見えるのである。

狭衣のことば〈大宮が反対している〉に対する父母のことばは、大宮の意向を表す心内語と、それが口にされていた様子が語られると、父母は聞いていなかったのかという疑問を喚起するとともに、父は垣間見せ母はおくびにも出さない思惑の存在を掬いとらせる。後の一品宮との結婚を視野に収めれば、なお確度は増すだろう。やむをえぬ事情が縷々語られているのは省くしかないが、父はもとより、母も「我さへなにしにあながちに聞こえつらん」（参考二七四）と、嫌がる狭衣に結婚を承服させていた。

とはいえ、物語は父母の思惑をあからさまには語らない。女二宮の降嫁も、帝の強い意志が前景を占めているのである。したがって、どうしても推測の域を出ない。ただ、大宮の意向や、その漏出を語る物語のことばは、上述のような推測を喚起する。要するに、大宮の意向を知らないと言う母のことばや、大宮の意向を的外れに推量する父のことばは、不可避の恣意性を介在させるさまざまな引用を含んで、パフォーマティブ／コンスタティブ（真／偽）の分節が不可能で、混沌としたことばであるとだけは言えるはずだ。

狭衣のことばをパフォーマティブに、あるいはコンスタティブに偽であるとさえ見せてきたからくりは、ひとことで言えば、この物語の語りの仕掛であるに相違ないが、対話者である父母の、右のようなことばのありようも深く関わっていたとおぼしい。

六 『狭衣物語』とことば

『狭衣物語』はさまざまな引用を含んで、ことばを繁茂させた物語だと言える。本稿では、引用の概念を先行文学の引用に限定せず、物語内他者のことば、登場人物の体験、俗諺、歴史にまで広げて考えてきた。物語内他者のことばについては、心内語まで加えた。誰かに推量される心情も、心内語の不確かな引用だと思われるからだ。そうして見ると、『狭衣物語』の会話はおびただしい引用に満ちている。引用には不可避に引用者の恣意性が介在するため、引用を含んだことばは、パフォーマティブ／コンスタティブ（真／偽）の分節を不可能にして溶解させてしまう。こうなると、コンスタティブなレベルでのことばの真／偽は決定不能に陥る。パフォーマティブなことばにならざるをえない。『狭衣物語』は狭衣と母、狭衣と父の会話を通じて、三者三様のパフォーマティブなことばのありようを語りとって、〈言った／言わない〉、〈聞いた／聞かない〉のレベルから、発言を必然化する内面のコンテクストまで曖昧にして、決定不能にしてしまっていた。

パフォーマティブなことばと言えば、『源氏物語』の薫のことばもそうだ。詳細を論じる余裕はないが、夢浮橋巻の薫詠「法の師と尋ぬる道をしるべにて思はぬ山にふみまどふかな」（新大系五、四〇五頁）が象徴的だ。恋と道心が融合し、ことばもパフォーマティブな薫が、これまでの自身を統括したことばだ。浮舟に宛てた手紙にある歌で、むろんパフォーマティブなレベルを逃れえない。けれども、狭衣にはこれほど見事に自身を統括することばはない。その辺に差異を見ておく。

しかも、会話のなかには、これまで語られてきた内容と齟齬をきたす話まで出てくる。語られてきた内容が真で、登場人物の発言が偽だともいえないのである。なぜなら、その場合、語った語り手が狭衣に同化した語り手であるからだ。狭衣のことばがパフォーマティブなら、狭衣に同化した語り手のことばもパフォーマティブにならざるをえないのだった。しかし、『狭衣物語』の語り手はひとりだと考えるのが一般だ。本稿もそれに異議はない。となると、語り手は狭衣から離れて別の誰かを語るとき、いわば裏声を使って、ひとりで多声的な語り手となり、自身が語ってきたことを相対化してしまうのだと言える。この語りの仕掛が、主人公・狭衣のありようまで、決定不能のありように仕立て上げていく。

物語が物語である以上、主人公をとり巻く人間関係は不可欠だろう。『狭衣物語』の語り手は、狭衣以外の人物を語りながら、狭衣を相対化しえているのである。複数の語り手が複眼的に光源氏や薫を相対化するのとも、語り手が薫を突き放して批評的に相対化するのとも違う、『狭衣物語』特有の語りのあり方として注目しうる。

それにしても、『狭衣物語』はさまざまなレベルでの引用を駆使して、ことばを噴出させ、狭衣のありようはおろか、言った／言わない、等々のレベルまで決定不能にしているのである。先行文学を引用し、歌語をちりばめ、美々しいまでのことばの物語・『狭衣物語』は、ことばを美しく飾っているのでもなければ、物語を豊かにしているのでもない。ことばのどうしようもない扱いがたさを語り、ことばとそれによって成り立つ物語を混沌へと導いたのである。『狭衣物語』はことばを思索する物語なのであり、翻って、ことばへの思索なしには読めない物語のように思う。

注

（1）「『狭衣物語』の方法――〈引用〉と〈アイロニー〉あるいは冒頭場面の分析――」（『物語文学の方法II』有精堂一九八九年）。
（2）「堤中納言物語の方法――〈短篇性〉あるいは〈前本文《プレテクスト》〉の解体化――」「堤中納言物語の表現構造――引用・パロディ・視線あるいは『逢坂越えぬ権中納言物語』の方法――」「物語文学の極北――堤中納言物語『よしなしごと』の方法あるいは終焉の祝祭――」（注（1）前掲書）。
（3）井上眞弓「語りの方法――少年の春――」（『狭衣物語の語りと引用』（笠間書院　二〇〇五年）も、第一系統本（内閣文庫本と西本願寺旧蔵本）冒頭の語りと引用のあり方を分析し、『狭衣物語』の方法を論じている。語り手の視点と狭衣の視点が同化した様子を分析し、引句「少年の春」からは文人述懐の形式を読みとるとともに、語り手の老いの視点を冒頭の狭衣に重ね合わせ、冒頭と末尾との円環構造を読み解いて、新たな読みを加えている。

（4）　引用本文は内閣文庫本（写真版）に拠り、適宜、漢字を当て、仮名を歴史的仮名遣いに改め、送り仮名および句読点を付した（音便かもしれない部分、たとえば「給て」など「給ひて」か「給うて」か判断しかねる部分はそのままにした）。また会話と判断されるところはカギ括弧で包んだ。引用本文中の丸括弧内は論者（鈴木）の注である。引用本文の最後に、参考として底本を同じくする岩波日本古典文学大系『狭衣物語』での頁数を示した。なお、同系統の西本願寺旧蔵本を底本とした小学館新編日本古典文学全集、および流布本系の元和九年古活字本を定本とした朝日日本古典全書、旧東京教育大蔵写本を定本とした新潮日本古典文学集成で読んでも、論理の変わらないことは確認した。それにしても説明を要すると思われる異同には注を付すが、細かい異同はいちいち指摘しない。なお便宜上、内閣文庫本本文と西本願寺旧蔵本本文を併せて「第一系統」と称し、巻一では「第四系統」に分類される全書本文と集成本文を併せて「流布本系」と称した。系統分類は三谷榮一『狭衣物語の研究〔伝本系統論編〕』（笠間書院　二〇〇〇年）に従った。必要に応じて、校本（中田剛直　桜楓社　一九七六年）も参照した。

（5）　流布本系「御」ナシ。すると狭衣の返歌を指すことになるが、帝の贈歌に非礼のないよう答えた返歌でしかないのに、大宮は不愉快に思っているのだと言い、いずれ大宮の不承知を強調している点では変わらない。

（6）　流布本系では帝のことばが具体的に引用されているが、この一文ナシ。大宮より帝の意向を重んじる論理が窺えるとともに、大宮の件に言及していない三位のことばを引用するにとどめ、母は言外に、大宮が反対しているとは聞いていない旨を伝えていると解釈しうる。

（7）　ジャック・デリダ「署名　出来事　コンテクスト」（『現代思想』一九八八年五月臨時増刊号）は、そもそもこの概念を導入したオースティンを援用・批判しつつ、エクリチュールは双方の区分を「破裂」させると言う。本稿はデリダ論を参照したものだが、デリダの言う「エクリチュール」は通常の概念とは違っている（「新しいエクリチュール」と言っている）し、『声と現象』以来の問題系を含んでいるので、むしろ安易な要約は避ける。が、デリダもオースティン以来のコンセンサスに則って、コンスタティブなことばは事実の真／偽なる発言（記述）であり、パフォーマティブなことばはそれによって何事かなすことを可能にする発言（記述）であると定義しているので、ここに提示するとともに、その定義に従う。ただ、本稿では発言・心内語・語り手のことばを総合して「ことば」と表した。なお、デリダ論については、東浩紀『存在論的、郵便的　ジャック・デリダについて』（新潮社　一九九八年）が参考になった。

（8）西村汎子「『源氏物語』における婚姻・家族関係と女性の地位」（『家族と女性の歴史　古代・中世』吉川弘文館一九八九年）は、『源氏物語』を例に、摂関期貴族の結婚のプロセスとして、女性の父からの「けしきばみ」があると指摘している。家父長制家族の成立期を視野に収めた論考であり、『狭衣物語』にも該当すると判断した。

（9）言語名称目録観を廃したソシュール以来の考え方によっている。丸山圭三郎『ソシュールを読む』（岩波書店一九八三年）から多くを得た。

（10）注（7）デリダ論文。

（11）内閣文庫本「は」。校本によれば、他のいわゆる第一系統の多くも「は」だが、鈴鹿本、吉田本、鎌倉本、大島本は「へ」。文法上「へ」であるべきと考え改めた。

（12）狭衣自身にとって窮屈なことだと解する注釈もある。双方の解釈が可能であると思うが、内閣文庫本における狭衣の発言は、自身の願望を、他者への思いやりにすり替えてしまう節が多いので、女二宮から見て見苦しいとの解釈を採った。

（13）「そこひとりの」は内閣文庫本では「そこひかりの」。意味不通につき平出本により改めた。なおこの部分、西本願寺旧蔵本および流布本系「そこのみよより」とあり、異同が多い。「そこの御世より」でも内容は変わらない。

（14）底本「五のみこ」。「二」→「こ」→「五」の誤写過程を想定するとともに、「何の罪にか」と語られ、「故院の御遺言のままに」朝廷を牛耳っている（参考三一～二）点から見て、即位可能の后腹第二皇子の、変則的な臣籍降下と考え「二のみこ」（第二皇子）であるべきと判断した。なお「二の御子」とする本文が圧倒的に多い。

（15）『狭衣物語』時点でも醍醐帝中宮穏子腹康子内親王（師輔室）一例くらいで、それですら『大鏡』裏書（東松本）では「帝及ビ世之ヲ許サズ」としている。父大殿のことばをいささか強弁だとするゆえんである。

(16) 今井源衛「女三宮の降嫁」(『源氏物語の研究』未来社　一九八一年)、後藤祥子「皇女の結婚――落葉宮の場合――」(『源氏物語の史的空間』東京大学出版会　一九九三年)、田中貴子「結婚しない女たち――鎌倉物語の皇女――」(『聖なる女』人文書院　一九九六年)。それぞれ皇女不婚の原則とそれのなし崩しに、各観点から論及している。

(17) 流布本系では「上の、『今よりさばかりうしろめたかるべき御心』と宣はする様あゝめるを」(全書上巻二九四)とある。校本によるに、「皇太后宮(皇后の宮)」など大宮の言とするのがいわゆる第一系統、「上」(帝)の言とするのが流布本系と、おおむね大別されるようだ。

(18) 西本願寺旧蔵本「大宮は、いみじくあだなる御心なりとて、うしろろめたげに聞こえさせたまふめり」(新全集①一八二)。語順ともの言いの柔らかさに違いがあるが大差はない。

(19) 巻三で、今姫君の母代が飛鳥井の女君との恋の顚末と、その後の消息を語っている(大系二三九～二四〇)。以下の本論で述べるが、『狭衣物語』は狭衣に密着ないし同化する語り手の語りを、後から相対化していく傾向がある。この件もそのひとつだと考えている。

(20) 注(3)井上眞弓論文。萩野敦子「『狭衣物語』女二宮物語論――「あはれ」「つらし」を軸として――」(北大『国語国文研究』一九九六年三月)、「『狭衣物語』における主人公と語り手の距離―独詠歌を取り巻く語り、そして作者を取り巻く環境―」(『論叢狭衣物語二』新典社　二〇〇一年)。

(21) 深沢徹「往還の構図もしくは『狭衣物語』の論理構造―陰画としての『無名草子』論(下)―」(『文芸と批評』一九八〇年五月)↓『狭衣物語の視界』新典社　一九九四年)。

(22) 実兄が帝だったのだから、后腹だとわかる。井上眞弓「父と子の関係」(注(3)前掲書)にも言及がある。なお、井上論は『狭衣物語』全体を「父子」の関係構造から読み解いている。父・堀川大殿の意志といったものには立ち入っていないが、即位した狭衣を「孝行息子」と位置づけている点など、多くの教示を得た。

『狭衣物語』巻一の歌ことば受容をめぐる諸相――「あやめ」を詠んだ和歌六首を基点に――

野村倫子

序

本稿は、「平成16～18年度『科学研究費補助金（基盤研究（C））課題番号16520109『狭衣物語』を中心とした平安後期言語文化圏の研究』による研究のCパート「『狭衣物語』の物語言語でありながら、新しい歌ことばの形成に関与した語」としては認定できなかったものの報告である。

本パートの課題は『狭衣物語』の本文詞章が後世の和歌にどのように摂取されているかを『国歌大観』のCD-ROM版で検索し、平安後期の文化圏への影響を調査するものであった。しかし、『狭衣物語』は『源氏物語』を基本とした先行作品からの引用とずらしによる再生表現の多彩さが特徴で、(1)特に巻一は本文の詞章において和歌の重層的引用が著しく、(2)多くの表現について『狭衣物語』からの再生あるいは引用とは認定できない結果に終った。そこで、検索対象を和歌ことばにしたところ、あまり類例のない表現や、類似の別表現で詠まれた歌が数多く存在するにも関わらず素材や表現の組み合わせ方が少数派に属するなどの特徴が、わずかではあるが認められた。今回はそれら少数派に属する表現を掬い取って、受容の一端を垣間見る手掛かりになればと報告する次第である。

まず幾つかの例を示すが、本文は小学館の日本古典文学新全集『狭衣物語①』を使用し、（ ）の中に『国歌大観』の歌番号・新全集の頁を示した。

（A）九重の雲の上まで昇りなば天つ空をや形見とは見ん（九・四四頁）

天稚御子の降下に際して、狭衣が帝に対して詠んだ一首。「天つ空」を含む四〇七首、「形見」を含む二二七〇首のうち、双方を詠み込んだ和歌は五首あるが、『物語二百番歌合』（一二〇）は当該歌であるので、『能宣集』（三〇八、『三十六人集本 能宣集』三六二は同一歌）、『金塊和歌集』（一二八・実朝）の二首のみ。又「九重」を詠んだ七六五首のうち「天つ空」をともに詠んだものは四首だが、『物語二百番歌合』との重複を除く残りの二首（『八十浦之玉』（三二七・斎部道足）、『鈴屋集』（二二〇〇・巻五・本居宣長））は近世に下がった神祇歌であり、『狭衣物語』の影響下にはない。「九重の雲の上まで」の表現も十四世紀まで下がった『安撰和歌集』（四七一詞・興雅）のみである。

（B）夜もすがら物をや思ふほととぎす天の岩戸をあけがたに鳴く（一三・五五頁）

天稚御子降下の翌朝、狭衣の独詠連作二首の、一首目である。「ほととぎす」を詠んだ歌は一〇六五三首を数えるが、「あけぼの」との組み合わせ二二〇首に対して「あけがた」は六十五首にすぎない。これは「（天の岩戸を）開け方」と「明け方（に鳴く）」の掛詞に拠る表現であるが、「あけかたに鳴く」の表現は九首。うち『新古今和歌集』（二一九（夏・後徳大寺左大臣）、『定家十体』二〇七・『題林愚抄』二一六五・『林下集』七二と同一歌）、『題林愚抄』（二一六三、『藤葉和歌集』一一六と同一歌）の重複を除くと四首しか存在せず、孤立した表現といえる。「あまのいはと」と「ほととぎす」の組み合わせは『狭衣物語』以外には南北朝の、「時鳥神代ながらの声すなり天の岩戸の明ぼののそら」

（『師兼千首』二二四）にしか見えない。類似の語が並ぶが『狭衣物語』の「物思い」の情は欠き、主題も「ほととぎす」ではなく、「明ぼののそら」と異なっている。

（C）我が心しどろもどろになりにけり袖より外に涙もるまで（一八・七四頁）

宣耀殿女御を思う狭衣の独詠歌。「しどろもどろ」は、新全集の頭注に「まめなれどよき名も立たず刈萱のいざ乱れなむしどろもどろに」（『古今和歌六帖』三七八五・よみ人知らず）を示す。この『古今六帖』において「しどろもどろ」に乱れるのは「刈萱」で、他に「しどろもどろ」と詠んだ十六首のほとんどが心の乱れた状態を草に比喩した表現で、「心」そのものが「しどろもどろ」に乱れると比喩抜きに詠むのは『狭衣物語』のみである。「しどろもどろ」の表現は成立の近いものでも『堀河百首』（六五一・基俊）まで下がる。

（D）楫を絶え命も絶ゆと知らせばや涙の海に沈む船人（三五・一四〇頁）

添へてける扇の風をしるべにて返る波にや身をたぐへまし（三六・同）

欺かれて乗せられた船中で、扇に書かれた狭衣の和歌を見て入水を決意した飛鳥井女君の独詠二首。「楫を絶え」は『百人一首』（六一、『好忠集』四四一と同一歌）に有名な曽根好忠の一首がある。「命も絶ゆ」の表現は他例を検索できなかったが、「楫を絶え」と「しづむ」をともに詠んだ八首のうち『狭衣物語』の当該歌（『物語二百番歌合』六八、『風葉和歌集』一〇四五と同一歌）に先行するのは、『好忠集』（四一〇）のみで、他は『新古今和歌集』以降の作である。また「楫を絶え」と「涙の海」の組み合わせ七首（『狭衣物語』当該歌は三首重複（同前））は藤原良経の『秋篠月清集』（四六九、『後京極殿御寺後歌合』一二一・『夫木集』一〇二六三と同一歌）まで下がり、実質三首しかない。その一首『夫木和歌集』一〇二六四は「沈む」ではなく「涙の海に漕出でぬと」であるが、飛鳥井の悲しみに共鳴する響きは持っている。また、「扇の風」を詠んだ一六五首のうち、それを「しるべ」としたものは他になかった。女君の哀切きわまりない独詠歌であるが、物語歌の枠を越えて歌表現にまで昇華する力はもたなかったようである。

（E）しきたへの枕ぞ浮きてながれける君なき床の秋の寝覚めに（三八・一四六頁）

飛鳥井女君の面影を恋う狭衣の独詠である。枕詞「しきたへの」四一九首のうち「枕」に続くもの二四九首、「床」四〇首、さらに一首に「枕」と「床」の両方を詠んだものは八首を数えた。独り寝の寂しさを詠む『狭衣物語』の当該場面と共通するが、一番近いものでも『拾遺愚草』（三七八）まで下がる。また、「秋のねざめ」と詠んだ一二七首のうち、「枕」を詠むのは四首だが当該歌（『物語二百番歌合』一二六・『風葉和歌集』一一二〇と同一歌）以外の一首は、『新千載和歌集』（四八五・秋下・大江宗秀）で室町以降まで下る。また、「君なきとこの」と詠んだ四首（『風葉和歌集』一一二〇は同一歌）のうち『多武峰物語』（三一・ひめきみ）は、恋人の不在を嘆く点で共通するが、詠者は男女入れ替わっている。

（F）流れても逢ふ瀬ありやと身を投げて虫明の瀬戸に待ちこころみむ（四二、一五一頁）

入水直前の飛鳥井女君の詠。「なかれても」と詠む一三三首の内「あふせあり（や）」とともに詠まれるのは四首のみ。『物語二百番歌合』（一〇二）は当該歌で、『金葉集』（二奏本（六一二・雑下・藤原知信）は、三奏本（六〇四・雑下・同）と同一歌であるので『狭衣物語』以外には一首しか存在しないことになる。この藤原知信の「ながれてもあふせありけりなみだがはきえにしあわをなににたとへん」は寛治七年（一〇九三）の作で比較的成立時期が近い。ただ、詞書きに拠ると「流されたりける人」の帰京に贈った歌であり、「流れる」の意味は物語とは大きく異なる。「あふせあり（や）」の表現は四一首を数えるが、「瀬」の縁語から具体的な川の名だけでなく、「涙河」「渡り河」などの感覚的《イメージ》なものが詠み込まれる。

主な例を紹介したが右のような状況をふまえて、まとまった形で比較検討が可能かと思われる「あやめ」の語を含んだ和歌を含む場面を対象に（新全集①三〇～三五）、「あやめ」と個々の表現との組み合わせ方の遠近から『狭衣物語』の詠歌表現の偏りと後世の享受の広がりを検討する。当該箇所の引用表現に関しては萩野敦子氏の報告「『狭衣物語』における「あやめ」場面の形成について」があり(3)、以下「萩野論文」とした注記はこの論文を指す。

一　「あやめ」をめぐる和歌

五月四日は、菖蒲を引き掛けて売り歩く「賤《しづ》の男《を》」が行き交う道の景から始まる。狭衣は菖蒲売りの様に寄せた恋の思いを独詠し、『源氏物語』の夕顔の宿を想起させる表現に彩られた「蓬が門の女」と贈答をかわす。そして五月五日当日には東宮妃である宣耀殿女御や一条院の姫宮に歌を贈るが、この二日間に交わされた六首はすべてに「あやめ」が詠み込まれる。同じ五日でも、天稚御子が降下した夜には「天」が中心に、帝の発案になる女二宮降嫁に主題が移っては「みのしろ」が主題となって作詠され、「あやめ」の語は消える（三六～五二頁）。

「あやめ」は端午節会との関係で詠まれ、「ひぢ（泥）」「うき」「ね」「なく」と縁語であり、「菖蒲」自身は「文目」と掛詞となる(4)。さらに、「こひぢ」に労働の苦しさと恋路の辛さの二重性を詠みこみ(5)、軒端にあやめを葺くことから「端《つま》」と「夫《つま》」を掛けて五月五日の男女の逢瀬を特別なものと見る(6)など、従来言われてきた長寿を言祝ぐ表現史(7)や、「根」と出自の重層表現(8)などさまざまな角度から研究が深められている。

対象となった歌は次の六首であるが、『国歌大観』は旧大系の本文を採用している。

二　うき沈みねのみなかるる菖蒲草かかるこひぢと人も知らぬに

三　しらぬまのあやめはそれと見えずとも蓬が門は過ぎずもあらなん（『物語二百番歌合』二〇）
四　見も分かで過ぎにけるかなおしなべて軒端のあやめ隙しなければ
五　恋ひわたる袂はいつも乾かぬに今日は菖蒲のねをぞ添へたる（『物語二百番歌合』四四詞、異文あり）
六　思ひつつ岩垣沼の菖蒲草水隠りながら朽ち果てねとや（『風葉和歌集』一〇七四）
七　うきにのみ沈む水屑となり果てて今日は菖蒲のねだにながれず（『物語二百番歌合』四四）

新全集（深川本）と旧大系（内閣文庫本）、集成本（筑波大学蔵、春夏秋冬四冊本）との間に若干の異同が存在するが、他の本文にも、特に問題とすべき大きな異文はないので、(9)各節でそれぞれを示すにとどめる。

二　二について

うき沈みねのみなかるる菖蒲草かかるこひぢと人も知らぬに（狭衣・独詠）

まず、「うき沈み」は九二首を数えるが、「菖蒲草」「あやめ」「ねのみなかる」「こひぢ」などとともに詠まれた他例はなく、組み合わせの発想そのものが孤立している。

「ねのみなかるる」は「音のみ泣かるる」と「根のみ流るる」の掛詞であるが、「あやめ」とともに詠まれたのは中古三十六歌仙の藤原実方の『実方集』（二五八、『続古今和歌集』一二六〇（恋四）も同一歌）の「あはぬまのみぎはにおふるあやめぐさねのみなかるるきのふけふかな」のみである（萩野論文）。「ねのみなかれて」では『和泉式部集』

（五七六）に「うきにおひて人もてふれぬあやめ草ただ徒にねのみなかれて」とあるほか、『隆信集』（六七二）にもみえる。類似の表現をもつものに『源氏物語』（三七五・蛍・玉鬘）の「あらはれていとど浅くも見ゆるかなあやめもわかれずなかれけるねの」、『栄花物語』（二六五・あさみどり・（小一条）院）の「この頃を思ひ出づれば菖蒲草ながる同じねにやとも見き」があるが、いずれもあやめを刈った後の根のみが独立して流れる実景ではなく、「ね（音」と「根」の掛詞）」を呼び込む序詞として機能している。

「あやめ」と「こひぢ」の組み合わせは三首、「あやめぐさ」と「こひぢ」は五首であるが、前者では『後拾遺集』（五八二（哀傷・美作三位）・『赤染衛門集』二八四は同一歌）と三条西実隆の『雪玉集』（七七五二）、後者は『金葉和歌集』（三八九（恋上・橘季通）、三奏本四〇五・初奏本二〇三・『袖中抄』七七七ともに同一歌）と『林下集』（七三、上西門院兵衛）の二首しかない。しかし、いずれも「恋路」は死者を恋る哀傷の表現として詠まれており、『狭衣物語』の片恋の恋愛世界とは異なっている。

なお当該歌は『我身にたどる姫君』巻二に引用されているとする解もあるが[10]、中宮から勧められた女四宮との結婚を忌避した権中納言が女三宮に密通した場面の、「さしあたりて物をとかくもおぼされざりつる御心に、うきしづみおぼしまどへるさま、いふはをろかなり[11]」に、引用を認めるか否かの判断には慎重を要する[12]。

三　贈答歌三・四について

三　しらぬまのあやめはそれと見えずとも蓬が門は過ぎずもあらなん（蓬が門の女から狭衣への贈歌）

四　見も分かで過ぎにけるかなおしなべて軒端のあやめ隙しなければ（狭衣から蓬が門の女への返歌）

異文は、三の下句「よもぎが門をすぎずあらなん」（『風葉和歌集』一六〇）、「蓬がもとは過ぎずもあらなむ」（集成）。四の初句「見も分かず」（旧大系）、四句目「軒のあやめの」（旧大系・『風葉和歌集』一六一）。

「しらぬま」は歌枕の認定はされていないようで、『歌ことば歌枕大事典』(13)にも立項されていない。「あやめ」は一般名詞「沼」とともに詠まれること一九七首を数えるが、逆に「しらぬま」を詠んだ九七首で「あやめ」を詠んだのは十首に過ぎず、また返歌の四番歌で「しら沼」を詠まないことからも、仮に具体的な地名であったとしても、菖蒲の名所としてではなく「しら沼」と「知らぬ間」の掛詞以上の関係はもたないといえる。

「あやめ」と「蓬」を詠んだ二三首の内「蓬が門」と詠むのは当該歌のみである。また発想から言えば、『新古今和歌集』（七六九・哀傷・高陽院木綿四手）、『栄花物語』（七七・いはかげ・左衛門督頼通の北の方）(14)にみられるように、「あやめ草」「忍ぶ」「蓬のもと」あるいは「つゆ（と消える）」などの表現は哀傷歌の特徴であり、恋愛の場で詠まれる例は少ない。「軒端」と「あやめ」の組み合わせは四九首を数え、勅撰集での初出は『玉葉和歌集』（夏・三四二〜三四七）まで下がるが、詠者は後鳥羽院（三四五）、宮内卿（三四六）といった『新古今和歌集』時代の歌人たちで、大中臣輔親の『輔親集』（八三）から、『狭衣物語』の成立を挟んでの作詠といえる。しかし、通りすがりの家の名も知らぬ女性への贈歌である『狭衣物語』の影響はなく、題詠歌として五月の市井の抒景を詠んだものが圧倒的である。

「のきのあやめ」五八首に対して「軒端のあやめ」は五首しかなく、しかも『千五百番歌合』（七七〇・有家朝臣）もしくは『後鳥羽院御集』（一四八七、「正治二年七月北面御歌合」での詠）が初出と、詠歌状況は右と重なる。なお「見もわかで」の表現は、『新明題和歌集』（五六二・氏信）、小沢蘆庵の『六帖詠草』（一二〇九）など江戸時代まで下がらなければ見えない。

四　贈答歌、五・七について

五　恋ひわたる袂はいつも乾かぬに今日は菖蒲のねをぞ添へたる（狭衣から宣耀殿女御への贈歌）
七　うきにのみ沈む水屑となり果てて今日は菖蒲のねだにながれず（宣耀殿女御から狭衣への返歌）

異文は、五の第三句「かはらねど」（『物語二百番歌合』四四詞）、第五句「ねをぞ添へける」（旧大系）「ねさへなかれて」（集成・『物語二百番歌合』四四詞）。「菖蒲の根」を共通表現とする贈答歌。

五の「菖蒲のね」は長いものの比喩。一見同じもののように見える「袖」と「袂」であるが、「あやめ」との関わりに於いては「袖濡る」よりもさらに涙の量を増加した表現として「袂濡る」があるとされる。(15)「恋ひわたる」と共に詠まれた「袂」は四首、「袖」は八首が見えるが、「菖蒲」と「ね」を詠んだ歌（三四二首）と共に詠まれた「袂」が二五首あるのに対して、「袖」表現はない。また、「菖蒲の根」一八首とともに詠まれた「袂」はなく、「袖」も当該歌以外には『新古今和歌集』（二二二（夏・俊成）、『長秋詠草』一二六と同一歌）の一首のみである。

「恋ひわたる」と「袂」の組み合わせ四首のうち、重複を引くと三首となる。「袖」を詠み込んだ『類聚証』（六、れいけいでんの女御）は偽書ではあるものの平安中期以降の作とされ、『狭衣物語』との前後関係は不明であるが、『佐保川』（二〇九）は江戸時代まで下がる。「あやめ」は含まないが、『中宮権大夫家歌合』（二六）の「ききしよりそでのみぬるるおとは川いつをあふせとこひわたるらん」は永長元年（一〇九六）の作で、比較的『狭衣物語』に近い。同時代には少ない表現であるが『石清水物語』(三)の「ぬまごとに袖こそぬるれあやめ草みごもりにのみこひわたるとて」には注目すべきであろう。物語の初発、秋の中将が兵部卿の姫君に恋心を訴えたのが五月五日。物語の一番歌から三番歌まで「あやめ草」と「沼」が共通して詠まれ、一番歌の後ろに追い書きされた「みごもりはくるしう」[16]が主題を発現しているが、「みごもり」のほか「岩垣沼」を詠み込むなど、『拾遺集』(恋一・六六一・人まろ)に拠るのみならず『狭衣物語』の六番歌も併せて取り込まれたとすべきであろう。[17]「菖蒲の根」は、十世紀に活躍した増基の『増基法師集』(一〇〇)に「世のなかのうきのみまさるながめには菖蒲のねこそ先なかれけれ」と「うき(憂き)」を嘆くものして見えるが「ねのみ」と「うき」を組み合わせた表現は十一首に留まり、むしろ根の長さから長命を予祝した詠が多く、藤原道長の『御堂関白集』(五九)や『栄花物語』(一二二・たまのむらぎく・中宮(妍子))なども同列である。これらと同時代の『赤染衛門集』(四八〇)は「かわくまもなきひとりねのたまくらにあやめのねをやいとどそふべき」と独り寝を嘆く「泣き声」を表す「ね」を引き出すために、長いものの代表として「あやめのね」を詠むが、全体に恋の嘆きを主題としたものは少ない。

七は五の返歌ではあるが、二番歌の表現と重複する要素が強い。「あやめ」と「水屑」の組み合わせは『大斎院御集』(二四)のみである。「一品宮せじよりいとしてむすびたるくすだま」を参らせた包み紙に書き付けられた「よどのあたりはあさからねども」に宮内内侍の付けた「はかなくてみくずにまじるあやめぐさ」である。一応叙景歌であり、我が身を「水屑」とする七番歌への直接影響は認められない。「水屑」は「流れ」るものであるが「あやめ」との組み合わせは見られない。また「うき」(「憂き」と「浮き」の掛詞)と「水屑」の組み合わせも四首しかなく、しかも十二世紀の後徳大寺左大臣実定の『林下集』(三四)まで下がるが、詞書に「よにしづみてはべりしころ、花ざかりに東山にまかりありきて」とあることから桜の花の季節で、「あやめ」を詠んだ『狭衣物語』からの影響は認められない。

五　六について

思ひつつ岩垣沼の菖蒲草水隠《みごも》りながら朽ち果てねとや（狭衣から一条院の姫宮への贈歌）

異文は第五句「朽ちやはてなん」（旧大系）。

「岩垣沼」は歌枕で、二十二首のうち十八首までが「岩垣沼の菖蒲草」と連語で詠まれるのは、『後拾遺和歌集』（雑一・八七五・小弁）の伝えるように小弁の新作物語「岩垣沼の中将」の影響を受けて、定型句となったもの。[18]頭注を厳選した『校注狭衣物語 巻一巻二』[19]でも当該歌についてのみ『万葉集』（二七一六）、「玉藻に遊ぶ大納言」宣旨（『風葉和歌集』七七四）、「岩垣沼の中将」小弁（『風葉和歌集』七七三）と三首をしめす。『万葉集』の一首は「みごもり」とともに詠じられた唯一の先行歌で、[20]神野藤昭夫氏は「岩垣沼」の表現史について「みごもり」と「あやめ」の二系統を分析されている。[21]「みごもりの沼」の表現では『新古今和歌集』（一〇〇二、恋一・大宰大弐高遠）がある。この「みごもり」は、前節で挙げた『石清水物語』（三）にも見え、同物語の初発部分への影響は強いものがある。「いはず」を同音で引き出す「いはがき」と「思ひつつ」の対比は、『伊勢大輔集』（九六）に詠まれている（萩野論文）。さらにこの対比は『石清水物語』（二）に「思ひつついはがきぬまに袖ぬれて」にも取り込まれ、主題の提示ともなっている。また「みごもり」と「くちはつ」は『新千載和歌集』（二〇七七（雑下・津守国夏）、『津守和歌集』一九四と同一歌）に見えるが、言葉の組み合わせが一致したのみで『狭衣物語』の影響はまったく受けていない。

六　物語の散文との関係

和歌を除いた本文の表現にも引用は多く見られる。しかし、本文から後世への展回はほとんどなかった。例えば「軒端の菖蒲」と同様の、作中の実景の「池の菖蒲《しょうぶ》の心地よげに繁りたる」(三五頁)にちなんだ「池のあやめ」なども和歌には詠まれていない。唯一「恋の持ち夫《ぶ》」(三二頁)が、二首に見える。ただし内の『調鶴集』(七五六、「恋の百首歌の中に」)は一九世紀まで下がる。[22]もう一首は藤原俊頼の『散木奇歌集』(一〇五二)で、詞書に「堀河院御時中宮の御方にて」云々とある「夜とともにくるしと物を思ふかなこひのもちぶとなれる身なれば」の一首である。『散木奇歌集　集注篇下』[23]に拠れば、中宮篤子内親王は嘉承二年(一一〇七)に出家、これはそれ以前の作ということになり、『狭衣物語』成立から半世紀を経ている。『狭衣物語』では菖蒲を「いと多く持ちたる」賎しい男を「慣らひにてはべれば」と言う随身をとがめた狭衣を「恋の持夫は、我が御身にて慣らひたまへればなるべし」と評した草子地に拠る。俊頼詠は「あやめ」という具体的な重荷は詠み込まれないが、恋の重荷にあえぐ男の気持ちをそのまま取り込んだかと推察し得る。

さて、右の『散木奇歌集　集注篇下』引用の「標注」(嘉永三年(一八五〇)の村上忠順序の木版本)には「清輔集」と「正三位」にも「こひのもちぶ」の語が見えるとある(一四五頁)。同注引用の「四位の後荷前使といふ事にもよほしければよめる　あまたたびなびきてさきに過ししをこひのもちぶに我は思へる」を『国歌大観』の「清輔集」(四二九)と『私家集大成　中古Ⅲ』(明治書院　一九七五年)はいずれも四句目を「しゐのもちぶ」とし、詞書の「四位の後」から勘案すると「こひ」ではなく「しゐ」が正しく、誤写によって「こひ」となったと推定され、引用されたとはいえない。また「正三位」は『源氏物語』「絵合」に名前を残す散逸物語ではなく、四、五節でふれた「石清水物語」の別名であり、(24)表現を享受したといえる。『鎌倉時代物語集成 別本』の「出典別引歌索引」でも、当該の語は『狭衣物語』からの引用として認定されている。

少し長くなるが引用する。

> 身にたましゐもそはず、ゆめぢにたどるこゝちして、はかなき物も手にふれず、たゞ人ばなれたる所にながめ臥て、ありしにまま《（さカ）》る物思ひはせんかたなく、此度はすこしの御いらへの有しにも、いとゞしき恋のもちぶ《（よほしカ）》なり。(25)

（ ）内に示したようにこの箇所には異文がある。前後から「恋の持ち夫」で違和感なく収まるが、右のような事情で不安は残る。

結

結局、この歌群を含む狭衣の恋は、一条院の姫宮との失敗した結婚も含めて全て不発に終わってしまい、『堤中納言物語』の「ほどほどの懸想」ではないが、「色好み」的男主人公(26)のさまざまな身分・立場の女性との恋愛の可能性をカタログ的に示したにすぎないといえる。しかし、巻一では詞章についても、『源氏物語』の詞章や『古今和歌集』以下の和歌の引用か『狭衣物語』独自の世界を開くか、引用と創作がせめぎ合い、結果、場面ごとで著しい偏りが生じたといえる。影響関係については明確な指摘はできないが、おおよそ次のようにまとめられる。

・十世紀から十一世紀、『源氏物語』前後の私家集等と表現の相似は若干あるが、おおむね独自性の高い表現をとる。堀河院時代には類似の語の組み合わせも見える。また、他の和歌が「長命」あるいは「哀傷」を詠むのに対して、『狭衣物語』ではすべて恋情を訴えたものであり、物語独自の「あやめ」の表現を採っている。

・『新古今和歌集』前後になると、表現使用の一致度は他に比べかなり高いが、恋情に彩られた物語世界との共通性は皆無である。題詠の素材としても市井の叙景歌として詠み込まれ、場面に共通性はない。

・室町・江戸と時代が下がると語の使用の組み合わせの一致度は高まるが、『狭衣物語』とは無縁の世界で、言葉の組み合わせが偶然一致したというレベルにすぎない。

結果的に、巻一は引用に注意を注ぎ、場面に即しすぎた詠歌は独自の物語世界の創造的色彩が強すぎて、後世に転生することが難しかった。さまざまな恋を描きつつも日常生活からの逸脱の少ない『源氏物語』とは異なり、『狭衣物語』の世界はいささか日常生活から離れ、他と共有できる場面が少なかったことも理由であろう。しかし、それ以上に、選ばれた表現、あるいは言葉と言葉の組み合わせが共感を得難い独自のものであったことも否めない。巻二以降の場面では他との共有・協調ともなしえたのではないかと思われるが、巻一においては、他への再生を妨げる独自の言語を選び取っていたといえる。

注

（1）土岐武治『狭衣物語の研究』（風間書房　一九八二年）に始まり、『論叢　狭衣物語三』（王朝物語研究会編　新典社　二〇〇二年）では副題を「引用と想像力」とするなど、作品生成の原動力ともなっている。

（2）高野孝子「『狭衣物語』の和歌」（『言語と文芸』第四二号初出、日本文学研究資料叢書『平安朝物語Ⅳ』（有精堂一九八〇年）再録）。

(3)『物語の生成と受容③』(国文学資料館 平成一八年度 研究成果報告 二〇〇七年)所収の基調報告八。
(4)秋山虔編『王朝語事典』(東京大学出版会 二〇〇〇年)。
(5)井上新子「『狭衣物語』における〈挨拶〉としての引用表現」(広島大学国語国文学会『国文学攷』一四四号 一九九四年)。
(6)足立繭子「『六条斎院物語歌合』の散逸物語覚書―『あやめうらやむ中納言』物語の「あやめ」歌の基層」(名古屋大学国語国文学会『名古屋大学国語国文』90号 二〇〇二年)。
(7)亀田夕佳「長寿の表現史―「菖蒲・あやめ草」をめぐって」(星城大学『人文研究論叢』第一号 二〇〇五年)。
(8)中西智子「『源氏物語』における歌語の重層性―玉鬘の「根」と官能性―」(全国大学国語国文学会『文学・語学』一八八号 二〇〇七年)。
(9)中田剛直『校本狭衣物語 巻一』(桜楓社 一九七六年)に拠る。
(10)『鎌倉時代物語集成・別冊』(笠間書院 二〇〇一年)の「出典別引歌索引」(二〇六頁)に拠る。
(11)『鎌倉時代物語集成・第七巻』(笠間書院 一九九四年)五二頁。
(12)『我身にたどる姫君物語全註解』(徳満澄雄 有精堂 一九八〇年)は『狭衣物語』からの引用を認定していない(一二七頁)。直後の、意に染まぬ女宮降嫁を厭う場面で、『狭衣物語』の十番歌・十一番歌の「みのしろ衣」(五七頁)の歌ことばが引用されるのは、場面の類似性からも明白であるのだが。
(13)久保田淳 馬場あき子編 角川書店 一九九九年。
(14)新全集『栄花物語①』(一九九五年)四九〇頁頭注では頼通北の方と確定はしていない。
(15)ツベタナ・クリステワ『涙の詩学―王朝文化の詩的言語―』(名古屋大学出版会 二〇〇一年)二一四〜二一七頁。
(16)本文は『鎌倉時代物語集成・第二巻』(笠間書院 一九八九年)一二頁。

(17)『風葉和歌集』では『狭衣物語』六番歌(『風葉和歌集』一六二)、三番歌(同一六三)に続いて配列される。
(18)川村晃生『和泉古典叢書五　後拾遺和歌集』(和泉書院　一九九一年)二一二頁、八七五番歌頭注。
(19)久下晴康・堀口悟 編　一九八六年　新典社。
(20)『拾遺集』(六六一・恋一・人まろ)は初句を「おく山の」とするが同一歌と見てよいであろう。
(21)神野藤昭夫『散逸した物語世界と物語史』若草書房　一九九八年。
(22)井上文雄は一八〇〇年〜一八七一年の人。
(23)関根慶子 古屋孝子　風間書房　一九九九年。
(24)注(16)、「石清水物語」解題。注(23)、一一四頁。
(25)注(16)、一一三頁。
(26)狭衣物語研究会編『狭衣物語全註釈Ⅰ巻一(上)』(おうふう　一九九九年)一二八頁。

『狭衣物語』の物語世界と和歌の方法——作中和歌の伝達様式・表出様式に着目して——

萩野敦子

一　本稿の関心のありか

『狭衣物語』の和歌を考察の対象とするにあたっては、大きく二つの論点が考えられる。第一に、後代の和歌史に少なからぬ影響をもたらした和歌そのものの価値や表現性に注目するという論点であり、第二に、場面における和歌の用いられ方や散文との交響性などに注目することで、物語世界を特徴づける和歌の機能を明確にしていく（独詠歌が多い＝内面的な世界、というように）という論点である。本稿は、この第二の論点に立つものである。

もちろん、独詠歌が多いことや返歌が得られない贈歌が多いことなど、第二の論点に関してもすでに幾つかの有効な指摘がある。(1)しかしながら、これまでの研究史においては、こういった作中和歌の特徴と『狭衣物語』が繰り広げる物語世界との有機的かつ総合的な関連づけが、必ずしもなされてこなかったように思われる。

稿者は現在のところ『狭衣物語』が展開する物語世界を、「語り手の寄り添いに支えられながら主人公狭衣の

〈心〉に集約されていく、閉塞的・内向的な物語世界」であると、捉えている。本稿では、その物語世界を支える作中和歌の方法を、主として和歌が発信される際の様式に視点を据えることで、明らかにする。

分析の対象とする作中和歌の数や歌本文、和歌の前後の本文など、多様な異本群を有する『狭衣物語』においては諸本により異同があるものの、本稿の論ずるところに大きな影響はないものとみて、便宜的に日本古典文学大系本を底本とする。そこに収められた全二一六首の和歌について、物語に出てくる順に一〜二一六の歌番号を付し（表では算用数字を用いた）、「資料・『狭衣物語』作中和歌一覧」として本稿末尾に掲げた。(2) なお歌本文や物語本文を引用するにあたっては、私に表記や句読点等を改めた箇所がある。

二　作中和歌の「伝達様式」、そこからみえる物語世界について

まず、『狭衣物語』の作中和歌を、「伝達様式」により分類してみる。ここでいう「伝達様式」とは、贈答・唱和・独詠といった、その和歌が詠者と他者との間にどのような関係性を取り結ぶように詠まれているかを示すものである。たとえば新編日本古典文学全集『源氏物語』の巻末付録として収載されている鈴木日出男編「源氏物語作中和歌一覧」(3) では、これを「通達機能」と呼び、凡例において「通達機能の種別」として、次のような分類・説明をおこなっている。

（1）贈答……二者のみによって詠み交される場合であり、ここでは贈答・唱和を区別せず、すべて贈答関係とした。ただし、二者間に詠み交す意識がまったくないのに偶然にも通じあうような場合は、独詠の範疇に含めた。（傍線は引用者）

(2) 唱和……三者以上によって詠み交される場合であり、おのずと同一場面における集団的な唱和であることがほとんどである。
(3) 独詠……心遣りの独吟や手習歌のように、他者への通達の意図がまったくない場合である。
(4) 代作……本来詠むべき人物に代って、他者が詠む場合である。この場合には、その歌が贈歌か答歌かを「贈」「答」の略号で示し、その左に「代」の略号で、代作の歌であることを明らかにした。

この分類のうち、(4)の代作についてはその説明からもわかるように分類のレベルがやや異なるので、とりあえず外して考えることにし、それ以外の三種について『狭衣物語』に照らしてみると、(2)の唱和という伝達様式による和歌が源氏宮詠の一首(六一番)以外に見られないということにまず気づく。(4)『狭衣物語』には人々が集う儀礼儀式や遊宴酒宴の場が描かれることがほとんどなく、また、複数の人物が同じ対象物をながめながら歌を詠み合うような場面も皆無であるため、(5)「唱和」の生まれようがないのである。これはこの物語が「語り手の寄り添いに支えられながら主人公狭衣の〈心〉に集約されていく、閉塞的・内向的な物語世界」であることを保証する現象のひとつといえよう。

また『狭衣物語』においては、「贈歌」「答歌」「独詠歌」の三種の分別にあたっても、その判断のしにくいものが少なくない。そもそも、右に引用した「源氏物語作中和歌一覧」の(1)の贈答の項でも「二者間に詠み交す意識がまったくないのに偶然にも通じあうような場合」があると述べられているように、一口に「贈―答」といっても、さまざまな成立のしかたが考えられる。当「一覧」では、そのような「贈歌」「答歌」「独詠歌」の典型を外れる例外的なパターンとして、以下のような指摘がなされる。

・贈答の場合、通常、Aの贈歌対Bの答歌という対応関係になるが、まれにはそのBの答歌にさらにAによる答歌が寄せられることもある。
・答歌が物語中にない場合は、（後略）（傍線は引用者）
・詠者の本来意図しない代作者が答歌している場合、（後略）
・独詠の場合には対応しあう人物・和歌のないのが普通であるが、まれには詠者の意図を超えて他者に伝わり、それに応ずるべく詠まれた和歌のあることもある。（傍線は引用者）

これらのうち、特に『狭衣物語』における和歌の方法に示唆を与えるものとして注目しておきたいのが、傍線を付した二つのパターン、すなわち「贈歌として詠まれたのに答歌が得られない」パターンと「独詠歌として詠まれたのに詠者の意図を超えて他人に伝わる」パターンである。これらは『狭衣物語』の作中和歌においてかなりの頻度で見られる。すなわちこの物語では、和歌を詠んだ当事者の意図やもくろみが結果的に裏切られる場合が、実に多いのである。その現象は偶然や例外の集積なのではなく、『狭衣物語』固有の物語世界を描き出そうとする作者による意識的戦略的な「方法」としてあるのだと思われる。

「贈歌として詠まれたのに答歌が得られない」パターンに相当する一五番（狭衣詠）を見てみる。ここで狭衣は伊勢物語絵にことよせて源氏宮に恋心を告白しようとする。

よしさらば昔の跡を尋ね見よ我のみ迷ふ恋の道かは（一五番）

と言ひやらず、涙のほろほろとこぼるるをだに、〔源氏宮ハ〕「あやし」と思すに、〔狭衣ガ〕御手をとらへて、袖のしがらみ堰きやらぬ気色なるを、宮、いと恐ろしうなり給ひて、〔狭衣ガ〕とらへ給へる腕に、やがてうつ伏し給へるけはひ、「いといみじ。恐ろし」と思したるも、（巻一・五五頁）

ここで狭衣は、源氏宮からの答えを期待して恋歌を詠みかけたはずなのだが、源氏宮は忌避ともいえる反応を示し、狭衣の期待は大きく裏切られる。すなわち狭衣の詠は「贈歌として詠んだものの、結果的に贈歌になりそこねた和歌」ということになる。この詠歌については、「…と言ひやらず」とあるように明確に表出されたのかどうかすら覚束ないことからして、そもそも贈歌としての機能を果たしていない「独詠歌になってしまった贈歌」という側面すら持つようである。

また、「独詠歌として詠まれたのに詠者の意図を超えて他人に伝わる」パターンとして、一一二番（飛鳥井女君詠）を見る。死の床で女君は狭衣を想いながら絶唱「なほ頼む常盤の森の真木柱忘れな果てそ朽ちはしぬとも」を柱に書き付けた。間近に迫った死を自覚する女君に狭衣との再会はもはや期待できず、この詠は独詠歌として詠まれたはずであるが、彼女の死後狭衣によって発見され、一一三番（狭衣詠）「寄り居けん跡も悲しき真木柱涙浮き木になりぞしぬべき」という答歌を得るのである。これは「結果的に独詠歌になりそこねた和歌」あるいは「贈歌になってしまった独詠歌」と定義できよう。

このような例が少なからずある『狭衣物語』の作中和歌においては、詠者自身がもくろんだ「伝達様式」に拠って「贈歌」「答歌」「独詠歌」と分類しただけでは、その物語における役割や意義をすくい取りそこねることになろう。ややくどいことになるが、この物語の和歌を分類するうえでは、たとえば「贈歌」であれば、贈答として成立した「（通常の）贈歌」とあわせて「（意図に反して）贈歌になりそこねた和歌」「（意図せずして）贈歌になってしまった和歌」というカテゴリーが必要になると思われる。「答歌」についても「答歌になりそこねた／なってしまった」、

「独詠歌」についても「独詠歌になりそこねた／なってしまった」といったカテゴリーを設けておいてよい（それが実際に物語にあるかどうかは別として）。

そこで、『狭衣物語』の作中和歌一覧を作成するにあたって、「伝達様式」による分類項目として、「贈○」「贈×」「贈△」「答○」「答×」「答△」「独○」「独×」「独△」という九つの項目を設定してみることにした。それらの意味するところは、以下のとおりである。

「贈○」＝通常の贈歌＝贈歌として詠まれ、意図どおり贈答として完成した和歌
「贈×」＝贈歌になりそこねた和歌＝贈歌として詠まれたが、意図に反し贈答として完成しなかった（相手の答歌が得られなかった）和歌
「贈△」＝贈歌になってしまった和歌＝贈歌として詠まれなかったが、結果的に贈答として完成してしまった和歌
「答○」＝通常の答歌＝答歌として詠まれ、意図どおり贈答として完成した和歌
「答×」＝答歌になりそこねた和歌＝答歌として詠まれたが、意図に反し贈答として完成しなかった（相手に伝わらなかった）和歌
「答△」＝答歌になってしまった和歌＝答歌として詠まれなかったが、結果的に贈答として完成してしまった和歌
「独○」＝通常の独詠歌＝独詠歌として詠まれ、意図どおり他者に伝わることのなかった和歌
「独×」＝独詠歌になりそこねた和歌＝独詠歌として詠まれたが、意図に反し他者に伝わってしまった和歌

「独△」＝独詠歌になってしまった和歌＝独詠歌としては詠まれなかったが、結果的に無視されるなどして他者に伝わらなかった和歌

これら九項目に加えて、一首（六一番）のみであるが「唱和」のカテゴリーと、二首（七〇番・一四三番）みえる「神詠」のカテゴリーを用意して、作中和歌一覧の「伝達様式」の項に示した。なお、右に述べた二つの和歌の例からも了解されるように、複数のカテゴリーにまたがると判断される場合には、その両方を示すことにした。つまり、一五番（狭衣詠）であれば、まずは「贈×」に分類されるが、同時に、発されはしたが相手の耳に届いていない和歌と受け取れるため「独△」であるともみなし、双方を併記するということである。逆に言えば、答歌が得られずとも一応相手の耳に入ったと受け取れる場合には「独△」とはみなさない。一一二番（飛鳥井女君詠）であれば、独詠歌として詠まれたが他者に伝わってしまった「独×」の側面と、結果的に狭衣の答えを得たことで贈歌になったという「贈△」の側面とがあるので、やはり双方を併記することになる。

また、物語においては、具体的な記述がないだけで実際には答歌が当然あったものと考えられる場合もしばしばある。その場合は「贈×」とはせず、物語の状況に鑑みて「贈○」と記すことにした。また物語中に、いずれも贈答の「答」を他者に代わり詠んだものとして四度出てくる「代詠」については、これを項目化せず「答○」の変型として処理し、その都度「（代詠）」と注記することにした。(6)

カテゴライズの難しい和歌も多いが、とりあえず私の判断に基づいて分類した結果については、作中和歌一覧の「伝達様式」欄を参照されたい。

さて、この一覧をざっと見渡すだけでも「×」や「△」を付された和歌や「贈×」かつ「独△」のごとく二つの

側面を有する和歌が少なからず目につくことから、既述したように、『狭衣物語』においてはしばしば詠者のもくろみを裏切る役割を和歌が果たしてしまっていることが、確認できる。とりわけ注意されるのは、「贈×＝贈歌になりそこねた和歌」と「独×＝独詠歌になりそこねた和歌」の多さ、である。全二一六首のうち、「贈×」に相当するのは三九首、「独×」に相当するのは二二首に及ぶ。それらの数字が特徴とするに価するものであることは、同様の調査を『源氏物語』続編の全二〇六首に対しておこなった結果、「贈×」が一〇首、「独×」が三首であると判断されることからも、証することができよう[7]。

「贈歌になりそこねた和歌」についていえば、主要な女君のなかで飛鳥井女君だけは比較的狭衣との「贈答」の成立度が高いといえるが、他の女君においては（最終的に結ばれる式部卿宮姫君でさえも）狭衣の詠みかけに応じず、狭衣を精神的に孤立させてしまう場合が多い。とりわけ源氏宮と女二宮は心の拒絶を全身で表現する傾向が顕著である。

たとえば源氏宮であれば、先に見た一五番の狭衣詠に対する反応がそれだったのだが、さらに同じ場面のなかで詠まれる一六番の狭衣詠に対しても、同様の反応を見せる。

いかばかり思ひこがれて年経やと室の八島の煙にも問へ（一六番）

まことに堰きかね給へる涙の気色を、宮は、あさましう、恐ろしき夢に襲はるる心地し給へば、…（中略）…。宮は、いとあさましきに動かれ給はず、同じさまにて伏し給へるを、

（巻一・五六頁）

また女二宮においても、初めて狭衣と接し歌を詠みかけられた折に「物もおぼえ給はず、ただ引き被きて泣き給ふ御けはひ」（巻二・一二九頁）とあるのは深窓の姫君の動揺を描く物語の表現として常套であろうが、それ以降も、

片敷きにいく夜な夜なを明かすらん寝覚めの床の枕浮くまで（五九番）

忍びもあへず、いみじき御けはひの近きを、…（中略）…恐ろしければ、我も息を立てさせ給はねど、（巻二・一七一頁）

とあるように、精神的な拒絶が全身体的な表現として示されることが少なからずあるのである。

もちろん、物語に描かれる場面において、あるいは現実の男女の仲においても、女が男の贈歌を無視するというのは、必ずしも稀な出来事ではない。むしろ男と女の関係の始まりにおいて女が敢えて男の詠みかけを無視するポーズを取るのは当然の所為ですらあるのだが、『狭衣物語』における女たちの無視はそのような「常識としての無視」の枠に収まるものではない。なおかつ『狭衣物語』の作中和歌において際だっているのは、無視の姿を描くにとどまらず、その反応にさらなるひねりとでもいうべきものが加えられる点である。

具体的に、一三三番と一三四番を含む場面を見てみたい。

〔狭衣ハ女二宮ノ〕御手をとらへて、

「藻刈舟なほ濁り江に漕ぎ返りうらみまほしき里のあまかな（一三三番）

いかにとも、のたまはせよ」とあれど、…（中略）…〔女二宮ハ〕世をおほけなく思し捨てしかば、今はかたがたに、ただ、

残りなくうきめかづきし里のあまを今くり返し何うらむらん（一三四番）

とのみ、わづかに思ひ続け給へど、「かかる目を見で、死ぬるわざもがな」とのみ、思さるれば、まことに消えぬべき御けはひの、あるかなきかなるも、（巻三・三二三頁）

狭衣が訴えかけた一三三番に対する女二宮の態度は、狭衣から見える限りにおいては単なる「無視」である。しかし宮は一三四番を「わづかに思ひ続け」、その心中において狭衣に答歌していたのだった。狭衣からすれば、自

詠一三三番は宮の心を動かしえなかった虚しい独詠に終わっており、「贈×＝贈歌になりそこねた和歌」かつ「独△＝独詠歌になってしまった和歌」ということになるが、実は狭衣の知らない、女二宮だけが認識できるところで、ひそやかに贈答は成立していたのである。とはいえ一三四番も狭衣に向けて詠まれたまっとうな「答歌」であるとは言いがたく、困惑を持て余した宮がつぶやくように虚空に放ったことばといった観がある。とりあえず作中和歌一覧ではこれを「答△」と示すことにしたが、稿者自身このカテゴライズに満足しきれないというのが正直なところである。この二首は、当事者たちの思惑とは離れたところで「贈―答」がぽっかりと成立しているものの、だからといって狭衣と女二宮の心と心が交流することはない。コミュニケーションの道が閉ざされたまま、二人がそれぞれの思いを虚空にさまよわせるしかない閉塞的な物語状況が、和歌の伝達様式をとおして、見事に浮かび上がっているのである。同様のパターンは一四四―一四五番にも見られる。先の一三三―一三四番と同様に、ここでも女二宮の詠歌が「思ひ続け（思し続け）」と受けられていることに注意したい。宮の思いは相手に向かって放たれる形を取っておらず、非難のことばすら投げかけてもらえぬ狭衣には、宮との距離を縮める手だてはない。作者は戦略的にこのような皮肉な伝達様式を用意したのであろう。

一方で、先に比較的「贈答」の成立度が高いと述べた飛鳥井女君に関しては、それをもくろんで詠まれたわけではなかった和歌が結果的に贈答として成立するという例が幾つか見られる。四四番・一二二番・二一一番の飛鳥井女君詠の伝達様式を稿者は「独×」「贈△」の併記としたが、そのいずれにおいても女君のもくろみとしてはもはや人（狭衣）に伝うべくもない独詠として扇・柱・絵日記に「書きつけ」たはずの和歌が、時を経て狭衣の目に触れることにより六六番・一一三番・二一二番の答歌を引き出し、贈答として完成しているのである。

もちろんこれらの答歌はなまみの女君に届きようのないものであるが、巻三で亡霊として登場し狭衣に感謝の詠を伝える女君の姿（一〇八番。ここでも一〇九番の狭衣詠により贈答が成立していると見なせる）を知る読者にしてみれば、この答歌は時空を越えたコミュニケーションの成立として受けとめられることになろう。(8) しかしながら、それは狭衣にとってなんと皮肉な事態であることか。

死者にすぎない飛鳥井女君とは和歌によるコミュニケーションが成立するというのに、生者である源氏宮や女二宮とはそれが成立しない狭衣を描き取る物語は、和歌の伝達様式に一筋縄ではいかないパターンを用意することで、その閉塞性・内向性を深めているのである。終生あたたかなことばを交わし合うことのなかった最初の妻一品宮もまたしかり、そして繰り返しになるが物語の最後に狭衣と結ばれる式部卿宮姫君ですら、二人の間に交わされる和歌においてはほとんどまっとうな贈答が成立していない点にも、物語のもくろみが如実に反映していよう。

三　作中和歌の「表出様式」、そこからみえる物語世界について

さて、分析の焦点を少しずらし、本節では和歌の「表出様式」のありようが、『狭衣物語』の物語世界においていかなる効果をもたらしているかを、確認したい。

ここで言うところの「表出様式」とは、その和歌が口頭で発されたものか筆記されたものか、あるいは心中においてのみ言語化されたものか、といった、和歌が発される形態をいう。それは、

・　いかにせん言はぬ色なる花なれば心のうちを知る人もなし（一番）

と思ひ続けられ給へど、げにぞ知る人もなかりける。　（巻一・三〇頁）

・　紫の身のしろ衣それならば少女の袖にまさりこそせめ（一一番）

と申されぬるも、〔帝八〕何とか聞き分かさせ給はん。（巻一・五一頁）

・目もくれてわななかるれど、強ひて涙とともに書きつく。

　早き瀬の底の水屑となりにきと扇の風よ吹きも伝へよ（四四番）（巻一・一一四頁）

といったように、基本的に和歌の前後において示されるものである。作中和歌一覧には、本文として明示されている「表出様式」を適宜抜き出し下線を引いておいた。

　稿者はこの「表出様式」に関連して、狭衣の独詠歌が「思ふ（おぼす）」系列の語で承けられる場合が多いことを指摘し、それについて考察したことがある。(9) そこでは、独詠歌を「思ふ」で承けるのは一見当たり前のようであるが、実は他の物語などに照らすと必ずしも常套ではなく、「独詠歌」を「思ふ」狭衣のありかたがこの物語の閉塞性を象徴しているのではないかと論じた。

　この点を確認しつつ、『狭衣物語』の和歌の「表出様式」の特徴を改めて洗い出してみると、以下の四点が指摘できる。

①一番「…と思ひ続けられ給へど」、二番「…とぞ思さるる」のように、独詠歌においては、「思ふ（おぼす）」系統の表出様式をとる場合が目立つ。

②一七番「口ずさみ給ふめる」、五〇番「口ずさみて立ち給ひぬるを」、五八番「心に任せて口ずさみ給ふにも」、七五番「口ずさみつつ」といったように、独詠歌が「口ずさむ」という表出様式をとる例が散見される。

③二二番「言ひ紛らはして」、六九番「言ひ紛らはして」、一〇六番「何となく言ひ消ち給へる」、一二二番「人聞くべうもあらず紛らはして」、一六八番「言ひ消ち給ふけはひは」といったように、口頭に出されながらも

他者への明確な伝達には消極的である例が散見される。

④五五番「聞き分くべうもなく、独りごち給ふ」、七六番「独りごち給ひて」、九八番「独りごち給ふも、聞く人なきぞかひなかりける」、一一三番「独りごち給へど」といったように、「独りごつ」表出形式もしばしばみられる。

①〜④いずれも、その多くの例は狭衣の詠歌に関するものということになるが、その狭衣が、独詠歌が多いというばかりでなく、「口ずさむ」「言ひ紛らす」「言ひ消つ」「独りごつ」様式で歌を詠むことが多いという事実は、やはりこの物語の閉塞性・内向性を証しだてるものであろう。前節で結論づけたのと同様に、「表出様式」からみてもやはり狭衣にとっての和歌は、必ずしも他者とのコミュニケーションの手段となりえていないのである。

一例として、一七番をあげよう。父堀川大殿から女二宮との縁談を積極的に受けとめ、相手方を立てて自分から行動を起こすよう諫言された狭衣は、ひそかに源氏宮を思慕していることを父に告げるわけにもいかず、かといってやはり源氏宮を諦めて女二宮を求める気にもなれず、出口の見えない葛藤を抱え込むことになる。

ほかざまに藻塩の煙なびかめや浦風あらく波は寄るとも（一七番）

など、「いなぶち」にぞ、口ずさみ給ふめる。（巻一・六〇頁）

「いな（＝否）ぶち」[10]に「口ずさ」まれた和歌は、自らの心のありようを父に向けて発信したものではなかった。狭衣は和歌を通して父とコミュニケーションの回路を拓こうとはしないのである。父との関係に限らず、物語全編を通して狭衣の和歌には、そのような傾向が強く見られる。

しかしながら、他者とのコミュニケーションがもくろまれていないにもかかわらず、「口ずさむ」「言ひ紛らす」

「言ひ消つ」「独りごつ」などの、とりあえず音声化された表出様式が取られることにより、狭衣のことばが他者に聞き取られ、閉鎖的な物語世界に何らかの展開がもたらされる場合があること、それはどうやら『狭衣物語』の自覚的な方法であるらしいことに、注意しておきたい。

ただ一度の逢瀬以来女二宮に逢うことかなわず悶々としている狭衣と、二人に関係ができたことを察する宮付きの女房中納言典侍とが、それぞれ五五番・五六番を詠ずる場面は、その典型的な例である。

扇の隠れもなきを、さし隠し給ひて、

人知れずおそふる袖もしぼるまで時雨とともにふる涙かな（五五番）

聞き分くべうもなく、独りごち給ふを、中納言の典侍の耳くせにや、

心からいつも時雨のもる山に濡るるは人のさかとこそ見れ（五六番）

と言ふを、出雲の乳母、近う寄りて聞くに、耳とまりけり。（巻二・一五七頁）

狭衣の詠歌「人知れず」は独詠として詠まれたものとおぼしいが、これが「思ふ」ではなく「独りごつ」表出様式を取ったことにより中納言典侍に耳に入り、典侍はそれに対する答歌を口にする。しかもこの典侍の詠歌が、懐妊している女二宮の相手の男すらわからないことに悩んでいた出雲の乳母の耳にも入り、乳母が真実を知るきっかけとなるのである。さらに乳母は宮の出産後にこのことを宮の母大宮に語り、彼女を驚愕させるというふうに物語は展開していく。

ほとんど同様のパターンは一〇三番（狭衣詠）にもみられる。飛鳥井女君の遺した我が娘見たさに一品宮邸に忍んだのをきっかけに、宮と結婚する羽目になった狭衣が、宮邸で初めてその娘と接する場面である。

姫君をかき抱きて、こなたに入り給ひぬ。ちかう見給へば、ただ「その人」と思えて、涙こぼれ給ひぬ。

忍ぶ草見るに心は慰まで忘れ形見に漏る涙かな（一〇三番）

顔に袖を押し当てていみじう泣き給ふを、…（中略）…「忘れ形見に」とありし御独り言を、宮の御乳母子、中将といふ人、御障子のつらにて、いとよく聞きけり。宮の御前に語り申せば、「さは、この児は『なにがしの少将の』と聞きしには、あらざりけるにこそ。…（後略）…」（巻三・二八四頁）

ここでは和歌の直前直後に表出様式を示す語はないが、あとでそれは「御独り言」であったと明示される。コミュニケーションを指向しないながらも「独り言」として表出された和歌は中将によって聞き取られ、狭衣の秘密が中将を通して一品宮に知られてしまうという展開になる。

この二つの例は同工異曲であり、それだけにこのような和歌の使い方が意図的・戦略的なものであることは明らかであるといえよう。当事者の狭衣が他者に真実を「語らない」（コミュニケーションを行わない）代わりに、その独言を聞かれてしまうことによって他者が情報を得、物語を先に押し進めていく原動力となるのである。

物語を先に押し進めるといっても、それは泥んだ人間関係が拓けていくことを意味してはいない。大宮にせよ一品宮にせよ、「語られない」狭衣の真実を知ってしまったがゆえに「語らない」狭衣に対する不信感を強め、彼女たちもまた狭衣との間に壁をつくってしまうのである。それこそが『狭衣物語』の指向する物語世界なのであり、そのような閉塞的・内向的な世界を現出せしめる方法として、和歌の表出様式の工夫があるといえよう。

『狭衣物語』の全二一六首のうち実に一三八首を主人公狭衣の和歌が占めるため、どうしても狭衣の詠歌に関する言及が中心になってしまうが、他の登場人物の詠歌に関しても、コミュニケーションを拒むような表出様式は散見される。

飛鳥井女君が自詠を「書きつけ」る傾向にあることについては前節で述べたが、それは裏を返せば、彼女が他者に積極的に「語ろうとしない」態度の現れであり、その消極さゆえに、此岸においては狭衣との再会を果たせずに終わるという結末が導かれることになる。しかしすでに確認したように、「書きつけ」るという表出様式が取られることにより、やがてそれは狭衣によって見出だされ、彼岸の人となった女君が愛されつづけるという物語が実現するのである。二人の関係がもはや現実的に拓けていかないという点では、閉塞的・内向的なかたちではあるけれども、それもひとつの物語の「展開」のしかたなのであり、そのような「展開」を可能にするのが『狭衣物語』の和歌の方法なのである。

女二宮もまた、前節で触れた「わづかに思ひ続け」（一三四番）、「思し続けらるれど」（一四五番）という表出様式から察せられるように、我が思うことを他者に向けて発信しようとはしない女君である。その姿勢は、次の場面にも見て取れる。

筆のついでのすさびに、この〔狭衣ノ〕御文の片端に、

夢かとよ見しにも似たるつらさかな憂きは例もあらじと思ふに（九五番）

「起き臥しわぶる」とある、かたはらに、

身にしみて秋は知りにき荻原や末越す風の音ならねども（九六番）

また、

下荻の露消えわびし夜な夜なも訪ふべきものと待たれやはせし（九七番）

など、同じ上に書き汚させ、こまやかにやがて破り給ふ。

（巻三・二七二頁）

思うことを発信せず、「こまやかにやがて破」ることによりコミュニケーションを拒否した女二宮であったが、これらの和歌もまた書かれたことによって、破り反故の状態ながら狭衣の目に入る。だから何かが拓けていくとい

うこともない、けれども宮の語られざる胸中を知ることによって狭衣の後悔がいや増すという、閉塞的・内向的な「展開」がここにまた確保されるのである。

その女二宮と狭衣の間には何らかの事情がありそうだと察する藤壺女御（式部卿宮姫君）に関しても、次のような場面がある。

「たち返りした騒げどもいにしへの野中の清水水草ゐにけり（二〇三番）いかに契りし」など、手習に書きすさびさせ給ふに、〔狭衣ガ〕近く寄らせ給へば、いとど墨を黒く引きひきつけて、御座の下に入れさせ給ふを、（巻四・四五一頁）

ここでもまたコミュニケーションを指向しなかった女御の意図にかかわらず結果的に和歌は狭衣に見つかり、狭衣は言いつくろいながらも女二宮に対する後悔と女御に対する気まずさとに鬱々とした思いを抱え込むことになる。女御はかつていち早く狭衣のなかに「うち解けにくく、隔て多かりぬべき御心」（巻四・四一九頁）を見てとっていたが、この人もまた閉塞的・内向的な物語世界にふさわしい行動様式を身につけてしまっているのである。

四　拡がる〈独言〉世界

『狭衣物語』が繰り広げる物語世界が閉塞的・内向的であるという指摘をしたところで、それは決して目新しい結論ではないのだが、本稿では、作中和歌の伝達様式・表出様式をたどることによって、そのような物語世界をかたちづくる「方法」の一端を確認してみた。いったいにこの物語における作中和歌は、形式的に「独詠歌」であるとないとにかかわらず、コミュニケーションへの指向が薄く、〈独言〉性が強い、という傾向が顕著である。〈独言〉はしかし、ささやかなかたちで他者の目に触れたり耳に入ったりする可能性があるのであり、その特徴を最大限に生かした『狭衣物語』は、〈独言〉を物語の「方法」として明確に打ち出したといえよう。

ところで、〈独言〉性に関して当然意識されてくるべきは、『源氏物語』続編における薫のありかたである。「独りごつ」は薫を特徴づける行動様式であり[11]、それが狭衣の先蹤であることは今さら言うまでもない。しかしそれは、薫を特徴づける行動様式ではあっても、またそのことによって停滞した空気を物語世界に注入せしめているとしても、物語の「方法」、すなわち物語を展開させるエネルギーとして意識されてはいなかったように思われる[12]。続編において物語を切り拓くエネルギーは、洛外の宇治に舞台を用意したこと、薫と対をなすもうひとりの主役として匂宮を配置したこと、大君→中の君→浮舟と展開してゆく姉妹（ゆかり・形代）の物語を用意したこと、の三点におそらく集約されるであろう物語の設定そのものに、胚胎されているからである。

対する『狭衣物語』は、式部卿宮姫君の物語のなかに形代の方法を取り込んではいるが、それが物語にとりあえずの「結末」をもたらすためのものであり、物語を展開させるエネルギーとなりえないことについては、言を俟たない[13]。姫君を手に入れてなお狭衣の憂い——具体的には源氏宮・飛鳥井女君・女二宮との過去に対する悔恨や彼女たちへのあくなき執心——はまったく解消されておらず、むしろ上述のごとくその式部卿宮姫君との関係でさえも、和歌の方法に着目すれば、閉塞的なものに陥りかねない危険性をはらんで描かれているのである。

物語の主人公として浮舟の後継者ではなく薫の後継者を選んだ『狭衣物語』は、舞台設定や登場人物を取り巻く人間関係に凝ることで物語世界を立ち上げるのではなく、かつての薫の「独りごつ」ことそのものを「方法」化することで物語世界をつくりあげたとした物語として、捉えることができる。狭衣を中心とする登場人物たちの独詠歌の多さ、贈答歌として完成しない贈歌の多さ、「独りごち」「口ずさみ」「言ひすさび」「言ひ消ち」等の表出様式……これらにみられる顕著な〈独言〉性は、その「方法」化の具体的なあらわれである。散文と和歌によって綾なされる物語文学において『狭衣物語』が示した物語言語の可能性のひとつが、ここにある。

注

（1）早い成果として、高野孝子「狭衣物語の和歌」（『言語と文芸』四二号　一九六五年九月）、竹川律子「狭衣物語の独詠歌」（『お茶の水女子大学国文』五二号　一九八〇年一月）などがある。

（2）なお、小学館・新編日本古典文学全集本の『狭衣物語』に収められている和歌については、後藤祥子・一文字昭子「小学館新編日本古典文学全集『狭衣物語』和歌索引」（『国文目白』四二号　二〇〇三年二月）で一望することができる。ちなみに同本の収載和歌は全二一八首である。

（3）小学館・日本古典文学全集『源氏物語　六』ならびに同・新編日本古典文学全集『源氏物語⑥』に、ともに巻末付録として載る。凡例の第一言として「本一覧は、『源氏物語』の作中和歌について、それの物語形成への独自なかかわり方をみるのに資すべく表覧化したものである」と述べられているが、この言は、本稿のもくろみにもそのまま当てはまるものである。

（4）注1高野論文では「まず会合の歌であるが、おびただしく記録的に羅列をしたものは、宇津保物語がある。源氏物語では、雅びの世界の点景として挿入はしているものの、多くても六、七首程度で省略する方法を用いている。これに対し、狭衣物語では、天稚御子降臨の五月五日の晩、御神楽の夜、桜の下の蹴鞠など、おそらく歌を伴ってしかるべき場合でも、この歌に属するものが一切存在しないことは注目にあたいしよう」と述べられている。高野言うところの「会合の歌」は「唱和」と言い換えてよいものであろう。

（5）『源氏物語』から例をあげれば、御法巻で紫上の死の直前に、光源氏・紫上・明石中宮の三者が「露」の歌を詠み交わす場面がこれにあたる。

（6）作中和歌一覧の、六四・一〇〇・一二一・一六四番が代詠にあたる。ちなみに、一五七番（式部卿宮北の方詠）も形式的には一五六番（狭衣詠）の答歌を姫君に代わって詠んだものであるが、この場合、狭衣詠には姫君への想いと同時に北の方への関心が託されており（「異様の心も添ひたるべし」と語り手に忖度されている）、まだ若い姫君ではなく母親の北の方から答歌があることを狭衣は見込んでいたと考えてよい。ゆえにここでは「代詠」としなかった。

（7）薫と浮舟によって詠まれる独詠歌が少なくないこともあり、物語世界の閉塞性という点では『狭衣物語』に通ずるところのある『源氏物語』続編ではあるが、詠者のもくろみとは異なる結果を和歌がもたらす事例は、『狭衣物語』ほどに多くはみられない。「贈×」一〇首というのはそれなりに目立つ数値ではあるが、うち二首は薫が手に入れた文反故に書かれていた故柏木の詠であり、やや例外的である。

ちなみに「独×」は以下の三首である。

・やどり木と思ひいでずは木のもとの旅寝もいかにさびしからまし

と〔薫ガ〕独りごちたまふを聞きて、〔弁ノ〕尼君、

荒れはつる朽木のもとをやどり木と思ひおきけるほどの悲しさ　（宿木・新全集⑤四六二頁）

・かほ鳥の声も聞きしにかよふやとしげみを分けて今日ぞ尋ぬる

ただ口ずさみのやうにのたまふを、〔弁ハ〕入りて〔浮舟ニ〕語りけり。　（宿木・新全集⑤四九五頁）

・見し人は影もとまらぬ水の上に落ちそふ涙いとどせきあへず　（手習・新全集⑥三五九頁）

これらのうち、一首めと二首めは「独りごつ」「口ずさむ」という表現様式をとっており、本稿でも注目する狭衣詠にしばしば見られる表出様式に通ずるが、『狭衣物語』のように物語の展開において効果的な役割を果たすものではない。なお、三首めは、浮舟を失ったあとに薫が八宮邸の柱に書きつけた和歌であり、紀伊守の口から小野の人々に知らされる。これは、『狭衣物語』において飛鳥井女君詠が何らかの媒体をとおして狭衣に伝えられるという事例に通ずるものであり、方法的な先蹤として注目される。

（8）　野村倫子「『狭衣物語』の飛鳥井姫君の叙述手法―登場人物たちによる語りと姫君の生涯における時間の流れ―」（『平安文学研究』七四号　一九八五年一二月）では、このような飛鳥井女君の物語のありかたについて、物語そのものの時間の流れと女君の物語に流れる時間との流れを一致させないことによって「死者への恋という特異な物語」を成功させているのだと説く。

（9）　拙稿「『狭衣物語』における主人公と語り手との距離―独詠歌を取り巻く語り、そして作者を取り巻く環境―」（『論叢狭衣物語2　歴史との往還』　二〇〇一年四月）において、独詠歌を「思ふ」という畳語的ともいえる表現がこの物語で頻出するのは、それが他者の理解を得るべく表出されず、孤独な狭衣の心中ひとつに収められるしかないこと、彼の孤独が続くことを、ことさらに強調するためではないかと考えた。

（10）　歌枕「稲淵」に「否」を掛けた表現である。なお、この物語には「稲淵の滝」も出てくる（巻一・三四頁）が、そこでは「否」を特に掛けてはいない。

（11）　薫に関して「独りごつ」という表現は、匂宮巻で「おぼつかな誰に問はましいかにして」詠の直前に「独りごたれ給ひける」とあるのをはじめとして、早蕨巻（一例）、宿木巻（二例）、東屋巻（一例）、蜻蛉巻（二例）の、合計七例みられる（ほか椎本巻には「独り言のやうに」歌を詠む、という表現もある）。なお、薫の「独りごつ」「独り言」に着目した論考として、上村希「「ひとりごつ」薫」（『國學院大學大学院　文学研究科論集』二八号　二〇〇一年三月）があるほか、鈴木裕子は「薫論のために―独詠という快楽、あるいは「大君幻想」という呪縛―」（『源氏研究』第六号　二〇〇一年四月）において、「薫は、物語世界の此処彼処で、独り言を言い、あるいは独り言のように歌を呟く」と指摘し、薫の「覚醒」することなき生のありようを、その独詠歌を解析することにより明らかにする。

（12）　注（7）参照。なお、そこで示した「独×」の三首めの事例以外にも、手習巻における浮舟の詠歌の幾つかについては、小野妹尼の賢しらともいうべき存在の仕方によって、浮舟の意図しないところで懸想人の中将に伝えられてしまったり、妹尼による答歌が発されたりと、物語の展開上興味深い趣向が見られる。しかしながら、物語世界をかたちづくる方法として屹立している点で、『源氏物語』続編に比してもやはり『狭衣物語』は際だっていよう。

（13）鈴木泰恵「狭衣物語後半の方法―宰相中将妹君導入をめぐって―」（『国文学研究』九三号　一九八八年一〇月。「恋の物語の終焉―式部卿宮の姫君をめぐって」と改題され『狭衣物語／批評』翰林書房　二〇〇七年に収載）では、式部卿宮姫君という「形代」の導入は、源氏宮思慕の物語を継承できず、むしろ「恋の物語」としての源氏宮思慕の物語を閉ざしていると説く。

付記　本稿は、「平成16～18年度　科学研究費補助金（基盤研究（C））課題番号16520109『狭衣物語』を中心とした平安後期言語文化圏の研究・研究成果報告書」に掲載した研究論文「『狭衣物語』における和歌の方法―作中和歌の伝達様式・表出様式に着目して―」を改稿したものである。末尾に資料として付した作中和歌一覧も、同書に載せたものを一部修正した。

《資料・『狭衣物語』作中和歌一覧》

大系本に載る全ての和歌を掲げた。ただし本文の表記や句読点は私に改めた。「詠歌の相手」の後の数字は対（贈―答）になる和歌の歌番号である。なお独詠歌については、特定できる場合は詠歌対象となっている人物名をカッコ内に示すことにした。

番号	伝達様式	和歌の詠者 詠歌の相手	巻頁	和 歌 本 文	表出様式を表す前後の文および稿者による注記（「…」には和歌本文が入る）
1	独○	狭衣 （源氏宮）	一 30	いかにせん言はぬ色なる花なれば心のうちを知る人もなし	…と思ひ続けられ給へど、げにぞ知る人もなかりける。
2	独○	狭衣 （源氏宮）	一 38	浮き沈みねのみなかるるあやめ草かかるこひぢと人も知らぬに	…とぞ思さるる。
3	贈○	蓬が門の女 狭衣 4	一 39	知らぬまのあやめはそれと見えずとも蓬が門は過ぎずもあらなん	
4	答○	狭衣 蓬が門の女 3	一 39	見も分かず過ぎにけるかなおしなべて軒の菖蒲のひましなければ	経紙などにや、泥のつきたるぞありける、畳紙に、片仮名に、…
5	贈○	狭衣 宣耀殿女御 7	一 40	恋ひわたる袂はいつも乾かぬに今日の菖蒲のねをぞそへける	
6	贈○ →注	狭衣 一品宮	一 40	思ひつついはがき沼の菖蒲草みごもりながら朽ちやはてなん	注・答歌は物語内に記されず。
7	答○	宣耀殿女御 狭衣 5	一 41	うきにのみ沈む水屑となりはてて今日は菖蒲のねだになかれず	
8	独○	狭衣	一 46	いなづまの光に行かむ天の原はるかに渡せ雲のかけはし	
9	贈×	狭衣 嵯峨帝	一 46	九重の雲の上まで昇りなば天つ空をや形見とはみん	…といふままに、「いみじくあはれ」と、思ひたる気色にて、
10	贈○	嵯峨帝 狭衣11	一 50	身のしろも我脱ぎ着せんかへしつと思ひなわびそ天の羽衣	…仰せらるる御気色、
11	答○	狭衣 嵯峨帝10	一 51	紫の身のしろ衣それならば少女の袖にまさりこそせめ	いたく畏まりて、…と申されぬるも、何とか聞き分かさせ給はん。
12	独○	狭衣 （源氏宮）	一 52	いろいろに重ねては着じ人知れず思ひそめてし夜半の狭衣	「むらさきならましかば」とのみ思え給ふ。…と返す返す言はれ給ふ。
13	独○	狭衣	一 53	夜もすがら物や思ふとほととぎす天の岩戸を明け方に鳴く	
14	独○	狭衣		郭公鳴くにつけても頼まるる語らふ声はそれならねども	
15	贈× 独△	狭衣 源氏宮	一 55	よしさらば昔の跡を尋ね見よ我のみ迷ふ恋の道かは	…と言ひやらず、涙のほろほろとこぼるるをだに、「怪し」と思すに、御手をとらへて、袖のしがらみ堰きやらぬ気色なるを、宮、いと恐ろしうなり給ひて、
16	贈×	狭衣 源氏宮	一 56	いかばかり思ひこがれて年経やと室の八島の煙にも問へ	…まことに堰きかね給へる涙の気色を、宮は、あさましう、恐ろしき夢に襲はるる心地し給へば、
17	独○	狭衣	一 60	ほかざまに藻塩の煙なびかめや浦風あらく波は寄るとも	…など、「いなぶち」にぞ、口ずさみ給ふめる。
18	独○	狭衣	一 65	我心しどろもどろになりにけり袖よりほかに涙もるまで	うち笑ひて、心の中には、…とぞ思ひ続けらるる気色も、げにしるからんかし。

19	独○	狭衣 （飛鳥井女君）	一 69	我心かねて空にやみちぬらん行かた知らぬ宿の蚊遣火	…とのたまふけはひ、
20	贈○	飛鳥井女君 狭衣21	一 70	とまれともえこそ言はれね飛鳥井に宿りはつべき蔭しなければ	…と言ふさま、
21	答○	狭衣 飛鳥井女君20	一 71	飛鳥井に影見まほしき宿りしてみま草がくれ人や咎めん	
22	独○	狭衣 （源氏宮）	一 78	声立てて鳴かぬばかりぞ物思ふ身はうつせみに劣りやはする	いとどしく、御心の中は燃えまさりて、…と言ひ紛らはして、「蟬黄葉に鳴きて漢宮秋なり」と忍びやかに誦し給ふ御声、珍しからん事のやうに、なほ身にしみて、「珍しうめでたし」と、若き人々の心の中ども、いかでかは思はざらん。
23	贈○	飛鳥井女君 狭衣24	一 80	花かつみかつ見るだにもあるものを安積の沼に水や絶えなむ	…はかなげに言ひなしたる様・けはひなど、
24	答○	狭衣 飛鳥井女君23	一 81	年経とも思ふ心しふかければ安積の沼に水は絶えせじ	「…（略）」など語らひ給ふままに、
25	贈○	今姫君母代 狭衣26	一 87	吉野川何かは渡る妹背山人だのめなる名のみ流れて	…と、げに「ぱっぱっ」と詠みかくる声、舌疾く、のど乾きたるを、
26	答○	狭衣 今姫君母代25	一 87	恨むるに浅さぞ見ゆる吉野川ふかき心を汲みて知らねば	…とて、長押に寄りかかり給へり。
27	贈○	狭衣 飛鳥井女君 28・29	一 95	あひ見ねば袖ぬれまさるさ夜衣一夜ばかりも隔てずもがな	「…（略）」とのたまへば、
28	答○	飛鳥井女君 狭衣27	一 95	いつまでか袖ほしわびんさ夜衣へだて多かるなかと見ゆるを	…と言ふも、
29	答○	飛鳥井女君 狭衣27		夜な夜なをへだてまさらばさ夜衣身さへうきてもながるべきかな	
30	贈× →注	飛鳥井女君 狭衣	一 96	行方なく身こそなりゆけこの世をば跡なき水のそこを尋ねよ	…と言ふほどに、 注・狭衣の夢に現れた女君の詠。
31	贈○	狭衣 飛鳥井女君32	一 96	飛鳥川あす渡らんと思ふにも今日のひるまはなほぞ恋しき	御文をぞ書き給ふ。
32	答○	飛鳥井女君 狭衣31	一 97	渡らなむ水増さりなば飛鳥川あすは淵瀬になりもこそすれ	御返しには、…その行ともなく書きすさびたるやうなる筆の流れなど、
33	独○	飛鳥井女君 （狭衣）	一 100	かはらじと言ひし椎柴待ち見ばや常盤の森に秋や見ゆると	
34	独○	飛鳥井女君 （狭衣）	一 102	天の戸をやすらひにこそ出でしかと木綿つけ鳥よ問はば答へよ	…と言ふままに、涙のこぼれて、
35	独○	飛鳥井女君 （狭衣）	一 107	楫緒絶え命も絶ゆと知らせばや涙の海に沈む舟人	…など思ひ続けらるるも、「物のおぼゆるにや」と我ながら心憂く、
36	独○	飛鳥井女君 （狭衣）		添へてける扇の風をしるべにて返る波にや身をたぐへまし	
37	独○	飛鳥井女君 （狭衣）	一 107	海までは思ひや入りし飛鳥川ひるまを待てと頼めしものを	「…（略）」と思へど、
38	独○	狭衣 （飛鳥井女君）	一 110	敷きたへの枕ぞうきてながれぬる君なき床の秋の寝覚に	

39	独○	狭衣 （飛鳥井女君）	一 111	そのはらと人もこそ聞け帚木の などか伏屋に生ひはじめけん	我御宿世のほど、思し知られて、…とさへ、人知れぬ心に、離れ給はず。
40 41	独○ 独○	狭衣 （飛鳥井女君） 狭衣 （飛鳥井女君）	一 112	せく袖にもりて涙や染めつらむ こずゑ色ます秋の夕暮夕暮の露吹 き結ぶ木がらしや身にしむ秋の恋 のつまなる	…など、さまざまに恋ひわび給ひて、涙のごひ給へる手つきの夕映のをかしさ、「ただかばかりのを、この世の思ひ出にて止みぬべし」と、見えけり。（略）「これ涼風の夕映の天の雨」と口ずさみ給を、かの、「常磐の森に秋や見ゆる」と言ひし人に見せたらば、まいて、いかに早き瀬に沈み果てん。
42 43	独○ 独○	飛鳥井女君 （狭衣） 飛鳥井女君 （狭衣）	一 114	流れても逢瀬ありやと身を投げて 虫明の瀬戸に待ちこころみむ 寄せ返る沖の白波たよりあらば 逢瀬をそこと告げもしなまし	…とて、顔に袖を押し当てて、とみに動かれぬを、
44	独× 贈△	飛鳥井女君 狭衣66	一 115	早き瀬の底の水屑となりにきと 扇の風よ吹きも伝へよ	「この扇に物書きつけん」とするに、目もくれてわななかるれど、強ひて涙とともに書きつく。…
45	独○	狭衣 （飛鳥井女君）	二 119	尋ぬべき草の原さへ霜枯れて 誰に問はまし道芝の露	
46	贈×	狭衣 女二宮	二 129	死にかへり待つに命ぞ絶えぬべき なかなか何に頼みそめけん	…とのたまふにぞ、（略）いとど恥しういみじきにも、物もおぼえ給はず、ただ引き被きて泣き給ふ御けはひ、
47	贈×	狭衣 女二宮	二 132	岩橋を夜々だにも渡らばや 絶間や置かん葛城の神	「…（略）」と聞こえ知らせ給ふほどに、
48	独○	狭衣	二 132	悔しくもあけてけるかな槙の戸を やすらひにこそあるべかりけれ	…とまで思されけり。
49	贈×	狭衣 女二宮	二 134	うたた寝をなかなか夢と思はばや さめてあはする人もありやと	人やりならず、嘆く嘆く、あらぬ様にぞ書きやり給ふ。…引き隠して、書き給ふ。
50	独× 贈△	狭衣 中納言典侍51	二 137	逢坂をなほ行き帰りまどへとや 関の戸ざしも堅からなくに	…と口ずさみて立ち給ひぬるを、「あやし」と、心も得ねば、御返りも聞えさせず。
51	答△ →注	中納言典侍 狭衣50	二 141	恋の道知らずといひし人やさは 逢坂までも尋ね入りけん	注・典侍は最初50の真意がわからなかったが、後でその事情を合点する。
52	独○	狭衣 （飛鳥井女君）	二 142	思ひやる心ぞいとど迷はるる 海山とだに知らぬ別れに	…思ひ出づるは、なかなかこよなうめざましかりける「道芝の露」の名残なりけりかし。
53	独○	狭衣 （女二宮）	二 143	人知らば消ちもしつべき思ひさへ あと枕とも責むる頃かな	「御文などもおのづからや落ち散らん」と、つつましうて、おぼろけならでは参らせ給はず、音をだに高く泣かぬ嘆きを、夜昼まどろむ事なく、この頃は思ひ嘆き給ひて、…と、人やりならず嘆きを添へ給ふ。
54	独×	女二宮	二 154	吹き払ふ四方の木枯らし心あらば うき名を隠す雲もあらせよ	…いと弱げに泣き入らせ給ふを、大宮、少し寝入らせ給ふやうなれど、心とけてまどろむ事なければほの聞かせ給ふに、

55	独× 贈△	狭衣 中納言典侍56	二 157	人知れずおそふる袖もしぼるまで時雨とともにふる涙かな	…聞き分くべうもなく、独りごち給ふを、中納言の典侍の耳くせにや、
56	答○	中納言典侍 狭衣55	二 157	心からいつも時雨のもる山に濡るるは人のさかとこそ見れ	…と言ふを、出雲の乳母、近う寄りて聞くに、耳とまりけり。
57	独× →注	大宮	二 159	雲井まで生ひのぼらなん種まきし人も尋ねぬ峰の若松	注・この独詠＝「御独り言」は中納言典侍に聞かれる。
58	独○	狭衣 （女二宮）	二 169	我ばかり思ひしもせじ冬の夜につがはぬ鴛鴦のうき寝なりとも	…と言ふを、聞く人なければ、心に任せて口ずさみ給ふにも、なほ飽かねば、
59	贈×	狭衣 女二宮×	二 171	片敷きにいく夜な夜なを明かすらん寝覚の床の枕浮くまで	…忍びもあへず、いみじき御けはひの近きを、（略）（女二宮ハ）恐ろしければ、我も息をだにせさせ給はねど、
60	独○	狭衣 （女二宮）	二 172	知らざりしあしのまよひの鶴の音を雲の上にや聞きわたるべき	
61	唱和	源氏宮	二 173	いつまでか消えずもあらん淡雪の煙は富士の山と見ゆとも	富士の山作り出でて、煙立てたるを御覧じて、…とのたまはすれば、御前なる人ども、心々に言ふことども多かるべし。
62	独○	狭衣 （源氏宮）	二 174	燃えわたる我身ぞ富士の山よただ雪にも消えず煙立ちつつ	…など思ひ続けらるるに、行ひも懈怠して「我見灯明仏」とぞ思す、心憂くて、「南無平等大会法華経」と忍びやかにのたまへるもなべてならず聞こゆるに、
63	贈○	春宮 源氏宮／狭衣 64（代詠）	二 175	頼めつついくよ経ぬらん竹の葉に降る白雪の消えかへりつつ	…御硯の水いたく凍りけると見えて墨がれしたる、あてにをかしげなり。
64	答○ →注	狭衣（代詠） 春宮63	二 175	行末も頼みやはする竹の葉にかかれる雪のいく世ともなし	注・源氏宮に代わり狭衣が返歌をしたためた。
65	贈× 独△	狭衣 源氏宮	二 176	そよさらに頼むにもあらぬ小笹さへ末葉の雪の消えも果てぬよ	ありつる御文の端に、手習のやうにて、「…短き蘆のふしの間も」など、書きすさびて見給ふに、（略）（源氏宮ハ）見ることもなくてうち置かせ給へば、
66	答○	狭衣 飛鳥井女君44	二 181	韓泊底の水屑となりにしを瀬々の岩間も尋ねてしがな	「…甲斐なくとも、かの跡の白波を見るわざもがな」と思せど、
67	独○	狭衣 （飛鳥井女君）	二 182	あさりする海士ともがなやわたつ海の底の玉藻をかづきても見ん	
68	独○	狭衣 （飛鳥井女君）	二 182	涙川流るる跡はそれながらしがらみとむる面影ぞなき	…と書きつけ給ひて、この扇は返し給はずなりぬるを、
69	独○	狭衣 （源氏宮）	二 191	忍ぶるを音に立てよとや今宵さは秋の調べの声の限りに	…と言はるるを、「人もこそ耳にとどむれ。むげに、現心もなくなりぬるにや」と、あさましければ、言ひ紛らはして、
70	神詠	賀茂神	二 194	神代より標引き結ひし榊葉を我より前に誰か折るべき	「…よし心見よ。さてはいと便なかりな」と確かに書かれたりと見給ひて、
71	贈×	狭衣 源氏宮	二 197	神垣や椎柴がくれ忍べばぞ木綿をもかくる賀茂の瑞垣	「…（略）」とて、堰きもやらぬ涙に、

72	独○	狭衣 （源氏宮、飛鳥井女君、女二宮）	二 199	我恋の一筋ならず悲しきは 逢ふを限りと思ひだにせず	いづれもいづれも、限りだになき物思ひは、口惜しく、慰め所だにぞなかりける。…「行方も知らず」とだにも、え言ふべくもなかりけるを。
73	贈×	狭衣 源氏宮	二 201	今日やさはかけ離れぬる木綿襷 などそのかみに別れざりけん	…とて、扇を持たせ給へる御手をとりて泣き給ふさま、いみじげなり。
74	独○	狭衣 （源氏宮）	二 208	吉野川浅瀬白波たどりわび 渡らぬなかとなりにしものを	
75	独○	狭衣 （源氏宮）	二 208	わきかへり氷の下にむせびつつ さも侘びさする吉野川かな	「…上はつれなく」など口ずさみつつ、
76	独○	狭衣 （飛鳥井女君）	二 209	うき舟のたよりとも見んわたつ海 のそこと教へよ跡の白波	「…あはれ」と独りごち給ひて、
77	独○	狭衣 （源氏宮）	三 217	谷深くたつをだまきは我なれや 思ふ心の朽ちてやみぬる	
78	独○	狭衣 （源氏宮）	三 218	恋しさもつらさも同じほだしにて 泣く泣くもなほ帰る山かな	
79	独○	狭衣 （源氏宮）	三 219	行き帰り心まどはす妹背山 思ひはなるる道を知らばや	
80	独○	狭衣 （源氏宮）	三 220	思ひ侘びつひにこの世は捨てつと もあはぬ嘆きは身をも離れじ	
81	独○	狭衣 （飛鳥井女君）	三 221	ありなしの魂の行方を惑はさで 夢にも告げよありしまぼろし	…「池の玉藻」と見なし給ひけん帝の御思ひも、なかなか目の前にいふかひなくて、忘れ草も繁りまさりけん。これは、さまざま、夢現とも定め難く、御心をのみ動かし給ふ。
82	贈×	狭衣 女二宮	三 225	うき節はさもこそあらめ音に立つ るこの笛竹は悲しからずや	若宮の笛吹き給へるかたはらに、ありつる独り言（＝当該歌）も書きつけ給ひて、
83	贈×	狭衣 女二宮	三 226	塵つもる古き枕を形見にて 見るも悲しき床の上かな	
84	独○	女二宮	三 227	憂き事も堪へぬ命もありし世に 長らふる身ぞ恥に死にせぬ	…など思し続くれば、
85	答○ →注	狭衣 今姫君（今姫君母代25）	三 234	吉野川渡るよりまた渡れとや かへすがへすも猶渡れとや	注・今姫君がかつて母代が狭衣に詠んだ和歌を「吉野川何かは渡ると、一文字も違へず言ひ出で」たのに対する返歌。
86	独× →注	今姫君	三 238	母もなく乳母もなくてうち返し春 の新田に物をこそ思へ	注・狭衣に知られる
87	独× →注	今姫君		荒くのみ母代風に乱れつつ梅も桜 もわれうせぬべし	注・狭衣に知られる
88	独○	狭衣 （飛鳥井女君）	三 242	亡き人の煙はそれと見えねども なべて雲井のなつかしきかな	
89	独○	狭衣 （飛鳥井女君）	三 248	秋の色はさもこそあらめ頼めしを 待たぬ命のつらくもあるかな	…など思すに、念仏の回向の果てつ方に、ただうち聞く人だに、何となくあはれなるを、いかでかはましておろかに思されん。少し鼻声にて、「云何女身速得成仏」と、忍びやかに、わざとならずすさび給へるけはひ、いとあはれなり。

90	贈×	宰相中将 今姫君母代	三 252	浦通ふみるめばかりは変らじを 海人の刈るてふ名告りせずとも	…と言ふ声も、心惑ひて聞き知らず、
91	贈×	狭衣 一品宮	三 261	思ひやるわが魂や通ふらん 身はよそながら着たる濡衣	…とある書きざま、
92	独○	狭衣 （女二宮）	三 266	柏木の葉守の神になどてわれ 雨漏らさじと誓はざりけん	
93	贈×	狭衣 女二宮	三 267	恋侘びて涙にぬるる故郷の 草葉にまじる大和撫子	…とあるを、御覧ぜさすれど、例のかひあらむやは。
94	贈× →注	狭衣 女二宮	三 270	折れ返り起き臥し侘ぶる下荻の 末越す風を人の問へかし	注・当該歌に女二宮は返歌をしなかったが、独詠として95•96•97番歌を詠み、その反故が結果的に狭衣の手に入る。
95 96 97	独× 答△ 独× 答△ 独× 答△	女二宮 狭衣94 女二宮 狭衣94 女二宮 狭衣94	三 272	夢かとよ見しにも似たるつらさかな憂きは例もあらじと思ふに 身にしみて秋は知りにき荻原や 末越す風の音ならねども 下荻の露消えわびし夜な夜なも 訪ふべき物と待たれやはせし	筆のついでのすさびに、この御文の片端に、…「起き臥し侘ぶる」とある、かたはらに、…また、…など、同じ上に書き汚させ、こまやかにやがて破り給ふ。（略）（狭衣ハ）からうじて、かかる破反故を得給ひて、
98	独○	狭衣（女二宮）	三 275	聞かせばや常世離れし雁がねの 思ひの外に恋ひてなく音を	…と独りごち給ふも、聞く人なきぞかひなかりける。
99	贈○	狭衣 女二宮/嵯峨帝 100（代詠）	三 276	思ひきや葎の宿を行き過ぎて 草の枕に旅寝せんとは	
100	答○ →注	嵯峨帝（代詠） 狭衣99	三 277	故郷は浅茅が原に荒れ果てて 虫の音しげき秋にやあらまし	注・女二宮が返歌を拒んだためため帝が代詠した。
101	贈× →注	狭衣 一品宮	三 277	まだ知らぬ暁露におき別れ 八重たつ霧にまどひぬるかな	その御文には、…などやうに、事無しびにぞあらんかし。 注・気後れして宮は返歌しない。
102	独○	狭衣 （源氏宮）	三 282	武蔵野の霜枯に見しわれもかう 秋しも劣る匂ひなりけり	「…同じ花とも見えねば、口惜しきわざかな」と、心の中に思ひ続けられ給ふにも、人聞かざりし所にて、心に任せられたりし独言さへ、口ふたがりぬるを、いと浅ましう思ひ給ひて、
103	独× →注	狭衣 （飛鳥井女君）	三 284	忍ぶ草見るに心は慰まで 忘れ形見に漏る涙かな	注・この「御独り言」を聞いた一品宮の乳母子の中将は、宮に伝える。
104	贈○	一品宮 狭衣105	三 288	思ふよりまた思ふべき人やあると 心に心問はば知りなん	…とて、少しほほ笑み給へるに、
105	答○	狭衣 一品宮104	三 288	思ふより又も心のあらばこそ 問ひも問はずも知りて惑はめ	やがて掻き崩すべきならねば、「…心得ぬ事どもかな」とて、やみ給へる気色の、
106	独×	狭衣 （女二宮）	三 293	同じくは着せよなあまの濡れ衣 よそふるからに憎からずとや	…何となく言ひ消ち給へる、人聞くべうもあらねども、院（＝女一宮）は、少し心得させ給ひつれども、
107	贈× 独△	狭衣 源氏宮	三 297	かつ見るはあるはあるともあらぬ 身を人は人とや思ひなすらん	紙の端に、…手すさみのやうに、片仮名にて、懐なる猫の首に、結びつけて、

108	贈○ →注	飛鳥井女君 狭衣109	三 298	暗きより暗きにまどふ死出の山 とふにぞかかる光をぞ見る	注・狭衣の夢に飛鳥井女君の姿が現れ、この歌を詠む。
109	答○	狭衣 飛鳥井女君108	三 299	後れじと契りしものを死出の山 三瀬川にや待ち渡るらん	…と思し遣るも、枕は浮きぬべき心地し給ひて、経を読み給ふ。「皆如金色従阿鼻獄」など、物のゆゆしく心細く思さるるままに、うちあげつつ読み給ふに、
110 111	独○ 独○	飛鳥井女君 （狭衣） 飛鳥井女君 （狭衣）	三 299	頼めこしいづら常盤の森やこれ 人たのめなる名にこそありけれ 言の葉をなほや頼まむはし鷹の とかへる山も紅葉しぬとも	昨日のしつらひに、取り払はれたるに、見わたし給へば、つねに居給ひける所の柱に、物をぞ書きつけにける。……
112	独× 贈△	飛鳥井女君 狭衣113	三 299	なほ頼む常盤の森の真木柱 忘れな果てそ朽ちはしぬとも	柱の下の方に、はかばかしうも見えぬを、強ひて御覧ず。…とあり。
113	答○	狭衣 飛鳥井女君112	三 300	寄り居けん跡も悲しき真木柱 涙浮き木になりぞしぬべき	…と独りごち給へど、いはんかたなく悲しくて、とみにも立ち退き給はず、
114	独○	狭衣 （源氏宮）	三 304	御禊する八百万代の神も聞け 我こそさきに思ひ初めしか	昼の御有様のみ心にかかり給ひて、…と思すは、後ろめたなき御兄の心ばへなり。
115	独○	源氏宮	三 305	おのれのみ流れやはせん有栖川 岩守るあるじ我と知らずや	
116	贈×	狭衣 源氏宮	三 305	榊葉にかかる心をいかにせん およばぬ枝と思ひ絶ゆれど	いと忍び難くて、榊をいささか折り給ひて、少しおよびて、参らせ給ふ。…見だに向かはせ給はぬ、うらめしきや。
117	贈○	後一条帝 源氏宮/堀川上 121（代詠）	三 305	我が身こそあふひはよそになりに けれ神のしるしに人はかざせど	
118	独× 贈△	狭衣 女別当119	三 306	思ふことなるともなしにほととぎ す神の齋垣にたづね来にけり	…と独りごち給ふを、
119	答○	女別当 狭衣118	三 306	語らはば神も聞くらんほととぎす 思はん限り声な惜しみそ	女別当、ちかく居て、…何となくおほかたにぞ言ひなしたる。
120	贈× 独△	狭衣 源氏宮	三 308	見るたびに心惑はすかざしかな 名をだに今はかけじと思ふに	
121	答○ →注	堀川上（代詠） 後一条帝117	三 308	よそにやは思ひなすべきもろかづ ら同じかざしはさしも離れず	注・源氏宮が返歌しようとしないため、堀川上が代わりに返歌をしたためた。
122	独× 贈△	狭衣 （女二宮）	三 311	飽かざりし跡や通ふといそのかみ ふる野の道をたづねてぞ問ふ	…人聞くべうもあらず紛らはして、「いとあはれ」と思したる気色を、（女一宮ハ）「いかなりしぞ」と思さるれど、
123	答○	女一宮 狭衣122	三 312	いそのかみふる野の道をたづねて も見しにもあらぬ跡ぞ悲しき	…とて、「うち泣き給ふにや」と聞こゆる御けはひ、ほのかなれど、
124	独× 贈△	狭衣 （源氏宮）	三 313	あくがるる我が魂もかへりなん 思ふあたりに結びとどめば	…など、手習にすさび給ふほどに、宮の中将参り給ふ。
125	答○ →注	宮の中将 狭衣124	三 314	たましひの通ふあたりにあらずと も結びやせまししたがひのつま	注・狭衣の手習（124）を見て、同じ紙に書きつける。

126	贈○	狭衣 宮の中将128	三 315	わが方に靡けや秋の花すすき 心を寄する風はなくとも	「呉苑の秋風は、月の響るる、頻りなり」と、書き給へる側に、小さくて、……「少しも物思えん女の、目とどめぬはあらじかし」と、見えたり。
127	贈○	狭衣 宮の中将129		心には標結ひおきし萩が花 しがらみかくる鹿や鳴くらん	
128	答○	宮の中将 狭衣126	三 315	招くとも靡くなよゆめ篠薄 秋風吹かぬ野辺は見えぬと	…など、書きすさびて見せたてまつれば、
129	答○	宮の中将 狭衣127		おしなべて標結ひ渡す秋の野に 小萩が露をおかじとぞ思ふ	
130	贈○	狭衣 宮の中将131	三 316	一方に思ひ乱るる野のよしを 風の便にほのめかしきや	
131	答○	宮の中将 狭衣130	三 316	吹きまよふ風のけしきも知らぬかな萩の下なる蔭の小草は	
132	独○	狭衣 （女二宮）	三 318	大堰川の堰せきはさこそ年経ぬれ 忘れずながら変りける世に	つくづく眺め給ひて、…など、独りごち給ひて、「及見仏功徳」と読み給へるは、日頃聞きつる尊さにもすぐれて、身にしむ心地ぞしける。
133	贈×	狭衣 女二宮134	三 323	藻刈舟なほ濁り江に漕ぎ返り うらみまほしき里のあまかな	御手をとらへて、「…いかにとも、のたまはせよ」とあれど、
134	答△ →注	女二宮 狭衣133	三 323	残りなくうきめかづきし里のあまを今くり返し何うらむらん	…とのみ、わづかに思ひ続け給へど、　注・女二宮は心中でのみ狭衣133に反応する。
135	贈×	狭衣 女二宮	三 323	八千返りくひまの水もかひなきに よし見よ同じ影や見ゆると	「…ただ、今宵ばかりこそ、かくまでも聞こえさせめ」とて、泣き給ふさま、人の御袖さへしぼりぬべし。
136	贈×	狭衣 女二宮	三 325	後の世の逢瀬を待たん渡り川 別るるほどは限りなりとも	
137	独○	狭衣	三 326	待てしばし山の端めぐる月だにも うき世の中に留めざらなん	「…『誘はなん』とだに、語らはで」とて空を眺めて、心細きこと類なく悲し。
138	贈× 独△	狭衣 女二宮	三 327	命だにつきずも物を思ふかな 別れし程に絶えも果てなで	…とあるを、典侍は例の広げて人間にまゐらすれど、（略）ほかざまにも向かせ給はねば、文もいとかひなし。
139	独○	狭衣 （源氏宮）	三 329	おぼろけに消つとも消えむ思ひかは煙の下にくゆりわぶとも	…など、思ひ続けられ給ふにも、
140	贈○	源氏宮 狭衣141	三 333	言はずとも我が心にもかからずや 絆ばかりは思はざりけり	…と、わざとならず言ひ消たせ給へるは、げに髪剃も捨てつべきさまなり。
141	答○	狭衣 源氏宮140	三 333	行き帰りただひたみちに惑ひつつ 身は中空になりねとやさは	「…『忍ぶ捩摺』は、かこち聞こえさせつべうこそ」とて、ほろほろとこぼし添へたる涙は、かごとがましういみじきに、
142	独○	狭衣	三 337	涙のみ淀まぬ川は流れつつ 別るる道ぞ行きもやられぬ	
143	神詠	賀茂神	四 341	光失する心地こそせめ照る月の 雲かくれ行くほどを知らずは	「…（略）」とて、日の装束うるはしうして、いとやんごとなき気色したる人の言ふと（堀川大殿ハ夢ニ）見給ひて、

144	贈×	狭衣 女二宮	四 346	いそげども行きもやられぬうき島をいかでかあまの漕ぎ離れけん	「…（略）」など書きつくし給へるを、例の、心より外にほの見給ひて、
145	答△ →注	女二宮 狭衣144	四 347	いかばかり思ひこがれしあまならでこのうき島を誰か離れん	…など思し続けらるれど、はかなかりし手すさびも見しやうに聞え給し後は後ろめたうて、御心のうちよりも漏らし給はざりけり。 注・女二宮は心中でのみ狭衣144に反応する。
146	独○	狭衣	四 348	この比は苔のさむしろ片敷きて巌の枕ふしよからまし	…など、やすげなくぞ思しやられける。
147	独○	狭衣	四 348	神もなほもとの心をかへり見よこの世とのみは思はざらなん	みづからの御心の中には、…
148	贈×	狭衣 女二宮	四 352	手に馴れし扇はそれと見えながら涙にくもる色ぞことなる	…と片仮名に書きつけて、もとのやうに置き給うつ。
149	独○	源氏宮	四 353	一枝づつ匂ひおこせよ八重桜東風吹く風のたよりすぐすな	…と思し召すも、
150	贈○	源氏宮 女一宮151	四 353	時知らぬ榊の枝にをりかへてよそにも花を思ひやるかな	女御殿に聞こえさせ給ふ。…榊の枝に付けさせ給へり。
151	答○	女一宮 源氏宮150	四 353	榊葉になほをりかへよ花桜またそのかみの我が身と思はん	…なべてならぬ枝に差し替へてぞ、奉らせ給ひける。
152	贈×	狭衣 源氏宮	四 358	はかなしや夢のわたりの浮橋を頼む心の絶えもはてぬよ	「…浮木にあはむよりも難き事どもかな」と、忍びて聞こえ給へど、悩ましきさまにもてなさせ給ひて、寄りふさせ給ひぬれば、はしたなくて立ち出で給へるに、
153	独× 贈△	狭衣	四 359	御垣守る野辺の霞も暇なくて折らで過ぎゆく花桜かな	いづれとなく言ひ戯れ給ひて、…と、わざとなく言ひすさび給へば、
154	答○	少将 狭衣153	四 359	花桜野辺の霞のひまひまに折らでは人の過ぐるものかは	「…さまでは、なんでふ諫めか侍る」と聞こゆれば、
155	独○	狭衣 (式部卿宮北方)	四 363	折り見ばや朽木の桜ゆきずりに飽かぬ匂ひは盛りなりやと	…独りごちて出で給ふも、我ながら物狂ほしくぞ思し知らるる。
156	贈○	狭衣 式部卿宮姫君 および北方157	四 364	散りまがふ花に心をそへしより一方ならず物思ふかな	例の、姫君の御方に、聞こえ給ふやうなれど、異様の心も添ひたるべし。…などやうにてぞ聞こえ給ふ。
157	答○ →注	式部卿宮北方 狭衣156	四 368	散る花にさのみ心をとどめては春より後はいかが頼まん	…とあるは、昨夜の火影の手なるべし。 注・狭衣の贈歌は北方を意識してもいるため代詠とみなさない。
158	答○ 贈△ →注	式部卿宮姫君 狭衣159	四 372	のどかにも頼まざらなん庭潦影見ゆべくもあらぬながめを	注・春宮からの文(物語に記述はない)に対する姫君の答歌を目にした狭衣は、それを姫君からの贈歌に見立てる。
159	答○	狭衣 式部卿宮姫君 158	四 372	いつまでと知らぬながめの庭潦うたかたあはで我ぞ消ぬべき	御硯・紙など申し給ひて引きそばみて書き給ふは、やがてこの宮へなるべし。…
160	贈×	狭衣 式部卿宮姫君	四 372	口惜しや緒絶の橋はふみ見ねど雲井に通ふあとぞひまなき	ことわり知らぬを慰めわびて、…など書い給ふを、

161	贈○	権大納言 狭衣162	四 373	水浅みかくれもはてぬ鳰鳥の 下に通ひし跡も見しかば	
162	答○	狭衣 権大納言161	四 374	とりあつめ又もなき名を立てんと やうしろの岡に狩せしや君	
163	贈○	狭衣 式部卿宮姫君／ 北方164（代詠）	四 375	くらべ見よ浅間の山のけぶりにも 誰か思ひの焦れまさると	例のこまやかに恨み続け給へる中に、「…（略）」とある御書きざまはしも、げに類なげなるを、
164	答○ →注	式部卿宮北方 （代詠） 狭衣156	四 376	あさましや浅間の山の煙には立ち ならぶべき思ひとも見ず	例の、上ぞ書き給ふ。　注・まだ若い姫君を思いやって母北方が代わりに返歌をしたためた。
165	贈×	狭衣 式部卿宮北方	四 377	一方になりなばさてもやむべきを など二方に思ひなやます	…とあれど、苦しうし給ふほどにて、御返りなし。
166	贈○	狭衣 式部卿宮姫君 167	四 378	我のみぞ憂きをも知らず過しける 思ふ人には背きける世に	今ひとつの御文には、…とぞありける。
167	答○	式部卿宮姫君 狭衣166	四 379	うきものと今ぞ知りぬる限りあれ ば思ひながらも背きける世を	…などやうに、かたのやうにて出だし給へれど、
168	贈○	狭衣 式部卿宮北方 169	四 384	我も又益田の池の浮きぬなは ひとすぢにやは苦しかりける	大人しうすくよかに聞えない給へど、…と、言ひ消ち給ふけはひは、猶聞き知らん人に聞かせまほしきを、
169	答○	式部卿宮北方 狭衣168	四 384	絶えぬべき心のみするうきぬなは 益田の池もかひなかりけり	…とにや、絶え絶えにていと心細げなるは、
170	贈×	狭衣 式部卿宮姫君	四 387	嘆き侘び寝ぬ夜の空に似たるかな 心づくしの有明の月	「（略）かかる形代を神の作り出で給へるにや」と、思し寄るにも、涙ぞこぼるる。…と、聞こえ給へど、いらへ聞こえ給はねば、口惜しかりけり。
171	独× 贈△ →注	狭衣 式部卿宮北方 172	四 390	とけて寝ぬまろがまろ寝の草枕 ひと夜ばかりも露けきものを	注・狭衣の何気ない詠みぶりに感嘆した姫君乳母によって式部卿宮北方に伝わり、それに対する返歌172が詠まれる。
172	答○	式部卿宮北方 狭衣171	四 390	草枕ひと夜ばかりのまろねにて 露のかごとをかけんとや思ふ	…とぞ聞こえ給ふが、
173	独○	狭衣	四 390	葛のはふ籬の霧もたちこめて 心もゆかぬ道の空かな	…とは、やすらひ給へど、（略）人々のぞきて見たてまつりて愛でまどふ、ことわりにぞありける。
174	贈×	狭衣 式部卿宮姫君	四 391	面影は身をも離れずうちとけて 寝ぬ夜の夢は見るとなけれど	…などやうに聞こえ給へりつる。
175	独○	狭衣 （式部卿宮姫君）	四 392	越えもせぬ関のこなたに惑ひしや 逢坂山のかぎりなるべき	…と思し続くるも、
176	贈×	狭衣 式部卿宮姫君	巻四 393	片敷きに重ねし衣うちかへし 思へば何を恋ふる心ぞ	夜の衣を返し侘び給ふ夜な夜な、さすがにあやしう思さるれば、…など聞こえ給へど、「さらに、日を待つさまにて」などのみ聞え給へば、思し侘びて、
177	贈×	狭衣 式部卿宮姫君	四 394	憂かりける我が中山の契りかな 越えずは何に逢ひ見初めけん	「…（略）」など恨み聞こえ給へるを、

178	独○	式部卿宮姫君	四 395	夢さむるあかつき方を待ちし間に 四十九日にもやや過ぎにけり	…など思し続けらるる日数もあさましうて、袖を御顔に押し当てて泣き給ふ。
179	独○	式部卿宮姫君	四 397	ことわりの年の暮とは見えながら 積もるに消えぬ雪もこそあれ	…などやうに、はかなき言の葉をのみ、昔の形見には思し慰めける。
180	独×	狭衣 （式部卿宮姫君）	巻四 401	解き侘びしわが下紐を結ぶまは やがて絶えぬる心地こそすれ	…「あまりなる心いられもいかなるならん」とゆゆしければ、言ひ消ち給へれど、弁の乳母は「めでたし」とぞ聞きける。
181	贈×	狭衣 式部卿宮姫君	四 402	行ずりの花の折かと見るからに 過ぎにし春ぞいとど恋しき	…とのたまふに、
182	答△ →注	式部卿宮姫君 狭衣181	四 402		…など、心のうちに口惜しう思さる。　注・姫君は心中でのみ狭衣144に反応する。
183	独○	狭衣 （源氏宮）	四 416	尋ね見るしるしの杉もまがひつつ なほ神山に身やまどひなん	片つ方の胸は、なほうち騒げば、女君、持給へる筆をとりて、…と、人見るべうもあらず書き汚し給ふ。
184	贈○ →注	皇后（狭衣姉） 式部卿宮姫君	四 416	同じくは小高き枝に木づたはで 下枝の梅に来居る鶯	注・姫君は返歌をしているが、物語に記述はない。
185	贈×	狭衣 女二宮	四 418	眺むらん夕べの空にたなびかで 思ひのほかに煙たつ頃	…など聞こえ給へり。されど、例の中納言の典侍の仰せ書きばかりにて、かひなきも常の事にて、
186	贈×	狭衣 源氏宮	四 422	大方は身をや投げまし見るからに なぐさの浜も袖ぬらしけり	答へもなければ、うち嘆き給ひて、…とて、はては、例の、忍び難げに漏らし出で給ふ涙のけしきを又かき尽し心づきなう思しなられて、なほ眠たげなる気色もてないて、うち臥させ給ひぬるも、
187	贈○	狭衣 源氏宮188	四 428	めぐりあはん限りだになき別れかな空行く月の果てを知らねば	…とて、押し当て給へる袖のけしき、限りある世の命ならぬは、げに、さ思し召さるらん。
188	答○	源氏宮 狭衣187	四 429	月だにもよその村雲へだてずは 夜な夜な袖にうつしても見ん	…と、なほざりに言ひ捨てさせ給ふ慰めばかりも、げになかなか思ひ離れぬ絆ともなりぬべし。
189	独○	狭衣 （源氏宮）	四 430	七車積むともつきじ思ふにも 言ふにもあまるわが恋草は	…とぞ思しける。
190	贈○	狭衣 源氏宮191	四 433	恋ひて泣く涙にくもる月影は 宿る袖もや濡るる顔なる	
191	答○	源氏宮 狭衣190	四 433	あはれ添ふ秋の月影袖馴れで おほかたとのみながめやはする	今は人づてに聞こえさせ給はんもあるまじき事なれば、…とばかりほのかなり。
192	独○	狭衣 （源氏宮）	四 436	かく恋ひんものと知りてやかねて より逢ふこと絶ゆと見て嘆きけん	つくづくと眺め入らせ給ひて、…と思さるるにつけても、くらべ苦しき心の中は、なほいとわりなし。
193	贈○	狭衣 源氏宮194	四 438	名を惜しみ人頼めなる扇かな 手かくばかりの契りならぬに	…と、御料なるは、別なる包み紙に書きつけさせ給ひても、

194	答○	源氏宮 狭衣193	四 439	あふぎてふ名をさへ今は惜しみつつかはらば風のつらくやあらまし	斎院はなま苦しう思し召されど、「御返、疾く疾く」とのみ聞えさせ給へば、思しもあへず、ただ、…
195	独○	狭衣 （源氏宮）	四 439	ひきつれて今日はかざしし葵さへ思ひもかけぬ標の外かな	…と思し続けて、眺めさせ給へる御まみなどの、なほ国王と聞えさするにも余りてけ高うなまめかしう見えさせ給へり。
196	贈○	狭衣 若宮197	四 441	愛しさもあはれも君に尽き果ててこはまだ思ふものと知らぬを	…と書かせ給ひて、見せたてまつり給へば、
197	答○	若宮 狭衣196	四 441	ことわりも知らぬ涙やいかならん我より外の人を思はば	…と書い給へる御手のうつくしさを、
198	独○	狭衣 （源氏宮）	四 444	思ふことなるともなしにいくかへり恨みわたりぬる賀茂の川波	
199	独○	狭衣 （源氏宮）	四 445	八島もる神も聞きけんあひも見ぬ恋ひまされてふ御禊やはせし	
200	独○	狭衣 （源氏宮）	四 446	神垣は杉の木末にあらねども紅葉の色もしるく見えけり	いとど、ひとつ方にのみ眺め入らせ給へり。…と御覧ずるにも、かひなし。
201	独○	狭衣 （源氏宮）	四 446	それと見る身は船岡にこがれつつ思ふ心の越えもゆかぬか	…などやうに、野・山・川の底を御覧ずるにつけても、思し沈みにし方ざまの事は更に忘れ給はず。
202	贈×	狭衣 女二宮	四 449	年積もるしるし殊なる今日よりはあはれを添へて憂きは忘れね	「…（略）」と書かせ給ひて、
203	独× 贈△	式部卿宮姫君 狭衣204	四 451	たち返りした騒げどもいにしへの野中の清水水草ゐにけり	「…いかに契りし」など手習に書きすさびさせ給ふに、
204	答○ →注	狭衣 式部卿宮姫君 203	四 452	今さらにえぞ恋ひざらん汲みも見ぬ野中の水の行方知らねば	…と書きつけさせ給ひて、 注・手習に書きすさんだ姫君の詠203を見付けた狭衣が、返歌として詠む。
205	独○	式部大夫道成 （飛鳥井女君）	四 456	帰りこしかひこそなけれ韓泊いづらながれし人の行方は	
206	独○	飛鳥井女君(絵日記)	四 457	人知れぬ入江の沢にしる人もなくなくきする鶴の毛衣	…とさへ書いつけられたるを見つけ給へる心地、
207	独○	飛鳥井女君(絵日記)	四 460	忘れずは端山繁山分け分けで水の下にや思ひ入るらん	
208	独○	飛鳥井女君(絵日記)	四 460	行く末を頼むともなき命にてまだ岩根なる松に別るる	
209	独○	飛鳥井女君(絵日記)	四 461	後れじと契らざりせば今はとてそむくもなにか悲しからまし	
210	独○	飛鳥井女君(絵日記)	四 461	長らへてあらば逢ふ世も待つべきに命はつきぬ人はとひ来ず	
211	独× 贈△	飛鳥井女君(絵日記)	四 461	消えはてて煙は空にかすむとも雲のけしきを我と知らじな	
212	答○	狭衣 飛鳥井女君211	四 461	霞めよな思ひ消えなむ煙にも立ちおくれてはくゆらざらまし	
213	独○	狭衣 （飛鳥井女君）	四 461	落ちたぎる涙の水脈は早けれど過ぎにし方にかへりやはする	…など、書き続けさせ給ひても、

214	独○	狭衣 （飛鳥井女君）	四 462	過ぎにける方を見るだに悲しきに 絵に書きとめて別れぬるかな	…など思し召せど、ありし扇ばかりを残させ給ひて、
215	贈×	狭衣 女二宮	四 466	消えはてて屍は灰になりぬとも 恋の煙はたちもはなれじ	…とのたまはするままに、
216	独○	狭衣 （女二宮）	四 466	たちかへり折らで過ぎ憂き女郎花 猶やすらはん霧の籬に	…と眺め入り給へる御かたちの夕映え、なほ「いとかかる例はあらじ」と見えさせ給へるに、「世とともに、物をのみ思して過ぎぬるこそ、『いかなりける前の世の契りにか』と見え給ふめれ」と。

『狭衣物語』の歌の意義――『伊勢物語』六十五段「在原なりける男」とのかかわりから――

宮谷聡美

一　はじめに

物語にはなぜ歌が必要であったのか、それは簡単に答えられるような問いではないが、そのことを考えるためには、物語の中で、歌がどのように位置づけられ、意味づけられているか、考えていく必要があるだろう。

『狭衣物語』においては、かつて天地をも動かすとされ、多くの歌徳説話を生んだ贈答歌が、すでに恋の物語を進展させてゆく力を失っていること、とはいえ、独詠歌の増加、贈答歌の減少、返歌のない贈歌や、結果的に贈答のような形になった歌など、そのさまざまな歌の様相は、「登場人物たちがそれぞれ孤立して生きるしかない作品世界の形象と深く結びつく」(1)ものであり、「平安後期の物語作者が開拓した、新たな歌と物語のかかわり方、表現手段」であったことなどの指摘にあるように、『伊勢物語』や『源氏物語』をふまえながら、それらを逆手に取った方法が自覚的に選び取られていることがうかがわれる。

このように、『狭衣物語』にもやはり歌が必要不可欠な存在であったことは言うまでもなく、「『狭衣物語』にとって歌はどのようなものだったのか」は、重要な問題設定たり得ると考える。

二 「世の常」

まず、「世の常」ということばに注目する。

『狭衣物語』の中に「世の常」という言葉は名詞・形容動詞を合わせて五十七例あるが[2]、ここでは、その中でも特徴的な「〇〇こと、世の常ならず」という表現、もしくは、「△△(と言ふ)とも、世の常なり」という表現に注目したい。それぞれ、若干のバリエーションがあるが、いずれにせよ、その感情が並大抵のものではないことを言う類型表現である。

1 乳母、心ゆきたる気色して物言ひ、笑がちなるを聞くが、ねたく悲しきこと、世の常ならず。(巻一 一〇三頁)

2 隣の人々に問へば、確かなること言ふ人もなければ、参りてしかじか申せば、いと浅ましうあやなしとも世の常なり。(巻一 一〇九頁)

3 何事よりも、夢のおぼつかなきを、何事ぞと、聞きだに明らめでやみぬるは、いぶせくおぼつかなしとも、世の常なり。(巻一 一一一頁)

4 やがて頭もたげて見廻したまふに、人々も皆寝たるさまなれば、嬉しとは、世の常ならず思ひながら、今宵や限りのこの世ならんと、思ふには、つらからん人をだに思ひ出でぬべし。(巻一 一一三頁)

5 「とてもかくても同じ憂さとは言ひながら、その人とだに知らぬ、かばかりの御身の程に、かかる事の類、いとあらじかし。……こは、いかにすべき忘れ形見ぞ」とて、押し当てさせたまへる袖の雫、ことわりにいみじとも、世の常なり。（巻二　一四七頁）

6　大将、かかる事を聞きたまふに、口惜しう悲しとも、世の常なり。（巻二　一六七頁）

7　いかにして、かく、しなしたてまつりつる事にかと、悔しうも悲しうも、世の常ならず、「袖の氷」とけず、明かしかねたまふ夜な夜なは、今始めて立ち別れたらん人の心地して、恋しさもあはれさも類なかりけり。（巻二　一六八頁）

8　夜もすがら泣き明かしたまひける涙に浮きたる枕の、探りつけられたるなど、いとかくおぼえたまふ事はなかりつるを、悲しなどは世の常なり。（巻二　一七〇頁）

9　げに、洗ひける涙の気色しるく、あるかなきかになる所々、たどり見解きたまふままに、今はとて、おちいりけん有様、心のうち、見る心地して、悲しきなど言ふも世の常なり。（巻二　一八一頁）

10　本の根ざしも、ありぬべけれど、あやしきまで、違ふ所はおはせぬかなとて、いと愛しう思ひきこえさせたまへる、見るも、聞かせたまふ事もこそあれと、かたはらいたさも悲しさも、世の常ならねば、（巻二　一八四頁）

11　一条院の、この日頃例ならず思しけれど、折節もなければ、忍び過させたまふ。折々胸をさへ病ませたまひて、俄に限りにならせたまへるを、うちの思し嘆くさま世の常ならず。（巻二　一九三頁）

12　普賢の御光けざやかに見えたまひて、程なく失せたまひぬ。わが御心地に尊く、悲しとも世の常なりや。（巻二　二一〇頁）

13　「出でさせたまはんに、かの御堂の方に尋ねさせたまへ」とて、入りぬる名残も、胸ひしげたるやうにて、おぼつかなく残りゆかしとも、世の常なれば、候ひたまふにも、「行方聞かせたまへ」と、数珠おしすりたまふ。

（巻二　二一四頁）

14 「夜中に、まかり出でにける。その行き所などは、知りたると申す人候はぬ」と申すに、口惜しなども、世の常なりや。（巻三　二一八頁）

15 「暁に召せと、言ひしかば、心安くて、行ひもまぎれなん、人目もいかがなど、心のどかに思ひしも、悔しく、いみじとも世の常の事をこそいへ、いとど都の方の物憂さもわりなけれど、（巻三　二一九頁）

16 これより外の、憂き世の慰めは、あるまじかりけるにこそと、思ひ知られたまふ。あはれも悔しさも世の常ならず。（巻三　二二三頁）

17 「いなごまろは、拍子うち、きりぎりすは」など、細めつつ、首筋ひき立てて、折れ返りかひろぐ側顔の、ほのぼのの御簾に透きて見ゆるは、をかしなどは世の常なる事をこそいひけれ。（巻三　二三五頁）

18 母代に責められたまひけるをり、よみたまひたりけるなめりと見ゆるが、あはれにもをかしうも、世の常ならず。（巻三　二三八頁）

19 「琵琶も、なほせと、うへののたまはせつれど、なかなかゆがみぬべくはべりける」と、のたまひければ、……うち笑ふ気色、いとしたり顔に、心づきなしとも世の常なりと、思ふに、（巻三　二三九頁）

20 かばかりの程ばかりにて、あまた年、おぼつかなくて過しけるも浅ましきに、ありありて亡き跡を尋ねても、誰を見るべきにかと、おぼせば、なほ、口惜しう悲しとも世の常なり。（巻三　二四一頁）

21 三月も過ぎければ、さのみ忍ぶべきならねば、奏せさせたまふを、聞かせたまふ御気色、嬉しなども世の常なり。（巻三　三一二頁）

22 「格子も下さでこそありけれ。いざ見せん」と、ささめきたまふうつくしさぞ、世の常ならぬ。

23　猶、思ふ事かなふまじき身にやと、なかなか、たちまちに思し立たざりつる過ぎぬる方よりも、いみじう口惜しとも、悲しとも、世の常ならぬ心地すれども、ただ心得ぬさまにもてなしたまひて、（巻三　三一九頁）

24　「『ただ今なん、失せたまひぬる』とて、ののしりはべりつれば、御返も聞こえさせで参りぬる」と申すを、聞きたまふは、御心地、いとあへなく浅ましとも、世の常なり。（巻四　三四四頁）

25　御しつらひなども、ありしながらなるに、ひとり立ち帰りたまふ心地の悲しさも、世の常ならんや。（巻四　三九一頁）

26　あまた、参らせし扇どもはさるものにて、自らの御料などは、……さるべき蔵人どもも、うけたまはりて、ひごとに、代るべき女房の料なども、さまざまに心殊にせさせたまふさま、めでたしなども、世の常ならぬさまにしたてさせたまひて、（巻四　三九七頁）

27　この宮生まれたまひてのち、いとど物を思し入りけるさまいといみじう、心地も生くべうも思えたまはざりければ、「一品の宮に、わたいたてまつりてん」と、思ひなりたまひけん有様、悲しなども、世の常なり。（巻四　四三八頁）

（巻四　四六〇頁）

これらの例を見ると、１２３４９13 14 15 20のように、飛鳥井の君の悲劇や行方に関すること、５６７８のように、女二の宮の懐妊や出家に関すること、10 16 22 27のように、狭衣の、公言できない自分の子に関すること、12 23のように、普賢の出現や出家願望に関すること、また、11 21 24 25のように、人の誕生や死に関することなど、人生における重大な局面で用いられる場合が多い。17 18 19の今姫君に対する嘲笑と、斎院方への贈り物のすばらしさを言う26は、やや例外的であるが、物語に描かれてきたことを前提とすれば、これらが「あえて言うまでもない」こととも言える。

つまり、「世の常」表現が用いられるのは、多くの場合、人生の重大局面であって、そのような場面に遭遇すれば誰でもが経験する感情だと、読者の共感に訴える方法なのである。

実際、先にあげた「世の常」表現の用いられている場面二十七例のうち、歌でその思いが表現されているのは3・9の二例、やや内容の異なる歌がある20の場合を含めても三例にしかならない。読者への共感に頼る「世の常」表現は[3]、歌で感情を説明する物語のあり方とは、距離のある方法なのだと言えよう。

三　「思ふにも言ふにもあまる」

「言ふにもあまる」という表現が『枕草子』にある。『日本国語大辞典　第二版』（小学館）には「垂氷」、すなわちつららの美しさを述べる「言ふにもあまりてめでたきに」（『新全集』二八三段「十二月二十四日、宮の御仏名の」）の例があげられ、『古語大辞典』（小学館）には、七月頃の暑い時に開け放して寝る時の「闇もまたをかし。有明はた言ふにもあまりたり」（『全集』四三段「七月ばかり、いみじく暑ければ」）の例があげられている。

このような例を見ると、「言ふにもあまる」は、「言ふもさらなり」などという表現にも通じ、さらに、「世の常なり（ならず）」という表現にも通底するものがあるように思われる。『狭衣物語』は人物の心理を描く物語でありながら、その実、心理を詳細に描くかわりに、そのような感情を抱くのも道理だ、という「ことわり」という言葉や、前節に見た「世の常」という類型表現を多用する。むろん、そこに、先行諸物語の題や登場人物の名を明示することで共通理解が可能になるのと同じ読者層を想定することができるのだろうが、それで十分読者にその思いの

「深さ」や「切実さ」が伝わるという思い、読者との共通理解に訴えることが可能だと考える意識があるのだろう。

ところが、『狭衣物語』には「思ふにも言ふにもあまる」という表現が二例ある。一例は、狭衣が、行方不明になった飛鳥井の女君に思いをはせるところで、

尋ぬべき草の原さへ霜枯れて誰に問はまし道柴の露

あさましう、誰とだに知られずなりにしかば、なほ、「思ふにも言ふにもあまる」心地ぞしたまひける。（巻二　一一九頁）

とあるもので、もう一例は、即位を前にした狭衣が斎院を訪問した帰途、「恋草積むべき料にやと見ゆる車ども」が行き違う様子を見た狭衣に関して、

七車積むともつきじ思ふにも言ふにもあまるわが恋草は

とぞ思しける。（巻四　四三〇頁）

とあるものである。

巻四の歌は『古今六帖』二・車・一四二一の、広河女王歌「恋草を力車に七車つみてもあまる我が心かな」が引き歌とされる。広河女王の歌は、『万葉集』巻四・六九四では「恋草を力車に七車つみてこふらく我が心から」となっているものである。『古今六帖』の歌の表現の方が狭衣の歌に近いことは言うまでもないが、「思ふにも言ふにもあまる」という表現は『古今六帖』にもない。『新編国歌大観』によれば、時代が下ると例があるものの、『狭衣物語』と同時代以前には、『新全集』が注にあげる、『後拾遺集』雑三・一〇二八（伊勢大輔）「思ふにもあまることとなれやころものたまのあらはるる日は」（『伊勢大輔集（彰考館本）』九七にもある）、『発心和歌集』七「思ふにも言ふにもあまる深さにてことも心も及ばれぬかな」にしか見出せない、新しい表現である。

「思ふにあまる」が「思ひあまる」と同様な意味、つまり、「ひどく思い悩んで、考えがまとまらなくなる。思案にあまる。また、恋しさにたえきれなくなる」（『日本国語大辞典　第二版』）ことであり、「言ふにあまる」が「言葉に言いつくせない、言いようがない」（同）ことをいうのであるならば、「思ふにも言ふにもあまる」は、「思い悩んでたえきれず、言葉に出そうとしても言いようのない深い思い」という意味になるだろうか。

しかし、『狭衣物語』には、もう一つ、歌に対する特徴的な考えが見られる。

狭衣が女二の宮のもとへ忍び入る際に

我ばかり思ひしもせじ冬の夜につがはぬ鴛鴦のうき寝なりとも

といふを、聞く人なければ、心に任せて口ずさみたまふにも、猶飽かねば、　（巻二　一六九頁）

また、狭衣が一品の宮の様子を見て源氏の宮を思い出すところで、

武蔵野の霜枯れに見しわれもかう秋しも劣る匂ひなりけり

同じ花とも見えねば、口惜しきわざかなと、心の中に思ひ続けられたまふにも、人聞かざりし所にて、心に任せられたりし独り言さへ、口ふたがりぬるを、いと浅ましう思ひたまひて、　（巻三　二八二頁）

とあることである。

ここで、狭衣は、「心に任せたくちずさみ」、つまり独り言を口にしてもものたらなく、かといってそんな独り言さえ口に出せないのが「浅まし」、つまり、思いの外に興ざめだ、というのである。『新全集』では、波線部が「思ひあまりたまひて」となっており、この本文によれば、独り言さえ口に出せないのが「思ひあまる」とされている。『狭衣物語』においては、歌は「思ふ」ものであり、同時に「言ふ」ものでもあったのだろう。「思ふ」と「言ふ」の境界線はかすかなのである。「思ふにあまる」ようなありあまる思いは、歌の詞として伝達され、他人と理

解し合う手だてとなるのではなく、「言ふにもあまる」ものと位置づけられることで、ただ思いの「深さ」「切実さ」を伝達する側面が強調されている。

四　『伊勢物語』六十五段「在原なりける男」から

第二節では、『狭衣物語』が個別的な歌の表現とある意味で距離を置いた類型表現を多用すること、第三節では、『狭衣物語』においては、歌が、思いの質よりもその「深さ」「切実さ」を訴えるものとしての側面を持っていることを見てきた。次に、歌の具体相のいくつかを見ておきたい。

本稿では、『伊勢物語』六十五段「在原なりける男」と共通する表現を材料に検討する。『伊勢物語』六十五段は、『伊勢物語』の中で最長の章段であり、三段階成立説によっても後の段階で増補された章段とされ、また、時間的・社会的な広がりを持ち、歌物語というよりは長編物語的な構成になっているなど、さまざまな点で特異な章段である。(4)

まず、『伊勢物語』六十五段を引用する。ここでは（ア）～（エ）の四つの部分に分け、歌にはA～Eの記号を付し、注目する表現に傍線1～8を付す。

（ア）むかし、おほやけおぼして使うたまふ女の、色許されたるありけり。大御息所とていますかりけるいとこなりけり。殿上にさぶらひける在原なりける男の、まだいと若かりけるを、この女あひ知りたりけり。男、女方許されたりければ、女のある所に来てむかひをりければ、女、「いとかたはなり。身も亡びなむ。かくなせそ」と言ひければ、

A　思ふには忍ぶることぞ負けにけるあふにしかへばさもあらばあれ

と言ひて、曹司におりたまへれば、例の、この御曹司には人の見るをも知らで、のぼりゐければ、この女、思ひわびて里へ行く。されば、なにのよきことと思ひて、行き通ひければ、みな人聞きて笑ひけり。つとめて主殿司の見るに、沓は取りて、奥に投げ入れてのぼりぬ。

(イ)かくかたはにしつつありわたるに、身もいたづらになりぬべければ、つひに亡びぬべしとて、この男、「いかにせむ。わがかかる心やめたまへ」と、仏、神にも申しけれど、いやまさりにのみおぼえつつ、なほわりなく恋しうのみおぼえければ、陰陽師、巫呼びて、恋せじといふ祓への具してなむ行きける。祓へけるままに、いとどかなしきこと数まさりて、ありしよりけに恋しくのみおぼえければ、

B　恋せじと御手洗川にせしみそぎ神はうけずもなりにけるかな

と言ひてなむ、いにける。

(ウ)この帝は、顔かたちよくおはしまして、仏の御名を、御心に入れて、御声はいと尊くて申したまふを聞きて、女はいたう泣きけり。「かかる君に仕うまつらで、宿世つたなく、かなしきこと。この男にほだされて」とてなむ泣きける。かかるほどに、帝聞しめしつけて、この男をば流しつかはしてければ、この女のいとこの御息所、女をばまかでさせて、蔵にこめてしをりたまうければ、蔵にこもりて泣く。

C　海人の刈る藻に住む虫のわれからと音をこそ泣かめ世をば恨みじ

と泣きをれば、この男、人の国より夜ごとに来つつ、笛をいとおもしろく吹きて、声はをかしうてぞ、あはれにうたひける。かかれば、この女は、蔵にこもりながら、それにぞあなるとは聞けど、あひ見るべきにもあらでなむありける。

D　さりとも思ふらむこそかなしけれ[7]あるにもあらぬ身を知らずして
と思ひをり。男は、女しあはねば、かくしありきつつ、人の国にありきて、かくうたふ、
E　いたづらに行きては来ぬるものゆゑに[8]見まくほしさにいざなはれつつ
（エ）水の尾の御時なるべし。御息所も染殿の后なり。五条の后とも。

ここには五首の歌があるが、「よむ」は用いられず、AB歌にはともに「言ふ」が、C歌には「泣く」、D歌には「思ふ」、E歌には「うたふ」が用いられ、歌が普通の会話や心内文と同じような扱いになっている。また、波線部のように、歌を「うたふ」男の声が印象的に描かれながら、その声は女の耳に届いても、女の思いは男には届かず、二人の関係はすれ違ったまま終わっている。一方で、『狭衣物語』の歌の詠出には、「よむ」や「やる」「遣はす」（6）ではなく「いふ」「思ふ」や「あり」が多く用いられ（5）、歌を詠んだ狭衣の「声」への賛嘆に多く筆が割かれていること、狭衣と他の人物の心はすれ違うこと等、両者には共通点が多い。

次に、傍線部1～8とほぼ共通する表現を、『狭衣物語』からあげる。

1「あふにしかへば」

（1）狭衣が飛鳥井の君に心のうちを訴えて

「世にあり果てずなりなば、いかが思ひたまふべき。そをだに後のと誰言ひ置きけんな。逢ふにはかへまほしかりけるものを」（巻一　八〇頁）

（2）狭衣が斎院に出かけた折、女房少将が

「逢ふにしかへば、かばかりの身は、まいて何か惜しく侍らん。この世の面目にこそ」など、わららかに戯れきこゆるを、若き人々は、あいなう汗あえてぞ聞きける。（巻四　三五九頁）

（3）斎院に参った狭衣が休んでいる源氏の宮を見て
「これを、わが物と見たてまつらずなりにけるよ。逢ふにしかへばとかや、いとかばかりなる人にしも言ひ置かざりけんかし。」（巻四　四二〇頁）

（1）〜（3）のすべてに、『大系』『集成』『新全集』がともに『古今集』恋二・六一五（紀友則）の「命やはなにぞは露のあだものを逢ふにしかへば惜しからなくに」をあげるが、何を犠牲にしても会いたい、とする発想はA歌にも見られる。

2「身もいたづら」

（1）狭衣が在五中将の恋の日記を見ていた源氏の宮に心のうちを訴えて
「身はいたづらになり果つとも、あるまじき心ばへは、よに御覧ぜられじ。……いとど年頃よりもあはれを添へて、思しめさんぞ、身のいたづらにならん限りには、この世の思ひ出にしはべるべきに。（巻一　五六頁）

（2）大宮が女二の宮の懐妊を知って
「あはれ、いかなる人、かばかり物を思はせたてまつりて、知らず顔にてあらん。……身はいたづらになるとも、いかなる武士なりとも、少し、あはれと、思ひきこえば、さりとも忍びあへぬ気色はもり出ぬやうあらじ」（巻二　一五四頁）

（3）源氏の宮方の雪まろばしを見た狭衣が
「いはけなかりしより見たてまつりし身なればにや、なほ、いとかばかりの人は世にあらじかし」と、かかればこそ、人をも身をもいたづらになしつるぞかし。（巻二　一七三頁）

（4）狭衣が、斎院入りの準備を進める源氏の宮に恋情を訴えて

「さりとも、思しめし知るらんとこそ思ひつるを、あさましかりける御心ばへにこそ、身もいたづらになりはべりぬべけれ」（巻二　一九八頁）

（1）（4）は、『拾遺集』恋五・九五〇（一条摂政）「ものいひ侍りける女の、のちにつれなく侍りて、さらにあはず侍りければ　あはれともいふべき人はおもほえで身のいたづらに成りぬべきかな」（『一条摂政御集』一にもある）や『源氏物語』の女三の宮に対する柏木の物語の表現が考えられるが、[7]その基になる部分に『伊勢物語』六十五段がある。

3「御手洗川」

（1）斎院渡御に際して源氏の宮が

院は、ただ、「かかる事見えざらん所もがな」と急がれさせたまふ。御手洗川にみそぎせさせたまはん事のみ思しめさるる。（巻二　二〇〇頁）

（2）式部卿宮の姫君を訪ねた狭衣がその印象について

ただ、それかとまで思ひ出でられさせたまふ御手洗川の面影さへ立ち添ひて、心騒ぎするに、（巻四　三九八頁）

（3）参内した式部卿宮の姫君について

墨染にやつれたまへりし御有様にだに、御手洗川の影にも並びきこえさせたまひぬべく、ありがたかりしを、（巻四　四三五頁）

（1）をふまえた（2）（3）も含め、「御手洗川」は斎院、源氏の宮を象徴的に指し示す言葉であるが、『狭衣物語』の中で、源氏の宮を指す言葉は他にもあることを考えると、この言葉が敢えて使われているのは『伊勢物語』六十五段の世界をなぞるためではなかろうか。『大系』は、B歌とほぼ同じ（四・五句「うけずぞなりにけらしも」）『古今集』恋一・五〇一（よみ人知らず）の上の句を使って言ったものとする。

4「みそぎ」

（1）前出3（1）点線部

（2）源氏の宮が本院に入った折に、狭衣が

みそぎする八百万代の神も聞け我こそさきに思ひ初めしか

と思すは、後ろめたなき御兄のこころばへなり。（巻三　三〇四頁）

（3）狭衣帝が上賀茂神社に行幸して

上の御社に御祓へつかうまつるにも、「過ぎにし年、たてたまひし御願かなひたまひて、今日参らせたまひたるさま、今より後、百廿年の世を保たせたまふべき有様」など、聞きよく言ひ続くるは、「げに、天照神達も耳たてたまふらんかし」と聞こえて、頼もしきにも、さしも、ながうとも思しめさぬ、御心の中には、嬉しかるべくぞ聞かせたまはざりける。

八島もる神も聞きけんあひも見ぬ恋ひまされてふみそぎやはせし（巻四　四四五頁）

『新全集』は、『古今集』及び『伊勢物語』としてB歌をあげる。『大系』は（1）をふまえるとする。

5「海人の刈る藻」

（1）母大宮を亡くして、父帝から参内を促され、狭衣との結婚の準備が進む中で、女二の宮が

海人の刈る藻の心づきなさは、世に知らずつらう思し知らるるに、「心より外ならん藻塩の煙を、浅ましかりし、まぼろしのしるべならでは、夢にだにいかで見じ」と、おぼさるるを、（巻二　一六四頁）

『大系』は『古今集』恋五・八〇七（藤原直子）としてC歌をあげるのに対し、『新全集』は『拾遺集』恋五・九

八七（よみ人知らず）「海人の刈る藻に住む虫の名は聞けどただ我からの辛きなりけり」をあげる。「我から」を導き出している点は共通するが、その「我」を、『大系』が女二の宮を指すものと見、『新全集』が狭衣を指すとする点で解釈が分かれる。

「心づきなさ」は、女二の宮の狭衣への思いであろうから、「海人の刈る藻」は狭衣を指すものと見たいが、狭衣を「海人の刈る藻」と表現しなければならなかった必然性がわかりにくい。C歌よりも、むしろ、『中務集』（西本願寺本）一七〇「思ふことあるころ、人に　あるよりも乱れまさりて海人の刈るもの思ひすともきみは知らずや」を本歌と考えたほうがわかりやすいようである。

6「藻に住む虫」

（1）結婚が決まった狭衣が中納言典侍と語る場面で

「他人よりは、さりとも、おなじ心にやとて、聞こえつれ。心憂くも、のたまふかな。いでや、今は聞こえじ、藻に住む虫なればとて、思ひ乱れ給へる気色、「今少し、いとほしげになりまさりたまひにけり」と見るも、「例の、心癖ぞかし」と、生憎く思えけり。（巻三　二六八頁）

『大系』『集成』『新全集』いずれも、『古今集』恋五・八〇七（藤原直子）としてC歌をあげるように、「我から」、すなわち自分のせいだと言うものであることは確かである。

7「あるにもあらぬ身」

（1）狭衣が斎院で

かつ見るはあるはあるともあらぬ身を人の人とや思ひなすらん

手すさみのやうに、片仮名にて、懐なる猫の首に、結びつけて、「あな、いぎたな。起きて、参りね」と、押

し出だしたまへれば、

『新全集』では、「かつ見るもあるはあるにもあらぬ身を人は人とや思ひなすらん」となっている。猫の登場は『源氏物語』の柏木と女三の宮の物語をふまえたものだろう。（巻三　二九七頁）

8「見まくほしさ」

（1）式部卿宮の姫君を迎えた狭衣を見る一品の宮の思い

今は、よろづに思しつつめど、見まほしさにさへ誘はれたまうて、さのみもえつくろひやりたまはぬを、「いと浅まし」とのみ、御心に余る折は、二三日なども起きも上がらせたまはず、泣き沈みたまへり。（巻四　四一四頁）

『集成』『新全集』は、『古今集』恋三・六二〇（よみ人しらず）としてE歌をあげる。傍線部は『集成』では「見まくほしさに」となっている。

以上をまとめて見ると、状況や文脈に共通点がない場合など、諸注では『古今集』歌としてあげている表現であっても、一連のものとして取り出してみるとやはり、『伊勢物語』六十五段の表現として享受されていたもののように思われる。(8)

そして、飛鳥井の君の物語である1（1）、女二の宮の物語である2（2）、5（1）、6（1）を除き、一五例中一一例が源氏の宮と、その形代である式部卿の姫君に関連した話題の中で出てきていることを考えると、源氏の宮物語の一側面が、『伊勢物語』六十五段の物語世界のイメージを揺曳させる表現を組み合わせることによって形づくられているということになりそうである。

特に注意したいのが、4「みそぎ」である。点線を付したように、（3）には「御祓へ」という言葉が出てくるが、言うまでもなく、『伊勢物語』六十五段（イ）の部分には、実態はよくわからないながら、「祓へ」「みそぎ」が渾然一体となって描かれている。（3）の場面の祓は、帝になった狭衣がお礼参りに上賀茂神社に行幸した折のものであるが、狭衣がたてた「願」として『狭衣物語』中に描かれているのは、「げに、この後はいかさまにして逃るるわざもがなと、多くの願をさへ立てさせたまふ。かかれど、しるしもなく、そのほどと聞く日も近くなりぬ。」（巻三　二七三頁）という、一品の宮との結婚から逃れようとする「願」のみである。『伊勢物語』六十五段には「願」という言葉こそ出てこないが、（イ）の「わがかかる心やめたまへ」は、「願」であると考えることができる。さらに、（1）の歌で「我こそさきに思ひそめしか」、（3）の歌で、「あひも見ぬ恋ひまされてふみそぎやはせし」と、神に向かって宣言するような詠みぶりは、『伊勢物語』六十五段（イ）の部分を前提にするものであろう。

狭衣は、「恋せじ」の決心をするほど、すなわち、自分の意志の力で源氏の宮をあきらめなければならないと決意するほどの絶望的な深刻さを感じているようには見えない[9]。源氏の宮は、斎院に入ることによって狭衣から接触されずに済むようになることを喜ばしく思っているのにもかかわらず、狭衣は、『伊勢物語』の「在原なりける男」と同様に、ただ一方的に源氏の宮に訴えかける。源氏の宮への思いを持ち続けていればいつか神がその思いをかなえてくれると思いこんでいたのに、そうではなかったことを恨む心情である。

以上のように、『伊勢物語』六十五段と『狭衣物語』とに共通する表現を確認してみると、『伊勢物語』では2「身もいたづら」以外は歌に用いられているのに対し、『狭衣物語』で歌に用いられているのは、4「みそぎ」（2）（3）と7（1）の「あるにもあらぬ身」のみであり、『伊勢物語』では歌に用いられた表現であるのにもかかわらず、『狭衣物語』ではそれが散文部に用いられているものが多いことがわかる。

7（1）の歌は、片仮名で書かれたことが記されている。片仮名で、とわざわざ記されていることの意味はなお明らかとは言いがたいが、通常の手段で恋の思いを相手に伝えようとするものでないことは確かである。(10) 源氏の宮に伝えようとした思いが、源氏の宮に届いたかどうかは読み取れない。

狭衣の源氏の宮への一方的な思いを表現する7（1）や、帝になっても満たされず、神を相手に源氏の宮への思いを訴えるしかない4（2）（3）のような狭衣の鬱屈は源氏の宮物語の重要な要素であるが、これらは通常の贈答歌ではない。ここにも、『狭衣物語』の歌が、複雑な感情を相手に正確に伝達する手段であるよりも、思いの「深さ」「切実さ」を訴えようとする性格が強いことが見て取れる。

五　まとめ

源氏の宮物語は、「在原なりける男」の、帝に仕える女への思いがすれちがったまま終わる『伊勢物語』六十五段のイメージを濃厚に漂わせながら、帝の妻をあやまつ話ではなく、狭衣が帝になっても手の届かない女との物語となっている。

『狭衣物語』における歌は、『伊勢物語』六十五段と同様に、周囲の人々を様々な形で巻き込みつつも、「思ふ」や「言ふ」で提示される歌に込められた思いは相手に届かない。それでも、「え言ひやらず」「言ひ紛らはす」「言ひ果てず」「くちずさむ」「独りごつ」「言ひ消つ」「言ひすさぶ」「言ひ捨つ」、「有らぬ筋に紛らはす」「あらぬさまに書きなす」「書きすさぶ」「書きもやらず」「筆のついでのすさみに」「同じ上にけがさせたまひて、こまかに破る」「手習ひすさむ」など、他人に伝わらないことを前提としながらも思うことを歌で表現せずにはいられないことを示す特徴的な言葉が『狭衣物語』には多用されている。(11) 思うことを心の中にしまっておくことができずについ口に出したり書きつけたりしてしまう「すさび」は、『狭衣物語』の歌にとって重要な要素である。思いは心の中からあふれ出て表現をたぐりよせようとするが、その個人的な思いの複雑さは他の登場人物や読者に伝達可能とは限らないものである。しかし、それでも表現せざるを得ない思いの「深さ」や「切実さ」こそは、『狭衣物語』が読者に手を尽くして伝えたいものであり、またそれが可能だと考えられたのであったろう。

『伊勢物語』は「心あまりて詞たらず」と『古今集』仮名序で評された業平歌を核として出発したもので、たとえ歌の詞がありあまる心に追いつかない飛躍したものであっても、相手がそれを理解し、共感してくれることを信じようとする思想があるが、一方、百二十四段の「思ふこと言はでぞただにやみぬべきわれとひとしき人しなければ」のように、それを否定し、人間はやはりわかり合えないのだと嘆息する部分もある。

『狭衣物語』では、「心」は「思ふにも言ふにもあまる」ものでありながら、誰に聞かせるともなく表出せざるを得ないものとして、歌は「すさび」の形を取り、その「心」の「質」は他人に正確に（自分の思うとおりに）理解されずとも、自分の思いの「深さ」や「切実さ」を理解してもらうことは可能であり、慰めでもあり得るという思想が読み取れる[12]。この思想こそは、内部にゆらぎを抱えつつ、歌で心を伝えようとする『伊勢物語』の思想を独自にとらえ直したものと言うことができる。

※本文引用は、三谷栄一・関根慶子『日本古典文学大系　狭衣物語』（岩波書店）、石田穣二『新版　伊勢物語』（角川文庫）、松尾聡・永井和子『新編日本古典文学全集　枕草子』（小学館）、同『日本古典文学全集　枕草子』（小学館）、それ以外の和歌は『新編国歌大観』（角川書店）による。ただし、『万葉集』には旧番号を用い、表記等は私に改めた。なお、本文中の『大系』は『日本古典文学大系　狭衣物語』（岩波書店）、『集成』は鈴木一雄『新潮日本古典集成　狭

衣物語』（新潮社）、『新全集』は小町谷照彦・後藤祥子『新編日本古典文学全集　狭衣物語』（小学館）の略である。

注

（1）石埜敬子「狭衣物語の和歌」（『和歌文学論集3　和歌と物語』風間書房　一九九三年）

（2）塚原鉄雄・秋本守英・神尾暢子『狭衣物語語彙索引　内閣文庫蔵本』笠間書院　一九七五年

（3）萩野敦子「狭衣における「心深し」―『狭衣物語』主人公の造型をめぐって―」（『国語国文研究』九九　一九九五年三月）は、「『世の常』を引き合いにだして、狭衣の感情の深さが並々ならぬことを強調しようとする語り手の意図的な働きがあり、それは同時に狭衣に寄り添うようなスタンスをとっていることの証し」とする。

（4）拙稿「『伊勢物語』という「歌物語」―六五段「在原なりける男」の長編的性格から―」（『国文学研究』一四二　二〇〇四年三月）。なお、六十五段には、原國人『伊勢物語の文藝史的研究』第二部第二章（新典社　二〇〇一年）によって『落窪物語』との共通点も指摘されている。

（5）「思ふ」が多いことについては、萩野敦子「『狭衣物語』における主人公と語り手との距離―独詠歌を取り巻く語り、そして作者を取り巻く環境―」（『論叢　狭衣物語2　歴史との往還』新典社　二〇〇一年）に論がある。

（6）井上眞弓『狭衣物語の語りと引用』Ⅰ・第六章　笠間書院　二〇〇五年

（7）久下裕利『狭衣物語の人物と方法』二・Ⅳ　新典社　一九九三年（初出、一九八九年二月）

（8）中城さと子「『狭衣物語』における『伊勢物語』の享受―意味不明本文「たふとく水」の解読―」（『中京国文学』一〇　一九九一年三月）において、『狭衣物語』の中で『伊勢物語』六十五段に由来する表現としてあげられているのは、1（2）、3（1）、4（3）、5（1）、6（1）、8（1）の六箇所である。

（9）森朝男『恋と禁忌の古代文芸史―日本文芸における美の起源―』第四節（若草書房　二〇〇二年　初出一九九三年）では、『万葉集』から平安時代の恋の和歌を分析し、A恋しい相手に逢うための禊ぎ、B恋のうわさを祓うための禊ぎ、C恋しさを祓うための禊ぎと分類し、CはAから生まれた一連のものであるという。あえて言えばAにあたる狭衣の禊ぎは、『伊勢物語』六十五段の禊ぎCと、まったく異なる位相にあるわけではない。

（10）平仮名による文を読み慣れていたであろう当時の女性にとって、片仮名で書かれた歌は読みにくく、『狭衣物語』に多い、筆跡への評価に話題が移っていく可能性を閉ざしていることになるはずである。網野善彦「日本の文字社会の特質をめぐって」（『列島の文化史5』日本エディタースクール出版部　一九八八年五月）の述べる、片仮名は宣命体の代表する「ことばの強い霊力・呪力」がこめられた、口頭で語られたことばを表現する文字であったこと、また、橋本治『これで古典がよくわかる』（ちくま文庫　二〇〇一年、初出一九九七年）が和漢混淆文について述べつつ示唆するように、片仮名の文章は、「一字一字考えながら書かれた文章」であり、「一字一字考えながら読む文章」であったことを理解の助けにしたい。そうすると、この文を猫に運ばせていることも併せ、ここでは源氏の宮の受け取り拒否の防止という意味合いが出てくるように思われる。つまり、狭衣が通常どおり贈ったのでは受け取ってもらえないと予測される文を、誰からのものかわからないまま源氏の宮に読ませようとするのである。

（11）萩野敦子「『狭衣物語』における和歌の方法―作中和歌の伝達様式・表出様式に注目して―」（「平成16〜18年度科学研究費補助金（基盤研究（C））課題番号16520109『狭衣物語』を中心とした平安後期言語文化圏の研究・研究成果報告書」二〇〇七年二月）にも指摘がある。

（12）『あきぎり』でも、歌の存在そのものが重要な意味を持つことを論じたことがある。（神田龍身・西沢正史編『中世王朝物語・御伽草子事典』中世王朝物語（鎌倉時代物語）篇・Ⅳ中世王朝物語の言葉・和歌　勉誠出版　二〇〇二年）

付記　本稿は、「平成16〜18年度　科学研究費補助金（基盤研究（C））課題番号16520109『狭衣物語』を中心とした平安後期言語文化圏の研究」の研究成果の一部である。

III

平安後期言語文化圏の広がりに向けて

土地の名の物語史――『狭衣物語』を契機として――

木村朗子

はじめに

『狭衣物語』は多くの地名表現を内包する。それらは、常磐や粉河などのように登場人物が実際に訪れる実在の場所でありもし、また高麗、唐国、兜率天などのような想像域として呼びなされるだけの名でありもする。しかし高麗、唐国、そして兜率天ですら、場所の名としてある限り、決して非在の地ではない。兜率天のように誰も見たことのない場所でさえ、その土地の名をあげれば、ただちにその場についてのイメージが引き寄せられてくる。経典に語られ、仏画に描かれ、物語にあらわされた兜率天のイメージを導因するのだ。そうして物語に投げ出された土地の名は、そこで形成された新しいイメージをまとってまた別の物語へと引き継がれていく。『浜松中納言物語』は唐国を舞台に展開し[1]、『我身にたどる姫君』は兜率天内院での歌会場面を描いた。その意味で、『狭衣物語』の名指す場は、いつでも物語の開かれる場としてある。

本稿は、このようにして地名起源説話とは別の論理で、土地の名が物語と結ばれていく運動について考察するものとする。

一 『狭衣物語』の空間意識

『狭衣物語』巻二で、源氏の宮が斎院となって失意の狭衣は物詣にでる。「弘法太子の御姿」を見て道心を深めようと企図され、高野山をめざした突然の物詣は、吉野川を下り粉河寺へと向う。むろん道長、頼通の巡礼経路と合わせ考える必要もあるだろう。しかし、京からの遥かなる道のりを省略し、出立したのちにまっさきに挙がる地名が吉野川であったのはなぜだろう。

霜月の十日なれば、紅葉も散りはてて野山も見どころなく、雪霰がちにてもの心細く、いとど思ふこと積りぬべし。吉野川のわたり、舟をいとをかしきさまにてあまたさぶらはせたれば、乗りたまひて流れゆくに、岩波高く寄せかくれど、a水際いたく凍りて、浅瀬は舟も行きやらず、棹さしわたるを見たまひて、
　b吉野川浅瀬白波たどりわび渡らぬ仲となりにしものを
思しよそふる事やあらん。c妹背山のわたしは見やらるるに、なほ過ぎがたき御心を汲むにや、舟いでえ漕ぎやらず。（『狭衣物語』①二九六頁）[2]

源氏の宮への叶わぬ想いを抱えての狭衣の旅路において、吉野川をくだるのは、井上眞弓氏の指摘にあるように、[3]

そこに妹背山が詠まれねばならなかったからだろう。そしてこの旅路が、陸路を経るのではなく川筋でなければならなかったのは、飛鳥井の女君の入水と結びつけられるためでもあったろう。

d「わきかへり氷の下にむせびつつさもわびさする吉野川かな

上はつれなく」など口ずさみつつ、からうじて漲りわたるに、eかの底の水屑も思し出でられて、ただかばかりの深さだに思ひ入りがたげなるを、いかばかり思ひわびてかなど、向ひたりしさまかたちなどよりはじめ、もの深くはなきさまにてひとへにfらうたげにあはれなるさまなりしも、gただいま向ひたる心地して、h面杖をつきて、水の底を深くながめ入りたまへるまみのけしき、i言ひ知らずもの思はしげにて、数珠もてはやされたる腕《かひな》つきなど、世に人のなべての持たらぬ数珠のやうにめづらしううつくしげなり。

（『狭衣物語』①二九七頁）

そのようにみれば、弘法太子の高野山を目指しながら、「まうで着きたまへれば」といって、実際の物語の場となるのが粉河寺であるわけ(4)もみえてくる。新編全集の注(5)によれば、吉野川沿いに二カ所ある妹背山のうち、ここでいわれるのはすでに吉野川から紀ノ川へと名をかえた、粉河寺近くのほうをさす。ここに妹背山をよび込もうとする物語の目論見から、高野参詣はこともなげに妹背山を近くに見据える粉河寺へとすりかえられてしまう。

粉河寺は、『枕草子』に「寺は、壺坂。笠置。法輪。霊山は、釈迦仏の御すみかなるがあはれなるなり。石山。粉河。志賀(6)。」とあって、石山寺、志賀寺と並ぶ寺である。ここで「まうで着きたまへれば、御前の松山のけしき、谷の下水の流れなど、ただ石山とぞおぼゆる」（二九八頁）として、粉河寺の景観を語りながら、突如として石山寺の名が挙がってくることに注目したい。

粉河寺と石山寺がよく似た場所であっても、当然のことながらそれを地図上に置くなら全く別の地点としてマークされる。むろん石山寺はここで粉河のイメージを媒介する役割を果たす一種の喩なのだから、道行というかたちで、主人公が空間移動をし、主人公の視点で景観を語ることと矛盾するわけではない。しかしあえて現実の土地へと地名を返していくならば、『狭衣物語』の空間意識が、そうした物語のことばと空間、地名と土地との往還運動によって成ることに気づかされるだろう。そしてそれらの土地が歌枕とはちがったかたちで、歌のことばを誘引する契機となっているのである。吉野川の舟旅は、浅瀬に至りa「水際いたく凍りて、浅瀬は舟も行きやらず、棹さしわたるを見たまひて」(二九六頁)、狭衣の歌、b「吉野川浅瀬白波たどりわび渡らぬ仲となりにしものを」を引き出す。続けて、c「妹背山のわたりは見やらるるに、なほ過ぎがたき御心を汲むにや、舟いでえ漕ぎやらず。」として、d「わきかへり氷の下にむせびつつさもわびさする吉野川かな」と「口ずさみつつ」、そうした行き泥む水際のイメージがe「かの底の水屑も思し出でられて、ただかばかりの深さだに思ひ入りがたげなるを、いかばかり思ひわびてかなど」と入水したときく飛鳥井女君のf「らうたげにあはれなるさま」であったことの思い出へと結ばれていく。そのときの飛鳥井女君のヴィジョンが水底に現れたわけではないけれども、g「ただいま向ひたる心地して」、狭衣は水底を見つめている。ここで語りは狭衣の心中から離れてh「面杖をつきて、水の底を深くながめ入りたまへるまみのけしき」を外から描く視点へうつっていくから、狭衣が何に向きあっているのかは知られない。ただ、i「言ひ知らずもの思はしげ」に見えるだけである。続きをみていく。

限なき水の上には、またさまことに光るやうにぞ見えたまふ。かくのみながめ入りたまひて、

j浮舟のたよりにも見んわたつ海のそこと教へよ跡の白波

あはれにひとりごちたまひて、k「是人命終当生忉利天上」とうちあげたまへるも、山の鳥獣といふらんものも、耳立つらんかしと尊くいみじきに、あるかぎり賎の男もうちしおれぬべきに、いとど三位中将はしほしほとうち泣きたまひける。

lまうで着きたまへれば、御前の松山のけしき、谷の下水の流れなど、ただ石山とぞおぼゆる。寺の僧・修行者どもの、よろしきもあやしきも、あまた籠りたるべし。m心細げにうち行い勤めたるけはひども、何事思ふらんとうらやましげなり。

　うちもまどろまれたまはず、よもすがら行ひ明かしたまふに、ひとかたにあらず心の中は乱れまさりて、いとかく思ふことかなはでは、この世を思ひ離るるしるし賜へと思し入りつつ、「薬王汝当知　如是諸人等」と読みたまふに、深山おろしあらあらしきに吹きまがひて、我が心にも心細く悲しきことかぎりなし。「我爾時為現　清浄光明身」など、心にまかせて読みすましたまへるを、聞く人みなしみ入りて悲しくいみじきに、さばかりのあらあらしき修行者どもも涙を流したり。釈迦仏の説きたまひけんその庭だに、提婆達多てうたつはたなどは、嘲弄し笑ひみ着き流るるもありけるを、今宵はみな繞ずらんかしとおぼゆるに、まいて、身をつづめてとある誓ひは違ふべきならねば、御灯のほのかなるに、n普賢の御光けざやかに見えたまひて、ほどなく失せたまひぬ。我が御心地に尊く悲しとも世の常なりや。

　恒順《かんずん》衆生《しゆうじやう》の御願ひいとど頼もしう、人天涅槃の正路を開示せんこと疑ひなし。この世も後の世も、人にはことなりける身ながら、心の中のもの嘆かしさは、また人よりげに口惜しかりける契りかなと思ひ知らるるは、これや、さらば何事も人よりはまさりたるものに思はれたるしるしならんと、我ながら思ひ知られたまふ。

いといとも心澄みまさりて、oうち休まんとも思されねば、やがて、作礼而去まで通し果てたまふに、御堂の中しめじめとして、行ひの声々もやめ、各々の所作どももうち忘れつつ聞き入りたるに、p暁にもなりぬ。

（『狭衣物語』①二九七～三〇〇頁）

j「浮舟のたよりにも見んわたつ海のそこと教へよ跡の白波」と「ひとりご」つことばは、狭衣にとっては水底の女への呼びかけであったはずである。飛鳥井女君のためにうちあげるk「是《ぜ》人《にん》命《みやう》終《しゆう》当《たう》生《しやう》忉《たう》利《り》天上《てんじやう》」は、『法華経』普賢菩薩勧発品の一句である。『栄花物語』巻第十六「もとのしづく」に描かれた妍子の女房たちによる法華経書写供養での、興福寺の僧永昭の説教がまさに普賢菩薩勧発品に拠るものであったことからみて、これは女人の往生のための大事な巻であったといっていいだろう(7)。この普賢菩薩勧発品が、粉河寺での普賢出現へと連なり、飛鳥井女君の消息を聞くことに結ばれていくわけである(8)。

しかし舟上の狭衣の心中と狭衣を外からながめる語りとのずれから、狭衣が飛鳥井女君を思って一心にm「行ひ勤めたるけはひ」は「何事思ふらん」といぶかしくも「うらやましげ」とされるにすぎない。狭衣にとってn「普賢の御光けざやかに見えたまひて、ほどなく失せたまひぬ」ことは飛鳥井女君とかかわるが、狭衣を「繞ずらん」ように見守る人々にとっては、単に『法華経』読誦の成果としてみえているにちがいない。

また、ここでo「うち休まんとも思されねば、やがて作礼而去《さらいにこ》まで通し果てたまふに」、p「暁にもなりぬ」まで寝もやらず一夜を過ごしたことは、先の「石山とぞおぼゆる」（二九八頁）という石山寺の連想からはずれを伴う。石山寺参籠はそこで眠り、夢見ることにこそ意義がある。たとえば、「石山寺縁起絵巻」巻二に体をまるめて眠る女たちが絵画化されているように、『蜻蛉日記』の石山寺参籠もまどろみに夢告を得るものであった。しかしここではそれとは異なる仕方で、うつつに普賢菩薩を目撃することで、飛鳥井女君の消息を得るのであった。しかし、狭衣の『法華経』読誦は、吹き荒れる「深山おろし」とともに人々の涙と感興を引き起こし、仏教説話の霊験譚のようにして「恒順衆生の御願ひいとど頼もしう、人天涅槃の正路を開示せんこと疑ひなし」と結ばれ、狭衣の「この世も後の世も、人にはことなりける身」をいいたてる。『狭衣物語』の粉河寺は、暁を迎えるまでの勤行の果てに、普賢菩薩の示現をともなって兜率天へと一瞬、物語空間を押し広げる。そうしたことが、たとえばのちに『我身にたどる姫君』が普賢菩薩来迎図などの絵画イメージに支えられて、兜率天の歌会場面が描くことに結実するのであろう。そのようにして物語に積まれたイメージが、天上世界をも物語の場としてしまう展開を準備するとひとまず仮定しておきたい。

二　日記紀行文の物語史

物語に描かれた土地の名が記憶として蓄積されているとして、土地の名の物語史を考えるならば、日記紀行文のような、まさに実在の土地を経巡って書かれたかにみえるものの、その前提を疑わしくする。(9)事実、『とはずがたり』の旅路は、再現してみると日程に無理があり、実際にその地へ赴いたのかどうかは、かなり怪しいとされている。『とはずがたり』後半部は、現在に紀行文として想定されるようなものではなくて、やはり物語に属するものだというべきだろう。同じように、いわゆる旅日記も純粋な日記ではありそうもない。たとえば、「八橋」が、必ず『伊勢物語』九段をふまえて語られていることをみれば、そこにあるのは、類型化された、一つの表現の枠組なのであって、その地へ行かずとも書くこともできてしまうものである。『とはずがたり』は「八橋」を次のように記している。

八橋といふ所に着きたれども、水行川もなし。橋も見えぬさへ、友もなき心地して、
　我はなを蜘蛛手に物を思へどもその八橋は跡だにもなし
（『とはずがたり』一七〇～一七一頁）[10]

ここで「水行川もなし」「橋も見えぬ」が導かれるのは、『伊勢物語』にいわれる「そこを八橋といひけるは、水ゆく河の蜘蛛手なれば、橋を八つわたせるによりてなむ八橋といひける」[11]という期待が裏切られたことを言う。しかし、この裏切られた期待の表現自体が、『伊勢物語』以降の日記紀行文の一類型をなしているといってよく、『更級日記』にも「八橋は名のみして、橋のかたもなく、なにの見どころもなし」（二九二頁）[12]のように記されている。これは「八橋」という土地の名をめぐっての『伊勢物語』への応答なのである。

先行物語との関わりでいえば『更級日記』が石山詣での途中に立ち寄る宇治川は、『源氏物語』に耽溺した筆者にとって、宇治の八の宮の娘たちや浮舟の住まいとして思い起こされる場所である。

紫の物語に宇治の宮のむすめどものことあるを、いかなる所なれば、そこにしも住ませたるならむとゆかしく思ひし所ぞかし。げにをかしき所かなと思ひつつ、からうじて渡りて、殿の御領所の宇治殿を入りて見るにも、浮舟の女君の、かかる所にやありけむなど、まづ思ひ出でらる。
（『更級日記』三四三頁）

ただし、「いみじう風の吹く日、宇治の渡りをするに、網代いと近う漕ぎ寄りたり」として、「音にのみ聞きわた

りこし宇治川の網代の波も今日ぞかぞふる」（三四六頁）のように、「宇治川」と「網代」を詠み込むのは、『源氏物語』の直接の引用というわけではない。

『源氏物語』の「椎本」巻で、匂宮が初瀬詣での中宿りに宇治に寄る場面には「山里びたる網代屏風などの、ことさらにことそぎて、見所ある御しつらひ」（三四三頁）[13]としての調度に趣を留めるだけで、ここでの宇治川の描写に結びつかない。「音にのみ聞きわたりし」は、『万葉集』「巻第三」二六四番歌「柿本朝臣人麿の、近江国より上り来し時、宇治河の辺《ほとり》に至りて作りし歌一首」という題詞をもつ「もののふの八十《やそ》宇治河《うぢかは》の網代木《あじろき》にいさよふ波の行くへ知らずも」[14]に代表されるような和歌の表現群が想定されてもいいだろう。あるいは初瀬詣でを記した『蜻蛉日記』が、「音にのみ聞きわたりし」のような予めの期待からではなく、実景を映すように宇治川の網代を描いたことを経由して、『更級日記』の表現が景として立ち上がってくるといえるかもしれない。『蜻蛉日記』は、初瀬詣での往路、宇治川のほとりでの休息を次のように語っている。

車さしまはして、幕など引きて、しりなる人ばかりをおろして、川にむかへて、簾巻きあげて見れば、網代どもし渡したり。ゆきかふ舟どもあまた見ざりしことなれば、すべてあはれにをかし。（『蜻蛉日記』一五九頁）[15]

道行のランドマークとして、この『蜻蛉日記』の初瀬詣では、「贄野の池」「泉川」を記していくが、『更級日記』の初瀬参詣もまた、「贄野の池のほとりへいきつきたるほど」（三四四頁）と、それをなぞるかのようだ。これが、単に宿を求める場としてあるだけではないことは、「贄野の池」にたどりつくまでに「人々こうじてやひろうぢといふ所にとどまりて、物食ひなどするほどにしも」（三四三頁）のように、物を食うことが挿入されることが、『蜻蛉日記』の「破子などものして、舟に車かき据ゑて、行きもて行けば、贄野の池、泉川など言ひつつ、鳥どもゐなどしたるも」云々のように、弁当を食することが挿しはさまれることと奇妙に一致するからである。むろん、それは、明示的な引用関係としてあるというわけではないが、しかし道中に実際に起こったことの純粋な記録として考えるわけにはいかないものでもある。旅のことばの類型に属するものかもしれないからだ。

たとえば『伊勢物語』の跡を訪ねる旅日記においては、『伊勢物語』の表現を、旅の実感に照らして引き合いに出し、しかしそれが、そのとおりに当てはまらないことを言い立てるというのが一つの表現類型となっているらしい。『とはずがたり』とほぼ同時代の『うたたね』は次のように記す。

三河国八橋といふ所を見れば、これも昔にはあらずなりぬるにや、橋もたゞ一つぞ見ゆる。かきつばた多かる所と聞きしかども、あたりの草も皆枯れたる頃なればにや、それかと見ゆる草木もなし。業平の朝臣の「はるぐ〳〵きぬる」と歎きけんも思ひ出らるれど、「つましあれば」にや、さればさらんと、少しおかしくなりぬ。
（『うたたね』一七三〜一七四頁）(16)

『伊勢物語』を受けて、『うたたね』では、「八橋」は「たゞ一つ」の「橋」となり果てていることを述べる。『伊勢物語』で、沢のほとりにかきつばたが美しく咲いているのを見て、「かきつばた」を句の上にそえてよんだ歌、「から衣きつつなれにしつましあればはるばるきぬるたびをしぞ思ふ」を受けて、かきつばたらしき草木の「皆枯れ」て見どころのないことをうったえ、「はるぐ〳〵きぬる」と嘆いたのは、置いてきた妻がいたからであって、自分はその嘆きに同調できないとしている。『うたたね』と同一の阿仏尼作が推定される『十六夜日記』は、日が暮れて橋が見えないと記す。

八橋にとゞまらんといふ。暗きに、橋も見えずなりぬ。
さゝがにの蜘蛛手危うき八橋を夕暮かけて渡りぬる哉
（『十六夜日記』一八九頁）[17]

『伊勢物語』への言及のし方が、『更級日記』にはじまって、『とはずがたり』『十六夜日記』などのいわゆる女房日記に一つの系をなすことが、たとえば『東関紀行』の表現と比べてみたときにみえてくる。『東関紀行』は、同じように八橋を『伊勢物語』を引用しながら通過していくが、それは「蜘蛛手」の川の水がもうゆかないことや、八つあるはずの橋があるとかないなどとの表現へは向かっていかない。

ゆき〳〵て三河国八橋のわたりを見れば、在原の業平が牡若の歌よみたりけるに、みな人かれいゐ《(ひ)》の上に涙おとしける所よと思出られて、そのあたりを見れども、かの草とおぼしき物はなくて、稲のみぞ多くみゆる。
（『東関紀行』一三五頁）[18]

一面では『うたたね』に近いようにみえるが、『うたたね』が「八橋」という地名からの引用と連想において、橋への言及を忘れなかったのに対し、『東関紀行』は、在原業平の旅路そのものを引用しようとする点で大きく異なる。

紀行の形式をとる女房日記の表現もまた、想像の基盤を同じくした物語史の流れとして捉えることができるだろう。このようにみると、『とはずがたり』が巻末に「修行の心ざしも西行が修行の式、うら山しくおぼえて社《こそ》思ひ立ちしかば」（二四九頁）と西行を真似て旅立ったとする動機も、『十六夜日記』に「天竜の渡りといふ、舟に乗るに、西行が昔も思ひ出でられて、いと心細し」（一九一頁）と述べられ、『東関紀行』に「讃岐の法皇配所へ趣かせ給ひて後、志度といふ所にてかくれさせおはしましにける跡を、西行修行のつゐ《い》でに見まい《ゐ》らせて、「よしや君昔の玉の床にてもかゝらむ後は何にかはせん」と読りけるなど」（二四五頁）と西行の修行が想起されているように、中世の旅路という物語史に共同するイメージの記憶としてあったにすぎないのかもしれない。

あたかも実在の景観を描くかのようにみえる日記紀行文は、土地の名と和歌のことばとの関係だけではなく、物語そのもののイメージを引き寄せて構成される。次に『更級日記』をみながら、その空間意識について考えてみたい。

三　『更級日記』の空間意識

土地の名が物語と深く結ばれるのは地名起源説話に限られたことではない。『更級日記』は、それとはまったく別の仕方で東国から京への道中に行きあった土地の名を物語と結び合わせていく。

『更級日記』にあらわれる地名は途中多少の混迷をきたしながらも、地図上に東国から京までの経路とみえることから旅日記としての側面を強調されてきた。日記に記された地名を地図上にのせていけば、最終地点を京で過ごすわけであるから、東国は京に対する外部として、都と鄙のように把握されやすい。「都と鄙」あるいはその前提にある「中心と周縁」などは、平面として把握されるものであった。地図の上に同心円上に広がる世界において、中心から遠ざかるほど、そこは「鄙」であり「周縁」であることになるから、京に都がある限り、東国などは「鄙」びた場として想像されることになる。

これに対して網野善彦氏のいう「無縁・公界・楽」の概念は、アジールとして構想され、山林だけでなく、都市空間の内部に突如として出現する場でもあった(19)。むろん、網野氏にとって、アジール空間は辻や境界を含めた法を逃れる場所としてこそ意味があったわけだが、それを可能にしたのも中心から周縁を規定していくのとは異なる空間の構成の仕方であったといえよう。そこは中心からの距離によってはかられるのではなく、むしろ中心部に食い込むように屹立する場であった。法を素通りさせる場は、インヴィジブルな空間として都市空間にぽっかりとあいたブラックホールのようでもあり、二次元世界には捉えきれない領域を開く。こうして平面が縦軸を必要とし、三次元に展開されてはじめて、場の問題は空間として捉えられるようになる。

たとえば『更級日記』のようにして、東国から都への道行にはじまり、都に移り住んでからもたびたび移動をくりかえすなら、その当事者の空間意識は、たとえ後年に我が身を振り返るかたちで書かれたものにせよ、予め俯瞰的な「中心と周縁」の論理で解けるものではないのはいうまでもない。というよりむしろ、『更級日記』をみるかぎり、空間意識は、都との地理的遠近の問題ではなく、文字通り、空間に対する意識の問題であり、ある種の心的距離感としてある。

また『更級日記』が語る地名にまつわる小さな物語群は物語の方法としてそうした二次元的把握を裏切っていく。どのような場所も、そこに物語が語られるとき、その物語の中心となる。したがって、それらの土地は、京を中心として外部へと追いやられる場ではなくて、主人公の抱え持つ「京」が地図の上を移動していくような、動く中心なのである。つまり外部の外部性は、地方のその場においても、やはり物語の外へとくくり出されて、主人公の周囲へは入り込んでこない。それでいて主人公が行き遇う土地の物語は、そこに物語の中心としての主人公にとっても外部をあらためて浮上させる、そういう役割を果たしてもいたのである。

aあづま路の道のはてよりも、なほ奥つ方に生ひ出でたる人、bいかばかりかはあやしかりけむを、いかに思ひはじめけることにか、世の中に物語といふもののあんなるを、いかで見ばやと思ひつつ、つれづれなるひま、宵居などに、姉、継母などやうの人々の、cその物語、かの物語、光源氏のあるやうなど、ところどころ語るを聞くに、いとどゆかしさまされど、わが思ふままに、そらにいかでかおぼえ語らむ。（『更級日記』二七九頁）

冒頭、a「あづま路の道のはてよりも、なほ奥つ方に生ひ出でたる人」に結ばれたb「あやし」さは、c「その物語、かの物語、光源氏のあるやうなど」という物語が持ち出されることで、b「いかばかりかはあやしかりけむを」として、忽ちにその「あやし」さから身を引き剝がす。

いみじく心もとなきままに、等身に薬師仏を造りて、手洗ひなどして、人まにみそかに入りつつ、d「京にとく上げたまひて、物語の多くさぶらふなる、あるかぎり見せたまへ」と、身を捨てて額をつき、祈り申すほどに、十三になる年、上らむとて、九月三日門出して、いまたちといふ所にうつる。（『更級日記』二七九〜二八〇頁）

等身につくった薬師仏へのd「京にとく上げたまひて、物語の多くさぶらふなる、あるかぎり見せたまへ」という祈りが通じて、a「あづま路の道のはてよりも、なほ奥つ方に生ひ出でたる人」は、京へと結ばれていく。d「とく上げたまひて」というからには、京は、いずれにしろ彼女の出自にとって当然属すべき場であって、「あづま路の道のはて」という現在の居場所こそが、「あやし」き場であるという最初の前提はここでようやく成立することになる。「あづま路の道のはて」は、『更級日記』において、必ずしもアプリオリに「あやし」き異界として持ち出されているわけではない。京までの道行は、移動を伴っているのだから、都と鄙の二分法で語られ得るものではないことは言うまでもないが、この日記が旅の時間に身をゆだね、書かれた現在時にたつことを拒絶しているのだから、『更級日記』の空間意識は、日記の構造そのものにかかわって見いだされるべきものとしてある。しかし、日記的な出来事の生起の次第にいかにこだわろうとも、書かれた道行は、そこに必然としての取捨選択を含む。ではそこに選ばれたものは、いかなるものに結びついているのだろうか。

『更級日記』の最終場面に、「いと暗い夜、六らうにあたる甥」が訪ねてきたときの歌、「月も出でで闇にくれたる姨捨になにとて今宵たづね来つらむ」の姨捨ての歌をおくことから、『大和物語』一五六段との関わりは想定されていいだろう。

a信濃の国に更級といふ所に、男すみけり。若き時に、親は死にければ、をばなむ親のごとくに、若くよりそひてあるに、この妻の心憂きことおほくて、この姑の、老いかがまりてゐたるを、つねに憎みつつ、男にもこのをばの御心のさがなくあしきことをいひ聞かせければ、むかしのごとくにもあらず、おろかなることおほく、このをばのためになりゆきけり。このをば、いといたう老いて、ふたへにてゐたり。これをなほ、この嫁、ところせがりて、今まで死なぬことと思ひて、よからぬことをいひつつ、「もていまして、深き山に捨てたうびてよ」とのみ責めければ、責められわびて、さしてむと思ひなりぬ。b月のいとあかき夜、「嫗ども、いざたまへ。寺にたうときわざすなる、見せたてまつらむ」といひければ、かぎりなくよろこびて負はれにけり。高き山のふもとにすみければ、その山にはるはると入りて、高き山の峰の、おり来べくもあらぬに、置きて逃げて来ぬ。「やや」といへど、いらへもせで、逃げて家に来て思ひをるに、いひ腹立てけるをりは、腹立ちてかくしつれど、年ごろ親のごと養ひつつあひ添ひにければ、いと悲しくおぼえけり。この山の上より、b月もいとかぎりなくあかくいでたるをながめて、夜ひと夜、いも寝られず、悲しうおぼえければ、かくよみたりける。

c わが心なぐさめかねつさらしなやをばすて山に照る月を見て

とよみてなむ、またいきて迎へもてきにける。dそれよりのちなむ、をばすて山といひける。なぐさめがたしとは、これがよしになむありける。

（『大和物語』三九一〜三九二頁）(20)

『更級日記』で甥が訪ねてきたのは、『大和物語』の一五六段「姨捨」の、母を亡くし「をば」が親がわりをしたということに、『大和物語』の姨捨がb月夜の晩であったことと「月も出でで」がそれぞれ呼応する。ここで注意しなければならないのは、『更級日記』の姨捨の歌が、単に『大和物語』のc「わが心なぐさめかねつさらしなやをばすて山に照る月を見て」に応じているわけではない点である。『大和物語』がd「それよりのちなむ、をばすて山といひける」として「信濃の国」の「更級といふ所」の地名起源譚を構成するのに対して、『更級日記』は信濃の国とは関わらない。夜の甥の訪問という姨捨の物語全体に応じた歌としてある。このように『更級日記』の歌は、地名を含みながらも起源譚のようにしてその土地そのものにくくりつけられてしまうのではなくて、それを物語世界へと解き放つ。

『更級日記』の旅路のはじまりはとくに経路がはっきりしないところと見られている。「くろとの浜」に対する新編全集本の注には次のようにある。「千葉県木更津市小櫃川の河口付近（上総）を黒戸浜という。とすれば再び上総に逆行したことになる。作者の記憶ちがいであろうか。これに対して、千葉市中央区登戸より稲毛区に至る海岸「黒砂」の古名とする説、津田沼・幕張一帯の称とみる説もあるが、にわかに決めがたい。なお、以下の紀行中にもしばしば不審な点があり、作者の聞き違い、記憶違いと思われる例がまま散見する。」[21]

こうしたことは「記憶違い」として考えるよりも、むしろ積極的に『更級日記』の戦略とみるべきであろう。言うまでもなく、本当の旅の道筋にはここに描かれた以上の土地があったはずだ。それらのすべてが網羅されるのではなくて、限られたいくつかの地点が選ばれた理由を問うべきである。問題の「くろとの浜」に泊まった日の日中には、下総の国の次の物語が記されている。

十七日のつとめて立つ。昔、下総の国に、まののてうといふ人住みけり。疋布を千むら万むら織らせ、晒させけるが家の跡とて、深き川に舟にて渡る。昔の門の柱のまだ残りたるとて、大きなる柱、川の中に四つ立てり。人々歌詠むを聞きて、心のうちに、

朽ちもせぬこの川柱のこらずは昔のあとをいかで知らまし

（『更級日記』二八一頁）

ここでは「まののてう」や織物の話題よりも川柱から「朽ちもせぬ」の歌が導かれるところが重要である。「朽ちもせぬ」は、藤原兼家の六十の賀によまれた平兼盛の次の歌（四二六番）を介して長柄橋に結ばれている。[22]

入道摂政の賀し侍りける屏風に、長柄の橋のかたかきたる所をよめる　平兼盛
朽ちもせぬ長柄の橋の橋柱久しきほどの見えもするかな
（『後拾遺和歌集』一三七頁）[23]

長柄橋が柱のみを残して朽ちているという逸話は『栄花物語』巻第三十八「松のしづえ」にもあって、後三条天皇の物詣で、淀川をくだり江口の遊女による遊びののちに次のようにある。

「ここはいづくぞ」と問はせたまふ。東宮大夫ぞ伝へ問ひたまふ。「これは長柄となん申す」といふほどに、「その橋はありや」と尋ねさせたまへば、さぶらふよし申す。御船とどめて御覧ずれば、古き橋の柱のただ一つ残れり。「今はわが身を」といひたるは、昔もかく古りてありけると思ふもあはれなり。
（『栄花物語③』四四九頁）[24]

「今はわが身を」は『古今和歌集』巻第十九雑躰歌一〇五一番歌、伊勢の「難波なる長柄の橋も作るなりいまはわが身を何にたとへむ」[25]をさす。「ながらえられない」が導かれるはずの長柄橋がいま建設中だというおかしみのある歌である。

『更級日記』は長柄橋のかわりに「朽ちもせ」ず残された柱に歌ことばとはまったく関わらない新たな物語を付け加えた。

ａ今は武蔵の国になりぬ。ことにをかしき所も見えず。浜も砂子白くなどもなく、泥のやうにて、むらさき生ふと聞く野も、蘆荻のみ高く生ひて、馬に乗りて弓もたる末見えぬまで、高く生ひ茂りて、中をわけゆくに、たけしばといふ寺あり。はるかに、ははさうなどいふ所の、らうの跡の礎などあり。　（『更級日記』二八三頁）

黒戸の浜を発ってすぐにａ武蔵国へ行き着くが、奇しくも『後拾遺和歌集』の兼盛歌は、つづく四二七番歌に武蔵野をよんだ歌を連接させている。

同じ屏風に武蔵野のかたをかきて侍けるをよめる
武蔵野を霧の絶え間に見わたせば行く末と《ほ》をき心地こそすれ　（『後拾遺和歌集』一三八頁）

同じ屏風に淀川にかかる長柄橋と武蔵野が描かれるのはいかにも不審であるとみたのか、『更級日記』は東国の橋柱へとずらしている。兼盛歌が屏風絵という確かなイメージのもとで読まれ、実在の土地とはきっぱりと切断された土地の名をよみこんでいるのに対して、歌が詠まれた現場から離れたところで享受されることで、再び実在の土地へとイメージが回帰する。そこでの齟齬を実在の土地の名で埋め合わせていきながら、あたらしい歌のイメージ（＝物語）が付加される。増殖の過程がここに見てとれる。

さて武蔵国に入ったところで、「むらさき生ふと聞く野も、蘆荻のみ高く生ひて、馬に乗りて弓もたる末見えぬまで、高く生ひ茂りて」とある。この「むらさき生ふ」と聞いたという出所には、『古今和歌集』巻第十七雑歌上八六七番歌「紫のひともとゆゑに武蔵野の草はみながらあはれとぞ見る」があげられるが、(26)『源氏物語』に通じた者にとっては若紫巻の歌「手に摘みていつしかも見む紫の根に通ひける野辺の若草[27]」にも連なっていくものとして重要であったろう。

『源氏物語』若紫巻には、光源氏と若紫の祖母の尼君との「あさか山」と「山の井」を詠んだ贈答歌がある。

（源氏）
あさか山浅くも人を思はぬになど山の井のかけ離るらむ
（尼君）
汲みそめてくやしと聞きし山の井の浅きながらや影を見るべき
（『源氏物語』「若紫」一七五頁）

ここは、『大和物語』一五五段の「あさか山影さへ見ゆる山の井のあさくは人を思ふものかは」を引歌としており、男が女をさらう物語が若紫の行く末に重ねられてある。あさか山の歌は古く万葉集に例を持ち[28]、『古今和歌集』仮名序に「歌の父母のやう」であるものとして難波津の歌とともに手習いのはじめの歌としてあげられている。

ちはやぶる神世には、歌の文字も定まらず、素直にして、言の心わきがたかりけらし。人の世となりて、素盞鳴尊よりぞ三十文字あまり一文字はよみける。

素盞鳴尊は天照大神の兄なり。女と住み給はむとて、出雲国に宮造りしたまふ時に、その所に八色の雲の立つを見てよみたまへるなり。

八雲たつ出雲八重垣妻籠めに八重垣つくるその八重垣を

かくてぞ、花をめで、鳥をうらやみ、霞をあはれび、露をかなしぶ心・言葉多く、さまざまになりにける。遠き所も、いでたつ足下より始まりて年月をわたり、高き山も、麓の塵泥よりなりて天雲たなびくまで生ひ上れるごとくに、この歌もかくのごとくなるべし。難波津の歌は、帝の御初めなり。

大鷦鷯の帝の難波津にて皇子と聞えける時、春宮をたがひに譲りて位に即きたまはで、三年になりにければ、王仁といふ人の訝り思ひて、よみて奉りける歌なり。木の花は梅花をいふなるべし。

安積山の言葉は、采女の戯れよりよみて、

葛城王をみちの奥へ遣はしたりけるに、国の司、事おろそかなりとて、まうけなどしたりけれど、すさまじかりければ、采女なりける女の、土器とりてよめるなり。これにぞ王の心とけにける。

安積山かげさへ見ゆる山の井の浅くは人を思ふものかは

この二歌は、歌の父母のやうにてぞ、手習ふ人のはじめにもしける。

（『古今和歌集』一九頁）

ここにあがる難波津の歌（難波津に咲くやこの花冬ごもりいまを春べと咲くやこの花）もまた、『源氏物語』若菜巻で尼君がa「難波津をだにはかばかしうつづけ侍らざめれば」として若紫の幼さを訴えるところにあらわれる。

（源氏）

面影は身をも離れず山桜心の限りとめて来しかど

夜の間の風もうしろめたくなむ。

御手はさるものにて、ただはかなうを《お》しつゝみ給へるさまも、さだ過ぎたる御目どもには目もあやにこのましう見ゆ。あなかたはらいたや、いかゞ聞こえん、とおぼしわづらふ。

(尼君)

ゆくての御事はなをざりにも思給へなされしを、ふりはへさせ給へるに、聞こえさせむ方なくなむ。ａまだ難波津をだにはか〴〵しうつゞけ侍らざめれば、かひなくなむ。さても、

嵐吹くお《を》のへの桜散らぬ間を心とめけるほどのはかなさ

とあり。いとゞうしろめたう。

(『源氏物語』「若紫」一七四頁)

むろんここに詠まれる桜は、北山の現実の桜以上に、『古今和歌六帖』四〇三二番歌「なにはづにさくやこのはな冬ごもり今ははるべとさくやこのはな」ともかかわるだろう。

こうした物語の連想が歌を呼び、歌が土地の名を呼び寄せ、そのようにして『更級日記』の旅路は構成されていく。少なくとも記録による道行の再構成ではないことは確かなことだろう。

『更級日記』の土地の名の方法をみるとき、物語が構成する都と鄙は、まさに突如として空隙を開くような場としてあらわれる。鄙に都を持ち込みもすれば、都の内部に鄙が噴出してもくる。『更級日記』の作者が東山に籠もった夜がその好例であろう。

都には待つらむものをほとゝぎすけふ日ねもすに鳴き暮らすかな

などのみながめつつ、もろともにある人、「ただいま京にも聞きたらむ人のあらむや。かくてながむらむと思ひおこする人あらむや」などいひて、

山ふかくたれか思ひはおこすべき月見る人は多からめども

といへば、

ａ深き夜に月見るをりは知らねどもまづ山里ぞ思ひやらるる

暁になりやしぬらむと思ふほどに、山の方より人あまた来る音す。おどろきて見やりたれば、鹿の縁のもとまで来て、うち鳴いたる、近うてはなつかしからぬものの声なり。

秋の夜のつま恋ひかぬる鹿の音はｂ遠山にこそ聞くべかりけれ

ｃ知りたる人の近きほどに来て帰りぬと聞くに、

まだ人め知らぬ山辺の松風も音して帰るものとこそ聞け

（『更級日記』三一〇〜三一一頁）

暁方に、戸の外からどやどやと人が大勢おりてくる音がするので、あけてみると、そこには鹿がきていて鳴き声をあげたというのである。いちどは大勢の人が通う場として感覚された場が、鹿の姿を目にすることで一瞬のうちにｂ「遠山」「山里」へと変換されてしまう。

ａ「深き夜に月見るをりは知らねどもまづ山里ぞ思ひやらるる」とあるように、そこは確かに「山里」であり、京との間には横たわる水田地帯を越えてたどりつく場でもある。

同時に、そこはｃ「知りたる人」が訪ねてこようとする場でもあって、やはり人がやってくる足音と聞きまごうたことはまったくの見当違いではない。しかしその知人は、結局は訪ねることもなく帰ってしまったということで再びそこは「山里」らしさを示す、といった「山里」と「京」が交互に立ち現れる、揺れ動くイメージのなかにある。そこは突如として「京」にもなり、「京」は、突如として「山里」にもなり得る。そのようにして、物語における土地の名は、地図上の場所を離れて、京に異空間という穴をうがつのである。

物語を読むことの経験が、人々に共同する記憶の澱を滞留させる。土地の名をいおうとするときに、想起されることばは、引用や影響関係でもないし、歌枕とも異なって、物語の経験それ自体を引き寄せる。それらの物語的経験の記憶は、ことばからことばへの単純な引用ではないのであって、その限りにおいて、実在の土地と結びつき、個によって再度体験されもする。『浜松中納言物語』で唐を舞台にしたり、『我身にたどる姫君』が兜率天での歌会場面を描くに至るには、それまでの唐の、兜率天の物語の経験が必要だ。そうした物語の記憶は、表現を制限するために働くのではなくて、さらなるイメージを増殖させ、仮想の地図を豊かにするのである。

注

（1）ただしこの場合の唐も、作者が実在の土地を写したと考えるには客観的描写が足りないことが指摘されている。（藤岡作太郎『国文学全史平安朝篇2』平凡社東洋文庫　一九七四年）

（2）『狭衣物語』の本文は新編日本古典文学全集『狭衣物語①②』（小学館　一九九九、二〇〇一年）による。

（3）井上眞弓氏は、粉河詣での道行を、自然描写が捨象された心象風景の表象として読み解く。それが狭衣が川底に飛鳥井女君の幻影をみつめ、粉河寺で普賢菩薩の示現を導くことへと導かれることについて、「内面的世界を外界に対する一つの異界領域にしてしまった」、「狭衣の心身相反のアイロニー」の描出とみる。（井上眞弓「狭衣物語の旅」『日本の文学』第三集　有精堂　一九八八年）本稿では、狭衣の心象である風景が、実際の地名をあげることで、実在の土地のイメージと行きあい、和歌や物語史に継承されていく土地の名をたちあげていくものとみる。

（4）注一に次のようにある。「粉河参着とされる。出立時の宣言に高野を目指した旅が、本命の地の描写を省略するのは不自然であるが、後出する飛鳥井の女君の兄の僧との邂逅は、後々、粉河でのこととして回想される。『縁起

絵巻』がある。」（新編日本古典文学全集『狭衣物語①』小学館　一九九九年　二九八頁）
（5）注四に次のようにある。「妹背山は上流の吉野町にもあるが、ここは紀ノ川下流、伊都郡と那賀郡の境あたりの両岸に対峙する山、右岸に背山、左岸に妹山がある。ここから、一行はすでに伊都郡の高野参詣を終えて那賀郡の粉河に向っているとの説も生れる。」（『狭衣物語①』二九六頁）
（6）新編日本古典文学全集『枕草子』（小学館　一九九七年　三三五頁）
（7）「仏在世の時、菩提心をおこす者千万ありしかど、未だあらじ、女の身にて契を結び事を語らひて、かく菩提の心を起こして、難解難入の法華経を書写供養し七宝をもて飾りたてまつれり。これ希有のなかの希有のことなり。法華経書写供養の者、かならず忉利天に生る。いかに況んや、この女房のいづれか法華経を読みたてまつらざらん、兜率天に生れたまて、娯楽快楽したまふべし。況んや、金銀、瑠璃、真珠等をもて書写供養したまへり。あはれに尊きことなり。」（巻第十六「もとのしづく」新編日本古典文学全集『栄花物語②』　小学館　一九九七年　二四〇頁）
（8）鈴木泰恵氏は、『法華経』読誦の末に普賢菩薩の出現をみるということは、「狭衣の兜率天行きの可能性」であり、それは天稚御子事件と結ばれ、狭衣の「兜率天上、弥勒の世への憧れという形をとった離脱願望をたぐりよせる」と指摘する。（鈴木泰恵「狭衣物語粉河詣について―「この世」への道筋―」『中古文学』第四十一号　一九八八年。後に『狭衣物語／批評』翰林書房　二〇〇七年所収。）
（9）ただし長澤聡子氏が指摘するように、古地図の空間把握は現在の地理とは異なる。（長澤聡子「『更級日記』「上洛の記」の一考察」『日記文学研究』第一集　新典社　一九九三年）
（10）『とはずがたり』の本文は、新日本古典文学大系（岩波書店　一九九四年）による。
（11）『伊勢物語』の本文は、新編日本古典文学全集『竹取物語　伊勢物語　大和物語　平中物語』（小学館　一九九四年）による。
（12）『更級日記』の本文は、新編日本古典文学全集『和泉式部日記　紫式部日記　更級日記　讃岐典侍日記』（小学館一九九四年）による。
(13)『源氏物語』の本文は、新日本古典文学大系『源氏物語』（岩波書店　一九九六年）による。
(14)『万葉集』の本文は、新日本古典文学大系『万葉集』（岩波書店　一九九九年）による。
(15)『蜻蛉日記』の本文は、新編日本古典文学全集『土佐日記　蜻蛉日記』（小学館　一九九五年）による。
(16)『うたたね』の本文は、新日本古典文学大系『中世日記紀行集』（岩波書店　一九九〇年）による。
(17)『十六夜日記』の本文は、新日本古典文学大系『中世日記紀行集』（岩波書店　一九九〇年）による。
(18)『東関紀行』の本文は、新日本古典文学大系『中世日記紀行集』（岩波書店　一九九〇年）による。
(19)網野善彦『増補　無縁・公界・楽』（平凡社ライブラリー　一九九六年）
(20)『大和物語』の本文は、新編日本古典文学全集『竹取物語　伊勢物語　大和物語　平中物語』（小学館　一九九四年）による。
(21)注（22）新編日本古典文学全集『和泉式部日記　紫式部日記　更級日記　讃岐典侍日記』（小学館　一九九四年　二八一頁）
(22)当該歌と長柄橋歌群との連関については、津本信博『更級日記の研究』（早稲田大学出版部　一九八二年　二六三頁）に詳しい。
(23)『後拾遺和歌集』の本文は、新日本古典文学大系『後拾遺和歌集』（岩波書店　一九九四年）による。
(24)新編日本古典文学全集『栄花物語③』（小学館　一九九八年）
(25)『古今和歌集』の本文は、新編日本古典文学全集『古今和歌集』（小学館　一九九四年）による。
(26)津本信博『更級日記の研究』（早稲田出版部　一九八二年）に詳しい。
(27)新日本古典文学大系『源氏物語一』（岩波書店　一九九三年　一八二頁）
(28)『万葉集』巻第十六
三八〇七　安積香山《あさかやま》影さへ見ゆる山の井の浅き心を我《わ》が思はなくに

右の歌は、伝《でん》に云《いは》く「葛城王《かつらぎのおほきみ》の陸奥国《みちのくのくに》に遣《つか》はされし時に、国司《こくし》の祗承《しじよう》、緩怠《くわんたい》なること異甚《はなは》だし。時に王《おほきみ》の意《こころ》悦《よろこ》びず、怒色《どしよく》面《おもて》に顕《あら》はる。飲饌《いんぜん》を設《まう》くと雖《いへど》も、肯《あ》へて宴楽《えんらく》せざりき。ここに前《さき》の采女《うねめ》の風流《ふうりゆう》娘子《をとめ》、左の手に觴《さかづき》を捧げ、右の手に水《みづ》を持《も》ち、王《おほきみ》の膝《ひざ》を撃《う》ちてこの歌を詠《よ》むこと有りき。尓乃《すなわ》ち王《おほきみ》の意《こころ》解《と》け悦《よろこ》び、楽飲《らくいん》すること終日《ひねもす》なりき」といふ。(新日本古典文学大系『万葉集』岩波書店　二〇〇三年　二五頁)

虫めづる姫君の生活と意見――『堤中納言物語』「虫めづる姫君」をよむ――

下鳥朝代

『堤中納言物語』の一編である「虫めづる姫君」については多くの優れた研究成果を見ることができる。「成熟」の観点から姫君像を問う論(1)や物語文学の広野の中にその物語的なあり方を見据えようとする論(2)、仏教・ジェンダーの観点から改めて物語の本質に迫ろうとする論(3)など、近年においても注目すべき成果は少なくない。その意味では提示されたいくつかの興味深い観点を総合的に見通せるような読みの提示が必要とされる段階にきているとすることもできよう。

本論は、今一度、物語本文を丁寧にたどることから、「虫めづる姫君」物語を総合的に論じることを目的とする。「虫めづる姫君」という作品が姫君像の提示に主眼を置く物語であることに関しては衆目の一致する所と思われるが、本論では、物語がどのように姫君像を提示しようとしているのか、を本文との対話から問い、そこから、「虫めづる姫君」の本質へと一歩でも近づくことを目論みたい。

一　「とて」する姫君

「虫めづる姫君」の本文は、諸注釈書などでも指摘されるように、大きく三段からなる。冒頭から「ある上達部の御子」の登場する前まで、の風変わりな姫君の紹介部分の第一段、「ある上達部の御子」からの偽物の蛇の添えられた手紙に関する顛末を語る第二段、さらに姫君垣間見の第三段である。(4) この三段は姫君を紹介する、すなわち姫君についてその風変わりさを具体的事実を積み重ねながら詳述する一段とそのような姫君に「偽物の蛇の贈り物」と「男君たちのまなざし」が投げかけられたとき、どのような事態が起きうるかという二つの結果、からなっているといえ、いわば、観察もしくは実験対象の紹介と観察・実験の成果の叙述からなる虫めづる姫君観察記録のような体をなしているのである。姫君の今日の科学者に通じるような科学的思考・姿勢については多く指摘されるところだが、物語そのものがそのような叙述の仕組み自体にそのような性格を持っていることも注目される。

第一段である、姫君紹介の段を見ると、実はひとつの表現の型が繰り返し、応用も含めて登場することに気づかされる。以下に、まずその第一段をあげることにしよう。アルファベットをつけた傍線と波線の箇所に注目されたい。

蝶めづる姫君の住みたまふかたはらに、按察使の大納言の御むすめ、心にくくなべてならぬさまに、親たちかしづきたまふこと限りなし。

この姫君ののたまふこと、「A人々の、花や蝶やとめづるこそ、はかなくあやしけれ。人は、まことあり、本地たづねたるこそ、心ばへをかしけれ」とて、aよろづの虫の、恐ろしげなるを取り集めて、「Bこれが、成らむさまを見む」とて、bさまざまなる籠箱どもに入れさせたまふ。C中にも「かは虫の、心深きさましたるこそ心にくけれ」とて、c明け暮れは、耳はさみをして、手のうらにそへふせて、まぼりたまふ。

若き人々はおぢ惑ひければ、男の童の、ものおぢせず、いふかひなきを召し寄せて、箱の虫どもを取らせ、名を問ひ聞き、いま新しきには名を問ひ聞き、興じたまふ。

「D人はすべて、つくろふところあるはわろし」とて、d眉さらに抜きたまはず。E歯黒め、「さらにうるさし、きたなし」とてeつけたまはず、いと白らかに笑みつつ、この虫どもを、朝夕べに愛したまふ。人々おぢわびて逃ぐれば、その御方は、いとあやしくなむののしりける。Fかくおづる人をば、「けしからず、ばうぞくなり」とて、fいと眉黒にてなむ睨みたまひけるに、いとど心地なむ惑ひける。

親たちは、「いとあやしく、さまことにおはするこそ」と思しけれど、「思し取りたるこそぞあらむや。あやしきことぞ。思ひて聞こゆることは、深く、さ、いらへたまへば、いとぞかしきこきや」と、これをも、いと恥づかしと思したり。「さはりとも、音聞きあやしや。人は、みめをかしきことをこそ好むなれ。『むくつけげなるかは虫を興ずなる』と、世の人の聞かむもいとあやし」と聞こえたまへば、「G苦しからず。よろづのこともとをたづねて、末を見ればこそ、事はゆゑあれ。いとをさなきことなり。かは虫の、蝶とはなるなり」gそのさまのなり出づるを、取り出でて見せたまへり。「きぬとて、人々の着るも、蚕のまだ羽つかぬにし出だし、蝶になりぬれば、いともそでにて、あだになりぬるをや」とのたまふに、言ひ返すべうもあらず、あさまし。

さすがに、親たちにもさし向ひたまはず、「H鬼と女とは、人に見えぬぞよき」と案じたまへり。h母屋の簾を少し巻き上げて、几帳いでたて、しかさかしく言ひ出だしたまふなりけり。

（中略・女房たちの虫めづる姫君批判とそれに対する「とがとがしき女」の擁護）

この虫どもとらふる童べには、をかしきもの、かれが欲しがるものをたまへば、さまざまに恐ろしげなる虫どもを取り集めて奉る。「Ｉかは虫は、毛などはをかしげなれど、おぼえねば、さうざうし」とて、ｉ蟷螂、蝸牛などを取り集めて、歌ひののしらせて、聞かせたまひて、われも声をうちあげて、「かたつぶりのお、つのの、あらそふや、なぞ」といふを、うち誦じたまふ。Ｊ童べの名は、例のやうなるはわびしとて、ｊ虫の名をなむつけたまひたっりける。けらを、ひきまろ、いなかたち、いなごまろ、あまびこなんどつけて、召し使ひたまひける。（34～37）

姫君がどのように風変わりで常識から逸脱しているかを物語は丁寧に象るのだが、そのとき、繰り返し、**〈姫君の意見〉「とて」〈行動〉**という型が用いられている。先の引用文のＡからＪの波線は「姫君の意見」を二重傍線は「行動」をあらわす。ＡからＪのうち、ＧとＨは「とて」を欠くが、「意見の表明」が「実際の行動」へと文章的に続いているという点では他の八つの表現の型の応用として理解することができるだろう。冒頭文に続く文章などはすべてこの型によって成り立っている。

この姫君ののたまふこと、「Ａ人々の、花や蝶やとめづるこそ、はかなくあやしけれ。人は、まことあり、本地たづねたるこそ、心ばへをかしけれ」とて、ａよろづの虫の、恐ろしげなるを取り集めて、「Ｂこれが、成らむさまを見む」とて、ｂさまざまなる籠箱どもに入れさせたまふ。Ｃ中にも「かは虫の、心深きさましたるこそ心にくけれ」とて、ｃ明け暮れは、耳はさみをして、手のうらにそへふせて、まぼりたまふ。（35）

波線を付した箇所を「姫君の意見」としてまとめたのは、右の引用文が「この姫君ののたまふこと」で始まることからわかるように、これらの「とて」によって導かれる表現がおそらくは姫君の「発言」、「言上げ」に他ならないように解せるからである。姫君が実際に発話しているかどうかは決定しがたい例もあるが[5]、ここで重要なのは発話の実際ではなく、それが「命題」の形で（しかもほとんどが短文一文で）示されていることだろう。しかも、それらは具体的な「行動」へと結びつくように語られ、物語一編を「虫めづる姫君の生活と意見」とでも呼ぶべき作品にしているのである。

虫めづる姫君を描くために意識的にこの型が選びとられていることは、続く第二段・第三段においては、この型が見られないことによって逆説的に保証されるといえよう。（「とて」は見えるが、姫君の言動に関しての例は見られなくなっている。）第二段では「ある上達部の御子」の贈り物という侵入者に対する姫君の反応が描かれ、第三段では虫を捕る童に呼び出された姫君のおそらくは日常的な振る舞いと垣間見る男君たちの存在を知ってからの姫君の反応が描かれており、先に述べたように、侵入者に対してそういう姫君がどう反応するかという、いわば実験の結果に焦点がおかれているのである。

第二段においては、作り物の蛇に対して、姫君の様子が

人々、心を惑はしてののしるに、君はいとのどかにて、「南無阿弥陀仏、南無阿弥陀仏」とて、「生前の親ならむ。な騒ぎそ」と、うちわななかし、顔、ほかやうに、「なまめかしきうちしも、けちえんに思はむぞ、あやしき心なりや」と、うちつぶやきて、近く引き寄せたまふも、さすがに、恐ろしくおぼえたまひければ、立ちどころ居どころ、蝶のごとく、こゑせみ声に、のたまふ声の、いみじうをかしければ、人々逃げ去りきて、笑ひいれば（38）

と、一段の姫君像の紹介においては語られないどころか触れられもしなかった内面を持ちえることが示されているのであるが、これは逆に物語が語られざる内面の存在を示しつつもあくまでも外から姫君を語ることを物語の意図す

るところとしていることを意味するのだといえよう。この「蝶」を「末」として退ける姫君が侵入者によって自ら「蝶のごとく」振舞わされてしまうという皮肉は、「虫めづる姫君」を「成熟」の観点から読む場合に、虫めづる姫君の成長への機運を読み取ることを可能とする、あるいは、姫君の「虫めづる」行為そのものを「演技」として読み解き、語られざる姫君の内面の物語を志向させることがあるのだが、文脈に戻して理解するとき、物語がその内面への興味をそれ以上に展開させはしないことに注目しておく必要があるのだろう。(6)

〈姫君の意見「とて（というので）」行動〉という型は他例を見ない。例えば、「虫めづる姫君」との影響関係が多く指摘される『今鏡』や『十訓抄』などに見える藤原宗輔の蜂飼説話を見ても、宗輔の振る舞いへの興味が叙述の中心になっている点では共通する志向を見ることができるものの、なぜ宗輔が蜂を飼うのかについては、あるいは『今鏡』に見られる宗輔の「この世の人に違ふ」ところが何によるものなのかは、叙述の上で問題とはされないのである。あくまでも、宗輔の蜂飼は偏った好みの産物に過ぎないのであって、その「人刺す虫」（『今鏡』）が宗輔のことは「つゆ刺したてまつら」ないことの徳、世から「無益」（『十訓抄』）と評された蜂飼行為が院の御前で思わぬ有益な結果へとつながり、院によって認められたという徳こそがそれぞれの表現の主眼となっていることは明らかだろう。(7)

「虫めづる姫君」との関係でいえば、宗輔説話が『十訓抄』のように説話的に完成されたとき、世間の「無益」の評が院より有益と認定されるという形で王権に保証され、すなわち高次の存在によって価値の転換が行われ、語りの現在における意味が決定されているところが重要だということになろう。(8)『今鏡』のように宗輔の存命時に近い成立で、説話的に完成する前段階にある話であっても、「人刺す虫」＝有害な存在が宗輔に関してのみ「つゆ刺すこともない」＝無害であるという大枠での価値の転換を見ることができるのである。ところが、「虫めづる姫君」

では、姫君の主張と親や女房たちや男君たちとの「虫めづる」行為への評価は徹底的に平行線のまま物語は終わっている。虫めづる姫君を一見弁護するように見える古参と見られる女房のことばに「蝶」の「実害」が言い立てられているのはこの点で興味深い。

とがとがしき女聞きて、「若人たちは、何事言ひおはさうずるぞ。蝶めでたまふなる人も、もはら、めでたうもおぼえず。けしからずこそおぼゆれ。さてまた、かは虫ならべ、蝶といふ人ありなむやは。ただ、それがもぬくるぞかし。そのほどをたづねてしたまふぞかし。それこそ心深けれ。蝶はとらふれば、手にきりつきて、いとむつかしきものぞかし。また、蝶はとらふれば、瘧病せさすなり。あなゆゆしとも、ゆゆし」と言ふに、いとど憎さまさりて、言ひあへり。（35〜36）

なるほど、「蝶」はこの女房の観点からすれば「有害」であるのかもしれないが、それは一方的な難点として示されるだけで、「蝶」が真に「有害」なものとして物語の中に示されるわけではないのである。

阿部好臣氏が論じられた(9)ように、「虫めづる姫君」物語は、后妃が養蚕に親しむことが国家経営の要となるという「后妃親蚕」のパロディとしての側面を持つとともに、姫君がなんらかの形で神仏にその「心深さ」をめでられるという形での信仰による高次の保障による結末が可能な軸をとらええながらも、王権による保障も神仏による救いも招来されていないのである。「虫めづる姫君」では物語内の現実をそれを超える高次の存在によって意味づけるという論理は必要とされず、あくまでも姫君と世間は平行線のまま、両者の「価値観」は対立するのみで価値は相対化されたまま物語は終了するのである。

話をもとに戻そう。「虫めづる姫君」との関わりを問題とされるといえば、『源氏物語』の「帚木」巻の雨夜の品定めに語られる「博士の女」がいるのだが(10)、博士の女もまた、先のような表現の型で示されてくることはない。博士の女は当時の常識的な貴族女性の枠組みを逸脱した存在としては造形されているが、自らの行動原理を命題化して提示するというほどには自覚的に逸脱した存在ではなく、環境的な必然からくる逸脱の枠内におさまる「をこ」話の主人公に他ならないのである。

以上のように考えれば、虫めづる姫君の人物像の紹介には大きな特色があることが改めて見えてくる。姫君の言動があまりにも並外れているためにそれが上記のような表現の型によるものであることはあまり注目されていないが、〈姫君の意見「とて」行動〉という型によって、その逸脱振りが描かれていることはいくつかの点において興味深い。

まず、虫めづる姫君が「物言う女」として造形され、さらにはそれを実行化する力を持つ姫君として造形されていることが改めて、浮かび上がってくるだろう。すなわち、姫君はその行動においてのみ、あるいはその思想（と言い切ることには真の意味では留保せざるをえないが）においてのみ、逸脱する存在なのではなく、その思想を行動化していることによって、より特異性を示す存在として造形されているということである。

また、彼女がその言動から描写されており、それは物語の意図として示されているということも見えてくる。言い換えれば、女主人公の内面を追及する『夜の寝覚』を例に挙げるまでもなく、物語が人間の内面を主題化することまでが行われた王朝物語の世界において、これほどまでに登場人物を言動から描き出そうとしている物語はないのであって、この点は十分に注意を払われてしかるべきだということになる。(11) 無論、それは短編物語の特質と不可分の問題であり、『堤中納言物語』の他の物語にもまた別の形での内面や場面から離脱した物語を模索しようとする機運は見て取れるのだが、「虫めづる姫君」の先鋭は十分に注目に値すると思われる。

さらに、姫君のあり方が「ことば」＝「こと（行為）」という形で示されていることが注目される。姫君の「ことば」はその意味では素朴であるともいえるが、逆にいえば、彼女は「ことば」が「こと」と離反したり、「ことば」が「こと」を裏切ったり、覆い隠したりすることはない、「ことば」に対する幸福な世界に生きようとしているということだとすることができる。姫君を「成長拒否」をし、「かは虫」という蝶の幼生を手中に収めることで自らの少女時代を保持し続けようとする存在として理解しようとする見方からするならば、まさしく、「ことば」=「こと」を守ろうとする姿もまた、ひとつの「成長拒否」のあり方の表れに他ならないとすることができるのではなかろうか。(12)(13)

さて、「虫めづる姫君」の表現から、その特質が、姫君を徹底的にその言動から描き出そうとするところにあることを見た。それは、行動のみでもなく、思想のみでもなく、思想のあらわれとしての行動として描かれているのであり、その有限実行のあり方こそが姫君を常識から逸脱させているに他ならないのであった。そして、それは物語の本質と結びついて選び取られた表現の型なのである。

二　「めづる」姫君たち

蝶めづる姫君の住みたまふかたはらに、按察使の大納言の御むすめ、心にくくなべてならぬさまに、親たちかしづきたまふこと限りなし。

「虫めづる姫君」の冒頭文については、本来なら当然物語の中心に位置すべき「蝶めづる姫君」が語られないままにその「かたはら」に住む虫めづる姫君の物語が展開されることに注目が集まってきた。斉藤奈美氏は、本来であれば、劣位の存在である「かたはら」が中心化することで物語の伝統的なあり方からの「反転」がなされているとされるが、[14]ここで注意しておかなければならないのは「かたはら」の語によって、本来は位相差のある「蝶めづる」ことと「虫めづる」ことが空間的に並べられることによって、両者の内実の位相差を超えて同次元のように表現されてしまっていることではないだろうか。すなわち、「蝶めづる」という場合の「めづる」行為の内実と虫めづる姫君の「虫めづる」行為の内実とは本来であれば横に並べることはできない、種類の違うものであるのにもかかわらず、「かたはら」は空間的な連接関係によって両者を連結してしまうのであり、それこそが「虫めづる姫君」の冒頭文の大きな問題なのではないだろうか。

例えば、『源氏物語』に見られる「かたはら」にはそのような位相差は存在しない。「紅葉賀」の青海波の場面の例であれば、光源氏と頭中将の現実での隣接関係をもとに両者を隣接関係において比喩のもとに表現しているのであって、表現上の位相差はここには見られない。

だが、「蝶めづる姫君」と「虫めづる姫君」の間には抜き差しがたい相違があるのではないだろうか。この点を逆に両者の表現には差異がないはずだとして「蝶めづる姫君」を理解しようとすれば、『集成』[15]のように「蝶を飼っている風変わりなお姫様」として解するような見方が出てくるのであるが、これは後の文章から逆算的に冒頭を解釈しようとして、かえって物語の真意からは遠ざかった解釈ということになるのではないだろうか。

冒頭文にすぐ続く姫君のことばに、

この姫君ののたまふこと、「A人々の、花や蝶やとめづるこそ、はかなくあやしけれ。人は、まことあり、本地たづねたるこそ、心ばへをかしけれ」とて、

とあることからわかるように、「蝶めづる姫君」とは「花や蝶やとめづる」世間一般のあり方に従った姫君であって、ここでの「めづる」は決して「花を育てたり、蝶を飼ったり」することではないことは明らかだろう。「花や

蝶や」の「花」「蝶」は美しいものの「記号」として用いられているのであって、「蝶めづる姫君」は本来はそういう美しいものの「記号」としての「蝶」を好む姫君として登場しているのだと考えてよいはずである。

「蝶めづる姫君」を「珍奇な趣味の姫君」と解するのは、平安時代の他文献に「蝶」があまり登場しておらず、日本文化において「蝶」がどうやら長くなんらかの禁忌の対象であるとともに「異文化」として受け止められていたことによるもののようである。[16]

しかし、「異文化としての蝶」を論じ、「虫めづる姫君」の「蝶」をめぐる言説のあり方について説得的に論じられた高橋文二氏がその文章を『紫式部日記絵巻』に見える女性の装束に細かに書き込まれたアゲハチョウの模様から書き始められていることが象徴的でもあるのだが、平安時代を通じて、特に平安後期になると格段に、デザインとしての蝶は日本文化の中で広く好まれ用いられたであろうことが遺物や文献から知られるのであった。[17]蝶のデザインは経典を荘厳する場合にも、貴族の日常生活にかかわる、衣装や調度にもさまざまに用いられていたのであった。とすれば、デザインという形で観念化された蝶を「めづる」姫君は十分に王朝文化の許容範囲内に存在したことがわかり、「蝶めづる姫君」ということばが呼び込む姫君像は決して新奇な、あるいは常識からの逸脱を指し示すようなベクトルを持ってはいなかったであろうことがいえる。

観念化された蝶を「めづる」ことは王朝文化において決して特異なことではなかったのであり、それは、例えば「さすがにものの音めづる阿闍梨」(『源氏物語』「橋姫」巻)などと通じる「めづる」の用いられ方であるのだといえよう。とすれば、「虫めづる」ことが「虫」を飼う行為へと直結する虫めづる姫君のあり方のほうが先に見た、言行一致の姫君像に合致する特殊なあり方なのだということが見て取れる。だからこそ、姫君の虫への偏愛を物語は

C中にも「かは虫の、心深きさましたるこそ心にくけれ」とて、c明け暮れは、耳はさみをして、手のうら

にそへふせて、まぼりたまふ。

と、毛虫を手に取り可愛がるさまに代表させて描くのである。

蝶めづる姫君の「蝶」が観念化された、記号的な存在であるのに対し、虫めづる姫君の「虫」は実物に他ならない。生きて、変態する（「これが成らむさまを見む」）、日差しの強さに移動する（「日にあぶらるるが苦しければ、こなたざまに来るなり」）「虫」であり、それを姫君は「手のうらにそへふせて」「朝夕べに愛したまふ」のであった。

虫めづる姫君とは誰か、という答えに対するひとつの回答がここに見えてくる。姫君は「観念」に対して「実物」を突きつけてくる存在なのだ。デザインに対して生きた虫を、記号に対してモノを突きつけてくるのが、姫君に他ならない。とすれば、「ある上達部の御子」が作り物の蛇を贈ることに象徴されるように、観念化された記号的な、モノやコトから切り離されたことばにあふれた貴族社会に、ことばと不即不離のモノを突きつけるのが虫めづる姫君なのだということが見えてくる。そして、前節で見た表現の型はそういう姫君を表現するにふさわしいものとして選び取られているのだ。

三　「心深き」「さま」なる姫君

この姫君ののたまふこと、「人々の、花や蝶やとめづるこそ、はかなくあやしけれ。人は、まことあり、本地たづねたるこそ、心ばへをかしけれ」とて、よろづの虫の、恐ろしげなるを取り集めて、「これが、成らむさまを見む」とて、さまざまなる籠箱どもに入れさせたまふ。中にも「かは虫の、心深きさましたるこそ心にくけれ」とて、明け暮れは、耳はさみをして、手のうらにそへふせて、まぼりたまふ。

姫君が、自らの「虫めづる」行為がどのような意見に基づくものであるとしているかが示される、右の箇所もその観点から見直すことができる。姫君は「虫めづる」行為は「人はまことあり、本地たづねたるこそ、心ばへをかしけれ」といって、「よろづの虫の、恐ろしげなる」を収集する。「虫めづる」行為は「本地たづねたる」「心ばへをかし」き行為なのだということになる。そして、その変態のさま（「これが、成らむさま」）を観察するために、観察にふさわしい「籠箱」に虫を入れさせ飼うのである。中でも「かは虫の、心深きさましたるこそ心にくけれ」といって、自らの手にとって、飽かず毛虫を見守るのだと物語は語る。ここで、虫めづる姫君をもっとも特徴づける「かは虫」をことさらに好む、その根拠が「心深きさましたるこそ心にくけれ」と語られていることは十分に読み解かれる必要があろう。従来は、ここから姫君が「心深さ」を重視していること、姫君の「心」を重視する姿勢がここから読み解けることの重要性が説かれてきた。無論、姫君が「かは虫」の中に「心深さ」を見出し、それを評価していることには十分に注意をはらう必要がある。しかし、より注意すべきなのは、その「心深さ」が「さま」の問題として姫君に受けとらえていることなのではないだろうか。

「虫めづる姫君」に、外見にこだわる世間に対して、本質を突きつける姫君という対立を見ようとする姿勢は一般的であるようだが、あまりに大雑把にそのように整理するのは不正確だということができるのである。姫君は「毛虫の、心深さをそのままあらわしている外見にこそ心引かれることだ」という。すなわち、姫君は「かは虫」の「さま」こそが彼女が毛虫を好む理由なのだと明言しているのであり、決して「さま」から対象を評価することを忌避してなどはいないのである。この点を見落とすと「虫めづる姫君」という物語はやや硬直化した常識批判の物語のように読めてしまい、内部にひそめられた論理を見逃してしまうことになると思われるのである。

姫君は「さま」＝「外見」によって、「かは虫」を評価する。その「さま」への評価は、続く文章に、「人はすべて、つくろふところあるはわろし」とて、眉さらに抜きたまはず。歯黒め、「さらにうるさし、きたなし」とてつけたまはず、いと白らかに笑みつつ、この虫どもを、朝夕べに愛したまふ。とあることから考えて、何もつくろわない、人間でいえば、化粧をして表面だけを整えるようなことをしないところにあるのだろう。無論、そこに「毛」に対するある種の偏執を見出すことは難くないのだが、その趣味的な偏向の中にもはっきりとした論理を見出せることを見逃してはならないと思われる。

姫君の「かは虫」愛好の根拠が「心深さ」のあらわれとしての「さま」にあるのだと整理したとき、なぜ、垣間見において、姫君の姿を垣間見た男君たちがその秘められた美しさを見出したかのように描かれながら、物語が両者の歩み寄りの可能性を示さず、逆に接点のなさだけ際立たせるような描き方をしているのかが明確に見えてくる。

簾をおし張りて、枝を見はりたまふを見れば、頭へ衣着あげて、髪も、さがりば清げにはあれど、けづりつくろはねばにや、しぶげに見ゆるを、眉いと黒く、はなばなとあざやかに、涼しげに見えたり。口つきも愛敬づきて、清げなれど、歯黒めつけねば、いと世づかず。「化粧したらば、清げにはありぬべし。心憂くもあるかな」とおぼゆ。

かくまでやつしたれど、見にくくなどはあらで、いと、さまことに、あざやかにけだかく、はれやかなるさまぞあたらしき。練色の、綾の袿ひとかさね、はたおりめの小袿ひとかさね、白き袴を好みて着たまへり。たけだちよきほどに、髪も袿ばかりにて、いと多かり。すそもそがねば、ふさやかならねど、とゝのほりて、なかなかうつくしげなり。「かくまであらぬも、世の常び、ことざま、けはひ、もてつけぬるは、くちをしうやはある。まことにうとましかるべきさまなれど、いと清げにけだかう、わづらはしきけぞ、ことなるべき。

あなくちをし。などかいとむくつけき心なるらむ。かばかりなるさまを」と思す。（41〜46）

姫君にとって、彼女の「さま」は彼女の「心深さ」のあらわれに他ならない。したがって、彼女の現在の「さま」を否定し、可能性の美を見出して、残念がる、というのは、絶対に彼女を評価することにはつながらず、姫君のあり方そのものを否定することに他ならない。「いと世づか」ぬ姿こそが彼女の見てほしい「さま」なのであり、それが彼女にとっての彼女の「本」に他ならないのであった。

姫君が虫を観察し、そこに「心深さ」をあらわす「さま」を見ているように、垣間見場面で男君たちは姫君を見ている。[18] しかし、彼らは姫君の「さま」を否定し、その「うとましかるべき」「さま」（垣間見る男君は姫君の今ある「さま」を否定し、その根底に眠る可能性としての美を「かばかりなるさま」ととらえる）をもたらす「いとむくつけき心」を残念がる。両者は抜本的にすれ違っているのであり、接点の生じる余地がないことはすでに表現において明示されているのだといえよう。

姫君へと右馬助が贈った歌に

6かは虫の毛深きさまを見つるよりとりもちてのみ守るべきかな（48）

「さま」と「守る」（見守る）の語があるのは必然といえよう。そして、姫君が「心深さ」のあらわれとして理解した「かは虫の毛深きさま」を右馬助は「とりもちてのみ」見守るもの、接点なき心のありようとして揶揄するのであった。（したがって、姫君が動揺しないのも無理はないということになる。）この歌に対して、女房が代作した歌、

7人に似ぬ心のうちはかは虫の名をとひてこそ言《い》はまほしけれ（49）

は、「さま」こそがその「心」のあらわれであるとするとき、その点でまったく姫君の論理とはすれ違っており、彼女の論理は物語の中で誰にも理解されることがないのだということが改めて確認されることになるのである。

「虫めづる姫君」において語られるのは「さま」（外見）と「心」（本質）の単純な二項対立ではない。姫君も男君たちも（ひいては、姫君を教え諭そうとする両親や姫君の外見を嘲笑する女房たちも）「さま」が「心」のあらわれであると考えている点では共通の基盤に立っているとすることもできる。彼らがすれ違っているのは、その「さま」をつくろうことの是非であって、つくろうことを虚飾として排除する姫君においては、「さま」＝「心」の論理はきわめて明快な論理として立ち上がってくるのに対し、常識の名の下に「さま」をつくろうことを求める世間の側においては「さま」と「心」の関係は潜在的な美と表面的な醜とを併せ持つ「さま」という形であいまいに複雑な形で了解されるしかないのである。そして、姫君の「さま」＝「心」という論理の明快さは同時に前節までで論じてきた姫君における「ことば」＝「こと」という明快さと通ずるものではないだろうか。

姫君の世界では「心」を隠すような「さま」は評価されない。

　よろづのこともとをたづねて、末を見ればこそ、事はゆゑあれ。

「さま」は「本」のあらわれとしての「末」に他ならないのであって、「さま」からその「本」である「心」の本質へと行き着けない世間一般のあり方とは彼女は平行線のままでしかあり得ないのだ、というように姫君は造形されているのだといえよう。

このように考えてきたとき、「虫めづる姫君」の中盤において、作り物の蛇が贈られてきたときに姫君がその場を収拾することができず、父大臣が蛇が偽物であることを見抜くとともに事態を収拾したことが描かれることの意味が見えてくるのではないだろうか。そして、それは終盤の垣間見場面において、男君たちが「あやしき女どもの姿をつく」って出かけ、その変装が早々に童によって見抜かれてしまうことにも通じているのだといえよう。

　かかること、世に聞こえて、いと、うたてあることを言ふ中に、ある上達部の御子、うちはやりてものおぢせず、愛敬づきたるあり。この姫君のことを聞きて、「さりとも、これにはおぢなむ」とて、帯の端の、いとをかしげなるに、蛇のかたをいみじく似せて、働くべきさまなどしつけて、いろこだちたる懸袋に入れて、結びつけたる文を見れば、

4はふはふも君があたりにしたがはむ長き心の限りなき身は

とあるを、何心なく御前に持て参りて、「袋など。あくるだにあやしくおもたきかな」とて、ひきあけたれば、蛇、首をもたげたり。人々、心を惑はしてののしるに、君はいとのどかにて、「南無阿弥陀仏、南無阿弥陀仏」とて、「生前の親ならむ。な騒ぎそ」と、うちわななかし、顔、ほかやうに、「なまめかしきうちしも、けちえんに思はむぞ、あやしき心なりや」と、うちつぶやきて、近く引き寄せたまふも、さすがに、恐ろしくおぼえたまひければ、立ちどころ居どころ、蝶のごとく、こゑせみ声に、のたまふ声の、いみじうをかしければ、人々逃げ去りきて、笑ひいれば、しかじかと聞こゆ。「いとあさましく、むくつけきことをも聞くわざかな。さるもののあるを見る見る、みな立ちぬらむことこそ、あやしきや」とて、大殿、太刀をひきさげて、もて走りたり。よく見たまへば、いみじうよく似せて作りたまへりければ、手に取り持ちて、「いみじう、物よくしける人かな」とて、「かしこがり、ほめたまふと聞きて、したるなめり。返事をして、はやくやりたまひてよ」とて、渡りたまひぬ。（36〜38）

作り物の蛇を贈られた姫君は「顔、ほかやうに」蛇を直視することができないでいる。姫君は蛇の「さま」を見ることができないために、それが偽物だとは見抜けない。それに対して、娘に言い負かされ、十二分にしつけることもできないでいる姿が先に描かれていた父大臣は蛇を「よく見」て作り物だと見抜き、事態を収拾するとともに、姫君に「返事」をするようにと振舞い方までをも指示して去っていく。第二段の物語は父大臣の庇護のもとにあっ

て始めて彼女が「虫めづる」存在であり得ることを語ってあまりある。

「虫めづる姫君」が『源氏物語』「若紫」巻の北山の垣間見で光源氏に見出される雀の子を逃がしたことを悲しむ若紫のパロディとしての側面を持つことについては先の機会に論じた。「虫めづる姫君」が北山の垣間見のパロディであることが認められるとしたとき、改めて、注目されるのは、若紫が光源氏に見出されるのが「北山」という都の周縁であり、その境遇が父方の縁うすき母亡き子であるのに対し、姫君が都の真ん中（「蝶めづる姫君の」すむ隣）で両親に大事にかしづかれている娘として造形されていることである。若紫が登場時に身に備えている「原初的なエネルギー[19]」は彼女が都の秩序から逸脱した存在として物語に登場してくることと無縁ではない。十歳あまりという年齢設定もまた秩序から自由な存在として彼女を造形するために必要とされた側面を持つ。

それに対して、虫めづる姫君はおそらくは結婚適齢期の都の真ん中に暮らす大納言家の姫君である。両親がそろい、境遇的にはなんら逸脱すべき要素は備えていない。だが、これは話が逆なのだといってよいのだろう。虫めづる姫君は父大臣に守られているからこそ、都の真ん中で堂々と逸脱することが可能なのであって、「体制内異分子[20]」であることこそが虫めづる姫君に課せられた課題に他ならないのである。

姫君において「徹底が欠如」していることについてはすでに多く論じられているところであるが、その原因のひとつは父大臣の庇護のもとでなければ、「虫めづる」論理はまっとうしないことが物語にこのような形で明示されていることによるといえよう。姫君の論理に関していえば、先に述べたように一貫していることはいえ、その論理を裏切る内面の存在を暗示しながらも物語は内面へは興味を向けず、姫君が外からどう見えるかを三段目の中心的な話題として語り取り、姫君の論理を際立たせて物語は閉じられる。

では、父大臣が真に物語を支配しているといえるかというと、紹介部分で、姫君の「虫めづる」行為を制止することには無力な姿が描かれていることや先の引用部分でおっとり刀で駆けつける姿が敬語抜きで語られていることから規範から逸脱する面を持ちえていることからそうとは言い切れないことも明らかであり、さらには、物語終盤において、「あやしき女どもの姿を作」って垣間見に訪れた男君たちの姿をあっさりと童が見表していることを重ねて考えるとき、この物語においては支配的な価値を体現する存在はやはりおらず、どこまでも相対化されているのだということが改めて思い起こされるのである。

「内なる他者」として姫君は存在するが、それは父大臣の手厚い庇護抜きには成り立たない。虫めづる姫君の住まう空間は秩序によって外堀を守られた小宇宙として設定されているのであり、だからこそ、物語はその小宇宙の成り立ちを姫君の人となりから語りはじめ、そこへの侵入者とその結果という形で展開するのである。

四　もう一人の「かぐや姫」としての「虫めづる姫君」

「父」の守る空間において、世間とは対立する論理において屹立する姫君、という構図には、何かを連想させる力が働きはしないだろうか。

姫君に対して、世間の道理を説こうとする「親」は次のように説得しようとする。

「さはりとも、音聞きあやしや。人は、みめをかしきことをこそ好むなれ。『むくつけげなるかは虫を興ずなる』と、世の人の聞かむもいとあやし」

世間の人は「みめをかしきこと」を好むのであって、「むくつけげなるかは虫」を「興ず」るのは人聞きが悪いというのである。その「みめをかしきこと」こそが評価されるにふさわしいという意見を姫君は簡単に片付けてしまう。

「苦しからず。よろづのこともとをたづねて、末を見ればこそ、事はゆゑあれ。いとをさなきことなり。かは虫の、蝶とはなるなり」そのさまのなり出づるを、取り出でて見せたまへり。

「みめをかしき」ことが大切なのではなく、「もとをたづねて、末を見」る姿勢こそが大切なのだと。重要なのは「もと」であって、「末」に拘泥することではないのである。

この、世間が評価する「美醜」の概念に対して、本質を問題としようとする姿勢は実は竹取翁に守られた空間に籠められたまま、異界の論理に生きるかぐや姫にすでに見ることができると思われる。(21)火鼠の皮衣をかぐや姫から課題として与えられた右大臣阿部御主人は、唐土船の王慶《わうけい》に依頼して皮衣を手に入れようとする。王慶が多額の金と引き換えに贈ってよこした皮衣は「金青の色」をしており、「毛の末には、金の光し輝」いており、「宝と見え、麗しきこと、並ぶべき物」がないほどであった。右大臣は「うべ、かぐや姫好もしがり給ふにこそありけれ」といって、かぐや姫に歌を添えて皮衣を贈る。かぐや姫は皮衣を見て「麗しき皮なめり」とその美しさを認めるものの、「わきてまことの皮ならむとも知らず」として「これを焼きて試み」ることを求める。火にくべられた皮衣は「めらめらと焼け」、偽物であることを露呈するのであった。

『竹取物語』の求婚難題で、求婚者たちが持ち寄る難題物が本物であるかどうかが問題となるのは物語の要請上当然のことだといえよう。ここで、興味深いのは本物であることと対置されて右大臣にとって重要であったのが「美しいこと」であることであったということである。右大臣は皮衣を本物と信じていたからこそ、それが美しいことこそが問題の中心であると誤解し、かぐや姫の好意を得られると皮算用するのだが、そこには「真」か「偽」かではなく、「美しい」か「美しくない」かを第一義的に問題にしようとする精神のありようを見出すことはできるであろう。そして、地上においての「美」はかぐや姫の求める「真」には価値を発揮しえず、皮衣は「めらめらと焼け」るよりほかないのである。

「虫めづる姫君」における世間の好む「みめをかしきこと」(美)と彼女の追及する「もと」(真)とはかぐや姫と求婚者阿部右大臣との対立の展開図だとすることができはしないだろうか。

『竹取物語』では、かぐや姫が天皇を中心として構成される王権を侵犯する異界の力として物語世界にあらわれ、物語は最終的にそれを王権秩序の中に回収していく。物語世界では、かぐや姫は翁の守る空間から昇天するまで一歩も出ず、それゆえ、地上の論理と異界の論理は翁の屋敷を接点として拮抗する。それを「美」と「真」という形で展開せしめたのが阿部右大臣の物語なのである。

「虫めづる姫君」はこの構図を引き受けつつ、かぐや姫を支える異界を仏教理念に置き換え、そうして、王権に回収される道も、高次の宗教的解決(縁起物へと転化するような)をも物語は選択せず、父大臣の守る空間の中で「内なる他者」として俗世間の論理に対峙する姫君を描くのであった。物語はそれ以上どこへも進展のしようを持たない。

虫めづる姫君をかぐや姫の末裔と見ることはある意味では虫めづる姫君の独自性を損なう所為だとのそしりをまぬかれないかもしれない。『源氏物語』をはじめとする王朝物語が『竹取物語』の主題をさまざまな形で受け止め、変奏していることについてはすでに多くの研究の積み重ねがある。特に後期物語の文脈においては、『狭衣物語』の主人公狭衣大将、『夜の寝覚』の主人公寝覚君が地上で生き続けなければならなかったもうひとりのかぐや姫として設定されていることが認められる。

しかし、重要なのは、虫めづる姫君は『源氏物語』や後期物語が引き継いだようには『竹取物語』を引継ぎはしなかったという点だろう。異界への憧れを持たないかぐや姫、帰るべきどこかを持たないかぐや姫、としてある虫めづる姫君はしかして、往生を夢見る、時代の精神にふさわしい姫君である。「内なる他者」はそうして生成されえたのであった。

安易な救済から遠くにあり、その行動と理念を描かれる姫君。「虫めづる姫君」とはそうした物語なのである。(22)

＊『堤中納言物語』は広島大学蔵浅野家旧蔵本（影印・笠間書院刊行）を底本とし、私に校定・整定した本文による。『竹取物語』は、角川文庫『新版竹取物語現代語訳付き』（室伏信助訳注　二〇〇一年）による。

注

（1）神田龍身「『虫めづる姫君』幻譚―虫化した花嫁―」（「物語研究」一号　一九七九年四月）ほか。

（2）池田和臣「文学的想像力の内なる『虫愛づる姫君』―もうひとりのかぐや姫」（「中央大学文学部紀要」一九九四年三月）→『源氏物語の構造と水脈』（武蔵野書院　二〇〇一年四月）、小島雪子「物語史における「虫めづる姫君」（上）―笑われる姫君の物語とのかかわり」（「文芸研究（東北大学）」二〇〇五年三月）、同「（下）」（「文芸研究（東北大学）」二〇〇五年九月）。

（3）田中貴子「古典文学における龍女成仏」（「国文学　解釈と鑑賞」一九九一年五月）、立石和弘「虫めづる姫君論序説―性と身体をめぐる表現から―」（「王朝文学史稿」一九九六年三月）→『堤中納言物語の視界』（新典社　一九九八年九月）。

（4）具体的には、

第一段…冒頭から「召し使ひたまひける。」まで

第二段…「かかること」から「〜福地の園に」とある。」まで

第三段…「右馬助見たまひて」から末尾までの三段ということになる。

(5) 垣間見場面の男たちの思いは「と思ひて」と示されている。また姫君の心内描写としては「とおぼえて」という表現もある。

(6) 稲賀敬二『完訳　日本の古典　堤中納言物語』「解説・注釈」(小学館　一九八七年一月)。

(7) 山岸徳平『堤中納言物語全註解』(有精堂　一九六二年一一月)において、虫めづる姫君のモデルとして藤原宗輔息女若御前が指摘された。山岸のモデル説はあまりにも実体化しすぎているという点で従いがたいが、近年、若御前と虫めづる姫君との関係を山内益次郎『今鏡の周辺』(和泉書院　一九九三年二月)が再論しており、男装し笛を吹くとともに院に出入りし、その後、出家して尼になったという若御前について虫めづる姫君との関係において再考の余地が大きくあると思われる。

(8) 三谷邦明『物語文学の言説』(有精堂　一九九二年一〇月)。

(9) 神田龍身「引用構造の自己同一性(上・下)―『虫めづる姫君』論ふたたび―」(「日本大学・語文」一九八四年六月、一九八五年二月)。

(10) 山崎賢三「虫めづる姫君の性格について―賢し人の系譜―」(「都立杉並高校紀要」一九六八年三月)、注9阿部論文。

(11) 人物の言動への興味という点では『大鏡』を横に置くことはできるが、これほど徹底して言動が組み合わせられて紹介されてくる表現は見出せない。

(12) 神田龍身注(1)論文、下鳥朝代「『虫めづる姫君』と『源氏物語』北山の垣間見」(「国語国文研究」一九九三年七月)ほか。

(13) 『源氏物語』「夕顔」巻において、六条わたりの女のもとから朝帰りする光源氏と中将の君のやりとりの場面で「朝顔」の花を媒介にして中将の君へと歌を贈る光源氏に対し、童が実際に朝露にぬれる朝顔の花を折り取って持ってくる場面がある。久下裕利『狭衣物語の人物と方法』（新典社　一九九三年一月）は光源氏と中将の君の間では比喩として機能した「朝顔」が童には実際の「朝顔」を所望したものとしか理解し得なかったと解することができる場面であることを論じている。子どもとことばの関係を考えていく上で重要な指摘である。この点に関しては別稿において考えていくことにしたい。

(14)「虫めづる姫君」の構造―「かたはら」からの反転」（「文芸研究（東北大学）」一九九七年九月）。

(15) 塚原鉄雄『新潮日本古典集成　堤中納言物語』解説・注釈（新潮社　一九八三年一月）。

(16) 高橋文二『物語鎮魂論』（桜楓社　一九九〇年六月）。

(17)『日本の文様』「蝶」（光琳社　一九七一年四月）ほか。

(18) 注（2）池田論文では「心深し」の系譜から、結婚拒否の物語の想像力の展開の中に「虫めづる姫君」が位置づけられることが論じられている。

(19) 原岡文子「『源氏物語』の子ども・性・文化」（『源氏研究』翰林書房　一九九六年四月）ほか。

(20) 上坂信男「虫めづる姫君」（「国文学」一九六九年一〇月）。

(21) 注（2）池田論文ではかぐや姫から虫めづる姫君への「文学的想像力」の連環が問題とされる。本論では、また別の角度から、その点について考察したい。

(22) 本論と相補う論稿として、下鳥朝代「髪と毛のあいだ―「虫めづる姫君」論―」（「古典文学　注釈と批評」四号二〇〇八年一二月刊行予定）がある。併せてお読みいただければ幸いである。

ヒステリー者としてのヒロイン――『夜の寝覚』の中君をめぐって――

助川幸逸郎

一 「成長物語」という観点から見た王朝物語史

前期物語のプロットは、「幼少期の段階で、主人公自身にもその周囲にも知られていた特質」から、ある帰結がもたらされるまでの過程である。いいかえれば、前期物語の主人公たちは、自己自身になるべく〈成熟〉していく。一見、成熟拒否の物語であるがごとき『竹取物語』も、ヒロインのこの世ならぬ資質が決定的に明らかになるまでのプロセスを描いたものといえる。『うつほ物語』の場合、主人公を一人に決定することは難しい。しかし、俊蔭、俊蔭女、仲忠という「主人公候補」の三人が、三様の形で、琴を以って仕える血を顕かにしたところで物語は終っている。『落窪物語』のヒロインは、物語の末尾で堂々たる「摂関家の主婦」となる。

そして、前期物語の主人公たちには、出生の当初から周知されていた「特異な資質」を象徴するものとして、異常出生、もしくは異常生育が与えられる。『竹取物語』において、かぐや姫は竹の中で発見される。『うつほ物語』

の主人公を一人に決定することは難しいが、仲忠が「主人公たちの一人」であることに異論はないであろう。その仲忠は「一夜孕み」で生まれ、うつほの中で生育する。『落窪物語』のヒロインは、継母よって邸内の「落窪の間」に押し込められて育つが、これも無論、異常生育である。

前期物語はこのように、主人公が自分自身の生来の資質を開花させ切るまでの物語——ビルドゥングスロマン——である。(1)そして『源氏物語』第一部もまた、成長物語＝ビルドゥングスロマンとしての形態を保持している。光源氏は、「皇后が不在で複数の女御が置かれている中、一人の更衣が帝寵をあつめる」という、不穏な状況の中で生誕する。(2)さらに、幼少にして母と祖母に死に別れ、母方の実家ではなく宮中で、父帝によって養われる。光源氏は、異常出生にして異常生育の人なのである。

異常出生や異常生育と結びついた資質から帰結するものが、大団円をもたらすのも前期物語と同様である。光源氏が無上の権力を奪取したのは、藤壺との密通、不義の子・冷泉の誕生のために他ならない。桐壺帝と桐壺更衣との異常な恋と、その帰結としての桐壺更衣の死がなかったら、藤壺は入内さえしなかっただろう。内裏で光源氏が養育されなければ、幼い光源氏が藤壺と馴れ親しむこともなかったはずだ。異常出生と異常生育から派生したものが、光源氏を「准太上天皇」という栄華に到らしめたのである。

第一部が前期物語同様のビルドゥングスロマンの枠組をもっているとするなら、第二部は第一部で達成された〈成熟＝達成〉が崩されていく過程である（このことに異論をはさむものはないだろう）。それでは、『源氏物語』第三部では、ビルドゥングスロマンの枠組は保持されているだろうか？

第三部の主人公である薫は、柏木と女三宮の密通の結果生まれた。すなわち、異常出生の子である。そして尼姿の母の姿を見て、おのれの出生に疑惑を抱きながら成長する。薫は、異常成育の子ともいいうるわけである。

しかし、薫の「異常出生／成育」は、なし崩しにプロットの中心から外されてしまう。光源氏にとって藤壺との密通は、悪い方向に働けば破滅を招くが、良い方向に機能すれば空前の権力と結びつくものであった(3)。これに対し、薫にとって出生の秘密は、悪い方向に働けば破滅を招くが、良い方向に機能する要因は皆無である。したがって薫は、破滅しないとしたら、「異常出生／生育」の関わるものと絶縁して生きるしかない。

事実、今上帝の女二宮の降嫁があった後の薫は、出生の秘密など忘れたかのようになる。女三宮の息子という資格で、女二宮の婿となった以上、父が柏木であることは決定的な破滅を意味しない。朱雀系王統の輔弼の臣の血筋を築くことを期待され、母方から朱雀帝の血を引く薫は、女二宮の婿に選ばれた(4)。父方からは、摂関たり得る血を引いてさえいれば、薫は今上帝から庇護を受けられる。摂関家の嫡男だった柏木が父であったとしても、もはや薫は、自己の立場を支える「血統的根拠」に悩む必要はないのである。

出生の秘密を気に病んでいた時点での薫は、光源氏の遺児であり、冷泉院の猶子であることが社会的後ろ立てになっていた。冷泉院の薫に対する後見は無論、同じ光源氏の子としての同情に根ざしている。この段階で出生の秘密が発覚したなら、薫は宮廷社会を生き延びる路を閉ざされていたはずだ。女二宮の降嫁の後、薫と冷泉院の交流をものがたる記述は皆無であり、薫が冷泉院を想起することも絶えてなくなる。このことは、薫が女二宮降嫁によって何を得たのかを如実にしめしている。

「異常出生／成育」によって破滅しないならば「ただの人」になるしかない薫は、女二宮降嫁後、俗物化して行く(5)。恋愛方面でも、浮舟を匂宮に奪われるなど、主人公にあるまじき失態を晒すのである。

『源氏物語』第三部は、「異常出生／生育」した主人公が、そこに示された宿命と縁を断ち、「ただの人」になる物語なのだった。ビルドゥングスロマンの枠組は、ここでは解体されている(6)。

『源氏物語』第三部で、アンチ・ビルドゥングスロマンの物語が展開された後、物語文学を導く枠組は大きく変貌する。

後期物語の主人公は、出生時や幼少時にではなく、青年期に至って自己の異常性に覚醒する。そしてその覚醒によって、主人公自身や周囲が予期していた「主人公の成長モデル」は破綻してしまう。

『狭衣物語』の主人公は、物語が始発してまもなく、降臨してきた天稚御子から天界に誘われる。時の帝と東宮が、涙ながらに主人公の手をつかんで懇願したため、天稚御子は主人公の昇天を断念する。天界に昇ろうとするのを、帝に哀願して引きとめられたこの段階で、帝以上の超越性を具えることを主人公は証明してしまった。地上に帝以上の存在はないのだから、帝を越えてしまった人間には、この世で「なるべきもの」はないのである。主人公は、「少年の春」に天稚御子の降臨に出遭うことで、一挙に現世での目標を失ったわけである。

『夜の寝覚』では、十四歳と十五歳の八月十五夜に、ヒロインが天人から琵琶の伝授を受ける。このとき同時に、琵琶の奏法を国王に弾き伝える宿世があることと、終生、心労をまぬがれないことを予言される（この予言については後述する）。その翌くる年、父大臣の夢のさとしに従って物忌に籠った先で、姉の婚約者である中納言と不慮の関係が生じ妊娠してしまう。太政大臣家のかしづき娘であったヒロインの運命は、思春期に捻じ曲げられたのである。

『浜松中納言物語』の主人公は、父・式部卿宮が唐の第三皇子に転生したという夢告を受ける。転生した父に会うために主人公は唐に渡り、そこで転生した父の母である唐后と関係を持って男児をもうける。日本に帰国後の主人公は、唐后の異母妹である吉野姫との恋に心を砕く。主人公の生きる途が、夢告によって大きくたわめられたことは疑うべくもない。

ちなみに『とりかへばや』は、出生時から主人公たちが抱えていた異常性をめぐってプロットが展開するので、後期物語の中では異色といえる。ただし、この物語は「女として生きる少年」と「男として生きる少女」がそれぞれ青年期を迎え、現状のままでは生きられなくなるところを問題にしている。「青春期におけるライフコースの変更」に焦点を合わせている点、『とりかへばや』も他の平安後期物語と同様なのである。(7)

二 『夜の寝覚』のヒロインと〈傷つけられた身体〉

ところで、『夜の寝覚』のヒロイン・中君ほど、王朝物語の主要女性人物の中で、直視が憚られるような身体のありようを、露骨に書き立てられる者はいない。

(あ) この三月ばかりは、例のやうなることもなく、おのづからはづれてみゆる御乳のけしきなどを、御方は見奉り知り給ふに、すべていはむかたなし(上―一一三)(8)

(い) 道のほど、御けあがりて、いとくるしくおぼさるればふし給ひぬ(上―三〇七)

(う) ……日に添へてつゆ、おも湯などやうのものをだにも見も入れ給はず、いとひややかなる水ばかり聞しめしても、やがてとどめずかへしつつ、しのぶべくもあらずなりまさり給へば……(下―一〇二)

(え) ……よろづに泣く泣くなぐさめつつ、ひとへにまつはれたるやうにも見奉り給へば、四月ばかりになりにたる御乳の気色など、まぐるべくもあらぬさまなるを、「この御心地はかくにこそありけれ」とあさましく見おどろき給ひて……(下―一八四)

引用文(あ)では、妊娠のため月経が止まり、乳首の様子に変化が生じたことが語られている。これに対し、『源氏物語』で藤壺の妊娠が発覚した場面の叙述は以下のごとくである。

（お）三月になりたまへば、いとしるきほどにて、人々見たてまつりとがむるに、あさましき御宿世のほど心憂し。人は思ひ寄らぬことなれば、この月まで奏せさせたまはざりけることと、おどろききこゆ。わが御心一つには、しるうおぼしわくこともありけり。御湯殿などにも親しくつかうまつりて、何事の御けしきをもしるく見たてまつり知れる、御乳母子の弁、命婦などぞ、あやしと思へど、かたみに言ひあはすべきにあらねば、なほのがれがたかりける御宿世をぞ、命婦はあさましと思ふ（若紫　①―二一四〜二一五）[9]

乳首の変化まで書き立てる『夜の寝覚』のやり方が、いかに『源氏』と異質であるかは一目瞭然だろう。乳首の様子から妊娠が発覚するという筆法は、（え）でも踏襲されており、この物語の好みの語り口であることがわかる。（い）では、「のぼせ」に苦しんだことが語られ、（う）では、水を飲んでも吐いてしまう病状が述べられている。病が呈する症状が、ここまで具体的に語られる例は王朝物語には少ない。特に嘔吐する様は、下痢などと同様に、他人に見られるのが憚られる病状であろう。『寝覚』以前の王朝物語で、嘔吐したことが示される作中人物は、今、『竹取』の大伴大納言ぐらいしか稿者には思い浮かばない。大伴大納言は船に酔って「青へどを吐く」が、それは嘲笑すべき醜態として提示されていた。

妊娠のため変化した乳首、「のぼせ」に苦しむ身体、嘔吐——これらはまさしく「醜態」に他ならない。『夜の寝覚』は、中君の肉体の醜態を、露悪的なまでに書き立てているのであった。それでは、王朝物語としては極めて異例なこの書きぶりには、どのような意味がこめられているのだろうか？

右の問いについて考える上で、精神分析医・斎藤環の次のような発言は示唆的である。

（か）「恋愛」の名において女性へと欲望が向けられるとき、そこでわれわれは常に女性をヒステリー化しているとみなすことができる。われわれが女性の表層に惹かれるときに、われわれは自分を魅了するものが、当の女性の、目に見えない本質なのだと信じようとする。「ヒステリー化」とは、まず、ここでなされる「可視的な表層」と「不可視的な本質」との、それ自体は無根拠な乖離と対立化の手続きを意味している。同時にまた、ここで言われる「女性の本質」なるものが、実は「外傷的」なものに等しいということ。われわれが女性の外傷にこそ魅了されるということ、それを示す痕跡は、大衆文化の中にいくらでも見出される。[10]

(き) たとえば演歌のジャンルにおいては女性のトラウマが受け手のナルシズムを投影するためのきわめて重要な要素である。このほか近年の傾向として、小説とりわけミステリーのジャンルでも、トラウマの比重は高まりつつある。もっとも顕著と思われる例として天童荒太『永遠の仔』(幻冬社)を挙げておくが、この小説では虐待の犠牲者であるヒロインの魅力が重要な位置を占めている。「傷ついた女性」は、まさにその外傷性ゆえに愛されるのだ。[11]

『新世紀エヴァンゲリオン』のテレビシリーズ第一話には、包帯を全身に捲かれた美少女(綾波レイ)が、苦痛に喘ぎながらロボットに搭乗させられかかる場面がある。このシーンを試写で見ただけで、『エヴァンゲリオン』のヒットを確信したスタッフがいたという。[12] 包帯を捲いて傷に苦しむ美少女は、その傷ゆえに容易に「ヒステリー化」される。すなわち、視聴者の偶像となることができる。偶像となるキャラクターが第一話から登場するのだから、その作品は間違いなくヒットするはずだ、というわけである。

『夜の寝覚』の中君は、「包帯を捲いた綾波レイ」のように、「傷つく様=苦痛に喘ぐ様」を直写されている。だとすれば彼女は、「王朝物語版綾波レイ」といえないだろうか？ 彼女は、傷つくことでヒステリー化されているのではないだろうか？[13]

だが、右のように解釈するのが正しいとしても、『夜の寝覚』の中君は、誰の目から見てヒステリー化されてい

この（さ）の叙述も、中納言の視点にもとづく。中納言から見た一品宮は、内親王にふさわしく「こともなく、あて」ではあるが、近づきにくく、「うちとけてなれ」ることは難しい女君なのだった。

こうした女一宮に対する中納言の印象は、大君に対する中納言の印象と共通する。中納言にとって、大君も女一宮も、気品はあるが取りつくしまのない「葵上タイプ」と見えていたらしい。（お）・（か）の斎藤の発言にしたがって言いかえるなら、自身のナルシズムを投影させうる傷を、中納言は大君と女一宮に見出せなかったわけである。したがって、この二人は苦痛に苛まれたとしても、露悪的なほど克明に実状を書き立てられたりはしない。例えば、物怪に悩まされる女一宮の描写。

（し）御髪はこちたく清らにて九尺ばかりおはしますを、ゆひてうちやられたり。もとも気高くをかしげにおはします人の、いたく弱りくづほれ給へるは「かくてこそ、なかなかあはれげにおはしましけれ」と（中納言は）見奉るに……（中―三一八）。

中納言視点による右の叙述は、病める美女を描く際の常套句でばかり彩られている。中君の病苦を述べた箇所の「露悪的な克明さ」はここには見られない。

以上、中君の描写と、大君、女一宮に対するそれを比較して見た。大君と女一宮に対しては、語り手のみならず中納言の目線を通じ、「ナルシズムを投影させる傷を見出せない。ゆえに入れ込めない」という印象が語られていた。このことから逆算するに、中君の傷に対する執拗な描写の背後には、中納言という〈男〉の欲望が働いていることが予期される。それでは、中君を見つめる中納言のまなざしはどのようになっているだろうか？

（す）いと身もなくきぬがちに、あはれげなる心苦しさに、なにのいたはりもなく、御髪はひきゆひてうちやられたる、①いささか乱れまよふすぢなく、つやつやとめでたくて、すそは扇をひろげたらんやうにて、ふし給ひつるが、あたらしくをしげなるさまは、鬼神・もののふといふとも、涙おとさぬはあるまじきを……（中略）……②色は雪などをまろがしたらんやうに、底ひなくしろくきよげに、くるしげしげなるつらつきいとあかくにほひて、いふかひなくふし給へる顔の、あざあざとめでたきさまは……（上―二六六）

出産直前の中君を、中納言が見つめる場面からの引用である。中君は、密通による懐妊以来、耐えることなく心身の不調に苛まれてきた。ここで中納言は、傍線①にあるように、そうした病苦にもかかわらず乱れることを知らない中君の髪に目を向けている。中納言の目に映った中君は、病むことによって他者のナルシズムの鏡となる存在ではない。病者でありながら、健康な時と同様の美しさを保っている人物なのである。[17]傍線②の叙述も、病める女一宮を見つめていた引用文（し）とさほど違わない、病床の美女に向けられる常套句で彩られている。

我々の予期は裏切られた。中君の「妊娠によって変色した乳房」や「のぼせによる卒倒」や「嘔吐」に執着していくような回路は、彼女を見つめる中納言のまなざしには見出せない。だとすれば、中君の傷に発情している主体は、いったい誰なのか？

四 「身体のフェティッシュ化」と「自己意識」

（せ）例の御とのごもりたるに、ありしおなじ人、「教え奉りしにも過ぎて、あはれなりつる御琴の音かな。この手どもを聞き知る人は、えしもやなからん」とて、のこりの手、いま五つ教へて、「あはれ、あたら、人の、いたくものを思ひ、心をみだし給ふべきすくせのおはするかな」とて、かへりぬ、とみ給ふに、この手どもを、さめてさらにとどこほらず弾かる。（上―三二）

（そ）「昔より今にとり集めて、なれるわが身と言い顔にあれど、もとより心のいとおろかに浅うなりにければ、よく思ひもいれで、千々のうきふしをあまり思ひすぐし来て、言ひしらずうとましう音聞きゆゆしき耳をさへ聞きそふるかな」と、（中略）つくづくとおぼしつづくる夜な夜な、「さるは、おもなれて、さすがに度ごとにいみじうこころの乱るるこそは、かの十五夜の夢に、天つをとめの教へしさまの叶ふなりけれ」とおぼしいづるぞ、さきの世まで恨めしき御契りなるや。（中―三三三）

中君は、琵琶の伝授の完了と共に、（せ）のような予言を天人から受ける。この予言は、お前には悩まなければいけない宿命がある、ということ以外何も指摘していない。いつ、どこで、どんな不幸が起こるのかについては触れないままである。それだけにかえって、この予言は決して打ち消すことができない。少しでも意に沿わないことが起こる度に、この予言は中君の胸中で蠢くだろう。仮に幸せなことだけが連続したとしても、「まだ、おとずれるべき不幸が現れていないだけだ」と、この予言は囁くに違いない。決して自由になれない呪縛を、中君は天人から与えられたのである。事実彼女は、引用文（そ）にあるように、みずからが体験した不如意な出来事を天人の予言の実現と解釈している。

こうした中君のありようを、ビルドゥングスロマンという観点から先に分析した、王朝物語史の流れの中に置いて考えるとどうなるだろうか？

『夜の寝覚』の中君の苦悩は、『源氏物語』の紫上や浮舟の苦悩とは異質である。紫上や浮舟には、「出家＝男女関係からの離脱」という、悩みからの離脱する方法が見えていた。何故なら彼女たちには、苦悩の実際的な原因が存在したからである。紫上にとっては「宮家の娘という高い出自にありながら、後見のない結婚をしたこと」、浮舟にとっては「受領の家で育った宮家の隠し子という、血統と生育環境の矛盾」。彼女たちにとって、こうした矛盾がもたらす苦悩を免れる手立てとして、現世から離脱して生きることは有効であった。

これに対し、『夜の寝覚』の中君の苦しみには根本的な解決策がない。彼女の不幸は、姉の婚約者と偶然、通じてしまったことを端緒とする。中君自身の境遇には、苦難の人生をもたらすような矛盾は存在していない。あくまで偶然から始まった不幸には、有効な対策は立て難い。また、仮に出家したところで、天人の予言の呪縛が解けることはないのである。

おそらく、中君における「思春期の訪れと同時にもたらされた予言、苦悩」は、「幼年期が終らなければならないという不条理」を形象化したものと考えられる。[18] 彼女の苦悩は、子供時代が終焉した苦難という意味で、通過儀礼の苦難に似ている。しかし、その苦悩の先に「良き成長モデル」は用意されていない。故に『夜の寝覚』は、「永遠に終らない通過儀礼の物語」となる。[19] やはりこの物語もまた、平安朝後期に特有のアンチ・ビルドゥングスロマンなのである。

稿者の考えでは、『夜の寝覚』が「永遠に終らない通過儀礼の物語」であることと、中君の傷が露悪的に描かれることには関わりがある。おそらく『夜の寝覚』の同時代女性読者は、中君の身体が汚損されていく様子に、「成長」によって蹂躙されていく自らの存在を重ね合わせていたに違いない。傷つけられて行く「自己の／中君の」身体が、〈男〉の欲望の対象であることを確認する――そのことによって彼女たちは、辛うじて自分が〈女〉であることに折り合いをつけていたのではなかろうか。[20]

引用文（お）において、斎藤環は「ヒステリー化」という言葉を使用していた。「ヒステリー」とは、器質的な異常が認められないのに、精神的な原因から身体症状を呈する病を指し、その患者は〈女〉に限られる。[21] 斎藤の依拠するラカン派の精神分析では、〈男〉としての父親に対する不信からヒステリーは起こると考える。[22] ヒステリー者の症状は、彼女が「大文字の他者」に従属している証である。「大文字の他者」とは、「神」や「言語」や「法」と言った超越的な規範を指す。ヒステリー者にとっては、「大文字の他者」は、「規範的な〈男〉」もしくは「〈男〉なるもの一般」である。自分の身体が、実在する特定の男性とではなく、「大文字の他者」と関係していることを示すために、ヒステリー者は症状を呈するのである。——お父さん、〈男〉としてのあなたが不甲斐ないことが私は不満です。だから私は、あなたにではなく「大文字の他者」に忠誠を誓います。「大文字の他者」に仕えている私を見て、あなたも少しは、〈男〉として不十分な自分を反省してください……これが、ラカン派精神分析見るところの、ヒステリー者が症状を通じて語るメッセージなのである。(23)

斎藤は「われわれが女性の表層に惹かれるときに、われわれは自分を魅了するものが、当の女性の、目に見えない本質なのだと信じようとする。『ヒステリー化』とは、まず、ここでなされる『可視的な表層』と『不可視的な本質』との、それ自体は無根拠な乖離と対立化の手続きを意味している」と述べている。この言葉をパラフレーズすると以下のようになる——人が女性と恋に落ちる時、その女性が「大文字の他者」と契約を結んでおり、決して現実の人間には支配しきれないことを必ず実感する。そして、その女性の「現実の人間には支配しきれない部分＝不可視の本質」に、みずからの欲望を思いのままに投影させる。「不可視の本質」は、不可視であるがゆえに、どのような幻想を投影させることも可能なのだ。恋しい女性が「大文字の他者」に支配されていることと、彼女が「究極の理想」に見えることとは分かちがたく結びついている(24)——。

さらに斎藤は続けて、「同時にまた、ここで言われる『女性の本質』なるものが、実は『外傷的』なものに等しいということ。われわれが女性の外傷にこそ魅了されるということ、それを示す痕跡は、大衆文化の中にいくらでも見出される」と述べる。これはつまり、恋しい女性の本質を構成し、「大文字の他者」との契約の証立てる「それ」は、しばしば傷として認知されるということだ。ある女性が「大文字の他者」と契約していること、彼女が「究極の理想」であるかのように彼女を恋する者には見えること、彼女が傷ついていること、この三つは「三位一体」なのである。(25)

こうして斎藤環の発言を改めて検討していくと、『夜の寝覚』の中君は、ヒステリー者の典型であることが見えてくる。彼女は心身共に苦しみ続けるが、その苦難こそが「大文字の他者との契約＝予言によって示された宿命」のあらわれなのである。

今、稿者は「苦難こそが『大文字の他者との契約＝予言によって示された宿命』のあらわれなのである」と書いた。無論、物語に関わる誰もが、そのように考えているわけではない。そのように考えているのは、引用文（そ）にあるようにまず中君自身である。そして他にはおそらく、中君に共感しつつこのテクストを読む――多くの場合は〈女〉の――読者である。(26)

中君の傷によって欲望をそそられている〈女〉とは、まず中君自身であり、他には〈女〉の読者なのだった。中君と性愛において関わりを持っている中納言には、中君の傷にひかれる性向は見出し得ない。それでは、この物語には、中君の傷に欲情する〈男〉のまなざしは書き込まれていないのか？　次に、中納言以外の男性人物の、中君を見つめるまなざしについて概観することにしたい。

五　ヒロインに向けられた「男達のまなざし」

（た）③御髪、塵のまよひなく、つやつやとひまなくかかりて、いといたくおもやせたまへるかたちの、④いひしらずかをりおかしげなる、にほひこぼれぬばかりにらうたげにて、世を屈んじしめたまへるなつかしさ……（上―三九九～四〇〇）

右は、出産直後の中君と、その父・太政大臣が対面する場面である。傍線③では、病んでいるにもかかわらず、中君の髪が少しも衰えていないことが述べられている。傍線④も、「病んでいても美しさを損なわれない中君」の描写であり、中君の「病んでいるからこその美しさ」は問題にしていない。

つまり、中君を見つめる太政大臣のまなざしは、引用文（す）に見えた中納言のそれと似通っている。太政大臣もまた中君を「ヒステリー化」させて見てはいないのである。

他に、物語の中で中君をまなざす男性としては、帝がいる。帝は、老関白の遺児の後見として宮中に上った中君を垣間見、恋心を抱く。次に掲げるのは、帝の視点から見た中君の描写である。

（ち）髪のひまなうこりあひて、裳の裾のゆるゆるとひかれたるさまなど「絵にかかんに筆およびなんや」とぞ見ゆるもてなしなどは鶯の羽風もいとはしきまでたをたをとあえかにやはらぎなまめいて……（中―七八）

帝の目に映った中君の姿は、中納言や太政大臣の目から見たそれとは趣を異にしている。「鶯の羽風もいとはしきまでたをたをとあえかにやはらぎなまめい」た振る舞い方をする人として、帝は中君を眺めている。帝は中君の、儚げな風情にひかれているのである。

いっぽう、中納言の見た中君は「あざあざとめでたき」顔をした女性であった。太政大臣の目に映る中君は、「にほひこぼれぬばかりにらうたげ」である。彼ら二人にとって中君は、病んでいるのに華やかさを失わない女性なのである。

帝から見た中君像と、中納言や太政大臣のそれとの差異をどのように受けとめるべきなのか？　この点に関して

は、帝を見た中納言が、

（つ）いといたうおぼしいり、うち眺めさせ給ふ御かたち・有様の、匂ひやかになどこそえおはしまさね、気高くなまめかせ給ひて、艶にをかしうおはします……（中―一七三）

と感じていることが参考になる。帝は、中納言や太政大臣から見た中君の資質（＝匂ひやかさ）を欠く反面、帝自身から見た中君の資質（＝なまめかしさ）を具えている。「匂ひやかさ」というのは、物語の主人公には必須の資質であり、性的な魅力とも直結する。これに対し「なまめかしさ」とは、血統の高貴さと深く関わる資質である。(27) したがって、

「それほど美形でなかったり、脇役に過ぎなかったりするが、高貴な出自をよく体現した人物」

は、王朝物語の中では常套的に、引用文（つ）の帝のように形容される。(28)

つまり、中納言や太政大臣は、中君の性的な魅力に着目するばかりで、彼女の高貴さ――国王に琵琶を伝授する宿命――を認知していないのではないか。これに対し帝は、中納言や太政大臣とは逆に、中君の高貴さを性的な魅力以上に感じとっているのではないか。引用文（つ）は、「匂ひやかさ」と、「なまめかしさ」との間の「ずれ」、対立がこのテクストにはあることを暗示しているのではあるまいか。

太政大臣は、女御腹の皇子として生まれながら、後見に乏しかったため臣籍に下った人物である。改めて指摘するまでもなく、その境遇は光源氏と酷似している。しかし、光源氏は、藤壺と密通することで自らの血を王統に回帰させたのみならず、自身の即位が叶わなかったことを悔やんでさえいた。これに対し太政大臣が、王権奪取の願望をうかがわせる場面はまったくない。それどころか、中君に対する入内の要請を断って敢えて老関白と結婚させるなど、自分の血を王権と再び結びつけることを敢えて避けている節さえある。(29)

太政大臣の「王権回避」の思いと、中納言の中君をわがものにしたい欲望とは、中君を王権から遠ざけるという点で一致する。それゆえ、太政大臣と中納言の見る中君像は類似していると稿者は判断する。国王に琵琶を伝授するという中君の資質は、彼ら二人にとっては不都合なものなので、見落とされ、無きものとされてしまうのである。ヒステリー者は、父に不信を抱いていると先に述べた。太政大臣は、中君にとってまぎれもない抑圧者である。中君がヒステリー者になるのも当然といえるだろう。そして、中君を見つめる〈男〉として、ただ一人彼女の「王権に近づく宿命」を認知しているのが、帝なのだった。

ただし、中君の「傷げさ」に引かれている帝のありようは、彼女の傷に欲情している状態とは若干ずれがある。このずれの意味について考察を加えながら、本稿での議論をまとめていくことにしたい。

六　〈ヒステリー〉は誰のために

本稿では、『夜の寝覚』の中君の身体的苦難が、露悪的なまでに克明に描かれている意味を、ビルドゥングスロマンという観点から見た王朝物語の歴史と関連させて考察した。その結果、病の露悪的な描写が、ヒステリー者として中君が欲情されていることと関わっていることが見えてきた。このとき、中君を欲情する主体は、第一に中君自身であり、次に中君と同一化した〈女〉の読者であった。

中君をヒステリー者として欲望する〈男〉は、実はこの物語には登場しない。中納言や太政大臣は、むしろ中君の「大文字の他者」との関わりの証――国王に琵琶を伝授する宿命――を抑圧していく。

物語史を遡るなら、『竹取物語』のかぐや姫も『源氏物語』の浮舟も、ヒステリー者と見ることができる。かぐや姫は、ヒステリー者の「『大文字の他者』と契約を結び、実在の特定の〈男〉のものにはならない側面」を形象化した存在である。そして、『夜の寝覚』の中君の場合と同様、かぐや姫を取り巻く〈男〉は、求愛者たちも養育者である翁も、かぐや姫の「大文字の他者」と関わる資質を認識しない（唯一、少しだけ例外なのは、『夜の寝覚』の場合と同様に帝である）。

浮舟の、入水に至るまでの生の軌跡は、彼女がヒステリー者となる過程であったと考えられる。浮舟の母である中将君は、宮家の血を引く浮舟だからこそ、高貴な男性と結ばれるべきだと考えていた。この中将君の思考にしたがうなら、高貴な男性と結ばれることが、浮舟の体内に流れる宮家の血の、十全なる顕現だということになる。そして浮舟は、母のこのような考え方に侵食されていた。(30) それゆえ、薫や匂宮との恋に行き詰ることは、浮舟にとって父への失望と直結する。物怪に憑依され、やがては出家する浮舟は、父への失望から「大文字の他者」との契約に赴いた存在と見ることができる。しかし、小野妹尼のかつての娘婿である中将も薫も、浮舟がヒステリー者になっていることを認めない。浮舟が「大文字の他者」と契約した〈女〉であることをただ一人認識する〈男〉は、ここでは横川の僧都である。

このように考えるなら、『夜の寝覚』の帝は、『竹取物語』の帝や『源氏物語』の横川僧都の末裔とみなすべきであることが見えてくる。そしてそこから、中君の「国王に琵琶を伝授する宿命」の意味にも、新たに光が当てられそうである。

しかし、それについて考察するには、また別に一本の論考が必要となるだろう。かぐや姫や浮舟と中君の類似と相違も含めて、他にも論じ残した点は多い（かぐや姫と中君は、超常的な力のためにヒステリー者である点が共通する。これに対し浮舟は、前述したとおり、血統と生育環境の矛盾という現実的な理由からヒステリー者になる。こうした類似と差異は、どのよ

うな背景から生じてきたものなのか?」)。本稿はとりあえずこれで締めくくることとし、後稿を期すことにしたい。(31)

注

(1) ビルドゥングスロマンとはもともとドイツ語で、しばしば「教養小説」と訳される。ゲーテの「ヴィルヘルム・マイステル」シリーズが代表的。

(2) 光源氏が生誕した状況の異常性については、拙稿「現代に批評理論は、どうして『源氏物語』に適用可能なのか?」(津田博幸編『〈源氏物語〉の生成』武蔵野書院　二〇〇四年)参照。

(3) 三谷邦明はこの現象をくり返し、「栄華が罪であり、罪が栄華であるという両義性」と表現している。「帚木三帖の方法」(『物語文学の方法II』有精堂　一九八九年)など。

(4) 拙稿「匂宮の社会的地位と語りの戦略」(『物語研究』第四号　二〇〇四年三月)参照。

(5) 山田利博「薫の堕落」(中野幸一編『源氏物語と平安文学　第二集』早稲田大学出版会　一九九一年)。

(6) この点については拙稿「匂ふ〈かをり〉／見える〈かをり〉」(三田村雅子・河添房江編『薫りの源氏物語』翰林書房　二〇〇八年)で詳述した。

(7) 後期物語の主人公と思春期の問題をめぐっては、拙稿「見出された「少女」という時」(前田雅之他編『〈新しい作品論〉へ、〈新しい教材論〉へ　古典編2』右文書院　二〇〇三年)参照。

(8) 『夜の寝覚』の引用は、関根慶子訳注『寝覚』(講談社学術文庫)による。

(9) 『源氏物語』の引用は、新潮古典集成版による。

(10) 斎藤環『戦闘美少女の精神分析』(ちくま文庫)。

(11) 注(10)に同じ。

(12) 大泉実成編『庵野秀明　スキゾ・エヴァンゲリオン』(太田出版　一九九七年)。

(13)「妊娠の兆候」が、嘔吐などの「病気の症状」と同様に扱われている点は、王朝物語全体を視野に入れながら、更に考察する必要のある問題だと思われる。

(14) 斎藤環「『萌え』の象徴身分」(東浩紀編著『網状言論F改』青土社　二〇〇三年)。

(15) ラカン派精神分析では、言葉との関わり方の差異が、男と女の性差を決定すると考える。したがって、生物学的な性差と、精神分析における性差はかならずしも一致しない。本稿で〈男〉および〈女〉と表記しているのは、精神分析的な性差である。

(16) 注(8)の訳注書の鑑賞欄。

(17) 中君から中納言が「病んでいるにもかかわらず健康的」という印象を受けていることは、井上眞弓「性と家族、家族を超えて」(『岩波講座　日本文学史　巻三』岩波書店　一九九六年)にも指摘がある。

(18) 永井和子「寝覚物語――かぐや姫と中宮と――」(『続寝覚物語の研究』笠間書院　一九九〇年)は、「天人降下は中君にとって「少女」という時期そのものであるとも読めるかもしれない」と述べている。

(19) 足立繭子「『夜の寝覚』の発端部と継子譚」(『中古文学論攷』一九九一年一二月)がこの問題について詳しい。

(20) この時代の貴族階級の女性一般が、成熟困難に陥っていたことは、注(7)の拙論で詳述した。

(21) ヒステリーは、もともとは子宮を原因とする疾患だと考えられていた。「ヒステリー」という呼称そのものも、子宮を意味する古代ギリシャ語に由来する。

(22) ラカン『精神分析の四基本概念』(小出浩之他訳　岩波書店　二〇〇〇年)。

(23) したがって、ヒステリー者を、家父長制に対する自己の身体を賭した告発者と見なし得るケースもある。藤森清「「蒲団」における二つの告白」(『語りの近代』有精堂　一九九六年)など、こうした観点からヒステリーを扱った論も多い。

(24) 女性に恋することが、自動的にその女性が「大文字の他者」のものだと感知することにつながる――この観点は、物語の最後で〈女〉がいなくなる「白鳥処女譚」が、〈男〉がいなくなる「三輪山型」よりも、古今東西を問わずポピュラーである理由を非常によく説明し得る。

(25) したがって、フィクションの世界でも実在の世界でも、多くの人間から恋される女性は、精神的なものに起因する体の不調を抱えているケースが非常に多い。

(26) 平安後期における、こうした読者と作中人物の関わり方は、注(7)の拙論を参照のこと。

(27) 拙稿「浜松中納言物語における〈言語〉と〈身体〉」(河添房江他編『叢書　想像する平安文学　第四巻』勉誠出版　一九九九年)参照。

(28) 注(26)に同じ。

(29) 中君と父太政大臣の齟齬に関しては、永井和子「寝覚物語の老人」(『続寝覚物語の研究』笠間書院　一九九〇年)に指摘がある。

(30) 拙稿「浮舟の〈欲望〉と読者の〈欲望〉」(上原作和編『浮舟』勉誠出版　二〇〇六年)。

(31) 注(18)の永井論文の他、河添房江「『夜の寝覚』と話型」(『源氏物語時空論』東京大学出版会　二〇〇五年)・関根賢司「かぐや姫とその裔」(『物語文学論』桜楓社　一九八〇年)・鈴木泰恵「『夜の寝覚』における救済といやし」(『狭衣物語／批評』翰林書房　二〇〇七年)など、中君とかぐや姫の関連についての論文は数多い。浮舟とかぐや姫を比較対照させた論文も、枚挙に暇がない。

『夜の寝覚』の男主人公をめぐって――物語史論のために――

宮下雅恵

序

先に発表した拙稿[1]において、稿者は「ことわり」「推し量り」という語を手掛かりとして、光源氏と他の主要な男君たちとの差異・対照性を指摘し、『夜の寝覚』の男主人公を「光源氏も含む『源氏物語』の主要な男性たちの様々な要素を受け継ぎ組み合わせられた存在であるように見える」としつつ、『源氏物語』とは異なる場面を作り出す存在でもあったことを指摘し、「そのような場面に『寝覚』の批評性が見える」と論じた。

稿者のこの指摘は、かつて『源氏物語』以後の男君たちを「光源氏型と薫大将型」とに分類し、『夜の寝覚』の男主人公を「薫型」であるとした三谷栄一『物語文学史論』[2]とは立場を異にするものであった。

では、そのような男主人公に注目することによってどのような物語世界が見えてくるのか。

一

『寝覚』研究史において男主人公論は非常に少ない。しかしたとえば、「寝覚」「夜半の寝覚」「夜の寝覚」という三つの題号をめぐる題名論(3)などは、男主人公論につながる余地がある。第一部の「寝覚」は男主人公のもので、第三部の「寝覚」は女主人公についての状態であり、和歌的な恋の悩みとしての「寝覚」「夜半の寝覚」から、より苦悩の深い「夜の寝覚」への変化が見られるとの重要な指摘があったことは見過ごせない。しかし裏を返せば、題名論もやはり男主人公の「影の薄さ」を示していることに変わりはない。

そこで、断片的にせよ男主人公についてある程度まとまった記述が見られるふたつの研究書を概観してみよう。まず検討したいのは永井和子『続寝覚物語の研究』(4)の次のような記述である。(傍線稿者、以下同じ)

○中君は人間として変貌をとげるが、主人公は心的深化を示さない　（二九）

○皇統でもなく、超人的な麗質を備えず、日常性を超えたロマン性もない（九二）、反光源氏　（九三）

○（男君の理想性を作り上げたのは——稿者注）「一夫一婦」という個別的な愛に対する、女性の側でのきびしい欲求ではなかったか。……そのような理想性を帯しているが故に、寝覚の主人公は物語の流れの中で変容をとげることがない。女主人公が成長し、物語の現実の中で微妙に変化しているのに比して、主人公は著しく観念的存在である。その観念性が、今度は逆に女主人公の存在さえも底の浅いものにし、物語全体を精彩のないものとする結果となる。　（九三）

○この主人公は、自身で反省めいたことを考えることはあまりない　（一〇〇）

○作者の理想とした、一途に女性を恋う、という理想像は……第一部ではそれが、純粋な、深い、ひたむきな愛情として好ましくとらえられていた。ところが、第三部では、同じそれが、女一宮の存在を考えるにせよ、くどく、狭量な、生硬さを持った、柔軟性に乏しいもの、としてやや否定的に中の君側から把握されるようになる　（一〇四）

○このように、男性の主人公は、光源氏以来の伝統である、理想像という部分まで形骸化するほどに、女性の側に中心人物たる位置をあけ渡してしまった。理想的な、一途に一人の女性をのみ愛するという好もしい主人公が、その変貌しないというこれまた理想的な位置づけによって、逆に、次第に変化し、成長する物語の流れから取り残される、という奇妙なことになってしまうのである。　（一〇六）

○寝覚物語の主人公は、右のように「主人公」ではないところに行きついたのであり、それは同時に後期物語世界が次第に自らを追いつめて行く姿でもあったと考えられるのである。　（一〇七）

永井の男主人公批判はおおよそこのようなものである。男主人公は「心的深化を示さ」ず、「反光源氏」的であり、「反省めいたこと」も考えず、「理想像という部分まで形骸化」してしまっている、というのである。しかし拙稿(5)に述べた通り、『夜の寝覚』の男主人公は基本的に光源氏的な理想性が見られ、女君方の要求に応えるべくものを考え自制しようとする人物でもあった。

「反光源氏」という言葉からも明らかだが、永井の批判の基準は「光源氏」にある。たしかにこの男主人公は「光源氏」そのものではない。しかし物語の主人公がみな〈光源氏〉である必要はない。物語の主人公を光源氏と比べてしまう永井の視線の先にはおそらく、冒頭で挙げた三谷栄一『物語文学史論』がひとつのメルクマールとして意識されていたであろう。ここでも『源氏』は物語読みの規範として作用している。

光源氏と比べたときに見えてくるのははたして「光源氏」に「反」するものとしての男主人公なのか。「『主人公』ではないところに行きついた」と言えるのか。ここにはなお吟味の余地があろう。なぜなら、先に述べたように『寝覚』の男主人公には光源氏的な要素が含み込まれており、基本的な造型描写もまた、十分に光源氏的であると言えるからである。

では男主人公についての描写をいくつかあげてみよう。(『夜の寝覚』の引用は新全集本による。以下同じ)

a 左大臣の御太郎、かたち、心ばへ、すべて身の才、この世には余るまですぐれて限りなく、世の光と、おほやけ、わたくし思ひあがめられたまふ人あり。年もまだ二十にたらぬほどにて、権中納言にて中将かけたまへる、ものしたまふ。関白のかなし子、后の兄、春宮の御をぢ、今も行く末も頼もしげにめでたきに、心ばへなどの、さる我がままなる世とても、おごり、人を軽むる心なく、いとありがたくもてをさめたるを　(二一～二二頁)

b 「ゆくりなくあはつけき振舞は、おのづから軽々しきことも出で来るを」と、ありがたくおぼしをさめたる心なれど、我ながらあやしく鎮めがたきを、人の程をこよなき劣りと思ふに、あなづらはしく　(三〇)

c 　よに知らぬ露けさなりや別るれどまだいとかかる暁ぞなき

いたく思ひ乱れ、ひとりごちたるけはひの、なのめならずなまめかしきも　(三五)

d 「我ただならぬ気色にや見ゆらむ」とおぼせば、他事に言ひなしつ。　(五三)

e いみじく心のうちに深くも浅くも思はむことを、人の、色に出でて、目とどむべくもあらぬ御様なれば　(六二)

f 御様、かたちは、めでたくきよらになまめきて、人を、なべては、さらに見入れ馴らしたまはず、気高く、もの遠き有様に　(六七)

g 限りなくかしづきたてられて出でたまふ男君のめでたさ、きよげなるにほひ　(八〇)

h歩み出でたまふ後ろ、もてなし、あくまで静やかに、なまめかしく、心にくく、指貫の裾までにほひこぼるるやうなり。（八六）

iなほざりのあさはかなる一言をのたまふに、情々しく、あはれにこ深き気色を添へたまふ人がらに、まして心の限り尽くしたまふは、いみじからむ何の岩木も靡きたちぬべきに（九〇）

j司召に、大納言になりたまひぬ。いとどやむごとなくなりたまふさま、咲き出づる花のやうにはなやかになりまさる御にほひのめでたさを（九七）

k夕べの空を、階に寄りかかりて、つくづくとながめ入りたまへるかたちは、つねよりも言ふかたなくにほひけうらに、もてなしざまは、静かに、心にくくなまめきて（一〇九）

これらの引用箇所に顕著だが、男主人公の基本的な造型はa（b・d・e・i）「ありがたくもてをさめ」、かつf「きよら」、g「きよげ」、k「けうら」、j「めでたし」、g・h・j・k「にほひ」、c・f・h・k「なまめかし」といった「光源氏型」の表現によって成り立っている。つまり『寝覚』の男主人公はこの上もなく理想的な、あえて分類するならば「光源氏型」の主人公として語られているのである。たしかに女主人公・中の君のような天上界的な理想性・超越性はもってはいないし皇統でもないが、「この世には余るまですぐれて限りなく、世の光」と語られ、この世ならぬほどにすぐれていること限りなく、「世の光」とうたわれているのは、彼の理想性がいわば「地上を代表する男性」として語られていることの証といえよう。

『夜の寝覚』は言うなれば、〈光源氏〉が〈かぐや姫〉に出会ってしまった物語なのではないだろうか。

もちろん『源氏物語』においても、光源氏は紫の上という最上級の女性と出会っているわけだが、『夜の寝覚』の場合はより直接的に『竹取物語』との重ね合わせが行われており、中の君＝寝覚の上が〈かぐや姫〉であることも先行研究(6)により示されている。しかしここではさらに歩を進めて、男主人公の光源氏との重ね合わせを見ることによって、『夜の寝覚』は〈光源氏〉が〈かぐや姫〉と出会ってしまった物語なのだ、と言いたいのである。それは先に拙稿(7)で述べたように男主人公に〈光源氏〉性を認めることによって、初めて見えてくる物語風景なのであった。

二

次に野口元大『夜の寝覚研究(8)』を見てみよう。

○　なほなほしきあたりに、我まだきに知られじとて、(中の君や対の君には――稿者注) 名乗りもしたまはず。という態度をとるのである。これは、当時の通念からすれば、二十歳にも足らぬ中納言の思慮としては、あくまで貴族らしい理想性の一面をなすべきものだったのであろう。（一〇〇）

○中納言は、もともと世の人聞きを慮り、万事につけて目やすくもてしずめた性格の人物として設定された。（一〇九）

○その性格が物語構成上の要請から大きく規定されていた（一一一）

○装飾的辞句、言葉の過剰（一一四～一一五）、巧みによそわれた自己弁護（一一三）

○これは……ヒロインの心を男の側ではほとんど理解していない、この事 (女一宮を妻としていること――稿者注) が彼女の心にどれほど致命的な打撃になるのかを、感じ取るだけの繊細さに欠けていたということであるが、内大臣にしてみれば、女一宮の存在を無視できない以上、これは最も誠実な態度ということになるのである。

相手の身になってみるやさしさを欠いた誠実というのは、いかにもこの内大臣らしいが、今それはしばらくおく。それよりも、当時の一般的常識であったとはいえようが、彼にとって、女一宮の存在は無条件の前提だということを、ここで確認しておくべきであろう。（二一五）

○（女一宮について）至尊の血を承けた気高さ、政界における男君の地位の保証（二四七）

○月光の下に絵に描いたように美しい男君、物語的理想像そのものであろう。（二五六）

野口論は永井論と比べて、男君の「理想性」をより重視している。[9] しかし「相手の身になってみるやさしさを欠いた誠実」とあるのには少々意義を唱えたい。彼は拙稿で述べた通り、女主人公の心を「推し量り」、自制しようとする一面をもっていたからである。

また野口論の引用箇所のうち、一つめにあげた「当時の通念からすれば、二十歳にも足らぬ中納言の思慮としては、あくまで貴族らしい理想性の一面をなすべきものだった」とある部分については、近年、高橋由記[10]により修正論が出されている。高橋論によれば、

史実として受領階級の母を持つ摂関は存在する。しかし、摂関・藤原長者の嫡子が受領階級の女と結婚した例は一つもない。摂関家嫡子は出自の高い女を室とするのが通例なのである。男君が但馬守女との結婚をあくまでも避けたのは、源太政大臣家の大君との結婚が決まっていたこともあろうが、摂関家嫡子にとっては当然の決断だったといえよう。

という。史実に照らして、物語序盤での男主人公の判断は正当なものだったというのは妥当であろう。

このような観点からは、「政治」を描くことがないように思われる『寝覚』にも「政治」的側面が読みとれるということが見えてくる。野口が女一宮降嫁について「政界における男君の地位の保証」というのもうなずける。

一方で野口論はまた、石山の姫君入内についてもこのように述べている。

○男君にとって、石山姫君の東宮妃としての入内は、かなり差し迫った、どうしてもやり遂げなければならない課題であった。またそのことは、西山の入道はじめ、周囲の者が皆意識するところでもあった。そして、そのためにヒロインをことさらに鄭重に、京へ迎え出だそうとしているわけであったし、そうした叙述は重なっていた。入道が……姫の前途に望みをかけ、これまで内心に秘めながら実現を諦めざるをえなかった無念さを取り返そうとしているのは、それが同時にこの一族の念願でもあったからなのである。その点で、ヒロインの里方の人々と男君の間には、ほぼ完全な了解が成り立っていた。彼が、「世の聞き耳ことわり失わぬ御心にて、宮の御方に二夜、こなたに一夜と」通いながら、「我なればこそ、せめて思ひしのびてあながちにはもてなせ。ただ心を心とせむ人は、帝の御女といふとも、あながちに心を分けじものを」と、絶大な自信をもって自らの態度を肯定しているのも、こうした基盤に立ってのことなのである。（二四九〜二五〇）

つまり男主人公は「政治」的側面を色濃くもつというのだが、物語表面にはこのような読みが前景化されてはいない。しかし少なくともこのように読める可能性が十分にあるということは注意しておく必要があろう。(11)

三

さて「心深し」という言葉がある。(12)これは思慮深さや人としての深み、物事の趣深さ、といったものを表す語であるといえるが、『夜の寝覚』においてこの「心深し」をもって多く形容されている人物は冷泉帝である。しかし「誰の目から見て『心深し』なのか」と考えると、この形容は『寝覚』の男主人公から見た帝の行為・外見に関連して用いられていることに気づく。まずは男主人公に先立つ、語り手評の例を挙げる。

（帝歌）のちにまたなかれあふせの頼まずは涙のあわと消えぬべき身を

まことに、かきくらさせたまへる御気色の、心深く、なまめかせたまへる御様の、いとなべてならず、艶に、限りなくぞおはしますや。（二八四）

この語り手の叙述を補強するように、これ以後、男主人公視点からの帝の「心深し」という評価が続くのである。

・さばかり気高く、あてに、心深くなまめかせたまへる御有様見たてまつりて、人には殊に、げにさもや、うち思ひ、靡きたてまつりぬらむ」と思ふに、妬く、わびしきに（二九八）

・ただ、我になりて見るだに涙とどめがたく、心深く書きつくさせたまひて、

（帝の手紙）「鳰の海や潮干にあらぬかひなさはみるめかづかむかたのなきかな

来む世の海人」と書かせたまひたる、見どころいみじきを、（男主人公）「女にては、いかでか、かうのみ書き賜はせむを、あはれにかたじけなく、思ひ弱る心のなからむ」と、胸ふたがりまされど（三二八）

・「女にて、いとかかる御気色の、いかでか見知られ、あはれならぬやうはあらむ。御かたち、けはひ、いと気高うなまめき、心深う優におはします。御文の書きざま、まことは、かばかり見どころ限りなう、かたじけなき言の葉尽くさせたまへる。人の御程、上をきはめさせたまひたりとは、世のつねなりや。（三五五）

あくまで上品で高貴、考え深くしっとりと美しいご様子、手紙の書きざまもいかにも思い深い帝、というのが、男主人公から見た帝の様子である。この評価は、世間普通の女性であればこのご様子を前にしては平静ではいられまい、もしかすると寝覚の上も帝になびいてしまうのではないか……という心配や焦りにつながっている。自分にはない「心深さ」をもつ帝という人物に対する嫉妬、これが彼の視点からの「心深し」評の特徴であるといえる。

しかし当の帝は「ただ人なりとも、げにその人ばかりぞ、なずらふべかりける。」（二五九）と考える。帝は「その人」＝男主人公こそが寝覚の上に似つかわしい相手であると考えており、「心深い」帝にそのように思われていることによって彼の優位性が保証されているのだ。また、「なまめかし」「なまめく」という語は、男主人公その人にも用いられていた表現でもあったことを想起されたい。男主人公は充分に帝に比肩する存在として物語内に存在しているのである。

ところでかの思い悩み続ける女主人公はどうかといえば、同じく男主人公視点からこの語が用いられ評されている。

（男主人公）「……この言ひののしること（寝覚の上の生霊が現れたという噂）をや、聞きたまへらむ。さらば、かならず、心深う思ひ入りなむかし」と思ふに、いと苦しければ、えもうち出でたまはぬを、……（寝覚の上）「……げにとおぼしけるなめり……我よりは、こよなく浅かりける御心なりかし。」（三九三）

きっと深く思い沈んでしまうだろう、と推し量りはするものの何も言えずにいる男主人公、その様子を見て、自分よりもひどく浅いお心のようだ、と評する女主人公。この構図にはなかなか皮肉なものがある。女主人公に肩入れする読者にとっては男主人公批判の格好の材料になってしまうだろう。

しかしここではあえて視点人物としての男君と「理解」の問題について述べておきたい。前稿[13]で論じた通り、女主人公に対する男主人公の「推し量り」はおよそ当たっているのだと物語は語る。彼は女主人公の「理解者たらんとする者」として物語内に存在するのである。ここに拙稿[14]で述べた「第三の予言」との関わり、〈理解〉の問題が浮上してくる。天上界に通じる資質を備え、「この手どもを聞き理解できる人はいないだろう」と天人に宣告された中の君＝寝覚の上の心中を「推し量る」者としての男君の存在の重要性が、ここには見えている。「地上代表」

たる〈光源氏〉としての男主人公が、〈かぐや姫〉たる中の君＝寝覚の上の心中を推し量ろうとするとき、そこにはおのずと「第三の予言」で中の君が宣告された「絶対的な孤独」が、より際だって見えてくるのではあるまいか。例えば次の場面を見てみよう。

いつも、かならずうけばりもて出づべきものとは、おぼし寄らぬ有様なるに、ことわりなる御暇のなさを、恨めしうなども思ひ寄らぬことながら、殿の推し量り思しつるにたがはず、「あいなの身の有様や。いつも、ただ、かくぞかし。まして、今はとうちとけ頼み果てては、いかばかりなべき心の乱れにか。いかならむついでに、なだらかなるさまにて籠り居にしがな」とは、寝覚めの夜な夜な、おぼし明かさぬにしもあらぬに（三七二）

寝覚の上の心中を述べる前に「男君の推し量りに違わず」と置き、つまり男主人公の推量は正しいのだと物語は言うのである。たしかに女主人公への彼の理解、推し量りは、十分に彼女がそう思うにいたる状態・心境を探り当てているように見える。

「故殿の……（男主人公との仲にふれると私の様子が変わるのを見て）いみじき過ちしつとおぼして、ひきかへ、こしらへ慰め、思ひながら、かけてもかけたまはざりしものを。……（男主人公は私を）あまり心もなきものと、あなづりやすくおぼすなめりかし。いかに世を思ふらむなど、憚りおぼすところのなきよ。いみじく物思ひ知り、なべてならぬものに言ひ思はれたる人も、憂き我からに浅くなりぬる方は、その御心のけぢめもなかりけるをや」と、あいなく、我があながちにつつみ、従ひたる心を、悔しくおぼしつづけて、答へもせず、ただつくづくとうちながめ出でて、いと引き隠し、ことなしびにて入りなむとするを、（男主人公は）ひかへて、御心の内推し量り、気色見るに、いともいともいみじきことわりに、我があまりの心に、今より後のことをもこのついでにとり出でむと思ひて、くまなく昔恋しき気色を見るより悔しくなりて、ひきかへ、いみじく慰めこしらふれど、（寝覚の上が）さだに思ひつづけ、ながめたちぬれば、（男主人公は）姨捨山の月見む心地して

（五三九〜五四〇）

「自分のせいで思慮が浅くなっているお心」というのは以前男主人公が寝覚の上に言っていたことそのままである。しかしそう思われている当の男主人公は「御心の内推し量り、気色見る」だけの思慮があるというのである。彼の推し量りの正しさはここまでの物語叙述で保証されていることになろう。

そして彼はかつて彼女の夫関白が「こしらへ慰め」ていたように「いみじく慰めこしら」えようとするが、結局は「姨捨山の月見む心地」＝「なぐさめかねつ」、の状態に至る。彼は女君の心を理解はしているが、ときほぐすにはいたらないのである。結果としてそれは故関白に比して男主人公の力量が不足していることを露呈させる。（自制→行動→自制→沈黙）のパターンが繰り返されているのである。

飽かずわびしく、とばかりながめ入りて、院に立ち帰りたまひても、おぼしたりつる御気色のことわりに、（男主人公）「故大臣の、よろづの罪を消ちたりける名残の心おごりに、我がいささか思はずなる一言葉をば、いと浅く、憂きものに思ひしみ入りたまへる、ことわりなりや」

（五四二）

たしかに「私（＝男主人公）の少し思いがけない一言を、とても思慮が足らぬつらいものと思い詰めてしまわれるのももっともなことだ」と、女君の思いを言い当てているが、その彼女の態度が「故大臣が寝覚の上のよろずの罪をなき物とした名残の心おごり」に由来するものだ、というのは、いかがだろうか。寝覚の上に肩入れする読者としては聞き捨てならないものに見えるだろう。例えばこのあたりが、本稿冒頭に述べた永井・野口両氏のような辛口の男主人公評価に強く作用しているのではないかと考えられる。一方で女君の心情によりそい推し量ろうという

男君の態度、「ことわり」という飲み込みの姿勢に重きを置いて読むことで男主人公の違う面が見えて来もするのである。

男主人公の「推し量り」は正しい、と語り手には保証されているのだが、それゆえに女主人公へのアプローチが閉ざされてしまうという逆説的現象が生じ、女主人公の孤独が際だってしまうという、アイロニカルな論理が看て取れる。それは『夜の寝覚』冒頭の天人の「第三の予言」(15)——この地上には女主人公のもつ天上界の資質を理解しうる人間はいないのだ、という宣告と響きあうものなのである。

四

ここで、永井が「女一宮の存在を考えるにせよ」と留保し、野口が「当時の一般的常識であったとはいえようが、彼にとって、女一宮の存在は無条件の前提」とする女一宮の持つ意味を違う角度から考えてみたい。この点については助川幸逸郎「一品宮」(16)に重要な指摘がある。以下、適宜引用していく。

○中古の物語に登場する「一品宮」は、「天皇の長女（女一宮）」であることを原則とする。この「一品宮＝女一宮」は、『源氏物語』宇治十帖以降、様々な物語の中で「王権の象徴」の役割を演じている。それらにおいては、「一品宮をものにすること」が「王権の奪取」を象徴する。逆にいうと、王の資格を欠く人物——王統の父をもたない、など——は、一品宮をものにすることはできない。

○無論、物語史と現実社会の双方において、皇妃から一品宮への交代劇（扱いの重さに変化が生じたこと——稿者注）が、一直線に進展したわけではない。たとえば『夜寝覚物語』は、『源氏』以降に成立した物語だが、藤原氏である男主人公と一品宮の結婚が描かれる。

○一品宮をめぐるこうした変化は、「古代から中世へ」という、状況全体の変化と連動している。それらの中で、物語史にとってとりわけ重要なのは、藤原摂関家のステイタスの変質だ。道長が覇権を確立したのち、藤原北家の中で流動的に受け渡されていた摂関の地位は、道長直系の嫡男に代々襲われた。これにともない、「摂関を継承できる特別な血筋」という観念が生まれた。道長以前の摂関は、「もっとも有力な臣下」に過ぎなかったのに対し、道長以降の摂関は、独特の聖性を帯びるようになった。その結果、「源氏であること」を、主人公の絶対条件とする原則が崩れ、摂関家生まれの主人公をもつ王朝物語が出現する。

○……つまり、中世の到来と前後して、それまでの物語で「王権」が占めていたのと類似の地位を、「摂関家の継承」が担う物語が誕生したわけだ。そして、「王権物語」では、女宮のタブー性が前景化されるのに対し、「摂関家物語」では、皇女のもつ意味は比較的軽い。

○「摂関家物語」は、「ヒロインが虐められる物語」を母胎に発生した可能性が高い。「ヒロインが虐められる物語」においては、ヒロインが王統の血をうけていれば、ヒロインの結婚相手が王統でなくても、「主人公が源氏である」という原則に反したことにはならない。そして、この種の物語における「ヒロインの結婚相手」の比重を増大させたものとして、「摂関家物語」が生まれたのではなかろうか。

助川論は『夜の寝覚』という物語の位置を理解するのに重要な補助線となる。特に最後、「『ヒロインが虐められる物語』においては」以下の叙述は、まるで『夜の寝覚』を念頭においたかのような指摘である。「虐められる」というのは物語内で苦悩の人生を余儀なくされることだと理解されるし、女主人公は一世源氏の娘だが男主人公は関白左大臣の嫡男である。そして、『寝覚』においては中心人物は中の君＝寝覚の上だが、この物語を男主人公の側からみれば、たしかに助川のいう「摂関家物語」になるはずだ。実際、「『王権物語』では女宮のタブー性が前景化されるのに対し、『摂関家物語』では、皇女のもつ意味は比較的軽い」とあるように、女一宮「降嫁」という事態そのものが彼女の重さと同時に軽さをも示している逆説的現象なのだと言える。

この助川論をも含み込んで考えると見えてくるのは、つまり『夜の寝覚』は中世王朝物語の世界への結節点である、ということである。天上世界の理想性の具現化たる女主人公と、王権の象徴たる女一宮、そのどちらをも手にするのが『寝覚』の男主人公なのであった。それは来たる「摂関家物語」到来の予感を秘めた主人公像を表している。

男主人公の側から見れば、家・血筋の存続にまつわる「摂関家物語」、女主人公の心理の掘り下げとその生き様を描く、という面からみれば「女の物語」の正統というふたつの側面を、中世王朝物語はもっている。そして『寝覚』もたしかにその二面ともにもっている物語なのだ。『夜の寝覚』が中世王朝物語への結節点たる理由である。

結

以上、『夜の寝覚』男主人公論、ひいては『夜の寝覚』論のためのいくつかの指摘をしてきた。

『夜の寝覚』の男主人公は光源氏に通じる理想性を備え、また帝に比肩する存在として物語表現に定位されており、『夜の寝覚』は「もし〈光源氏〉が〈かぐや姫〉に出会ってしまったら?」という命題から出発しそれを具現化した物語として読める。それは従来指摘されてきたような、中の君=寝覚の上が「かぐや姫」性をもつというだけではなく、男主人公に「光源氏」性を認めることによって初めて見えてくる物語風景なのだ。いかな〈光源氏〉

であっても、本物の・天上界の資質をもった〈かぐや姫〉と出会ってしまっては途方もない惑乱に陥ってしまうことになるだろう、といえるのではないだろうか。

それはまた、光源氏と『寝覚』の男主人公を取り巻く語り――〈女〉の〈声〉――からもうかがい知ることができる。今は紙幅の都合上ひとつひとつつぶさにみてゆくことはできないが、例をあげるなら、『源氏物語』帚木巻冒頭やまたそれに照応する夕顔巻巻末の草紙地、あるいは夕顔巻巻末近くの草紙地に、光源氏（の心おごり）に対する揶揄を見ることができる。（引用は集成本による）

○光源氏、名のみことごとしう、言ひ消たれたまふ咎多かなるに、いとど、かかるすきごとどもを、末の世にも聞き伝へて、軽びたる名をや流さむと、忍びたまひけるかくろへごとをさへ、語り伝へけむ人のもの言ひさがなさよ。さるは、いといたく世を憚り、まめだちたまひけるほど、なよびかにをかしきことはなくて、交野の少将には笑はれたまひけむかし。（一・帚木・四五）

○……またかの人（＝軒端の荻）のけしきもゆかしければ、小君して、「死にかへり思ふ心は、知りたまへりや」と言ひつかはす。

ほのかにも軒端の荻をむすばずは露のかことをなににかけまし

高やかなる荻に付けて、「忍びて」とのたまへれど、取りあやまちて少将も見つけて、われなりけりと思ひあはせば、さりとも罪ゆるしてむと思ふ御心おごりぞ、あいなかりける。……何の心ばせありげもなく、さうどき誇りたりしよとおぼしいづるに、憎からず。なほこりずまに、またもあだ名立ちぬべき御心のすさびなめり。（一・夕顔・一七四～一七六）

○かやうのくだくだしきことは、あながちに隠ろへ忍びたまひしもいとほしくて、みな漏らしとどめたるを、など帝の御子ならむからに、見む人さへかたほならず、ものほめがちなると、作りごとめきてとりなす人ものしたまひければなむ。あまりもの言ひさがなき罪、さりどころなく。（一・夕顔・一七九）

このように周到に配された語りの枠どり、あるいはところどころに顔を出す〈ノイズ〉としての語りは、光源氏をめぐる語りと重ね合わせられつつストーリーを形成してゆく。

「理想的な人物・光源氏」を揶揄するこれらの語りを一種の〈ノイズ〉としてみるならば、これと位相を同じくする〈ノイズ〉が、『夜の寝覚』にもまた見られるのであった。

○……（中の君の寝所に男が侵入していることに気づき、対の君は）言はむかたなく、思ひまどふなども世のつねなりや。くだくだしければとどめつ。かたみに聞きかはして心かはしたらむにてだに、ゆくりなからむあさましさの、おろかならむやは。まして（中の君と対の君の）心のうちどもはいかがありけむ。（三一）

○「かの母君の腹より我が子の出で来たらむ、げに、なにかは世のつねならむ」と、我が御身も心おごりしておぼしやるに（二四〇～二四一）

○（女一宮）「今よりなりとも、悪しかべいことにもあらぬを、心よりほかに、聞きにくき、苦しく」とばかり、言少なに答へさせたまひたる御けはひ、有様、いみじくめでたし。御心ばへ、けはひの気高さ、手うち書きたまへるさまは飽かぬことなく、（男主人公）「我が契り、宿世、口惜しからざりけり」と思ひ送らるるを→（頭注）「思ひ送る」の語、やや不審。……あるいは、「思ひおごる」などの誤写か。（四八〇）

以上のように、「理想的な男主人公」であるはずの彼らに対するこのような〈女〉の側からの〈声〉――〈ノイズ〉としての――は「（心）おごり」の語に集約される。

これらの〈ノイズ〉は次のような〈メッセージ〉を形成する。

例……光源氏も所詮人間の〈男〉である。

↓ならば、『夜の寝覚』の男主人公もまた所詮人間の〈男〉である。

つまり『夜の寝覚』男主人公とは、『源氏物語』主人公光源氏と重ね合わせられながら、天上界の資質をもち絶対的な孤独の中にある女主人公の前に矮小化された世界の男主人公として読まれるべき人物なのであった。

またそのように見ることによって、中の君＝寝覚の上の物語末尾での嘆息も、より深い意味をもってくることになろう。どれほどすぐれた男性に思われ、〈夫婦〉になったとしても、それによって女性が「救済」されるとは限らない。思えば『夜の寝覚』巻五におけるあの延々と続く「大団円」とも言える構図、周囲から認められ中宮にも祝福される男主人公「一家」の団欒と女君の出産についての叙述は、男主人公が持てる力の全てを発揮して現世的折り合いをつけようとした結果なのだ。地上代表たる〈光源氏〉としての男主人公が、〈かぐや姫〉たる中の君＝寝覚の上の心中を推し量ろうとするとき、そこには「第三の予言」で中の君が宣告された「絶対的な孤独」が逆説的に際だって見えてくる。だからこそ、寝覚の上の嘆息は深い。従来の論を再検討するべき理由はここにある。

さらに『夜の寝覚』は中世王朝物語への結節点たる物語であることも確認し得るだろう。「女の物語」を軸に据えながらも「摂関家物語」の可能性をも含み持つ物語、『夜の寝覚』。もしも寝覚の上が故関白に嫁する前、帝に望まれるままに入内し寵愛を受けていたならば、男主人公は女一宮を妻としても心慰まず出家遁世してしまったのではあるまいか――この想像の向こうに、女主人公が帝の元に入内し男主人公が失意の内に憂き世を捨てる〈しのびね型〉の中世王朝物語の世界は、すぐそこまでたぐり寄せられている。

注

（1）「『ことわり』という認識——『夜の寝覚』男主人公と『源氏物語』——」（「国語国文研究」第一二九号　二〇〇六年一月）。本稿は前稿を承けるものであり、また、拙稿「『夜の寝覚』②（文学史の中の源氏物語）」（『人物で読む源氏物語　第五巻——葵上・空蟬』室伏信助監修　上原作和編集　勉誠出版　二〇〇五年一一月）とも一部論旨が重なっている。
（2）「新想の完成——光源氏型と薫大将型」（有精堂　新訂版三三四ページ　一九六五年一二月（新訂版発行））
（3）題名をめぐる研究史については永井和子「夜の寝覚物語」（『体系物語文学史』第三巻　一九八三年七月）にまとめられている。（二九九〜三〇四ページ）また河添房江「『夜の寝覚』と『源氏物語』——「寝ざめ」の表現史」（『源氏物語時空論』二〇〇五年一二月）も重要である。
（4）笠間書院　一九九〇年
（5）注（1）に同じ。
（6）永井和子「寝覚物語—かぐや姫と中の君と」（注（4）に同じ）、長南有子「夜の寝覚の帝」（「中古文学」五八号一九九六年一一月）、乾澄子「『夜の寝覚』——「模倣」と「改作」の間」（「日本文学」一九九八年一月）、河添房江「『夜の寝覚』と話型——貴種流離の行方」（河添前掲書）などがある。
（7）注（1）に同じ。
（8）笠間書院　一九九〇年五月
（9）注（1）に同じ。
（10）「摂関家嫡子の結婚と『夜の寝覚』の男君——但馬守三女への対応に関連して——」（「国語国文」七三巻九号二〇〇四年九月）
（11）ここで男主人公とその妻であった故大君との間に生まれた「小姫君」について言及しておく。母である大君は、石山の姫君の母・中の君（寝覚の上）と同腹の姉妹で、しかも彼女たちの母は帥の宮女、つまり宮腹である。ということは血筋から考えると小姫君の方が年少とはいえ十分に入内を狙える位置にある。にもかかわらず春宮妃として入内したのは石山の姫君であった。この点について、中世の改作本『夜寝覚物語』が小姫君を「かたみの若君」として男児に改変しているのは、大君と中の君を同腹姉妹にしなかったことと連動して、大君の子と中の君の子との間の政治的対立（入内争い）を回避しようとしたからではないかとの推測もできるが、今は指摘にとどめておく。

（12）「心深し」をキーワードとして『狭衣物語』を論じたものには、例えば萩野敦子「狭衣における「心深し」――『狭衣物語』主人公の造型をめぐって――」（「国語国文研究」第九九号　一九九五年三月）がある。

（13）注（1）に同じ。

（14）「『夜の寝覚』冒頭の〈解釈の空白〉をめぐって」（「国語国文研究」第一一五号　二〇〇〇年三月）

（15）注（14）に同じ。

（16）『中世王朝物語・御伽草子事典』（勉誠出版　二〇〇二年）

（17）ただし『寝覚』における「一品宮」の呼称は次にあげる中間欠巻部推定資料でのことなので原作本でもこの扱いであったか否かは不明である。

『拾遺百番歌合』十二番右（引用は岩波文庫本による）

関白（＝男主人公）一品宮にまゐりそめたまひける日、おもひなげきたまへるをなぐさめて、よしやきみながきいのちはたえせじをいのちのみこそさだめがたけれ、と侍りければ　あねうへ

たえぬべきちぎりにそへてをしからぬいのちをけふにかぎりてしがな

なお、改作本及び『無名草子』では「女一宮」となっている。

あとがき

狭衣物語研究会は、本書『狭衣物語が拓く言語文化の世界』を皆様にお届けします。

この研究会の構成メンバーは、平安時代後期物語に興味をもつ比較的若い研究者の集団です。大学院を修了した後、口頭発表の場が確保しづらい、あるいはまた研究論文・成果の発表先がともすれば少なくなりがちの方々にその場を提供し、ともに平安後期物語研究自体を拓いてゆきたいという思いで、数名の同志と平成一二年に立ち上げました。この立ち上げを促してくださったのが、何十年にもわたり「狭衣物語研究会」を主催され、本文研究・異本文学研究を拓いて来られた三谷榮一先生です。発表会の調整・連絡係として井上眞弓が就き、会の活動を二年後に見直すという期間限定で活動を始めました。翌平成一三年には、会員が北は北海道から南は沖縄まで揃って、年に数回の研究発表会を東京や関西方面で行うなどの研鑽を重ねた結果、研究論文の発表誌の確保も指向することになりました。こうして二年がたち、会の継続が決定されましたので、発表会の調整・連絡係を事務局と呼称を変更した上で再スタートし、一年ごとの事務局交代制を敷いて現在に至っております。基本運営は開会時とほとんど同じ状態で、年に数回、研究発表会を行う外、書評などを含めた研究批評活動が中心を占めております。

これまでの活動の中で特筆すべきことは、文部科学省の科学研究費をいただき、その研究報告書を作成したことです。このことは、個々人の研究者による調査・研究成果を発表する場を確保しただけでなく、共同研究により、新たな研究分野の開拓に繋がることとなりました。それが、「平成一六〜一八年度　科学研究費補助金（基盤研究（C））課題番号一六五二〇一〇九『狭衣物語』を中心とした平安後期言語文化圏の研究」（研究代表者　三谷　邦明）」

題の共同研究で、その成果を『研究成果報告書』として平成一九年二月一三日に刊行いたしました。この共同研究から、平安後期の和歌のことばと物語のことばの交接や地名と物語のことばとの関係、物語に表象されている言語生活状況等の調査や基礎的研究を行い、一部のデータはCD-ROMの形で開示することができました。さらに、この共同研究によって『狭衣物語』が平安後期文学の転換点でもあることを、それぞれの研究対象及び研究分野から炙り出すことが出来、報告書には「研究の沿革」・「グループ調査・研究の概要」「資料・『狭衣物語』主要テキストページ対照表」の外、七本の論文を入集いたしました。この報告書を土台として共同研究の総括や相互批判を行い、平安後期文学の言語と文化の問題をより深化させ、新たな到達点を示したのが本書です。

本書は、『狭衣物語』の時空間と言語や文化の関係性を問う領域、また歌ことばや物語のことばの関わり合いや影響もしくは物語のことばの独自性を追求した領域、さらに平安後期物語文学のそれぞれの作品から『狭衣物語』を多角的に照射し、『狭衣物語』を考究する視点を提示する領域と大きく三つの領域から成り立っております。こうした領域を総合する原動力は、『狭衣物語』という作品の文学的可能性を再評価し、この作品の価値を明晰化したいという願いに他なりません。この願いは研究会会員たちの願いであり、かつ本書の巻頭に論文を掲載している三谷邦明氏の願い（報告書の「はしがき」をご参照ください）でもあります。

三谷邦明氏は、日本のみならず世界で活躍する研究者で、文学理論・研究批評の第一人者ですが、狭衣物語研究会の立ち上げ時から会にコミットメントしており、長らく会の中心的存在でした。しかし、大変残念なことに、去る平成一九年九月三日肺炎にて急逝されました。本書の企画を立ち上げ、編集作業途上での出来事でした。生前に今回掲出しました巻頭論文を原稿としていただく約束でしたので、三谷氏にかわり、編集委員のうち萩野敦子と宮谷聡美が入力をし、三田村雅子氏に校閲をお願いして、最期の論文を入集せざるを得なかったことをおことわりいたします。この原稿は、平成一九年二月一八日に東京家政学院短期大学（東京・市ヶ谷）で行われました先の科学研究費補助金「『狭衣物語』を中心とした平安後期言語文化圏の研究」における公開研究発表会での三谷氏の発表原稿です。最期の原稿として掲げることになりましたのは、わたくしどもにとりましてたいへん残念なことでございました。本書の刊行に際し、研究会会員一同、生前のご厚意に深く感謝するとともに謹んで哀悼の意を捧げたいと存じます。

研究会の有り様は、文学研究の動向と時に重なり、時に離れもするでしょう。しかし、今後も平安後期文学の解明に向けて、さまざまなかたちでの研究活動を展開させてゆく所存です。海外でも注目され始めている『狭衣物語』の研究がさらに深まりますよう、本書の内容に関するご教示ご指導をよろしくお願い申し上げます。

なお本書は、各論文の表記や形式に関して最小限の統一に留め、原則として執筆者の意向を尊重する形で編集いたしました。

本書の刊行に際し、多大なご理解を賜り、編集を導いていただいた翰林書房の今井肇社長・静江氏、また、素敵な装幀を考えてくださった林佳恵氏に感謝申し上げます。最後に編集を担当した五名の名前を付記させていただきます。

下鳥朝代・正道寺康子・萩野敦子・宮谷聡美・井上眞弓

平成二〇年五月

（井上眞弓　記）

English titles Translation : by Rei Magosaki

Sagoromo monogatari and the Realm of Language and Culture

執筆者一覧（論文掲載順）※は編集委員

三谷邦明（みたに・くにあき）　元横浜市立大学名誉教授
※井上眞弓（いのうえ・まゆみ）　東京家政学院大学教授
桜井宏徳（さくらい・ひろのり）　学習院大学・駒澤大学非常勤講師
※正道寺康子（しょうどうじ・やすこ）　聖徳大学短期大学部准教授
スエナガ　エウニセ（すえなが・えうにせ）
乾　澄子（いぬい・すみこ）　同志社大学・同志社女子大学・大阪大谷大学非常勤講師
井上新子（いのうえ・しんこ）　大阪大谷大学・甲南大学非常勤講師
佐藤達子（さとう・たつこ）　九州文化学園高等学校教諭
鈴木泰恵（すずき・やすえ）　早稲田大学他非常勤講師
野村倫子（のむら・みちこ）　大阪府立茨木高等学校教諭
※萩野敦子（はぎの・あつこ）　琉球大学准教授
※宮谷聡美（みやたに・さとみ）　東京経営短期大学准教授
木村朗子（きむら・さえこ）　津田塾大学准教授
※下鳥朝代（しもとり・ともよ）　東海大学准教授
助川幸逸郎（すけがわ・こういちろう）　横浜市立大学非常勤講師
宮下雅恵（みやした・まさえ）　近畿大学非常勤講師

狭衣物語が拓く言語文化の世界

発行日	**2008年 10 月 10 日** 初版第一刷
編　者	**狭衣物語研究会**
発行人	**今井 肇**
発行所	**翰林書房**
	〒101-0051 東京都千代田区神田神保町 1-14
	電 話 (03) 3294-0588
	FAX (03) 3294-0278
	http://www.kanrin.co.jp
	Eメール● Kanrin@nifty.com
印刷・製本	シ ナ ノ

落丁・乱丁本はお取替えいたします

ISBN978-4-87737-267-5